Mattawald

Silvia Götschi, geboren 1958 in Stans, lebte und arbeitete mehrere Jahre in Davos. Seit der Jugend widmet sie sich dem literarischen Schaffen und der Psychologie. Sie ist leidenschaftliche Kriminalschriftstellerin mit Hang zu den dunklen Abgründen der Seele. Sie hat sich vor allem in der Zentralschweiz einen Namen mit der Kramer-Krimi-Reihe gemacht. Seit 1998 ist sie freischaffende Autorin und Mitarbeiterin in einer Werbeagentur. Sie hat drei Söhne und zwei Töchter und lebt heute mit ihrem Mann in der Nähe von Luzern. Im Emons Verlag erschien von ihr bereits der Kriminalroman «Jakobshorn».
www.silvia-goetschi.com

Dieses Buch ist ein Roman. Handlungen und Personen sind frei erfunden. Ähnlichkeiten mit lebenden oder toten Personen sind nicht gewollt und rein zufällig.
Im Anhang findet sich ein Glossar.

SILVIA GÖTSCHI

Mattawald

KRIMINALROMAN

emons:

Bibliografische Information der Deutschen Nationalbibliothek
Die Deutsche Nationalbibliothek verzeichnet diese Publikation in der Deutschen Nationalbibliografie; detaillierte bibliografische Daten sind im Internet über http://dnb.d-nb.de abrufbar.

Umschlagmotiv: photocase.com/NeoVipa
Umschlaggestaltung: Tobias Doetsch
Gestaltung Innenteil: César Satz & Grafik GmbH, Köln
Lektorat: Irène Kost, Biel/Bienne, Schweiz
Druck und Bindung: CPI – Clausen & Bosse, Leck
Printed in Germany 2015
ISBN 978-3-95451-482-3
Originalausgabe

Nur die Lüge braucht die Stütze der Staatsgewalt,
die Wahrheit steht von alleine aufrecht.
Benjamin Franklin

PROLOG

Trink! Liebes, trink!

Über ihr der Himmel, bleigrau und schwer. Nur sie war da, sonst nichts. Um sie herum alles tot und weiss und kalt.

Und weit entfernt die Geräusche, die sie an den Winter erinnerten, an fröhliche Menschen, das Feiern im letzten Jahr, wo alles noch einigermassen erträglich gewesen war.

Sie umschloss mit zitternden Fingern das Glas. Nicht sicher, ob der Mut sie verlassen würde, es zu tun. Endlich zu tun.

Die gelblich zähe Flüssigkeit schwappte über den Glasrand, zeitlupengleich, nicht wirklich. Sie hatte noch nie ein solches Getränk gekostet, geschweige denn so eine Farbe gesehen. Es sickerte in ihren Ärmel, tropfte in den Schnee. Sie sah es nicht. Sie spürte nur, wie sie alles an sich spürte.

Wie sie nichts mehr spürte.

Da war dieses Nichts, das allmählich von ihr Besitz ergriff.

Der Winter hatte die Landschaft unter sich begraben. Durch die Baumkronen schimmerte violett der Himmel. Die kurze Dämmerung machte der Nacht Platz. Der Neumond hing als schwarze Scheibe wie ein gelöschter Lampion, von blossem Auge nicht zu sehen. Diese Nächte waren die schwärzesten.

Sie vernahm Stimmen. Sie mussten irgendwo in ihrem Kopf sein. Tief drin, wo schwarze kleine Teufel an die Stirn hämmerten bis hinunter zum Herz. Stimmen und Geräusche tief drin in ihr. Oder draussen in der Nacht, wo ein Tier vielleicht nach Nahrung suchte. Geräusche, die sie nicht wirklich zuordnen konnte, weil sich alles in ihr nach dem Letzten, Endgültigen sehnte.

Und doch Angst davor hatte.

Der Wald war Zeuge, die Lärchen mit ihren orange gefärbten Nadeln, die sich noch immer an die Äste klammerten, als müssten sie der Kälte trotzen oder dem Schnee. Sie fror und wartete darauf, dass es warm wurde. In ihrem Inneren, wo der Saft sich über die Kehle ausbreitete und reflexartig durch die Speiseröhre sickerte, ob sie schluckte oder nicht.

Trink! Liebes, trink!

Die Stimmen kamen näher. Sie sah Schatten vor sich. Schatten im dunklen Schnee der Nacht. Und sie dachte sich Diamanten darauf und silberne Sterne, wie sie sie als Kind gesehen hatte, als kleines Mädchen, als die Welt in Ordnung war. Und später, als sie davon geträumt hatte, Dornröschen zu sein. Von einem Prinzen wach geküsst. Wie er sie auf seine starken Arme nahm und auf sein Pferd hob und davongaloppierte. In der Ferne das Schloss mit den Türmen und dem hellen Schein, der durch die schön geschwungenen Fenster sickerte. Und wie er sie küsste und versprach, immer bei ihr zu bleiben. Sie hatte ihn geliebt und weitergeträumt.

Sie nippte nur am Glasrand. Das Getränk schmeckte bitter.

Nicht so bitter wie das Leben, das hinter ihr lag.

Sie setzte das Glas an die Lippen, kippte es. Ihr Kopf in den Nacken. Sie schluckte und schluckte so viel, dass sie husten musste. Doch sie wollte nicht ausspucken.

Schlucken wollte sie. Jetzt! Hinunter mit dem Gebräu. Es schmeckte scheusslich und brannte in der Kehle. Ihr Magen rebellierte.

Ein Zwang ergriff sie, es wieder auszuspucken.

Dennoch schluckte sie.

Trink! Tu es endlich! Trink!

Sie schrie.

Sie schöpfte nach Atem.

Wollte sich spüren. Es endlich spüren, wie es sich anfühlte, wenn es vorbei war.

Wenn die Gedanken zerfledderten wie der Schnee, in dem sie jetzt lag.

Sie konnte die Diamanten sehen und die silbrigen Sterne. Sie fielen vom Himmel vor ihre Füsse. Und wenn sie die Augen schloss und wieder öffnete, stand der Prinz vor ihr. Er hob sie auf sein Pferd.

In der Ferne leuchteten schon die Fenster.

Sie würgte. Ihr Magen zog sich zusammen. Sie hatte Krämpfe, und der Schmerz traf sie gnadenlos. Überall war der Schmerz, und tausend Lichtpunkte tanzten über ihr.

Sie legte sich ins Wintergrab. Die Kälte des Schnees spürte sie nicht. Da waren nur dieser Schmerz und die traurige Bilanz in ihrem Kopf, alles falsch gemacht zu haben.

Trink! Liebes, trink!

Stirb!

EINS

Mitte Dezember. Nachdem die Landschaft bereits eingezuckert gewesen war, hatte es über Nacht erneut geschneit. Am Morgen lag sie wie unter einem Watteflaum, und jeglicher Laut versank im neuen Tag. Noch immer fielen vereinzelt Schneeflocken.

Ich stand am Panoramafenster in Valerios Wohnung und liess meinen Blick über das Dorf streifen. Auf der Strasse, weit unter mir, mühte sich ein Automobilist mit seinem Wagen ab. Er kam nicht vom Fleck. Beim vergeblichen Versuch, die Strasse hochzufahren, rutschte er zur Seite. Mittlerweile hatte sich eine Menschentraube darum herum gebildet. Ich war wohl nicht die Einzige, der dieses Schauspiel ein Schmunzeln entlockte. Es hätte mich nicht gewundert, wenn der Fahrer dort unten einer der Touristen war, die sich vor Saisonbeginn hier einfanden. Diese stellten sich einstweilen etwas unbeholfen an, sobald der erste Schnee fiel und die Strassen unter sich begrub. Schwarzräumung war in Davos nicht erlaubt. Gesalzen wurde nur im äussersten Notfall. An den exponierten Stellen wurde Kies ausgestreut. Bereits am Morgen in der Früh hatte ich die Schneeräumfahrzeuge gehört, die mit ihren Schaufeln die Schneemengen von den Strassen schoben.

Ich hatte mich auf den Winter und auf Davos gefreut. Zum ersten Mal seit längerer Zeit erfüllten mich eine gewisse Unbeschwertheit und das süsse Gefühl von Freisein. Ich war zurück an dem Ort, wo ich geboren worden war und wo ich bis zu meinem dreizehnten Lebensjahr gelebt hatte. Ob es auch ein Heimkehren war, wusste ich noch nicht. Das hing nicht allein von mir ab.

Die Universität in Luzern hatte geschlossen. Ich würde hier genügend Zeit finden, mein Studium der Rechtswissenschaften fortzusetzen und endlich alle erforderlichen Bücher zu lesen, was ich eigentlich längst hätte tun sollen. Mein Freund Tomasz Kandinsky hatte im Sommer den Anwalt gemacht. Jetzt arbeitete er in einer der renommiertesten Kanzleien in Zürich und fand kaum noch Zeit für mich. Einen Vorgeschmack hatte Tomasz bereits während des Studiums bekommen. Der Lerndruck war zwar weg, hatte jedoch weit gefährlicheren Strapazen Platz gemacht. Jetzt ging es darum, mit den Kollegen mitzuhalten. Er verdiente zwar gut, dafür leistete er viele Überstunden, die er niemals kompensieren würde.

Tomasz hatte mir versprochen, über die Weihnachts- und Neujahrstage nach Davos zu kommen. Darauf freute ich mich. Jetzt hatte ich den Wunsch, unser Liebesnest einzurichten. Mein Bruder Valerio war noch immer in Cancún unterwegs. Neu entdeckte Ruinen nahmen ihn und sein Team in Anspruch. Er würde nicht vor dem Frühling zurückkehren. Die Wohnung hatte er behalten. Ein einheimischer Immobilienmakler hatte nach Vaters Tod das Wohnhaus von der Bank zurückgekauft. Die eigenen vier Wände um mich zu haben, vermittelte mir ein behagliches Gefühl. Mit ein paar Handgriffen würde ich aus der puristischen Einrichtung ein kuscheliges Ambiente zaubern.

Ungern dachte ich daran zurück, als meine Halbgeschwister, Valerio und ich sowie Vaters fünfte Frau Letícia vom Notar eingeladen worden waren. Wir hatten gehofft, dass von Vaters Hinterlassenschaft alle so profitieren würden, wie Vater es zu seiner Lebzeit versprochen hatte. Der Schock war gross gewesen, als sich herausstellte, dass von dem einstigen Cadischen Vermögen nichts als ein paar Bilder zurückgeblieben waren, deren Wert wir zum damaligen Zeitpunkt nicht abschätzen konnten. Keine Liquidität. Vater hatte sich verspekuliert, war aber dreist genug gewesen, immer noch mehr neue Projekte zu planen. Ich war froh, mussten wir nicht irgendwelche Schuldscheine übernehmen. Selbst die Alimente während meines Studiums waren nicht mehr sicher. Ich war auf Mam angewiesen, was es für mich nicht einfach machte. Ich wohnte noch immer bei ihr, hatte zwar mein eigenes Refugium mit Badezimmer. Aber ich träumte schon lange von meiner eigenen Wohnung. Doch vorerst konnte ich mir diese abschminken.

Seit der Testamentseröffnung im Mai, wo wir die eiskalte Dusche erlebt hatten, gingen wir fünf Kinder einander aus dem Weg. Mein Halbbruder Luzi und seine Frau Sibylle hatten im Mai Zwillingsmädchen bekommen. Luzi hatte sich Söhne gewünscht, derweil er unter dem Druck stand, den Stammbaum der Cadischs mit männlichen Nachkommen erhalten zu müssen. Er war da sehr altmodisch.

Einzig mit Valerio blieb ich in Kontakt. Er erlaubte mir, in seinem Appartement zu wohnen. Wie lange ich dort sein würde, das wussten die Götter.

Ich schlug eine alte Davoser Zeitung auf, die seit November in der Küche lag. Ich fand erst jetzt Zeit, darin zu blättern. Den Bericht über eine Feld-, Wald- und Wiesenveranstaltung überging ich und las ein paar Zeilen über den Ärztekongress, an dem über eine neue technische Errungenschaft in der Chirurgie diskutiert worden war. Ein Porträt einer Davoser Persönlichkeit füllte die nächsten eineinhalb Seiten. Am Rande wurden ein paar Neuigkeiten aus der übrigen Welt erwähnt. Nichts, was meine Aufmerksamkeit auf sich hätte ziehen können. Gegen meine Gewohnheit blieb ich an den Todesanzeigen hängen. Ein Fünfzeiler fiel mir ins Auge. Am oberen linken Rand sass ein Engel ohne Unterleib – eine feine Bleistiftzeichnung. Eine junge Frau war gestorben. Der Name war mir bekannt.

Laraina Vetsch.

Ich war mit ihrer Schwester Ursina in dasselbe Schulhaus gegangen. Sie hatte die vierte Klasse in meiner Parallelklasse wiederholt. Zwischen den Zeilen las ich, dass es sich weder um einen Unfall noch um eine Krankheit gehandelt habe. Lara hatte sich still vom Leben verabschiedet, genauso, wie sie ins Leben getreten war. Nur achtzehn Jahre alt war sie geworden.

Selbstmord, durchfuhr es mich. Fröstelnd legte ich die Zeitung beiseite.

Ich ging ins Badezimmer, wo ich mich unter die Dusche stellte. Ein in verschiedene Farben wechselnder Wasserstrahl bestätigte mir Valerios Hang zur Extravaganz. Vielleicht beglückte er damit seine ständig neuen Frauen. Ansonsten sah es hier eher düster aus. Schwarze Teppiche auf grauem Granit, schwarze Handtücher und Waschlappen. Einzig die futuristische Leuchte, die von der Decke hing, schimmerte in zartem Ocker, und die Spiegel brachen ein wenig den morbiden Eindruck. Auch hier würde ich einiges ändern müssen, damit ich mich in den nächsten Wochen wohlfühlte.

Ich hatte mich mit Dario Ambühl zum Mittagessen verabredet. Kurz nach meiner Ankunft vor vier Tagen hatte er mich angerufen und gleich ein Candle-Light-Dinner vorgeschlagen.

Aber das war mir zu riskant, nachdem er mir im letzten Frühling einige Avancen gemacht hatte. Wenn ich ihm jetzt aber einfach einen Korb erteilte, war es nicht fair, nach allem, was er für mich getan hatte. Ein Mittagessen war okay. Ein Mittagessen würde alles offenlassen im Gegensatz zu einem Nachtessen, das leicht mit einem Schlummertrunk und den absehbaren Konsequenzen in einem fremden Zimmer enden würde. Auf so etwas wollte ich mich erst gar nicht einlassen.

Bleischwer lag der Himmel über Davos, als ich auf die Strasse trat. Meine klassischen Pumps hatte ich in die hinterste Ecke des Kastens verräumt; Yetischuhe waren angesagt. Der Schnee auf den Trottoirs lag bereits fünfzehn Zentimeter hoch, und es schneite weiter. Heftiger wieder. Er verschluckte die Laute um mich herum. Ich lief in Richtung Bushaltestelle. Skifahrer und Snowboarder buckelten ihre Bretter zur Unterführung, die zur Talstation der Jakobshorn-Bahnen führte. Ich nahm mir vor, gleich morgen eine Wochenkarte zu lösen, um auf die Pisten oberhalb Davos zu gelangen. Zudem wollte ich eine Kollegin besuchen, die in der Jatz-Hütte arbeitete.

«Hey, Allegra», rief mir jemand zu. Ich drehte mich um und erkannte Dario. «Du siehst so glücklich aus. Ich hoffe, es ist meinetwegen.»

Ich hatte ihn nicht hier erwartet. «Wie willst du denn sehen, ob ich glücklich bin?»

«Ich habe dich schon eine Weile beobachtet. Ich kenne nur eine Frau, die mit solch einem stolzen Schritt durch den Schnee stapft.»

Ich lachte. «Du Charmeur. Bist du umgezogen, oder warst du auf Besuch?»

«Weder noch, ich wollte dich abholen.»

Dario Ambühl, einst ein Schulkamerad, jetzt Polizist. Ich wusste nicht, wie er es anstellte, dass er noch besser aussah als vor einem halben Jahr. Offensichtlich machte ihm das Tragen seiner Uniform Spass. Neu an ihm war der Dreitagebart, der etwas Wildes, Unbezähmbares vermittelte. Dario umarmte mich und drückte mich dabei so fest, dass ich glaubte, einen Moment keine Luft mehr zu bekommen. Ich sah nicht nur die Schneeflocken vor meinem Gesicht tanzen.

«Allegra! Mein Herz macht Sprünge. Ein halbes Jahr habe ich auf diesen Augenblick gewartet.»

«Du hättest zum Theater gehen sollen.»

Wir lachten beide etwas zu laut.

Dario hängte sich bei mir ein, und wir marschierten im Laufschritt los.

«Wie lange bleibst du in Davos?»

«Sicher bis nach Neujahr. Ich habe Ferien. Ab Mitte Januar gilt es dann ernst.»

«Im Frühling machst du den Master?»

«Wenn's gut läuft.»

«Das klingt nicht sehr überzeugt.»

Hätte ich zugeben sollen, dass mir das Lernen Mühe bereitete? Ich unterliess es, darüber zu sprechen.

Den Rathausstutz entlang kam ich beinahe ausser Atem. Die kalte Luft kratzte in meinem Hals. Eine Mutter mit zwei Kindern rutschte uns auf einem Schlitten entgegen. Wir wichen ihr mit einem Sprung zur Seite aus.

«Ich habe uns einen Tisch im Enzian reserviert.»

«Im Enzian! Ja, kenne ich. Ich war mit meinem Vater oft dort.»

«Dort gibt es Abartiges zu essen.»

«Affenhirn?» Ich sah in ein erschrecktes Gesicht.

«Nein, aber Kalbskopf und Schnecken.»

«Ich weiss. Ich mag Schnecken.» Ich stoppte. Verschnaufpause.

Dario stiess mich sanft in die Seite. «Schnecken in Kräuterbutter.»

«Kräuterbutter wird mit Knoblauch zubereitet ...» Ich grinste ihn an, während ich an die Nachwirkungen des Verzehrs dachte. «Ja», wiederholte ich lachend. «Ich mag Schnecken.»

Dario blickte mich mit zusammengekniffenen Augen an. «Mensch, Allegra, das verhindert, dass ich dich nach dem Essen küssen kann.»

«Sehr spitzfindig. Wusstest du, dass man die Weinbergschnecken drei Tage aushungern lassen muss, ehe man sie essen kann?»

«Nein, wusste ich nicht.» Dario zog mich die Strasse hoch.

«Erst wenn sich eine dünne Haut über das Weichteil bildet,

ist die Schnecke geniessbar.» Ich überlegte. «Warum gerade das Enzian?»

«Ich kenne dort den Küchenchef gut. Er stammt ursprünglich aus Goa.»

«Indien. War dort früher nicht das Mekka der Hippies? Mam hat mir davon erzählt.»

Dario verzog seine Lippen. «Im Alter von zwei Jahren kam Mahesh mit seinen Eltern als Flüchtling hierher. Er hat sich vor einem Jahr einbürgern lassen. Du siehst, Davos ist multikulti.»

«Und er kennt sich aus mit der hiesigen Küche? Oder tischt er uns am Ende Curry-Schnecken auf?»

«Das muss ich ihm sagen. Ein Versuch wäre es wert.»

Wir erreichten die Parkplätze beim Rätia-Center. Rechts von uns die Sankt-Johann-Kirche, deren spitzer Turm sich in den Himmel schraubte. Jemand säuberte mit einer Schleuder das Trottoir von Schnee. Dario schubste mich an der Maschine vorbei hinauf zur Promenade. Achtzehnter Dezember, und Davos versank im Winterweiss. Die Luft roch frisch. Ich legte meinen Kopf in den Nacken und liess die weissen Flocken auf mein Gesicht nieseln. Erinnerungen an die Winter, in denen meine Mam Valerio und mich auf den Schlitten gesetzt hatte, eingepackt in Schaffelle und Daunenanzüge, wenn sie mit uns zum Einkaufen ging.

«Woran denkst du?» Dario fuhr mit seiner Hand über meine Stirn.

«An früher. An ganz früher.» Ich gab mir einen Ruck. «Komm, gehen wir essen. Ich habe einen Mordshunger.» Ich verspürte kein Bedürfnis, mich über die Zeit auszulassen, wo alles unbekümmert und fröhlich gewesen war, wo wir Kinder nichts von den dunklen Seiten unseres Vaters mitbekommen hatten. Dass diese Idylle heute einen tiefen Einschnitt preisgab und ich deswegen vielleicht nie mehr in Davos leben würde, wollte ich nicht zur Sprache bringen.

Das Drama hatte in mir Spuren hinterlassen. Spuren, die ich zu verbergen wusste.

Das Enzian lag an der Promenade und war bekannt für seine unkonventionelle Küche. Mam hatte mir erzählt, dass es früher der ortsansässigen Feuerwehr als Spritzenhäuschen gedient hatte, bis es 1904 von einer Adeligen gekauft wurde, einer entfernten Verwandten des Kaisers Napoleon, die gesundheitshalber nach Davos habe kommen müssen. Zwei Jahre später hatte die Französin zwei Schaufenster und einen Anbau errichten lassen, als Dank dafür, dass ihre Bronchien gesund geworden waren. Ein Jahr danach hatte sie einen Kochherd in den hinteren Raum eingebaut. Einige Jahre später hatte die Davoserin Elisabeth Gredig die mittlerweile zum angesehenen Haus herausgeputzte Liegenschaft erworben und ein Restaurant eröffnet. Ihre absonderlichen Kochkünste, welche vorwiegend von den Unterländern verzehrt wurden, hatten den Dorfbewohnern zu reden gegeben. Es kursierten Gerüchte, dass der damalige Pfarrer dieser Entwicklung mit Besorgnis entgegengesehen habe, zumal er davon überzeugt war, hier oben in den Bergen etwas von der Unschuld erhalten zu müssen, die den Städtern schon längst abhandengekommen war. Schnecken! Wer ass denn Schnecken?

Weinbergschnecken waren auf dieser Höhe eine Rarität gewesen. Schulkinder hatten sie in ihrer Freizeit gesammelt, um sie Elisabeth zu bringen. Elisabeth hatte ihr Geheimrezept um die Sauce wie einen heiligen Gral gehortet: eine Mixtur aus Butter, Knoblauch und wilden Bergkräutern.

Kurz vor ihrer Pensionierung hatte die Dame das Restaurant für einen überrissenen Preis an einen Einheimischen verkauft. Das Ambiente der goldenen Jahre war etwas verblasst – geblieben waren jedoch die Schnecken in Kräuterbutter.

Wir setzten uns an einen kleinen runden Tisch an das Fenster, das mit aufgesprühten Sternen und Lichtgirlanden geschmückt war. Über die Strasse schob sich eine Blechlawine. Mittendrin der Bus. Die Autos kamen nur langsam vorwärts.

«In der Hochsaison verdoppelt sich die Einwohnerzahl.» Dario folgte meinem Blick. «Davos ist dann ganz in den Händen der Touristen und Saisonarbeiter. Die Einheimischen sind dann nur noch geduldet. Oder sie verkriechen sich in ihre Löcher.» Er sah lachend in die Speisekarte. «Sennenrösti mit Spiegelei … hättest du auf so etwas Lust?»

«Nein, ich habe mich schon entschieden: auf alle Fälle Schnecken.»

Ein Kellner erkundigte sich nach unseren Wünschen.

Wir bestellten je sechs Schnecken in Kräuterbutter und eine Flasche Chardonnay.

Dario erzählte von seiner Arbeit und davon, was im letzten halben Jahr in Davos geschehen war. Er sei mit vielen kleineren und grösseren Delikten konfrontiert gewesen, allen voran mit einer Messerstecherei zwischen zwei Jugendlichen, die einen der Betroffenen das Leben gekostet hatte. «Du hast sicher davon in der Zeitung gelesen. Es ging durch alle Medien.»

Ich erinnerte mich vage daran. «Ging es nicht um eine Frau?»

«Der eine hat dem andern die Freundin ausgespannt. Das war die Ausgangslage. Die gegenseitigen Sticheleien hatten schon zwei Monate im Voraus begonnen. Niemand hatte bemerkt, was sich da anbahnte. Aber als es eskalierte, wusste es jeder plötzlich besser ...» Dario seufzte. «Man will einfach nicht hinsehen.»

Hätte ich ihn auf die verstorbene Lara ansprechen sollen? Vielleicht hatte man dort auch nicht hingesehen. Ich unterliess es. Ich wollte mir die Unbeschwertheit mit Dario nicht nehmen lassen.

Andauernd ging die Tür auf, und Gäste in Skischuhen trampelten in die Gaststädte. Der Kellner hatte grosse Mühe, sie auf ein andermal zu vertrösten. Er brachte uns den Wein an den Tisch, war aber nicht ganz bei der Sache.

«Wie geht's dir eigentlich mit dem Studium?»

«Heikle Frage.» Ich prostete Dario zu. «Auf dich!»

«Gib zu, dass das Studium dich überfordert.» Darios Schalk in den Augen entging mir nicht. «Du bist nicht der Typ Frau, die ihr Gehirn mit Paragrafen füttert. In dir steckt etwas anderes.»

«Worauf willst du hinaus?»

«Du hast ein Ermittler-Gen in dir.»

Beinahe hätte ich den Wein ausgeprustet.

«Die Davoser Polizei braucht versiertes Personal.»

«Nicht dein Ernst, oder?»

«Ich könnte dich mir ganz gut bei der Polizei vorstellen. Du bist intelligent, hartnäckig und lässt dich nicht unterkriegen.»

«Ich werde mein Studium beenden», sagte ich. «Mit oder ohne Master.»

Der Kellner brachte uns die Schnecken in einem Pfännchen. Sie brutzelten goldbraun unter der Kräuterbutterhaube.

«Na dann, guten Appetit!» Ich tunkte Brot ein.

«Wann bist du denn damit fertig?», fragte Dario mich mit vollem Mund.

«Im Sommer.»

«Ab Herbst wird eine Stelle frei.»

«Mach dir keine Hoffnungen. Ich habe mich daran gewöhnt, in der Stadt zu leben. Hier oben ist mir alles ein wenig zu rückständig und eng. Ich brauche Luft zum Atmen und Möglichkeiten zum Ausgehen. Hier gibt es einzig *die* Hauptstrasse, an der sich alles abspielt.» Ich konnte mir ein Grinsen nicht verkneifen, als ich Darios entsetzten Blick sah.

«Dann hast du das Nachtleben noch nicht richtig kennengelernt. Die besten Clubs liegen *nicht* an der Hauptstrasse.»

Es blieb nicht bei der einen Flasche Chardonnay. Zum Dessert assen wir Zwetschgen in Rotweinsauce. Als wir das Enzian verliessen, waren wir so betrunken, dass wir den Weg zurück nur lachten.

«Soll ich dich nach oben begleiten?», fragte Dario, als wir später vor dem Wohnhaus standen. Hätte einer seiner Kollegen ihn in diesem beschwipsten Zustand gesehen, hätte er bestimmt den Job bei der Polizei quittieren müssen.

«Ich muss hinter meine Bücher», wich ich aus.

«Aber heute Abend kommst du doch ins Postillon. Es ist zurzeit der angesagteste Club in Davos.»

«An einem gewöhnlichen Mittwoch?»

«Warum nicht? Jetzt ist Saison. Der Club ist praktisch jeden Abend gut besucht.»

«Gut, okay, ich verspreche es dir. Um neun bin ich dort.» Ich hielt inne. «Das liegt jedoch auch an der Hauptstrasse …»

***

Das Postillon lag in der Nähe des Rätia-Centers, ein Traditionshaus, das seit der dritten Generation von derselben Familie geführt wurde. Das Hotel war schon mehrmals renoviert worden und erstrahlte heute in seinem altehrwürdigen Charme. Ein Rundbogen dominierte den Eingang, der rechts- und linksseitig mit Sgraffito verziert war.

Bereits in der Garderobe bekam ich von der Stimmung etwas mit, die im Club herrschte. Irgendein Techno-Remix dröhnte mir entgegen, als ich meine unechte Pelzjacke dem Garderobier überreichte. Ich steckte die Nummer in mein Umhängetäschchen und zwängte mich zwischen zwei älteren Herren mit Schnurrbart in den Saal.

Ohrenbetäubende synthetische Töne und fluoreszierendes Licht empfingen mich. Ein Geflimmer von Rot bis Lila und Leute, die, wie befallen von epileptischen Akutanfällen, auf dem Tanzboden ihre Extremitäten und Köpfe verrenkten. Auf der Bühne ein DJ in seinem Element, der sich genauso grotesk benahm wie sein Publikum. Auf seinem Gesicht haftete ein blödes Dauergrinsen.

Mittwochabend, und die Davoser Jugend im Fieber.

Tomasz hätte ich nie in einen solchen Club gebracht. Er schwärmte von den Konzerten im KKL. Dann scheute er sich nicht, sich in Schale zu werfen. Erst einmal war es ihm gelungen, mich zu überzeugen, dass mir ein Konzert des London Symphony Orchestra auch gefallen könnte. Im letzten Sommer hatte er mich mit zwei Eintrittskarten überrascht. Für ein Konzert von Mahler und Schumann. Tomasz zuliebe hatte ich sogar ein bodenlanges Kleid aus dem Kostümverleih angezogen.

Anstelle der langen Kleider und schönen Anzüge dominierten hier die Miniröcke bei den Frauen und ärmellose Leibchen bei den Männern. Schliesslich wollte man zeigen, was man hatte. Über allem lag der schwere Geruch nach Hitze und Schweiss. Ich selbst hatte mir eine Bluejeans und eine weisse Bluse angezogen und meine grünen Augen mit ein wenig Eyeshadow und Kajal betont. Die schwarzen Haare trug ich offen. Trotzdem kam ich mir fast bieder vor.

Ich erblickte Dario. Er hatte seine Polizeiuniform abgelegt. Verwaschene Jeans und ein saloppes T-Shirt mit Aufdruck unterstrichen sein legeres Auftreten. Wir winkten einander zu. Meine Augen blieben fasziniert an ihm hängen. Als er sich auf meiner Höhe befand, schrie er mich an und gestikulierte, weil es die Lautstärke erforderte. Ich deutete ihm, dass ich dennoch absolut nichts verstand. Der dumpfe Bass malträtierte mein Gehör, und ich war drauf und dran, den Saal zu verlassen. Falls ich gedacht hatte, mich hier weiter mit Dario zu unterhalten, täuschte ich mich. Dario zog mich auf die Tanzfläche, und wir hopsten genauso wie der Rest der Anwesenden im Vierviertelttakt, während Snare jeden Viertel und Hi-Hat den Off-Beat betonte. Die Klangfarben pendelten im metallischen Bereich. Perkussionselemente fügten sich nahtlos ins Rhythmusmuster ein.

Irgendwann machten Sektgläser die Runde. Die beiden Schnauzbärte waren zurückgekehrt und spendierten grosszügig Getränke. Ich vermutete eine Absicht dahinter.

«Rocktime für Grossväter!», schrie ich Dario an und zeigte auf die beiden älteren Herren. Dario erklärte mir, auch mit überhöhtem Dezibel, dass die beiden Männer von einer Fotoagentur und auf Modellsuche seien. «Am zweiten Januar findet hier die Veranstaltung ‹Postillon sucht die Superwoman› statt.»

Zu Darios Leidwesen wünschte ich, eine Pause einzulegen, als der DJ auf Schmusemusik wechselte. Klatschnass setzte ich mich an die hintere Wand, wo wir uns noch zwei freie Plätze ergattern konnten. Während ich eine halbe Wasserflasche leer trank und Dario Richtung Toilette ging, inspizierte ich meine nähere Umgebung. Auch Leute älteren Jahrgangs hatten sich hier eingefunden. Allgemein herrschte eine ausgelassene Stimmung. Es gab welche, die tanzten in den Skischuhen, zwei Mädchen auf dem Tisch vor der Bühne – Tabledance, und die Meute schrie.

Auf einmal sah ich sie.

Ursina Vetsch.

Sie sass zwei Stühle vor mir, hatte ihr Gesicht mir zugewandt und liess sich von einem Typen begrapschen. Ob sie mich erkannte, wusste ich nicht. Sie schien ziemlich zugedröhnt zu sein. Etwas war anders, als ich es in Erinnerung hatte. Ihre Mähne war gefärbt. Ihre einstmals hellbraunen Haare hatte sie blondiert. Ansonsten war sie etwas magerer geworden. Die weit auseinanderstehenden Augen blickten ins Leere. Über ihrer schmalen Nase hatte sich eine tiefe Falte eingekerbt. Sie machte den Eindruck, nicht sehr glücklich zu sein. Dies konnte ich einerseits gut nachvollziehen. Andererseits wunderte es mich, sie hier anzutreffen. Ob sie die Traurigkeit auf diese Weise verdrängte? Bei diesem Typen, der doppelt so alt war wie sie und ihr unanständig an die Brüste griff?

Dario kam mit zwei Gläsern Mojito zurück. «Mein Lieblingsdrink.»

«Ich trinke keine harten Sachen.»

«Da kenne ich dich aber anders.»

«Nein!»

«Ach, komm schon. Eine Ausnahme. Die Pfefferminzblätter stammen aus Davoser Gärten.» Darios Lachen gelangte zu Ursina, denn sie sah uns plötzlich an. Ein kurzes Lächeln, das schnell verschwand.

Ich griff nach dem Glas, schob den Strohhalm zwischen meine Lippen und trank in kleinen Schlucken. «Für meinen Geschmack etwas arg sauer. Und das mit den Pfefferminzblättern nehme ich dir nicht ab.» Mein Blick hing an Ursina. Sie befreite sich aus den Männerarmen, stand auf und näherte sich unserem Tischchen.

Ich überlegte mir, was ich zu ihr sagen sollte. Ihre Schwester war erst seit einem Monat tot. Ursina wusste nicht, dass ich es wusste. Kam sie zu mir, um es mir zu erzählen? Wollte sie meine Reaktion auf die Probe stellen? Sie hatte tatsächlich abgenommen und sah burschikos aus. Ein dünnes Fähnchen Stoff gab mehr von ihren Konturen preis, als es verhüllte. Dunkle Knospen stachen über einer kaum gewölbten Brust durch das Kleid mit den Spaghettiträgern. Draussen herrschten Minustemperaturen, und Ursina posierte wie mitten im Sommer. Doch sie war erregend schön. Ihre langen Haare umspielten ein anmutiges, offenes Gesicht, das sich entspannt hatte, ihre dunklen Augen waren von einem dichten Wimpernkranz umgeben. Die vollen Lippen hielt sie halb geöffnet, als wäre diese Mimik einstudiert, als wüsste sie, wie erotisch sie damit wirkte. Dario pfiff leise durch die Zähne.

«Buna sera, Allegra.» Ursina warf Dario einen kecken Blick zu, bevor sie sich wieder an mich wandte. *«Jeu dess bugen ina paterlada?»*

Zu Hause sprachen sie rätoromanisch. Ursinas Mutter stammte aus der Surselva. Ich erinnerte mich an die Schulzeit, als ihre Freundin und sie sich in ihrer Sprache unterhielten, in ihrer Geheimsprache, denn ausser ein paar wenigen verstand sie niemand. Mein Grossvater väterlicherseits war ein Bündner Oberländer gewesen, der das Rätoromanisch noch gesprochen hatte. Mein Vater hingegen hatte sich ganz davon distanziert. Vater war in

Davos geboren und hatte sich geweigert, die vierte Landessprache der Schweiz zu gebrauchen. Das Latein im Gymnasium kam mir zugute. Ein paar Brocken Rätoromanisch verstand ich zumindest. «Warum willst du mit mir reden?»

«Ich habe gehört, dass dein Vater im letzten Frühling gestorben ist.»

Ich schluckte leer – ein Reflex. Würde sie den Tod meines Vaters als Anlass nehmen, um über den Tod ihrer Schwester zu sprechen? Mir war es nicht recht. Dieses Thema passte nicht hierhin.

Sie griff nach meinem Arm. Ihre Hand fühlte sich kühl an. «Ich habe keine Ahnung, an wen ich mich wenden soll. Ich kann mit niemandem reden.»

«Worüber?»

«Die nehmen mich nicht ernst.»

Meine Befürchtung, dass sie nicht mehr ganz nüchtern war, bewahrheitete sich. «Wer sind *die*?»

Sie liess die Fragen unbeantwortet. «Du kennst unsere Situation. Meine Mutter ist ein Sozialfall. Sie säuft. Mein Vater existiert nicht wirklich.»

Ich fragte mich, weshalb Ursina dies mir anvertraute. Ich hatte sie seit einer Ewigkeit nicht mehr gesehen. Aber ich erinnerte mich, dass sie schon während der Schulzeit keinen Vater gehabt hatte. Entweder hatte er die Familie früh verlassen, oder er war gestorben. Ein Geheimnis hatte die Familie umwittert. Lange war das Gerücht kursiert, dass die Vetsch-Mädchen der Mutter weggenommen würden, weil sie nicht fähig sei, diese allein zu erziehen. Doch einige Gemeindemitglieder aus dem Kreis der katholischen Minderheit hatten sich für die gebeutelte Frau starkgemacht. Jelsha Vetsch hatte sich aufgefangen. Wenn sie heute dem Alkohol verfallen war, resultierte dies wohl aus dem Verlust ihrer jüngsten Tochter.

«Allegra, ich …» Ursina strich sich verlegen über ihr blondiertes Haar. «Ich muss dir etwas zeigen. Könntest du morgen zu mir kommen? Wir wohnen noch immer an der Bündastrasse, in diesem Bauernhaus … du weisst schon.»

«Ich verstehe dich nicht ganz …»

«Ich weiss ehrlich gesagt nicht, an wen ich mich mit meinem

Anliegen wenden kann. Morgen um zehn, bitte. Morgen habe ich frei, und Mutter ist nicht zu Hause. Es würde sie sonst aufregen.»

Ich suchte den Augenkontakt mit Dario. Er hatte sich ein paar Stühle weiter weggesetzt und zierte sich. Morgen wollte ich eigentlich aufs Jakobshorn fahren. Der Wetterbericht hatte Sonne vorausgesagt. Es gab nichts Schöneres, als an den frisch verschneiten Hängen zu carven. Andererseits würde ich auch an einem der nächsten Tage hochfahren können.

«Bitte, bitte!» Ursina jetzt schon eindringlicher. «Es geht um Leben und Tod.»

«Na, na ...» Ich befand mich in einer Zwickmühle. Ich konnte mir wirklich keinen Reim darauf machen, was Ursina von mir wollte.

«Ich werde es mir überlegen», sagte ich. «Kann ich dich anrufen?»

«Ja klar.» Ursina wandte sich ab. Ich wurde nicht klug aus ihr und sah ihr nicht an, ob sie enttäuscht war.

«Wie ist deine Telefonnummer?», rief ich ihr hinterher. Der DJ hatte zwischenzeitlich das Stück «I Will Die For You» aufgelegt und wieder lauter gestellt.

«Die steht im Telefonbuch.»

«Die verarscht dich.» Dario näherte sich mir. Er hatte den Mojito ausgetrunken und knabberte an einem Minzeblatt.

«Warum bist du denn vor ihr weggelaufen?»

«Ich bin nicht weggelaufen.»

«Aber du hast das Weite gesucht.»

«Ich werde nicht gern mit ihr konfrontiert.»

«Und warum nicht? Sie ist hübsch.»

«Nicht mein Geschmack.»

«Du hast ihr aber hinterhergepfiffen.»

Dario lächelte ertappt. «Ich habe sie verwechselt.» Er zog mich am Arm. «Komm, wir tanzen noch eine Runde.»

Ich gab keine Ruhe. «Etwas zwischen euch ist vorgefallen, oder täusche ich mich?»

«Wie kommst du darauf?»

Ich spürte plötzlich, wie mich jemand anstarrte. Ich drehte meinen Kopf und sah in ein schwarzes Augenpaar auf einem unnatürlich hellen Gesicht, das mit rotblonden Locken umrahmt war. Die abstehenden Ohren verliehen der ganzen Erscheinung ein clowneskes Aussehen. Der Mann, kaum älter als ich, kam mir unheimlich vor. Ertappt wandte ich mich ab.

«Reine Intuition.»

«Ich mochte sie früher schon nicht leiden. Sie ist mir eine Nummer zu vulgär. Wenn ich wie sie aus der Gosse käme, würde ich mich zurückhaltender geben.»

«Jetzt bist du unfair. Sie hat es nie leicht gehabt. Vielleicht möchte sie einfach nur akzeptiert werden.» Ich zögerte. «Ihre Schwester ist gestorben.»

«Suizid», sagte Dario wie aus dem Kanonenrohr. «Das musste ja so kommen ...»

Dann verstand ich nichts mehr. Die Musik dröhnte mit zunehmender Lautstärke, und der Bass hämmerte nervtötend, sodass ich mir die Ohren zuhalten musste. Ein Gekreische einer Gruppe Mädchen setzte ein, bis ich den Grund sah: Lukas Jenny – ein gelacktes Bürschchen, das einmal einen Song-Contest im Schweizer Fernsehen gewonnen hatte – war auf die Bühne gestiegen. Ich vermutete, dass er, wie alle hier Anwesenden, zu den Gästen des Postillons gehörte. Seine Präsenz mutete etwas unwirklich an, zumal einige der Mädchen sich dermassen ausser Rand und Band aufführten, als würden sie demnächst in Ohnmacht fallen. Der Schwarm der hyperventilierenden Backfische hatte seine Haare himmelwärts geföhnt. Das verdoppelte zwar das Kopfvolumen, machte jedoch sein Babyface kaum männlicher. Es gibt Dinge, die muss man nicht verstehen. Aber ich hatte nur ein Ziel vor Augen: Ich wollte den Club verlassen, bevor ich durchdrehte. Ich riss mich von Dario los und zwängte mich zwischen nackten Armen und schwitzenden Köpfen zur Garderobe. Vor der Tür glaubte ich, einen Tinnitus zu haben. Einen Moment lang lehnte ich mich über den Tresen. In meinem Kopf summte es, als sässe ich in einem Bienenstock.

«Ist Ihnen nicht gut?» Der Mann vor mir sah mich besorgt an.

«Es geht schon.» Umständlich kramte ich die Nummer aus dem Täschchen, steckte sie dem Garderobier hin und verfolgte seine Bewegungen, während er nach meiner Jacke suchte. Er zog ein schwarzes Kleidungsstück vom Bügel und reichte es mir über den Tisch.

Ich starrte darauf und griff nach dem Fell. «Das ist nicht meine Jacke.» Ich hielt einen Nerzmantel in der Hand.

«Aber das ist Ihre Nummer.»

Ich überlegte. Wenn ich frech genug gewesen wäre, hätte ich den Mantel angezogen. Es war nicht mein Problem, wenn der Garderobier die Nummer verwechselte. Ich würde niemals mehr an einen solchen Luxusmantel kommen und hätte ihn als kleine Entschädigung für das Ausbleiben des Millionenerbes meines Vaters ansehen dürfen. «Das muss ein Irrtum sein. Kann ich mal nachschauen? Ich kenne meine Jacke.»

Ich ging um den Tresen herum auf die Gestelle zu. Ich stöberte in den Jacken und Mänteln, bis ich meinen unechten Pelz gefunden hatte. «Da ist er ja. Sie haben die Nummer vertauscht.»

***

Es hatte aufgehört zu schneien. Licht und klar lag die Nacht über Davos. Der Schnee verbreitete ein ganz besonderes Leuchten, etwas Magisches.

Vor dem Postillon parkten Taxis und warteten auf Kundschaft. Auf dem Trottoir rauchten ein paar Leute. Trotz der klirrenden Kälte hielten sie es eine Zigarettenlänge aus. Ich zog meine Jacke enger, schlug den Kragen hoch und machte mich auf den Weg zu Valerios Wohnung. Den Rathausstutz runter, die Talstrasse entlang.

Wie aus dem Nichts tauchte beim Rätia-Center eine dunkle Gestalt vor mir auf und stellte sich mir in den Weg.

Ich erschrak heftig. Mein Herz drohte zu zerspringen. Ich sah zum Eingang des Postillons. Die Raucher hatten sich in den Club zurückgezogen. Einzig die Taxis standen noch dort. Doch ich konnte niemanden in den Wageninnern sehen.

Der Unbekannte rempelte mich an. «Hey, du, du bist doch die Tochter von diesem Krimi… Krimi… Kriminellen!»

«Das muss eine Verwechslung sein.» Ich starrte in ein halb vermummtes Gesicht. Die Haare hatte der Mann unter einer Mütze versteckt. Darüber hatte er die Kapuze einer dick wattierten Jacke gezogen. Er sah aus wie ein Eskimo.

«Dass du dddd… dich getraust, nach Davos zu kommen»,

stotterte er. «Ich an deiner Stelle … Stelle würde im Unterland bleiben. Du bbbb… bist keine von uns. Und ich warne dich: Misch …sch …sch … Misch dich nicht in Angelegenheiten, die ddddd… dich nichts angehen.»

Was meinte er damit?

Vielleicht durfte ich es nicht allzu ernst nehmen. Der Fremde war betrunken.

Trotzdem blieb ein flaues Gefühl zurück.

Die Flucht nach vorn. Was blieb mir anderes übrig?

Ich boxte ihn weg, rannte los. Hinter mir vernahm ich eine Tirade unzimperlicher Anschuldigungen, die ich ob seines Stotterns nicht wirklich verstand. Ich hastete die Promenade entlang bis zur Kreuzung, wo die Oberstrasse einmündete, und schlug den Weg Richtung Bahnhof ein. Ich wandte mich um, um zu sehen, ob mich jemand verfolgte. Die Angst blieb unbegründet.

Dennoch packte mich das Entsetzen. Eine Unverschämtheit war das. Musste ich in Zukunft mit solchen Übergriffen rechnen? War es denn meine Schuld?

Ich kannte diesen Mann nicht. Hatte ihn noch nie zuvor gesehen. Trotzdem hatte er sich das Recht herausgenommen, mich anzugreifen. Sein Suff entmündigte ihn deswegen noch lange nicht. Der Alkohol brachte aber zutage, was ansonsten hinter vorgehaltener Hand diskutiert wurde. Ich musste davon ausgehen, dass Vaters Tod noch immer ein grosses Thema war in Davos. Es wurde getuschelt und spekuliert.

Unter meinen Füssen knirschte der Schnee. Ich liess mir die Freude am Winter nicht nehmen. An der Talstrasse schlug ich den Weg zur Brämabüelstrasse ein. Ich passierte die Unterführung, die um diese Zeit alles andere als einladend wirkte. Dass ich einen Umweg gemacht hatte, verzieh ich mir nicht. Die Strassenlampe war defekt. Ich tastete mich die gefrorene Steinmauer entlang. Ich hätte mir ein Taxi nehmen sollen. So etwas Idiotisches. Ich sah zurück. Litt ich etwa unter Verfolgungswahn? Lächerlich! Im Gegensatz zu anderen Städten galt Davos als sicher.

Ich zückte den Schlüssel und wollte ihn ins Schloss der Haustür stecken, als es mir erneut in die Knochen fuhr. Noch bevor das

Geräusch hinter mir mein Gehirn erreichte, legte mir jemand die Hand auf die Schultern. Abrupt wandte ich mich um. Der Schlüssel fiel in den Schnee.

«Dario! Verdammt, Dario! Was soll das?» Ich boxte auf ihn ein. Ich trat gegen sein Schienbein. Ich war ausser mir vor Wut.

«He, he …!» Dario hob abwehrend die Hände vor seine Brust. «Schleichst du dich immer weg, ohne dich von mir zu verabschieden?» Schwarze Augen waren auf mich gerichtet. «Kein sehr feiner Zug.» Er griff nach meinen Händen.

Ich beruhigte mich. «Es tut mir leid.» Ich verschwieg ihm meine Aversion gegen laute Musik. «Und sorry, bei Jenny kriege ich Bauchkrämpfe.»

«Bei mir auch?» Dario suchte nach dem Schlüssel, fand ihn und reichte ihn mir.

«Ich wollte mir nur die Beine vertreten.» Ich wischte den Schnee vom Schlüssel. «Da hat mich so ein Typ angequatscht.» Ich erzählte Dario von dem Betrunkenen und fragte mich, ob ich dieses Intermezzo ernst nehmen musste.

«Ein Typ hat dich angesprochen? Hübsche Frauen sollte man nachts nicht allein nach draussen lassen. Aber ich nehme an, du hast ihn mit einem Kinnhaken ausser Gefecht gesetzt. Ich kenne dich doch.»

Dario begleitete mich bis vor die Wohnungstür. Zu meiner grossen Erleichterung drängte er nicht, auf einen letzten Drink reinzukommen. Er hauchte mir einen Kuss auf die Wange. «Wie sieht es morgen aus mit dem Jakobshorn?»

Ich zögerte. «Ich habe bereits ein Date.»

«Vielleicht übermorgen.»

«Musst du nicht arbeiten?»

«Ich baue meine Überzeit ab. Also, ciao.» Dario wandte sich enttäuscht ab.

ZWEI

Das Haus sah noch genauso aus, wie ich es in Erinnerung hatte. Mit Schindeln, von den Sonnenstrahlen geschwärzt. Rechts- und linksseitig ein Eingang. Einer war über eine Holz-, der andere über eine Steintreppe zu erreichen. Auf dem zweiten Geschoss lag die Veranda, auf der an einer langen Leine drei Hosen hingen. Ein Stück Dachrinne hatte sich aus der Verankerung gelöst. Die Jalousien standen offen, ebenso zwei Fensterflügel. Ich bemerkte die Vorfenster, die man während der kalten Jahreszeit installiert hatte. Ich stieg rechtsseitig die Treppe hoch – «die Werktagstreppe», erinnerte ich mich an Ursinas Bemerkung. Den linken Eingang dürfe man nur sonntags benutzen oder wenn hoher Besuch angesagt sei. Meistens sei die Tür unbenutzt, auch an Sonntagen. Ich zog an einem Strang ineinander verflochtener Garne, an dessen oberem Ende eine Glocke angebracht war. Ich erschrak über ihren lauten Klang, denn noch immer reagierte mein Gehör äusserst empfindlich.

Die Tür wurde aufgerissen, und Ursina erschien auf der Schwelle, eingehüllt in eine blaue Strickjacke. Ihre gefärbten Haare hatte sie zu einem Pferdeschwanz zurückgebunden. Sie war ungeschminkt, was ihr eine gewisse Unschuld verlieh. Ihre fragile Schönheit überwältigte mich von Neuem.

«Komm rein. Du warst noch nie in unserer Wohnung, nicht wahr? Wahrscheinlich bist du dich an grösseren Luxus gewöhnt.»

Ich fand mich unmittelbar in einer Küche wieder. Ein antiker gusseisener Herd mit einem Bain-Marie entlockte mir einen Ausruf des Entzückens. Die Steinmauer dahinter war von Russ dunkel verfärbt. Das hier war wirklich museumsreif. Ursina kauerte mit ernster Miene vor den Herd und versuchte, das Ofentor zu öffnen. Der Riegel liess sich schwerlich verrücken. Mit einem krachenden Laut schlug er zurück. Noch leckten Flämmchen gierig nach den Scheiten. Ursina griff nach Briketts, die in einem Korb neben dem Herd lagen, und schob sie nach. «In der Stube heizen wir elektrisch, manchmal auch in den Schlafzimmern. Im Winter gehen wir jedoch jeden Abend mit Kirschsteinsäckchen zu

Bett. Nostalgisch, nicht?» In ihrer Stimme erklang jetzt der blanke Hohn.

«Ich finde es romantisch», entgegnete ich etwas gehemmt.

«Aber nicht, wenn man sich jeden Abend den Arsch abfriert.» Sie erhob sich und prustete eine Haarsträhne aus ihrem Gesicht. «Ich hätte gern meine eigene Wohnung. Aber mit meinem Lohn kann ich mir nichts Eigenes leisten. Mutter ist froh, wenn ich ihr unter die Arme greife. Das Geld von der Gemeinde und Mutters Aushilfejob beim Putzinstitut reichen bei Weitem nicht. So kann ich ihr wenigstens eine Kleinigkeit für Kost und Logis bezahlen. Zudem legen wir noch den Notgroschen für besondere Fälle auf die Seite. Vielleicht für einmal in meinem Leben Ferien in Griechenland.»

Ich schluckte leer. Ferien. Wie oft war ich mit Vater in fremden Ländern gewesen. Für mich war es schon fast selbstverständlich, in meiner freien Zeit in ein Flugzeug zu steigen und auf Reisen zu gehen. Mit meinen fünfundzwanzig Jahren hatte ich bereits viele Länder gesehen und Städte besucht, war auf den Malediven tauchen gegangen oder war zwischen Peru und Argentinien getrampt.

Wie fühlte es sich an, wenn man nicht über Davos hinauskam? Wenn man dazu verdammt war, jede Jahreszeit im Landwassertal zu verbringen? Wenn der einzige Höhepunkt vielleicht eine Bahnfahrt über das Landwasserviadukt war?

«Arbeitest du noch immer beim Denner?», lenkte ich ab.

«Denner ist der Renner.» Ursina verzog den Mund. «Seit Jahren den gleichen langweiligen Mist. Habe mich bei vielen anderen Geschäften beworben. Verkäuferin in einer Modeboutique würde mir gefallen. Aber, wer will mich denn schon? Die Tochter einer Sozialhilfebezügerin?»

«Du bist hübsch und hast Ausstrahlung.»

«Mag sein.» Ursina schlug das Ofentor zu. «Ich werde von Motten umschwärmt, als wäre ich eine Glühbirne. Aber diese Typen haben auch nichts auf der hohen Kante. Die würden eine Frau wie mich auch nicht ernähren können. Ich möchte einmal Kinder haben. Vielleicht liegt hier mein Potenzial. Einen Sugardaddy müsste man finden … Die gibt's doch in Davos. Ich frage mich nur, weshalb sie immer mit ausländischen Frauen auftrumpfen müssen, wenn die jungen Schönen vor der Tür liegen.»

Ich fand keine Worte, um dies zu kommentieren. Für eine Zusatzausbildung reichte das Geld wohl auch nicht. Ursinas Schicksal schien besiegelt.

«Du wolltest mir etwas zeigen.» Ich stellte mich vor den Küchentisch, der mitten im Raum stand. Braun und klobig mit vier Taburettli. Die Chaiselongue an der hinteren Wand diente gewiss als Bett. Es gab ein Kopfkissen und ein Duvet, das, obwohl es zurechtgestreckt war, keinen sehr sauberen Eindruck machte.

Ursina folgte meinem Blick. «Dort schläft für gewöhnlich Mutter, wenn sie ob ihrem Suff die Treppe ins Obergeschoss nicht schafft.» Sie zögerte. «Komm einen Stock höher.»

Sie ging mir voraus, öffnete die Tür in einen engen Vorraum, von wo aus man über zwei Tritte zu einer weiteren Tür gelangte. «Wenn du aufs Klo musst, hier ist es.» Ursina lachte gekünstelt. «Unser Abtritt oder nenne es, wie du willst. Vor fünf Jahren hat uns die Gemeinde das Plumpsklo gegen eine richtige WC-Schüssel ausgetauscht. Im Sommer war der Gestank ja nicht zum Aushalten. Auch einen Boiler haben wir bekommen. Ich hätte gern eine Dusche … na ja, vielleicht in meinem nächsten Leben.»

Wir stiegen die Holztreppe hoch. Jeder Tritt knarrte unter unserem Gewicht. Oben gelangten wir in einen kleinen Korridor, von dem drei Türen weggingen. Ursina stiess eine Tür auf. Die Kälte des Zimmers schlug mir wie eine Faust entgegen.

«Hier wird seit November nicht mehr geheizt. Das Zimmer liegt brach.»

Diesen Eindruck hatte ich allerdings nicht. Ein Bett mit Rüschenwäsche und ein Nachttisch nahmen die Hälfte, ein dunkelbrauner Schrank, eine schmale Kommode und ein Schülerpult den Rest des Zimmers ein. Am Fenster hing roter Tüll, was nicht ganz hierhin passte. Doch irgendwie wirkte es noch bewohnt, als hätte der- oder diejenige das Zimmer nur für einen kurzen Augenblick verlassen. Das Bettzeug war zerknautscht, auf dem Nachttisch lag ein gebrauchtes Taschentuch, auf dem Pult ein Laptop. Am Schrank hing eine Jacke.

«Das war Laras Zimmer.» Ursina fixierte mich mit starrem Blick, als wollte sie herausfinden, ob ich von Laras Tod eine Ahnung hatte. «Meine Schwester lebt nicht mehr», fügte sie hinzu.

«Ich habe es gelesen.» Ich verspürte das Bedürfnis, Ursina in meine Arme zu nehmen. Trotzdem tat ich es nicht.

«Ich vermisse meine kleine Schwester.» Aus Ursinas rechtem Auge löste sich eine Träne.

«War sie krank?» Meine Beklemmung gegenüber Ursina wuchs ins Unermessliche. Es war nicht bloss die Tatsache, dass ihre Schwester nicht mehr lebte. Etwas Unheimliches ging von Ursina aus, dem ich bis anhin kein Gesicht hatte geben können. Ich erinnerte mich jedoch an die Schulzeit. Schon damals war Ursina als nicht greifbar aufgefallen. Sie hatte sich stets mit den übelsten Typen abgegeben, hatte bereits mit zwölf gekifft und sich damit gebrüstet. Ihre Koketterie hatte in ihrer Bekleidung den Höhepunkt gefunden. Niemand sonst war dermassen auffällig angezogen wie sie. Sie hatte keine tollen Sachen gehabt. Im Gegenteil: Es hatte immer so ausgesehen, als hätte sie in Mutters Kleidern aus den siebziger Jahren gestöbert und sie wieder salonfähig gemacht. Wenn jemand von uns Schlaghosen getragen hatte, so war das Ursina. Auch die farbigen Blusen mit Trompetenärmeln gehörten zu ihrem Markenzeichen. Und sie hatte Janis Joplin gehört.

Was tat ich überhaupt hier?

«Man sagt, sie habe sich das Leben genommen.»

«Wer sagt das?»

Ich bereute sogleich mein Voreiligsein.

«Mutter hat ihren Abschiedsbrief gefunden.»

Ursina öffnete ein Kästchen, das als einziges Schmuckstück auf der Kommode stand. Sie entnahm ihm einen Umschlag. Sie öffnete die Lasche und zog einen Papierbogen heraus. «Hier, lies.» Sie streckte mir den Brief unter die Nase.

Ich faltete ihn auseinander.

Liebe Mutter, liebe Ursina,
ich kann nicht mehr. Das Elend in unserer Familie vertrage ich nicht mehr. Ich habe einfach keine Kraft mehr weiterzuleben.
Bitte verzeiht mir.
In Liebe
Eure Lara

Ich schwieg und musterte Ursina. Ihre Mimik hatte sich verschärft. Wieder tauchte die steile Falte zwischen ihren Augen auf, die ich schon im Postillon an ihr bemerkt hatte.

«Selbstmord», flüsterte sie. «Man hat es akzeptiert und nicht weiter gebohrt.»

«Wer hat es akzeptiert?»

«Mutter, die Polizei, die Gerichtsmediziner in Chur.»

«Sie war auf der Rechtsmedizin?» Ich hätte mir die Zunge abbeissen mögen.

«Erinnerst du dich an Jackos Tod? Eine Überdosis Medikamente. Hat auch wie Selbstmord ausgesehen. Die Medien haben einen grossen Wirbel darum gemacht. Zuletzt wurde sein Leibarzt angeklagt.» Ursina winkte ab. «Ich weiss, du liest keine Klatschhefte. Aber wenn man berühmt ist oder eine Menge Kohle hat, wird der Tod untersucht. Ansonsten ...»

«Heisst es, dass du nicht an den Suizid deiner Schwester glaubst?»

«Ja!»

Das war unmissverständlich. «Was begründet dein ...» Ich suchte nach dem richtigen Wort. «... dein Ansinnen?»

Ursina deutete auf den Brief. «Das ist nicht Laras Schrift.»

Ich schritt zum Fenster, hob den roten Tüll und sah hinaus. Es hatte aufgeklart, die Wolken lichteten sich. Blauer Himmel schimmerte durch und versprach einen sonnigen Nachmittag. Ich wäre gern auf dem Jakobshorn gewesen. Ich wandte mich wieder um. «Seit wann hegst du diese Zweifel?»

«Ich habe es Mutter gesagt. Aber sie beharrte darauf, dass sie Laras Schrift kenne.»

«Und die Polizei? Hast du deinen Verdacht der Polizei mitgeteilt? Man hätte ein graphologisches Gutachten machen müssen.»

«Und wer hätte das bezahlt?»

Bevor ich ihr eine Antwort gab, überlegte ich mir, dass die Familie Vetsch nie an die Möglichkeit gedacht hatte, einen Rechtsbeistand beizuziehen. Man hatte es ihr wahrscheinlich nicht einmal vorgeschlagen.

«Lara war zwar ein theatralisches Mädchen», fuhr Ursina fort, «aber nicht trübsinnig. Sie betrachtete das Leben als ein Spiel. Sie war intelligent und wollte studieren. Du kannst am Gymnasium nachfragen. Sie war eine gute Schülerin. Das pure Gegenteil von mir. Ich sehe keinen Grund, weshalb ausgerechnet sie sich das Leben hätte nehmen sollen … Es ist nicht ihre Schrift.»

Ich fragte mich, weshalb Ursina mich zu sich gerufen hatte. Rechnete sie damit, dass ich ihr auf dem Weg zur Wahrheitsfindung half? «Warum hast du mir diesen Brief gezeigt?»

«Man sagt, dass du für Gerechtigkeit bist.» Ursina wandte sich ab. «Ich kenne die Geschichte von eurer Familie.»

Es wäre mir lieber gewesen, sie hätte diese Geschichte nicht gekannt. Ich war nicht stolz darauf. Ich liess meinen Blick wieder über die verschneite Landschaft schweifen. Wie eine ungeheure Woge, erstarrt über der Waldgrenze, ragte das Jakobshorn in den Himmel.

Plötzlich spürte ich zwei Hände auf meinen Schultern.

«Du bist meine einzige Hoffnung, Allegra. Finde heraus, was genau hinter dem Tod meiner Schwester steckt.» Sie liess mich los und griff nach einem Bilderrahmen, den ich nicht beachtet hatte. «Hier, das ist sie. Sieht so eine Todeskandidatin aus?»

Wunderschön war Lara: Ihr Gesicht, umrahmt von braunen hochgesteckten Haaren, strahlte von überwältigender Frische. Über ihren schwarzen Augen tanzten losgelöste Locken. Das Bild wirkte auf mich, als hätte es ein Künstler gemalt. Sie war erst fünf gewesen, als ich Davos verlassen hatte. Doch ihre kindliche Schönheit hatte schon damals eine Vorahnung gegeben, wie sie als Frau einmal aussehen würde. Ein Engel in Menschengestalt. Von ihren dunklen Augen ging ein Leuchten aus, das mich eigentümlich berührte.

Arm und schön, aber ohne Perspektiven.

Hätte es ein Motiv für ihre Selbsttötung sein können?

«Welchen Weg wollte sie nach der Matura denn einschlagen?», fragte ich mit belegter Stimme.

«Sie wollte Ärztin werden. Vielleicht hätten wir das Geld für ihr Studium zusammengebracht – Mutter und ich. Vielleicht hätte sie sogar mit einem Stipendium rechnen können. Die Lehrer haben sie verehrt. Es hätte bestimmt eine Lösung gegeben.»

«Wusste sie das?»

«Sie hat von nichts anderem geredet.»

«Wer hätte denn einen solchen Abschiedsbrief schreiben können?» Ich zeigte auf den Papierbogen.

«Ich weiss es nicht. Ich weiss nur, dass es Lara *nicht* war.»

***

Den Weg von Davos Dorf nach Davos Platz legte ich zu Fuss zurück. Die zweieinhalb Kilometer Strecke schaffte ich in einer halben Stunde. Der Bus, den ich bei der Talstation zur Parsenn gesehen hatte, erreichte fast zeitgleich mit mir den Bahnhof. Die Promenade war verstopft. Die ersten Feriengäste reisten aus dem Unterland an. Ob des schönen Wetters und der guten Schneeverhältnisse wegen, waren zudem viele Tagestouristen hier. Das Problem mit der Verkehrsbewältigung war noch nicht gelöst. Alternativen gab es kaum. Futuristische Ideen, wie zum Beispiel eine Hochstrasse, fanden bei den Einheimischen kein Gehör. Über den Bau eines unterirdischen Tunnels war man sich nicht einig. Allein eine neue Instandstellung des Kanalisationssystems hätte die Kosten in unkalkulierbare Höhen getrieben. Eine autofreie Promenade hätte ein Modell sein können, doch niemand war bereit, die Konsequenzen zu tragen. Die dazu erforderliche Umleitung über die Mattastrasse schien ob der verloren gehenden Idylle nicht diskussionswürdig. Zu viele Einsprachen vonseiten der Bevölkerung, die sich im Gebiet des Föhrenwegs und des Lärchenrings ihr ruhiges Domizil errichtet hatten. Die gute Luft, für die sich Davos noch bis Ende des zwanzigsten Jahrhunderts gerühmt hatte, existierte auch nicht mehr wirklich.

Zwei Züge aus entgegengesetzten Richtungen waren auf den Gleisen eingefahren. Die roten Wagen spuckten Touristen mit Skiern und Snowboards aus. Ich sah dem Treiben eine Weile zu. Dazwischen schoben sich fiktive Bilder.

Lara Vetsch.

Ich hatte sie kaum gekannt. Ihre Schwester war mir genauso fremd.

Ursina hatte mich auf Knien gebeten, das Rätsel um den Tod ihrer Schwester zu lösen.

War ich überhaupt bereit dazu? Im Frühling begannen die Prüfungen für den Master. Ich hatte also weder Zeit noch das Interesse, mich um die Flausen einer Durchgeknallten zu kümmern. Über die Weihnachtstage wollte ich zudem Ski fahren gehen und das Leben geniessen. Ich hatte es verdient. Mein Studium forderte mich. Jetzt musste ich ein wenig Abstand gewinnen, zumindest bis nach Neujahr. Nachdem ich mich nach Vaters Tod und nach allem, was er nach sich gezogen hatte, erholt hatte, musste ich meinen Kopf leeren. Schnee, Sonne, frische Luft, zumindest auf den Bergen: Das brauchte ich. Zudem wollte ich Valerios Wohnung so verändern, dass Tomasz und ich uns über die Festtage wohl darin fühlten. Ich nahm mir vor, nach Chur zum Einkaufen zu fahren.

Trotzdem ging mir Lara nicht mehr aus dem Kopf. Ich hätte Ursina fragen sollen, wo man sie gefunden hatte, und vor allem, *wer* sie gefunden hatte. Auch interessierte mich, wie Lara sich umgebracht haben sollte. Noch war ich mir nicht schlüssig, ob ich mich vertiefter darum kümmern wollte. Inzwischen wusste ich ja, wohin es einen führte, wenn man auf eigene Gefahr ermittelte.

DREI

Ich fuhr mit der Rhätischen Bahn – mit dem Schnellzug, und trotzdem in gemütlichem Tempo – nach Chur. Die Fahrt dauerte knapp eineinhalb Stunden. Mit dem Auto hätte ich es schneller geschafft. Ich genoss es, mich zurückzulehnen und mir zu überlegen, was ich alles besorgen wollte. Nebst den Dekorationen wollte ich ein paar Bücher kaufen, obwohl ich mit Lesestoff eingedeckt war. Ich empfand jedoch überhaupt keine Lust, mich in die Lehrmittel zu vertiefen. Dario hatte recht gehabt: Das Studium überforderte mich. Ich wusste nicht mehr, ob ich den richtigen Weg gewählt hatte.

Ich mochte die Stadt, die im Tal des Alpenrheins liegt, eingebettet in den nordwestlich gelegenen Calanda und die Felstürme des Montalins östlich davon. In den letzten Jahren hatte sie sich wesentlich verändert. Hochhäuser waren entstanden, Strassen ausgebaut, neue Läden wie Pilze aus dem Boden geschossen, doch noch immer fuhr die Bahn nach Arosa durch einen Teil der Stadt. Es mutete nostalgisch an.

Als kleines Mädchen war ich mit Mam oft in Chur gewesen. Wenn in Davos die Schneeschmelze einsetzte, fuhren wir in die Kantonshauptstadt und schnupperten den Frühling. Bedingt durch den Einfluss des Föhns gehört Chur zu den wärmsten Städten der Schweiz. Bereits Anfang April blühen hier die Forsythien und ganze Tulpenbeete und lassen den Winterausklang im Landwassertal wie einen Schatten erscheinen.

Ich legte den Weg zur Innenstadt zu Fuss zurück. Die Strassen waren aper. Die Schneegrenze lag zwischen Cavadürli und Klosters. Der Flaum von vorletzter Woche war infolge der hohen Temperaturen weggeschmolzen.

Chur war nicht mit Luzern zu vergleichen. Dennoch fand man hier alles, was es in Luzern auch gab. Die Geschäfte waren zu einem Einheitsbrei geworden. Wenn man lokale Trouvaillen finden wollte, musste man wissen, wo sie sich versteckten. In der Altstadt zum Beispiel – aber dorthin wollte ich heute nicht gehen.

Ich stöberte fast zwei Stunden in den Abteilungen für Haushalts-

und Dekorationswaren bei Manor, City-Shop und der Migros. Mit zwei grossen Einkaufstaschen, gefüllt mit farbigen Kissen, einer Glasvase, verschiedenen Kerzen und Servietten, fand ich mich bei der Busstation beim Postplatz ein. Es war noch früh. Sollte ich zurück nach Davos? In eine Wohnung, die steril und kalt auf mich wirkte? Wo ich allein sein und der Lerndruck auf mir lasten würde?

Die Rechtsmedizin, ging es mir durch den Kopf. Wenn ich schon mal hier war, konnte ich den Aufenthalt in Chur mit einem Besuch im Kantonsspital verbinden.

Unter einem Vorwand würde ich dort sicher hineinkommen. Den Studentenausweis hatte ich bei mir. Für alle Fälle. Was du heute kannst besorgen, verschiebe nicht auf morgen, ging mir durch den Kopf.

Der Bus erreichte wenig später die Haltestelle. Ich quetschte mich mit meinen Taschen hinein, kramte umständlich das erforderliche Geld aus meiner Handtasche und legte es unter dem geräuschvollen Schniefen des Mannes hinter mir auf die Zahlstelle des Chauffeurs.

«Zum Kantonsspital, bitte», sagte ich.

«Sie hätten Ihr Billett beim Automaten lösen sollen», entgegnete der Mann am Lenkrad geduldig. «Sie sind wohl nicht von hier. Sehen Sie den Kasten dort?»

Ich drehte den Kopf. Beinahe hätte ich die Wange des Schniefenden hinter mir touchiert. Ich hatte ihn mir älter vorgestellt. Den erwähnten Kasten bekam ich nicht zu Gesicht.

«Für einmal mache ich eine Ausnahme.» Der Chauffeur streckte mir ein Ticket hin. «Sie müssen beim Rosengarten aussteigen.»

Ich stolperte in den hinteren Teil des Busses, als er anfuhr, liess mich auf einen der freien Sitze fallen und spürte gleichzeitig die vielen verstohlenen Blicke der Fahrgäste auf mir ruhen. Du meine Güte: Ich war wohl eine Sensation!

«Sie sind sicher eine aus dem Unterland.» Der junge Mann, der sich vor mir aufgebaut hatte und sich an einer der Handschlaufen festhielt, lachte mich mit seinem Froschmaul unverschämt an. «Zum Spital wollen Sie?» Er war nicht hübsch, aber sympathisch. Ein hochgeschossener dünner Mann mit grauen Augen und dunklem Haar, das zerzaust wirkte.

«Ach, Sie haben gelauscht?» Jetzt erkannte ich den Ungeduldigen von vorhin.

«Wollen Sie jemanden besuchen oder Ihren Ballast abladen?» Er zeigte grinsend auf die beiden Einkaufstaschen.

Ich schwieg.

«Ich muss auch dorthin.»

Wollte er mir etwa beim Tragen helfen?

Ich ging davon aus, dass der Schnösel auf plumpe Anmache aus war, und wandte mein Gesicht dem Fenster zu. Der Bus fuhr am Rhätischen Museum vorbei. Hinter den Mauern türmte sich der Wald im lichten Gewand. Weiter vorn präsentierten sich die Dächer der Villen reicher Churer hinter Thujahecken. Die Loëstrasse endete bei den Psychiatrischen Diensten Graubünden, was auf dem Stadtplan neben der mittleren Tür stand. Vielleicht würde ich bis dorthin fahren und von dort zurück. Ich verspürte kein Verlangen nach Unterhaltung.

Kurz vor der Haltestelle Rosengarten drückte der Fremde mir seine Visitenkarte in die Hand.

«Man sieht sich immer zweimal.»

«Da wäre ich mir nicht so sicher.»

Was sollte das denn? Ich war doch sonst nicht auf den Mund gefallen.

Der Mann grinste mich an, peilte den Ausgang an und wartete, bis der Bus mit einem abrupten Stopp hielt. Er sprang hinaus, als wäre der Leibhaftige hinter ihm her.

Was war das soeben gewesen?

Wenig später stand auch ich auf dem Trottoir. Mit meinen Taschen und genervt. Der Fremde war verschwunden. Ich warf einen Blick auf die Karte.

«Dr. Fadri Rageth, Assistenzarzt am Institut für Pathologie und Rechtsmedizin, Chur.»

Ich glaubte zu träumen. Wie ein Arzt hatte er nicht ausgesehen. War die Karte ein Scherz? Hatte ich gerade einen einfachen Zugang in die Rechtsmedizin verspielt? Eine solche Gelegenheit würde mir nie mehr zufallen.

Zufall? Nein, so viel Zufall konnte es nicht geben.

Tomasz hätte diesen Umstand etwas Übersinnlichem zugeordnet.

«Wenn etwas wirklich wichtig ist im Leben», hatte er einmal gesagt, «wird man ohne viel Dazutun auf die richtige Fährte geführt.»
War diese seltsame Begegnung ein Fingerzeig von oben?

Das Kantonsspital war ein weitläufiger Komplex. Ich schritt durch den Eingang und dort auf den Empfang zu. Was ich sagen würde, hatte ich mir sorgfältig zurechtgelegt. Warum ich es tat, hatte nichts mit Ursina zu tun. Aber wenn ich schon mal in Chur war … Die Pathologie hatte ich schon immer einmal von innen sehen wollen. Ich öffnete mein Portemonnaie und holte meinen Studentenausweis daraus hervor. «Grüezi. Mein Name ist Allegra Cadisch, und ich bin zu Studienzwecken im Bereich Pathologie und Rechtsmedizin hier. Dr. Rageth erwartet mich bereits.»
«Dr. Rageth ist gerade eingetroffen. Er hat mir nicht gesagt, dass er jemanden erwartet. Moment, ich werde ihn gleich rufen.» Die Empfangsdame, eine Frau älteren Jahrgangs mit straff nach hinten gekämmten Haaren und einer runden Nickelbrille, griff nach dem Telefonhörer. «Fadri? Hier ist eine Studentin, die dich sprechen will.» Sie wandte sich an mich. «Wie ist Ihr Name, sagten Sie?»
Ich nannte ihn noch einmal.
«Allegra Cadisch. … Was, du hast keinen Termin mit ihr? … Ja dann, ich werde es ihr ausrichten. Was? … Na hör mal, für solches habe ich echt keine Zeit … Danke derweil.» Sie legte auf und sah mich mit zusammengekniffenen Augen an. «Er macht sich gerade für eine Sektion bereit. Von einer Verabredung weiss er nichts.»
«Aber ich habe ihn doch im Bus –»
«Tut mir leid. Sie müssen sich noch einmal anmelden.» Die Frau wandte sich von mir ab und ihrer Arbeit zu. Sie tippte mit flinken Fingern auf der Tastatur ihres Computers und würdigte mich keines Blickes mehr.
Enttäuscht packte ich meine beiden Einkaufstaschen. Das war wohl die Rache für mein unflätiges Benehmen von vorhin. Genervt verliess ich das Spital.

Eine halbe Stunde wartete ich auf den Bus, der Richtung Bahnhof fuhr. Und dort noch einmal so lange, bis ich in den Zug nach Davos steigen konnte.

Später sass ich in einem Waggon, der mich bei jeder Unebenheit der Schiene von einer auf die andere Seite zu kippen drohte. Hinter den beschlagenen Scheiben zog die Landschaft mit der stumpfen Trübsinnigkeit der Wintermonate vorbei. In Landquart ein letzter Halt, bevor die rote Komposition sich durch die schmale Klus Richtung Prättigau schlängelte. Die hohen Flanken zur Rechten und zur Linken, der Fluss, der sich ins Tal gegraben hatte, der sanfte Anstieg in die bewaldete Gegend, ein paar Brückenpfeiler und Freileitungen, einsame Bauernhöfe, neue Siedlungen, Baustellen; alles düster, weil am Himmel wieder schwere Wolken hingen. Das Bild glich einer Schwarz-Weiss-Fotografie mit vereinzelten farbigen Elementen. Ich schlief ein.

Ich erwachte, als der Zug in Klosters einfuhr. Ein Mann mit Hund stieg zu. Ich roch Rauch und feuchte Hundehaare.

Bevor der Zug in den Kehrtunnel verschwand, gezuckerter Überzug auf den Wiesen, eine leise Andeutung des Winters.

Noch blieben vier Tage bis Weihnachten und drei, bis Tomasz mich besuchte. Ich legte die beiden Einkaufstaschen auf den Sitz gegenüber. Rosarote Kissen mit Schnörkelmuster – ich war mir nicht mehr sicher, ob ich das Richtige gewählt hatte. Valerios Wohnung war eigentlich ganz in Ordnung.

Eine Achtzehnjährige begeht Selbstmord.

Dass die Suizidrate in Davos relativ hoch ist, wusste ich aus einer Statistik. Dass es mehr Männer als Frauen betraf, erstaunte mich nicht. Männer kamen in der Regel weniger mit Schicksalsschlägen zugange als Frauen.

Aber eine Achtzehnjährige in der Blüte ihres Lebens? Eine junge Frau mit Ambitionen und Plänen für die Zukunft?

Ich brachte den Gedanken nicht mehr los. Die Idee, in die Rechtsmedizin zu gelangen, hatte durchwegs etwas mit Ursina zu tun. Einen Anwalt würde sie sich niemals leisten können.

Ich sah es als meine Pflicht, einer ehemaligen Schulkameradin zu helfen. Meine Pflicht als Jurastudentin, die sich dem Strafrecht und der Kriminologie verschrieben hatte. Trotzdem: Tomasz würde mir den Kopf abreissen, wenn er davon erfuhr.

Der Wolfgangpass lag hinter mir. Durch die lichten hellorangen und schneebehangenen Lärchen erblickte ich den Davosersee.

Im Gegensatz zu früheren Jahren war er noch nicht zugefroren. Die letzten Tage waren zu warm gewesen. Richtung Flüelatal das neue Hotel. Ein futuristisches Haus, das sich an den Wald dahinter schmiegte. Ein goldenes Ei, das ein Titan gelegt haben musste. Schön und anmutig in seiner Form, eine architektonische Mutprobe.

«Das ist eine einzige Katastrophe», sagte der Mann mit dem Hund, als wir im Bahnhof Davos Dorf einfuhren.

Als ich nichts darauf erwiderte und ihn nur fragend ansah, enervierte er sich zusehends.

«Dieser grössenwahnsinnige Bau dort. Da haben sich ein paar Investoren ein Denkmal gesetzt. Das passt überhaupt nicht in die Landschaft. Es ist eine Sünde … der Anfang vom Ende für alle Davoser. Irgendwann wird es in ausländischen Händen landen. Wir sehen dieser Unterwanderung schweigend zu –»

«Das ist Geschmackssache», wich ich aus. Offenbar hatte ich es mit einem Davoser zu tun, der dem Modernen nichts Positives abgewinnen konnte.

Der Zug setzte sich wieder in Bewegung. Neben den Schienen zerstob der Schnee. In den letzten fünfzehn Jahren waren die Fraktionsgemeinden im Landwassertal dichter geworden. Überall gab es neue Bauten, die wie Schuhkartons aus dem Boden schossen. Oftmals ein Flickwerk unterschiedlicher Stile.

In Davos Platz hielt die Bahn mit quietschenden Bremsen. Inzwischen hatte sich der Tag verabschiedet und war einer Dämmerung gewichen, die schnell zur Nacht wurde.

«Endstation Davos Platz. Alle Reisenden werden gebeten, auszusteigen.»

Ich wuchtete meine Einkaufstaschen auf das Perron. Meine Stiefel neben Spuren, die anderswohin führten, als mein Weg es tat. Im verwehten Rest Schnee eines windigen Tages, der erst in der Dunkelheit die Ruhe wiederfand, ausgepustet wie der Rauch aus dem Kamin auf dem Dach gegenüber, wo lila ein Fähnchen emporstieg, in einen Himmel, den man nur erahnte. Der grosse Zeiger auf der Bahnhofsuhr ruckelte gleichgültig gegen die Zwölf, wogegen der kleine artig in der Nähe der Sechs haften zu bleiben schien. Ich hatte mich viel zu lange in Chur aufgehalten. Die

Lok seufzte ein letztes Mal auf. Ich verfolgte den Schatten eines Mannes, der sich vom Trittbrett auf den Boden schwang und im Gebäude neben den Schienen verschwand.

Schichtwechsel, nahm ich an. Ich packte meine Sachen und überquerte den Platz. Über mir tanzten ein paar Eisflocken, die auf mein Gesicht fielen, wo sie sich gleich in winzige Wassertröpfchen verwandelten. Auf den Lippen schmeckten sie süss.

Erst jetzt sah ich ihn.

Er lehnte an den Buddha beim gelben Hotel – der Eskimo.

Mein Pfefferspray, ging es mir durch den Kopf. Doch der lag in meinem Zimmer in Luzern. Tomasz hatte ihn mir gegeben, als ich mit einer Freundin nach Paris reiste. Das war vor zwei Jahren gewesen. Benutzt hatte ich ihn allerdings nie. Ich wechselte die schwerere Einkaufstasche von der linken zur rechten Hand. Im Notfall tat es auch eine Vase, die mir jetzt gegen das Schienbein drückte.

Meine Intuition täuschte mich diesmal nicht. Auf seiner Höhe angelangt, trat der Eskimo aus dem Schatten der Buddhastatue direkt auf mich zu. Im Gegensatz zur letzten Begegnung schien er nüchtern zu sein. Das hinderte ihn jedoch nicht daran, mich genauso unwirsch verbal anzugreifen.

«Noch immer in Davos? Habe ich dich nicht gewarnt?»

«Hören Sie, ich weiss nicht, was Sie von mir wollen. Ob und wie lange ich in Davos bin, geht Sie nichts an. Ich kenne Sie nicht. Gehen Sie mir aus dem Weg.»

Er blieb wie versteinert stehen.

«Aber ich kenne *dich*. Du glaubst, eine Mission erfüllen zu müssen. Aber da täuschst du dich. Du sollst nicht in Dingen wühlen, die du nicht kennst. Die objektive Sicht ist dir verwehrt, glaube mir. Und die subjektive gaukelt dir etwas anderes vor. Geh, bevor es zu spät ist.»

«Was für Dinge?» Ich war perplex. «Zudem weiss ich nicht, wovon Sie sprechen.»

Der Eskimo zog die Kapuze vom Kopf. Ein Lockenkopf und abstehende Ohren kamen zum Vorschein. Ich erschrak. Der Stich unterhalb meines Rippenbogens schmerzte. Ich erinnerte mich, wo ich diesen Mann zum ersten Mal gesehen hatte. Im Postillon war es gewesen. Diese Augen, das helle Gesicht, das trotz der Dunkelheit zu erkennen war.

«Ich flehe dich an.» Seine Stimme wurde sanfter, fast sakral. «Verlasse Davos, bevor es zu spät ist.»

Ich wandte mich von ihm ab. Da war Hopfen und Malz verloren. Ich hätte ihn noch stundenlang mit Fragen löchern können, ohne je eine brauchbare Antwort zu bekommen. Entweder veralberte er mich, oder er war geistig nicht ganz zurechnungsfähig. Ich wurde nicht schlau aus ihm. Er trottete hinter mir her. Ich schritt in Richtung Valerios Wohnhaus. Ein ungutes Gefühl beschlich mich.

«Du hast hier nichts verloren. Hau ab!» Seine Stimme hatte sich verändert. Ich fürchtete mich vor einer Auseinandersetzung, vor seiner Unberechenbarkeit.

Ich beeilte mich, zum Hauseingang zu gelangen. Die Einkaufstaschen schlingerten um meine Beine. Der Eskimo folgte mir.

Was musste ich davon halten? Wie ernst meinte er es? Ich bewahrte Ruhe, öffnete meine Handtasche und suchte nach dem Schlüssel. Ich fand ihn nicht auf Anhieb.

Plötzlich griff der Eskimo nach mir. Ich spürte seine Hände auf meinen Schultern. Er drückte zu.

Instinktiv machte ich einen Schritt rückwärts. Ich roch seine Ausdünstung. Er war aufgebracht und hatte sich offensichtlich nicht mehr unter Kontrolle. Ich schrie, dass er das sein lassen solle. Aber er schnellte vor und packte mich erneut. Wieder versuchte ich, mich aus seinem Griff zu befreien. Kurz gelang es mir. Ich wich zurück. Er machte zwei Schritte nach vorn. Ich verabscheute seine widerlichen Hände. Er wollte mir offensichtlich wehtun, mich würgen. Ich wich wieder zurück. Ich holte mit der Rechten aus und schleuderte ihm die schwere Tasche mit der Vase gegen den Kopf.

Es gab einen hässlichen Laut.

Ich sah den Eskimo in Zeitlupe auf den Boden sinken. Wie ein Mehlsack schlug er auf. Der Schnee verschluckte den Aufprall. Erst als er lag, erkannte ich seine wahre Körpergrösse. Ein Koloss, der sich nicht mehr rührte. Er lag vor mir wie tot.

Einen Moment stand ich benommen da, unfähig, einen klaren Gedanken zu fassen.

Ich zwickte mit der rechten Hand meine Nase. Nein, ich träumte nicht.

Mich packte das Grauen. Ich liess den Eskimo liegen und hastete zum Eingang. Es verging eine geraume Zeit, bis ich den Schlüssel ins Schloss gesteckt und umgedreht hatte.

Endlich stand ich im Hausflur. Ausser Atem und aufgelöst. Der Lift brachte mich nach oben.

Wie ich in Valerios Wohnung gekommen war, wusste ich später nicht mehr. Ich wühlte nach meinem iPhone, unklar, wen ich anrufen sollte. Tomasz oder Dario. Von Tomasz würde ich das erfahren, was ich bereits wusste, dass ich mich mit diesem Angriff schuldig machte, auch wenn ich in Notwehr gehandelt hatte. Aber ich hatte ihn liegen lassen.

Ich tippte auf Darios Nummer und wartete. Das Klingeln schien unendlich lange zu dauern. Ich holte die Vase aus der Tasche oder das, was davon übrig war. Sie war in tausend Stücke zersprungen.

«Allegra, schön, von dir zu hören.»

«Kannst du sofort herkommen?» Ich versuchte, den Kloss in meinem Hals hinunterzuschlucken.

«Was ist denn geschehen? Du tönst so, als hättest du die Fassung verloren.»

«Ich glaube, ich habe einen Mann erschlagen.»

***

Die Notwehr ist das Recht auf Verteidigung. Sie ist erforderlich, um einen gegenwärtigen rechtswidrigen Angriff von sich abzuwenden. So steht es im Strafgesetzbuch. Die genauen Paragraphen hatte ich jedoch nicht im Kopf. Eine Notwehrhandlung, die den gesetzlichen Kriterien entspricht, ist ein gerechtfertigter Eingriff in die Rechtsgüter des Angreifers und somit mein strafbares Unrecht …

Die Minuten verstrichen ins Endlose. Wie gelähmt wartete ich am Fenster und starrte auf die Strasse. Sie schien wie ausgestorben. Später erreichte die Ambulanz den Tatort mit Blaulicht und Martinshorn. Meine Beine fühlten sich wie Gummi an. Runtergehen wollte ich nicht. Ich würde noch früh genug mit den Konsequenzen meiner Untat konfrontiert. Ich befürchtete, dass meine Zukunft heute einen dunklen Fleck bekommen hatte. Ich musste mit einem Eintrag ins Strafregister rechnen, wenn nicht sogar mit einer Anklage wegen Körperverletzung – oder gar Totschlag?

Es klingelte. Benommen öffnete ich und liess Dario eintreten. Er schaute sich um, als wollte er sich vergewissern, dass ich allein war. Er schaffte es nicht, sein Staunen zu verbergen. Offenbar hatte er noch nie eine solche Wohnung zu Gesicht bekommen. «Nun erzähl, was ist vorgefallen?» Er blieb mitten im Wohnzimmer stehen.

«Ist er tot?»

«Setz dich erst mal und berichte der Reihe nach, was passiert ist. Du bist doch sonst nicht so zartbesaitet.» Er streichelte mir tröstend über die Hand.

«Sag schon. Ich sterbe vor Angst.»

Er deutete auf die kaputte Vase. «Ist das die Tatwaffe?»

«Du wagst es, Witze zu machen?» Ich rang mir ein schnelles Lächeln ab. «Ich habe mich bloss gewehrt. Er griff mich zuerst an. Kennst du ihn?»

«Vielleicht kannst du mich zuerst darüber aufklären, was genau geschehen ist und wo der Mann liegt, den du angeblich erschlagen haben solltest. Die Ambulanz ist da, aber kein Verletzter.»

«Aber …» Ich verstand die Welt nicht mehr. «Da war einer. Er verfolgte mich, redete wirres Zeug, packte mich, wollte mich würgen … Ich schlug auf ihn ein. Er sackte zu Boden. Ich ging dann in die Wohnung und rief dich an …»

«Noch einmal: Da liegt keiner.»

«Dario. Ich weiss doch, was ich getan habe. Der Kerl lag regungslos im Schnee.» Ich zeigte auf die kaputte Vase. «Dort ist der Beweis.»

«Wenn dort einer gelegen hatte, so hat er sich aus dem Staub gemacht. Vielleicht hat er ein schlechtes Gewissen bekommen und ist abgehauen. Ich schlage dir vor, dass wir runtergehen und du mir den Ort zeigst, wo es geschehen sein soll.»

Ich wusste nicht, ob Dario es ernst meinte. Demonstrativ rieb ich mir die Stelle am Hals, wo mich der Unbekannte gepackt hatte. «Er war gewalttätig …»

«Vor Weihnachten verzeichnen wir allgemein vermehrt solche Übergriffe», relativierte Dario. «Körperliche Gewalt in der Familie, Prügeleien auf der Strasse, Ladendiebstahl. Es ist jedes Jahr dasselbe. In Davos ist es nicht so schlimm wie im Unterland. Aber die Advents- und Weihnachtszeit hat es in sich. Da werden Emotionen geweckt, nicht immer nur positive.»

«Er war da! Er wusste um den Tod meines Vaters und hat sogar Andeutungen von dessen Vergangenheit gemacht. Letzthin vor dem Rätia-Center. Von irgendwoher muss er es wissen.»

«Er hat dich schon einmal belästigt?»

«Ich hab's dir doch erzählt.» Ich verschwieg aber, dass ich denselben Kerl auch schon im Postillon gesehen hatte. Dass er mich zweimal angegriffen hatte, konnte kein Zufall mehr sein. Nur konnte ich mir keinen Reim darauf machen, weshalb.

«Wollen wir runtergehen?» Dario nahm mich am Arm. Und als wollte er mich damit trösten, sagte er, dass er mir glaube.

Ich erhob mich, gelangte kopfschüttelnd zum Tisch und betrachtete die Vase. «Schade um das schöne Stück. Ich habe sie heute in Chur gekauft.»

Wir verliessen die Wohnung.

«Du warst in Chur?» Dario war offensichtlich froh, dass ich das Thema wechselte. «Warum hast du mir nichts gesagt? Ich hatte einen freien Nachmittag.»

Ich drückte den Liftknopf.

«Ich war bereits am Morgen dort.» Ich überlegte mir, ob ich Dario über mein Vorhaben in Kenntnis setzen sollte.

«In deinem Gehirn rattert es wieder. Ich sehe es dir an.» Darios Lachen hatte etwas Listiges an sich. «Woran denkst du? Da ist doch noch etwas, was du mir sagen möchtest.»

Der Lift hielt, die Schiebetür ging auf. Wir betraten den Lift. Ich drückte den Knopf zum Erdgeschoss.

«Also, was hast du noch auf dem Herzen?», bohrte Dario weiter.

«In ein paar Tagen ist Weihnachten», wich ich aus. «Tomasz wird mich besuchen.»

«Ja und? Dann werde ich deinen Herzensbrecher endlich kennenlernen. Im Frühling hast du ihn mir vorenthalten.»

«Weil ich nicht wusste …»

«Was?»

«Ach, vergiss es!»

Dario legte eine Hand auf meine Schulter. «Du wolltest mir nicht wehtun. Ist es das?» Seine Stimme klang sanft.

«Ja.»

«Weil ich mich in dich verliebt habe?»

«Ja.»

Der Lift hielt. Die Tür ging auf. Wir traten in den Flur, wo linksseitig die Briefkästen angebracht waren.

«Ich habe mich damit abgefunden, dass ich keine Chance bei dir habe. Echt, Allegra. Aber als Freundin möchte ich dich nicht verlieren. Du bist ein echter Kumpel. Mit dir kann man Pferde stehlen.»

«Ich bin froh, dass du es auch so siehst.» Ich stellte mich auf die Zehenspitzen und küsste ihn auf die linke Wange. «Danke, Dario.»

Er öffnete die Tür.

Wir traten vor das Haus. Der Rettungsdienst war noch da. Vor dem Kastenwagen standen ein Mann und eine Frau und unterhielten sich. Ich blickte auf den Boden, wo vor nicht langer Zeit der Eskimo gelegen hatte. Kein Blutfleck. Das beruhigte mich jedoch nur bedingt. Die grössere Sorge galt der Frage, ob der Spuk vorbei oder ob es bloss der Anfang gewesen war. Ich liess mir meine Skepsis nicht anmerken.

Dario sah auf seine Armbanduhr. «So, und nun zeige mir, wo dieser Mann gelegen hat.» Sein unbekümmertes Gesicht war einem nachdenklichen gewichen.

Im Schein des Lichts, das aus dem Flur strömte, suchte ich den Boden nach verdächtigen Spuren ab. Nach Körperspuren, Schleifspuren, Schuhabdrücken – aber da war nichts als niedergetrampelter Schnee, was auf verschiedene Ursachen zurückzuführen war. Auf den ersten Blick sah es so aus, als hätte hier tatsächlich nie ein Mensch gelegen.

«Ich verstehe das nicht.»

«Wollen wir es dabei bewenden lassen, dass der Kerl wohlauf ist und das Weite gesucht hat?» Dario liess mich stehen. Er ging auf die Sanitäter zu, erklärte ihnen etwas, das ich nicht verstand, worauf sie in ihr Fahrzeug stiegen und davonfuhren.

«Über die Kosten müssen wir uns dann noch unterhalten», sagte Dario, als er zu mir zurückkehrte. «Und ...» Er sah mich eindringlich an. «Es wäre gut, wenn du morgen um zehn auf den Polizeiposten kommen könntest.»

«Aber morgen ist Samstag», intervenierte ich.

«Wir arbeiten sieben Tage die Woche. Ich würde den heutigen Vorfall gern zu Protokoll bringen. Im Falle, dass es zu ähnlichen Tätlichkeiten kommen sollte.»

Ich senkte meinen Blick. «Ich weiss. Wenn das so ist, kann ich mein Studium gleich abbrechen, falls er auftauchen und mich anzeigen sollte ...» In Gedanken sah ich den niedergeschlagenen Eskimo vor mir und konnte es nicht fassen, dass er verschwunden war.

Dario strich mir über den Arm. «Du verwechselst da wohl etwas. Wo kein Opfer, kein Täter.» Dann drehte er mich sachte zu sich um. «Was beschäftigt dich noch?»

Ich war unschlüssig. Die Vase war kaputt. Ich hatte fest zugeschlagen. Der Mann war immerhin bewusstlos gewesen. Ich verstand die Welt nicht mehr.

Ich schwieg.

Dario wiederholte sich.

Ich fasste mir ein Herz. Es schadete nichts, mich von dem Erlebten abzulenken. «Ursina Vetsch ...»

Ein dunkler Schatten huschte über Darios Gesicht. «Was ist mit Ursina?», fragte er eine Spur zu unterkühlt.

«Ich war bei ihr.»

«Wann?»

«Gestern.»

«Und weshalb?»

«Sie hat mich gebeten vorbeizukommen. Sie hat mir einen Brief gezeigt.»

«Laras Abschiedsbrief.»

«Du weisst davon?»

«Er war Teil unserer Ermittlungen.»

«Habt ihr nie an der Echtheit des Schreibens gezweifelt?», fragte ich, um von meinem Dilemma abzulenken.

«Nein.»

«Und warum nicht, wenn ich fragen darf?»
«Weil Jelsha Vetsch bestätigt hat, dass es Laras Schrift ist.»
«Ursina bezweifelt es.»
«Mit dieser Masche tauchte sie auch bei uns auf. Aber glaube mir, alles sprach für eine Selbsttötung.»
«Lara hatte Zukunftspläne. Sie wollte studieren.»
«Wahrscheinlich hat ihr etwas einen Strich durch die Rechnung gemacht. Sie war ein zartes Wesen und nahe am Wasser gebaut. Müller hat den Fall als erledigt abgelegt.»
«Wo hat man sie eigentlich gefunden?»
«Im Mattawald.»

Als Dario gegangen war, rief ich Tomasz an. Ich verschwieg ihm das letzte Ereignis, sagte nur, dass ich in Chur unterwegs gewesen sei, um ein paar Sachen zu besorgen, und dass ich mich auf seine Ankunft freue.
«Wir versinken hier in der Arbeit», klärte Tomasz mich auf. «Ein Mammutfall aus Übersee. Die ganze Abteilung macht Überstunden. Ich weiss nicht, ob ich heute noch aus dem Büro komme. Vielleicht übernachte ich hier.» Es sollte witzig klingen. Aber ich spürte seine Anspannung. Seit Tomasz in der Grosskanzlei arbeitete, hatte er sich verändert. Ich hoffte, dass er sich wenigstens über die bevorstehenden Festtage etwas erholen konnte und die Unbeschwertheit von früher zurückgewann.
«Weisst du schon, wann du in Davos sein wirst?»
«Können wir das noch offenlassen?» Er klang nicht sehr glücklich.
«Tomasz? Ist alles in Ordnung?»
«Ja, ich bin zurzeit einfach etwas müde. Aber das wird schon wieder. Ich melde mich, sobald ich mehr weiss.» Er liess ein paar Sekunden verstreichen. «Ich liebe dich, und ich freue mich auf die gemeinsamen Tage im Schnee. Doch diese muss ich mir erst verdienen.»
Ich bohrte nicht weiter. «Ich liebe dich auch.»
Nachdenklich legte ich auf.

VIER

Über das Jakobshorn kletterten die ersten Sonnenstrahlen und begrüssten einen wolkenlosen Tag. Ich hatte vergessen, im Schlafzimmer die Rollläden herunterzulassen. Das grelle Licht blendete mich und liess eine Vielzahl an Staubpartikeln über dem Bett tanzen. Ich hatte verschlafen. Um zehn hätte ich auf dem Polizeiposten sein sollen. Jetzt war es zwanzig vor.

Der gestrige Zwischenfall traf mich mit aller Härte. Vielleicht hatte ich zu schnell reagiert. Es hätte andere Mittel gegeben, den Angreifer abzuhalten. Andererseits war er verschwunden, und ich musste davon ausgehen, dass er nicht so schwer verletzt war, wie es den Anschein gemacht hatte.

Ich ging unter die Dusche, fern von jeglichem Tropenschauer. Das harte Wasser prickelte auf meinem Körper. Zu viel Kalk, nahm ich an. Später drückte ich aus Valerios futuristischer Kaffeemaschine einen Arpeggio raus. Er schmeckte mir nicht.

Vor der Haustür traf die Kälte mein Gesicht. Noch lag der Bolgen im Schatten. Ich schlug den Weg zum Bahnhof ein. Ein Zug stand dort. Die eisbedeckten Bahnstromnetze sirrten. Der Schnee unter meinen Stiefeln knirschte, als würden Eisenteile aneinanderreiben. Heute empfing mich der kälteste Tag, seit ich in Davos angekommen war. Ich zog meine Kappe tiefer ins Gesicht, den Schal enger und steckte meine Hände in die Jackentasche. Gegen diese Kälte war ich nicht gewappnet und eindeutig zu wenig abgehärtet. An der Talstrasse zeigte ein Thermometer elf Grad minus an. In meinen Nasenöffnungen hatten sich Kristalle gebildet. Ich beeilte mich.

In der Nähe des Polizeistützpunkts warteten Pferdeschlitten. Zwei Touristen bestiegen einen davon und deckten sich mit Wolldecken und Schaffellen zu. Der Kutscher hockte eingemummt auf dem Bock. Er sah aus wie angefroren.

Ich schritt zum Eingang, stiess die Tür auf und stieg die Treppe hoch. Allmählich kehrte die Wärme in meine Glieder zurück. Vor Darios Büro klopfte ich an.

Er öffnete fast zeitgleich, sah zuerst mich, dann seine Armbanduhr an. «Drei Minuten zu spät.»

«Ja, tut mir leid. Wird nicht wieder vorkommen.» Ich verschwieg, dass ich verschlafen hatte.

«Scherz!» Er küsste mich auf beide Wangen. «Komm, wir gehen gleich zu Müller. Er erwartet uns.»

«Aber warum denn?»

Dario druckste herum. «Er will dich sehen.»

«Hast du ihm erzählt, dass ich hier bin?»

«Na hör mal: Du schlägst einen Mann halb tot, bietest die Polizei auf, die Ambulanz … Hast du das Gefühl, das bliebe vor Müller geheim?»

«Die Ambulanz geht nicht auf meine Kappe. Die hast *du* aufgeboten. Und warum musst du Müller immer alles brühwarm erzählen?»

«Erst nachdem du mir gesagt hast, was vorgefallen war. Zudem gehört es zu meinem Tagesrapport. Ich bin verpflichtet, Bericht zu erstatten. Es gibt da noch etwas, das Müller mit dir persönlich anschauen will.»

«Was denn?»

«Das siehst du dann.»

Ich hatte ein ungutes Gefühl. Im letzten Frühling war mir Josias Müller nicht gut gesinnt gewesen, weil ich der Polizei immer einen Schritt voraus war. Ich war für ihn ein schwarzes Tuch. Meine Anwesenheit in Davos verursachte bei ihm wohl Sodbrennen.

Müllers Bürotür stand offen. Dario klopfte an den Türpfosten. Unaufgefordert traten wir ein. Müller sass am Pult, vor sich eine Tasse mit dem Aufdruck «Spengler-Cup 2008». Sie kam mir bekannt vor. Seit meinem letzten Besuch hatte sich nichts Wesentliches verändert. Noch immer stapelten sich Ordner und Dokumente. Die Schale mit den Schokoherzen hatte ihren festen Platz. Müller selbst sah blasser aus, als ich ihn in Erinnerung hatte. Vielleicht lag es am beigen Strickrollkragenpullover. Sein Schnurrbart war grau geworden, die Brille kaschierte kaum die müden Augen. Müller erhob sich, kam um das Pult herum und reichte mir die Hand. «Wie geht es Ihnen?»

«Danke, gut, und Ihnen?»

Er ging nicht darauf ein, und sein anfänglich freundlicher Ton wich einem forschen. «Ihre Präsenz ist spürbar, wie wir erfahren haben. Kaum sind Sie hier, ist wieder der Teufel los.»

Ich warf Dario einen fragenden Blick zu.

«Er weiss alles», flüsterte mir Dario zu.

«Ich habe in Notwehr gehandelt», verteidigte ich mich, noch bevor Müller etwas gesagt hatte. «Ich kenne den Mann nicht. Weshalb hätte ich ihn einfach so schlagen sollen? Er hat mich angegriffen. Ich habe mich gewehrt.»

«Sie hätten auch die Flucht ergreifen oder schreien können. Irgendjemand hätte Sie bestimmt gehört.» Müller räusperte sich hinter vorgehaltener Hand. Er vermied den Blickkontakt. «Er hatte Sie also schon einmal belästigt?»

Mir fuhr es in alle Knochen. Warum war Müller so scharf darauf, dies zu erfahren? Wurde mir etwas verheimlicht?

«Ich muss Sie nun zu der Tat befragen. Bitte setzen Sie sich.» Müller schob mir einen Stuhl zu.

Etwas lag in der Luft. Darios Bemerkung von vorhin und Müllers sonderbares Verhalten schienen mir verdächtig.

«Wir haben gegen Sie eine Anzeige erhalten», sagte Müller.

Ich war sprachlos, wechselte nur hilflos Blicke mit Dario. Was wurde hier gespielt?

«Was für eine Anzeige?»

«Es kam zwar noch nie vor, dass ein Unbekannter eine Anzeige aufgab», erklärte Müller. «Meistens ist es umgekehrt, dass man Anzeigen gegen unbekannt macht. Aber heute Morgen hatte ich einen etwas sonderbaren Anruf. Ich gehe davon aus, von dem Mann, den Sie gestern niedergeschlagen hatten, oder von jemandem, der ihn vertritt. Er erhob Anzeige wegen mittelschwerer Körperverletzung gegen Sie.»

Ich erstarrte.

Wo kein Opfer – kein Täter.

Galt das in diesem Fall nicht?

«Ich kann das nicht einfach ad acta legen», sagte Müller. «Ich muss Sie zu dem Vorfall befragen und ein Protokoll schreiben. Tut mir leid.»

«Das ist aber nicht Ihr Ernst.» Ich glaubte nicht, dass es ihm leidtat. «Ich wurde angegriffen. Dass ich mich gewehrt habe, war ein Reflex. Aber wenn dieser Kerl mich nicht angegriffen hätte, wäre das nie passiert.» Ich spürte, wie die Galle in mir hochkam.

Müller liess sich auf seinen Bürostuhl plumpsen.

Meine Hände zitterten.

Dario hatte den Kopf gesenkt und starrte den Fussboden an.

Müller spielte mit seinem Schreibstift. «Wollen wir also beginnen?»

In der nächsten halben Stunde schilderte ich den Vorfall vor dem Rätia-Center, dass mich der Fremde schon damals ins Visier genommen, ich dem aber nicht allzu viel Gewicht zugemessen hatte. Kinder und Betrunkene reden, was sie denken. Der Mann hatte mir einen Schrecken eingejagt – mehr war da nicht gewesen. Anders gestern. Es ist ein sonderbares Gefühl, von jemandem grundlos angegriffen zu werden. Aber ich hatte keine Zeugen.

Ich hatte mich in eine ziemlich verzwickte Situation hineinmanövrieren lassen.

Müller nahm sich Zeit. Nach dem Eintippen der letzten Zeile las er das Protokoll noch einmal sorgfältig durch, bevor er es ausdruckte. Er schob mir eine Kopie zu. Ich las sie durch, fand ausser ein paar Schreibfehlern nichts, das ich geändert hätte, und unterschrieb es.

Ich entfloh dem Stuhl, verabschiedete mich von Müller und ging an Dario vorbei nach draussen.

Dario rannte mir hinterher. «Allegra, es ist nicht so, wie es aussieht.»

Mein Schweigen täuschte darüber hinweg, dass mein Inneres aufgewühlt war. «Wonach sieht es denn aus?»

«Das ist eben unser Beruf.» Dario packte mich am Arm und versuchte ein Schmunzeln, was ihm misslang. «Viel Bürokratie, seitenlange Schreiberei fürs Archiv. Und dieser Fall ist ziemlich verzwickt.»

«Aber da könnte ja jeder kommen.» Wir waren am Ende des Korridors angelangt.

«Du hättest besser getan, wenn du dich gestern noch einmal

vergewissert hättest, ob er noch da lag, bevor du mich angerufen hast.»

«Ist das der Dank dafür, dass ich mir Sorgen um meinen Angreifer gemacht habe?»

«Jetzt beruhige dich.»

«Du begreifst nicht, in was ich da hineingerutscht bin. Was, wenn der Typ wieder auftaucht?» Ich atmete tief ein. «Davos bringt mir definitiv kein Glück. Und hat Müller eigentlich etwas gegen mich? Er genoss es sichtlich, mich in die Pfanne zu hauen.»

Dario zog eine Schnute. «Seine Frau ist mit einem jungen Skilehrer durchgebrannt. Er leidet seither. Aber er will es nicht zugeben. Seine Launen sind manchmal gewöhnungsbedürftig. Na ja, was soll's. Auch die Frauen in Davos emanzipieren sich langsam.» Er schenkte mir ein befreites Lachen.

Ich versuchte, meine Gedanken in eine andere Richtung zu lenken.

Auf der Strasse traf mich ein Schwall Schnee, verursacht durch den Bus, der in rasantem Tempo an uns vorbeifuhr.

«Was hast du jetzt vor?», fragte Dario.

«Ich weiss nicht. Vielleicht sollte ich dich zum Mittagessen einladen.»

«Das ist aber nett. Aber so, wie ich dich kenne, steckt da eine Absicht dahinter.»

«Ich möchte mich nur für neulich revanchieren.»

«Und wo, schlägst du vor, wollen wir uns zum Essen treffen?»

«Wie wäre es mit dem Bolgen Plaza?»

«Gute Idee. Ich werde um halb eins dort sein. Du kannst uns draussen einen Tisch reservieren. Die haben auch Wolldecken.»

Tomasz! Ich musste Tomasz erreichen. Ich brauchte jetzt seine Hilfe. Ich wählte die Nummer seines Mobiltelefons und liess es mehrmals klingeln. Vergeblich. Tomasz nahm meinen Anruf nicht entgegen. Ich glaubte zu träumen. Das durfte alles nicht wahr sein.

Ich hatte mit einer Vase einen Idioten niedergeschlagen, der jetzt verschwunden war. Ob er schwer verletzt war, wusste ich nicht. Ich hatte aber ziemlich heftig zugeschlagen. Vielleicht würde er irgendwann auftauchen und offiziell eine Anzeige gegen mich machen. Der Tatbestand war ja klar.

Ich nahm mir vor, erst mal abzuwarten.

***

Am Bolgen hatte ich Skifahren gelernt. Mam hatte es Valerio und mir beigebracht. Bei schönem Winterwetter täglich von morgens bis abends. Manchmal auch nachts, wenn die Hänge beleuchtet waren. Nachtskifahren war immer ein spannendes Ereignis gewesen. Im Flutlicht oder bei Vollmond. Im zarten Alter von drei Jahren hatte ich den Stemmbogen beherrscht, mit fünf war ich das erste Kinderskirennen gefahren. Ab der ersten Primarschule hatte ich in jedem Jahr am Jugend-Schnee-und-Sporttag teilgenommen, einmal sogar einen Pokal gewonnen.

Am Bolgen trafen sich nebst Einheimischen und Touristen Krethi und Plethi. Hier wurde gegessen, getrunken und gefeiert. Typisch vor dem Bolgen Plaza waren die blau-weiss gestreiften Strandkörbe, die von Sonnenhungrigen in Beschlag genommen wurden. Nebst dem Schlepplift und der Skipiste dominierte die Halfpipe. Der Bolgen war das Mekka für die Snowboard-Szene. Jährlich fanden hier Wettbewerbe statt, wo die Teilnehmer Weltranglistenpunkte sammelten.

Ich überquerte das Landwasser, das sich durch das Hochtal erstreckt. Schneebedeckte Sträucher beugten sich über das Flussbett. Eine Wolke von Eiskristallen zerstob, als ein Vogel aus dem Geäst flog. Wellen tanzten zwischen runden Gesteinsbrocken. Neben der Brücke blieb ich stehen und lauschte dem Gesang des Wassers. Leise plätscherte es vor sich hin. Ich warf ein verwelktes Blatt hinein, das ich am Wegrand gefunden hatte. Ich sah ihm nach, wie es hinuntersegelte, dem Flusslauf nicht trotzte. Es würde irgendwann die Zügenschlucht erreichen und später in den Alpenrhein münden. Es war mir, als würden meine Gedanken mitsegeln. Weitertreiben bis ins grosse Meer.

Davos – ich hatte einmal hier gelebt. Hatte es mich auch geprägt?

Später hüpfte ich über die Langlaufloipe und traf beim Restaurant ein. Auf der Terrasse hatten sich trotz der Kälte die ersten Gäste breitgemacht. Mit Mützen und Handschuhen hielten sie zusätzliche Stühle besetzt. Ich fand am äussersten Rand zur Piste einen Tisch. Ich bestellte mir eine heisse Ovomaltine und beobachtete den Übungshang, wo Mütter und Väter mit ihren Kindern hinunterrutschten. Ein Dreikäsehoch mit Helm und Skibrille raste in hohem Tempo den Hügel hinunter – ein einheimischer Pistenrowdy, nahm ich an. Er erinnerte mich an Valerio und mich, als wir genauso furchtlos auf den Pisten unterwegs gewesen waren. Die meisten Davoser Kinder können Ski fahren, bevor sie die Windeln ablegen.

Ich spürte Schnee an meinem Hals und schrie fast zeitgleich auf. Wahrscheinlich lag es an Darios Naturell, dass er mich jedes Mal, wenn wir uns trafen, zuerst erschrecken musste.

«Du elender Schuft! Nennst du das Begrüssung?»

«Ich wollte bloss deine Reaktion testen.» Dario schwang sich auf den Stuhl mir gegenüber. Er trug eine Ray-Ban, und sein Zahnpastalächeln war unverschämt. «Nun schiess los! Was wolltest du mit mir besprechen?»

Zum Glück kam die Bedienung an unseren Tisch. Sie hielt mich davon ab, jetzt gleich heikle Fragen zu stellen, bei denen ich nicht sicher war, ob Dario sie mir beantworten könnte. Wir bestellten Bratwurst mit Rösti.

Wir alberten herum, bis die Mahlzeit auf dem Tisch stand. Wir erinnerten uns an unsere Schulzeit, fanden es witzig, unseren damaligen Lehrer nachzuäffen oder einige unserer Mitschüler, rätselten, was aus Dario geworden wäre, wenn er einen anderen Beruf gewählt hätte. Doch er beharrte darauf, dass Polizist sein Traumberuf war, schon immer.

«So, nun rück schon heraus», sagte er, während ich mein Gesicht der Sonne zuwandte. Mittlerweile hatten wir die Bratwurst und die Rösti verzehrt. «Ich würde dich schlecht kennen, wenn ich hinter diesem Treffen hier keine Absicht sähe. Ist es wegen dem Phantom?»

«Ich will wissen, in welchem Zustand man Lara Vetsch gefunden hat. Warst du dabei?»

Wenn Dario jetzt überrascht war, liess er es sich nicht anmerken.

«Wer hat euch benachrichtigt?», bohrte ich weiter.

«Ein anonymer Anrufer.»

«Ein Mann oder eine Frau?»

«Ein Mann. Der Anruf kam von einem Handy, wahrscheinlich mit Prepaidkarte. Wir konnten ihn nicht zurückverfolgen.»

«Wann war das? Wie lange war da Lara schon tot?»

«Ich habe den Abschlussbericht nicht gelesen.»

«Und warum nicht?»

«Weil ein Suizid nicht von uns untersucht wird.»

«Die Polizei ging vom ersten Moment an von einem Selbstmord aus?»

«Aber das sagte ich doch schon. Laras Mutter hatte den Abschiedsbrief gefunden. Es gab keine Zweifel mehr, weil wir ja wussten, wie es um die Vetsch-Frauen steht.»

«Eigentlich tragisch in dieser reichen Gemeinde», provozierte ich.

«Ich glaube, sie werden angemessen unterstützt.»

«Finanziell – logisch. Aber wie sieht es mit persönlicher Unterstützung aus?»

Dario verdrehte die Augen. «Worauf willst du hinaus? Der Sozialdienst bemüht sich sehr um sie. Aber sie sind nicht die Einzigen, die Hilfe in Anspruch nehmen. Seit sich hier viele Ausländer niedergelassen haben, haben sich auch die sozial Abhängigen vermehrt. Es gibt bald keine Unterkünfte mehr, wo man sie logieren kann.»

Diesmal schwieg ich. Die Schweiz als reiches, offenes Land. Wahrscheinlich würde ich es mir auch nicht zweimal überlegen, als Fremder herzukommen, wenn ich wüsste, wie grosszügig man hier bedient wurde. Doch es gab einen Unterschied zwischen den Einheimischen und den Fremden. Ich konnte mir gut vorstellen, dass die Familie Vetsch sich ungern helfen liess. Es hätte ihren Stolz verletzt. Lieber wurstelte sie sich durch das Leben und nahm in Kauf, in der Sackgasse zu landen.

«Woran denkst du?» Dario griff nach meiner Hand.

«An die Ungerechtigkeit.»

«Deshalb gibt es dich.» Er lachte mich entwaffnend an. Sein perfektes Gebiss glitzerte im Sonnenlicht. Sein Dreitagebart hatte sich in der Zwischenzeit zu einem Einwochenbart entwickelt. Ich war froh, dass Tomasz keinen besass. Ich verabscheute Küsse mit Bärten. Ich musste plötzlich auch laut herauslachen. Schliesslich lachten wir beide und wussten nicht, weshalb. Nur langsam beruhigten wir uns.

«Woran ist sie gestorben?»

«Sie hat sich vergiftet.»

«Was?» Ich traute meinen Ohren nicht. «Sie ist in den Wald gegangen und hat sich selbst vergiftet?»

«Man hat ein Glas mit Giftrückständen gefunden. Das ist alles, was ich weiss.»

«Na, hör mal! Das ist doch völlig unlogisch.»

«Mich verwundert es nicht.»

Ich biss mir auf die Lippen. Dario hatte offensichtlich eine grosse Aversion gegen die Vetsch-Töchter. Nur war mir nicht klar, weshalb. Vielleicht erging es Müller ebenso. Hatte man deshalb nicht weiter ermittelt? Blödsinn! Als Polizist musste man neutral an eine Sache rangehen.

«Womit hat sie sich vergiftet?»

«Das weiss ich nicht. Die Leiche kam in die Gerichtsmedizin nach Chur. Wie schon erwähnt, nachdem bekannt geworden war, dass Lara Selbstmord begangen hatte, gaben wir den Fall ab.»

«Das heisst, er wurde ad acta gelegt?»

«Das habe ich nicht gesagt.»

«Doch, hast du. Erinnerst du dich nicht mehr?»

Als wir beim Kaffee anlangten, war das Thema Lara Vetsch vom Tisch. Zudem schwangen sich zwei junge Typen neben uns auf die Stühle.

Einer von ihnen klopfte Dario kameradschaftlich auf die Schultern. «Na, Dario-Boy.» Er schielte anerkennend zu mir. «Stellst du uns deine neue Flamme vor?»

Dario schob seine Brust heraus. «Darf ich vorstellen? Das ist Allegra Cadisch, eine Jugendfreundin von mir, das sind Bruno Caviezel und Reto Bruhin, Verteidiger im HC Davos, meistens auf der Ersatzbank anzutreffen.»

Dafür heimste Dario einen Hieb von Reto ein. «Frech wirst du auch noch? Wir sind immerhin für den Spengler Cup aufgestellt.»

«… der zur Hälfte von den Unterländern besetzt ist», hänselte Dario weiter. «HCD verstärkt. Was bleibt, ist der Name.»

Grölendes Lachen.

Ich sah in ein amüsiertes Augenpaar. Reto war ein Hüne mit breiten Schultern und auf dem Kragen aufstehenden Haaren, die etwas zerzaust wirkten. Trotz seiner Körpergrösse hatte er ein jungenhaftes Gesicht, kaum Flaum auf den Oberlippen. Sein Kollege Bruno war unwesentlich kleiner, hatte jedoch einen noch kräftigeren Körperbau. Auffallend an ihm waren seine stahlblauen Augen.

Ich stellte mir vor, dass sie den halben Tag im Kraftraum verbrachten, so wie die aussahen.

Reto griff in seine Jackentasche. Er reichte mir vier Tickets. «Hier, die sind für dich. Freier Eintritt zum Eröffnungsspiel am Donnerstag, 26. Dezember, sowie zum Halbfinale. Ich bin sicher, wir werden es im Minimum bis ins Finale schaffen.» Er lachte. «Die Begleitung kannst du selbstverständlich selbst auswählen. Wir werden zwar erst am Freitag spielen. Es würde mich freuen, wenn du kommen könntest.»

«Das ging aber schnell», neckte Bruno. «Ansonsten lässt er sich Zeit mit Flirten. Und so grosszügig war er schon lange nicht mehr.»

Ich druckste herum. Eishockey war absolut nicht mein Ding. Ich fing Darios Blicke ein.

«Oh, das ist aber nett. Ich bin dabei.» Er strahlte über beide Ohren.

«Das überlasse mir», stichelte ich. «Ich entscheide mich dann, wenn es so weit ist.» Natürlich sah ich hinter dieser Einladung eine gute Gelegenheit, mir den HCD näher anzusehen. Ich wusste, dass Ursina früher kaum ein Match verpasst hatte. Sie war ein gern gesehener Gast bei den Jungs gewesen, die auch nach dem Spiel in ihrer Nähe blieben. Mit anderen Worten: Ursina war ein Groupie. Ob Lara ebenso eine innige Beziehung zum HCD gepflegt hatte, entzog sich meiner Kenntnis. Aber ich konnte mir durchwegs vorstellen, dass Ursina nach wie vor bei den Hockeyspielern ein und aus ging.

Ein Versuch war es wert. Ich wandte mich an Reto. «Sag mal, kennst du Ursina Vetsch?»

Reto grinste mich unverschämt an. Bruno pfiff durch die Zähne. Beide schwiegen.

«Was heisst das?» Ich gab nicht locker.

«Ein steiler Zahn», sagte endlich Bruno.

Ich ging nicht davon aus, dass er mit Ursina je im Bett gewesen war. Anders bei Reto. Mir entging nicht, dass er errötete. Ich wandte mich an ihn. «Hattest du mal etwas mit ihr?»

«Alle hatten mal etwas mit ihr», sagte Bruno und boxte Reto in die Seite.

«Ich nicht», intervenierte Dario, aber das nahm ich ihm nicht ab.

«Und mit Lara?»

Ich sah, wie Reto sich fast verschluckte.

«Lara war die Unnahbare», klärte Bruno mich auf. «Ab und zu hat sie ihre Schwester begleitet. Aber sie war so etwas wie ein Blümchen-rühr-mich-nicht-An.»

«Die hatte doch etwas mit Andrea», sagte Reto.

«Andrea?»

«Andrea Adank, unser Goalie.»

«Wo finde ich den?», fragte ich.

Dario sah mich mit hochgezogenen Brauen an.

«Wir trainieren jeden Nachmittag in der Eishalle. Komm doch einfach vorbei. Dann stellen wir ihn dir vor.» Bruno schnalzte mit der Zunge. «Er ist noch zu haben.»

«Allegra aber nicht», schoss Dario dazwischen. Er erhob sich und wandte sich an mich. «Komm, wir gehen. Ich sollte in zehn Minuten auf dem Posten sein.»

Er rechnete ganz selbstverständlich damit, dass ich ihn begleitete.

Ich wechselte den Blick zwischen Bruno und Reto. «Ich werde vorbeikommen, versprochen.» Ich legte das abgezählte Geld für das Mittagessen auf den Tisch und verabschiedete mich von den beiden jungen Männern.

«Was war das denn?» Dario hängte sich bei mir ein. Offenbar war er eifersüchtig. «Findest du die toll?»

«Habe ich das gesagt?» Ich verschwieg ihm, dass ich dem Training beiwohnen wollte, um mich nachher mit Andrea zu unterhalten. Wenn er Laras Freund gewesen war, wusste er wahrscheinlich mehr über sie. «Ich habe Ferien und Zeit.»

«Und ich dachte, du willst aufs Jakobshorn fahren?»

«Dario, mach keinen Aufstand.» Ich stoppte abrupt. «Du könntest mir jedoch einen Gefallen tun. Wenn du das nächste Mal freihast, würde ich mit dir gern in den Mattawald gehen. Mich interessiert, wo Lara gelegen hat, als man sie fand. Du weisst, dass es für mein Studium wichtig ist, Tatorte eins zu eins zu begehen.» Dass ich das soeben erfunden hatte, schien Dario nicht zu merken.

Auf der Langlaufloipe, die dem Landwasser entlangführte, kamen uns hintereinander drei beleibte Frauen entgegen. Die vorderste von ihnen kreischte uns an, dass wir gefälligst auf dem Fussweg bleiben sollten. Die Loipe sei ausschliesslich für Sportler gedacht. Dario zog mich weg und kassierte von der zweiten Dame einen Stockhieb.

«Die heutige Jugend ist auch nicht mehr das, was sie einmal war», fauchte die Dritte. Trotz der Polizistenuniform meines Begleiters hielt sie nichts davon ab, ihre Frustration loszuwerden.

«Morgen Nachmittag habe ich frei», sagte Dario. «Ich werde dir den Ort zeigen, wo man Lara gefunden hat.»

***

Es dünkte mich, als hinge Ursina wie eine Klette an mir. Ich hatte ihr den kleinen Finger gegeben – sie griff nach meiner ganzen Hand.

Am frühen Nachmittag rief sie mich auf meinem iPhone an und bat mich, noch einmal bei ihr vorbeizukommen. «Mutter putzt auswärts», sagte sie, und ich fragte sie, warum sie nicht wollte, dass ich ihre Mutter antraf.

«Du wirst sie noch früh genug näher kennenlernen», sagte sie nur.

Ich musste ihr versprechen, noch am frühen Abend bei ihr zu sein, erfuhr aber nicht, warum.

Etwas deprimiert sah ich zum Gipfel des Jakobshorns. Die weisse Kuppe lockte mich in die Höhe. Doch zeitlich lohnte es sich nicht, heute noch hochzufahren. Zudem musste ich mir ein paar Skischuhe und Skier besorgen. Meine alten befanden sich im Keller von Vaters einstiger Wohnung. Ich hatte kein Bedürfnis, auf Letícia zu treffen, die noch dort wohnte. Ich überlegte mir, ob ich mir eine Skiausrüstung im Sportgeschäft mieten sollte. Ich entschied mich, es nicht heute zu tun.

Ich trödelte in Davos umher. Einmal stand ich vor der Talstation zur Schatzalp, in der Absicht, einen Schlitten zu mieten, mit der Bahn hochzufahren und durch den Wald runterzusauen. Allein machte es mir aber keinen Spass. Ich vermisste Tomasz. Ich konnte es kaum erwarten, ihn in meine Arme zu schliessen. Ich schlenderte die Promenade entlang. Sah hinter einigen betuchten Gästen her, die im Luchs flanierten, oder Familien im neuen Sportoutfit. Neonfarben waren wieder angesagt. Ich beobachtete Frauen, die mit ihren Einkaufstaschen im Sternendesign von Geschäft zu Geschäft hetzten. Beim Kaffee Klatsch kehrte ich ein, fand aber keinen freien Platz. Das Restaurant erinnerte mich an eine längst vergangene Zeit, die ich aus Mams Fotoalben kannte. Stühle und Tische in unterschiedlichen Formen und Farben wirkten auf den ersten Blick wie ein Flickwerk, auf den zweiten ländlich anheimelnd und einladend. Ich blieb in der Nähe der Bar stehen. Niemand merkte, dass ich mich bloss aufwärmen wollte.

Winter in Davos, die kalten Tage im Dezember. In der Luft hing die Schwere eines ausklingenden Jahres. Andererseits die Vorfreude auf die letzte Nacht. Auf riesigen Plakaten wurde schon für Silvester geworben. Hotels übertrafen sich in ihrem Angebot an feinem Essen, Trinken und Unterhaltung.

Ich fror. In der Buchhandlung Schuler wärmte ich mich wiederholt auf, sah mir ein paar Buchtitel an. Ob man mir helfen könne, frage mich eine Frau mit braunen Haaren und ovalem Gesicht.

«Danke.» Mir konnte im Moment niemand helfen. «Haben Sie vielleicht ein Buch von Remarque ... ‹Liebe deinen Nächsten›?»

Die Frau musterte mich mit einem Anflug von Überraschung. «Das müsste ich bestellen.»

«Aber Sie kennen es?»

«Das ist schliesslich mein Beruf.»

Ich bedankte mich und öffnete die Tür, ohne die Bestellung aufgegeben zu haben. Keine Ahnung, warum ich überhaupt auf diesen Buchtitel gekommen war. Mein iPhone schnurrte. Ich zog es aus meiner Jackentasche und verliess die Buchhandlung. Auf dem Platz vor dem Café Schneider standen Mitglieder der Heilsarmee und sangen weihnächtliche Gospellieder. Im Geigenkasten auf dem Boden glänzten Münzen. Ein unflätiges Kind warf einen schmutzigen Schneeball hinein.

Ein zügiger Wind traf mein Gesicht. Ich wandte mich ab.

«Allegra?»

«Ursina!» Ich hatte nicht mit ihr gerechnet.

«Kannst du früher bei mir sein?» Sie tönte aufgeregt.

Hätte ich zugeben sollen, dass es mir gelegen kam? Dass ich mich hier langweilte?

«Wann?»

«Halb vier?»

«Passt schon.» Ich drückte den Aus-Knopf.

FÜNF

Von der Bushaltestelle an der Dischmastrasse bis zur Bündastrasse waren es gerade ein paar Meter. Ich verliess den Bus, zusammen mit vier Langläufern, in der Nähe des Restaurants Gemsli. Weiss lag die Landschaft vor mir. Der Schnee verschluckte die Laute. Nur das Knirschen unter meinen Schuhen war zu vernehmen und weit entfernt das erstickte Rauschen des Verkehrs. Die Langläufer hatten rasch den Weg Richtung Dischma eingeschlagen. Ich sah sie weiter vorn, wo sie auf die schmalen Latten stiegen. Ich hätte heute auch langlaufen können.

Das Haus lag still.

Nur der Vorhang an dem Fenster, hinter dem die Küche lag, bewegte sich unmerklich. Ich nahm den Schatten eines Körpers wahr. Noch bevor ich am Glockenstrang zog, ging die Tür auf, und Ursina baute sich vor mir auf. Sie trug dieselbe blaue Jacke wie neulich. Ihre Haare hatte sie hochgesteckt und mit einer übergrossen Klammer am Hinterkopf befestigt.

«Danke, dass du gleich gekommen bist.» Sie zog mich in die Küche.

Ich stellte mich sofort an den Herd, wo ich meine klammen Hände wärmte. Allmählich kehrte ein behagliches Gefühl in mich zurück.

«Schweinekälte, nicht wahr?» Ursinas Lächeln wirkte verkrampft. «Willst du einen Tee?»

«Später vielleicht.» Ich wandte mich vom Ofen weg. «Was gibt's so Dringendes?»

«Ich möchte Laras Zimmer durchsuchen.»

«Und ich soll dir dabei helfen?» Damit hatte ich nicht gerechnet.

«Nun ja, allein schaffe ich das nicht. Und Mutter möchte ich da raushalten.»

«Suchst du denn nach etwas Speziellem?»

«Ich glaube, Lara hatte ein Tagebuch.»

«Du glaubst es?»

«Du meine Güte, ja, ich glaube es. Ein Tagebuch ist etwas

Persönliches. Lara hat es unter Verschluss gehalten. Komm!» Ursina griff nach meiner Hand. In dieser Geste lag grosse Verzweiflung. Vielleicht auch Verwegenheit. Nur konnte ich den Unterschied nicht deuten. «Hilfst du mir?»

«Was bleibt mir denn anderes übrig?»

Ich sah Ursina zu, wie sie vor mir über die Treppe ins Obergeschoss ging. Sie kam mir fremd vor, aber irgendwie auch vertraut. Eine junge Frau, die in ihren Grundzügen Mädchen geblieben war. Schon ihre dünne Figur verriet mir, dass sie den Schritt vom Mädchen zur reifen Frau noch nicht vollzogen hatte, sich vielleicht dagegen sträubte. Eine unreife Sechsundzwanzigjährige, welche die Adoleszenz noch nicht bewältigt hatte. Ich hatte sie noch nie richtig essen gesehen. Ich überlegte mir, dass sie auch nicht richtig zupacken konnte. Es fehlte ihr an Spannkraft. Sie tat mir leid. Dabei hatte ich mir vorgenommen, mich nicht allzu fest auf sie einzulassen.

Laras Zimmer war wärmer als in meiner Erinnerung.

«Ich habe ein wenig geheizt», sagte Ursina, als sie meinen erstaunten Blick einfing.

«Hast du in den Kommoden dort schon nachgesehen?»

«Oberflächlich», gab Ursina zu. «Mutter wollte, dass ich nichts anrühre, dass ich alles so sein lasse, wie es war.»

«Sie wird nicht einverstanden sein, wenn ich hier in Laras Sachen wühle.» Mich beschlich ein ungutes Gefühl. Schlimm genug, dass Ursina ihre Schwester verloren hatte. Wie schrecklich musste es denn sein, sein eigenes Kind zu begraben? Falls Lara tatsächlich Suizid verübt hatte, ereilte nichts Tragischeres die Hinterbliebenen. Jelsha Vetsch musste sich unglaubliche Vorwürfe gemacht, letztendlich auch die Schuld auf sich geladen haben, wenn sie ob ihrer Sucht überhaupt dazu fähig war. Was war in ihrem Kopf vorgegangen, als man ihr Laras Tod mitteilte?

«Woran denkst du?» Ursina riss mich aus meinen Gedanken.

«Wir sollten beginnen», schlug ich mit belegter Stimme vor. «Du fängst mit der Kommode an, ich mit dem Pult.»

Eine grosse Arbeit würde es nicht werden. Ursina machte sich an der Kommode und den vier Schubladen zu schaffen. Ich untersuchte den Schreibtisch. Es war ein einfaches Schülerpult mit einer

Ablage unter dem Deckel. Ich sah mir jedes Dokument durch, jeden Ordner, jedes Buch, ob sich nicht irgendwo etwas versteckt hatte, das Aufschluss darüber gab, wie Lara sich Tage vor ihrem Tod gefühlt hatte. Einen kleinen Anhaltspunkt über ihr Schicksal. Ich fand ein von Hand beschriebenes Heft, randvoll mit Notizen.

Laras Schrift: schnörkellos, regelmässig und leicht nach links tendierend.

Ich bat Ursina, mir den Abschiedsbrief noch einmal zu zeigen.

«Er liegt wieder im Kästchen.» Ursina strich sich eine Haarsträhne aus dem Gesicht.

Ich griff nach dem Kästchen auf der Kommode, öffnete es und nahm den Brief an mich. Ich verglich beide Schriften miteinander. Auf den ersten Blick sahen sie gleich aus. Auch auf den zweiten erkannte ich keinen Unterschied. Falls der Abschiedsbrief gefälscht war, hatte jemand exakte Arbeit geleistet. Kein Wunder, hatte man nicht weiter danach geforscht.

«Woran erkennst du den Unterschied zwischen diesen beiden Schriften?» Ich setzte mich neben Ursina auf den Boden.

Ursina beugte den Kopf über die beiden Papierbögen. Sie fuhr mit dem Finger über das kleine «g». «Schau dir diese Schlaufe genau an. In ihren Notizen reicht sie bis weit unter die Linie, auf dem Abschiedsbrief sieht sie ganz anders aus.»

«Ich würde es nicht einmal mit einer Lupe herausfinden», bemerkte ich.

«Du hast Lara auch nicht so gut gekannt wie ich.»

Warum beharrte sie so darauf? Wenn es ausser diesem klitzekleinen Unterschied nichts gab, was Laras Selbsttötung in Frage stellte, würde ich als Laie keine Berge versetzen können. Vielleicht vergeudete ich nur meine Zeit.

Ich widmete mich dem Rest. Diverse Prüfungsblätter in einem Ringheft bezeugten Laras gute Noten. Im letzten Test in Mathematik hatte sie eine Sechs geschrieben.

«Hast du den Laptop schon gecheckt?»

Ursina sah mich überrascht an. «Gleich nach der Beerdigung. Mit Ausnahme ihrer Aufgaben und ein paar wenigen Fotos ist nichts drauf. Keine verdächtigen Mails. Selbst im Browser liess sich nichts Verdächtiges finden. Am Laptop war Lara selten und im Internet schon gar nicht. Sie meinte, das World Wide Web sei des Teufels. Wer Lara kannte, konnte das nachvollziehen.»

Das hingegen überraschte mich. Eine junge Studentin, der das Internet egal war? In ihrem Zimmer sah ich nicht einmal Bücher. Irgendwo musste sie an den Lesestoff gekommen sein. Also über das Internet, folgerte ich. «Wie sieht es in der Kommode aus?», fragte ich.

«Nichts. Nicht mal einen Hauch davon. Kein Schlüssel, kein geheimes Fach.»

Und keine Informationen auf dem Laptop.

Seltsam, das alles.

«Könntest du mal den Laptop aufstarten?»

«Einfach drücken», sagte Ursina. «Lara hatte kein Passwort.»

Ursina hatte recht gehabt: Auf Laras Laptop fand ich nichts, das mir ein genaueres Bild von ihr vermittelt hätte. Ein paar Ordner, in denen sich aber nichts anderes als Schulstoff befand. Ich klickte den Ordner mit der Überschrift «Aufsätze» an. Ich fand einen einzigen, wahrscheinlich der letzte. Sie hatte sich mit Franz Kafka befasst – mit einem der drei Romanfragmente mit dem Titel «Das Schloss». Alles andere war gelöscht worden. Hingegen gab es unter «Deutsch» drei Unterordner, die mit «Prosa», «Lyrik» und «Epik» beschriftet waren. Die jeweiligen Texte bezogen sich nur auf dessen Erklärungen, die auf keinen Fall aus dem Internet stammen konnten. Lara hatte es rigoros durchgezogen.

«Ich mache mal mit dem Schrank weiter», schlug ich vor, nachdem ich mich lange in die Einträge auf dem Laptop vertieft hatte.

Ich wartete eine Erwiderung erst gar nicht ab. Ich öffnete die beiden Schranktüren. Auf der rechten Seite gähnten mir vier Tablare fast leer entgegen. Ich griff unter zwei schwarze wollene Pullover, schob einen kleinen Berg weisser Shirts beiseite, tastete nach den Hosen – ohne Erfolg. Auf der linken Seite hingen einige wenige dunkle Kleider, zwei graue Jacken und ein schwarzer Mantel. Der Schrankboden allerdings war mit Schuhen und Stiefeln beinahe zugedeckt. «Du, sag mal, hat deine Schwester Schuhe gesammelt?»

Ursina lachte kurz und heftig auf. «Das war die einzige Macke von ihr.»

«Eine teure Macke allerdings», fand ich. «Diese Pumps hier müssen ein Vermögen gekostet haben. Edles Label. Sie hat vier ähnliche Paare. In vier verschiedenen Farben. Nobel, wenn man bedenkt, dass man sie in Davos kaum tragen kann.» Ich verwies auf den langen Winter und die abfallenden Strassen und Wege rund um die Gemeinde.

«Ich nehme an, die hat sie von ihrem Lover.»

«Kennst du ihn?»

«Nein!»

«Aber sie hatte einen Freund …»

«Ja, ja, ich … ich denke schon. Er war ihr Geheimnis.»

«Und sie hat dir die Schuhe nie gezeigt?» Allmählich zweifelte ich daran, dass Ursina ihre Schwester so gut gekannt hatte, wie sie es behauptete. Oder verbarg sie etwas vor mir?

Es war an der Zeit, dass ich mein Notizbuch zur Hand nahm. Ein erstes Indiz war gefunden. Laras Freund musste gut verdienen, denn sonst hätte er ihr kaum solche teuren High Heels geschenkt. Dennoch zweifelte ich. «Bist du sicher, dass Lara sie nicht selbst gekauft hat?»

«Womit denn?» Ursina erhob sich aus ihrer Kauerstellung. «Schau, was ich gefunden habe.» Sie warf mir ein Bündel neuer Unterwäsche zu. «Spitzenhöschen und Büstenhalter, und hier, das ist Seide.»

«Du hast nichts davon gewusst? Das nehme ich dir nicht ab.»

«Ich schwöre es. Es war tabu, einander die Kleider zu durchwühlen.»

«Aber Schwestern tun das doch.» Ich hatte nie eine Schwester gehabt, darum konnte ich es schwerlich beurteilen. Meine Halbschwester hatte ich erst im April dieses Jahres kennengelernt. Aber sie war doppelt so alt wie ich. Diese Altersdifferenz stand einer innigen Beziehung ohnehin im Weg.

«Ich weiss, das kommt dir jetzt komisch vor. Es gab Regeln in unserem Haushalt. Ich weiss zum Beispiel heute noch nicht, was alles sich in Mutters Zimmer befindet.»

Ich konnte es nicht ganz nachvollziehen. Ich wandte mich wieder dem Schrank zu. Nacheinander holte ich die Schuhe heraus und stellte sie auf den Boden neben mich. Danach tastete ich nach einem doppelten Schrankboden ab. Doch den gab es nicht. Ich griff unter den Schrank, befühlte ihn von aussen. Ausser einer Spinnwebe und einem Knäuel Staub fand ich nichts.

Auf einmal entwich Ursina ein Schrei. «Ich hab da was! Auf dem äusseren Boden der Kommode. Warte mal.» Sie versuchte mit beiden Händen, etwas zu lösen, zog und rüttelte daran. Es gab ein scharfes Geräusch. Sie hielt plötzlich ein Buch in der Hand. Voller Stolz überreichte sie es mir. «Sie hat es mit Baustellenklebeband unter der Kommode befestigt.»

«Baustellenklebeband?»

«Ja, das braune …»

Es war ein graues Buch mit schwarzen eingravierten Rosenknospen. Ein düsterer Einband, der nicht zu einer fröhlichen jungen Frau passen wollte, wie Ursina sie mir beschrieben hatte.

«Lass dich von der Einfassung nicht irreführen», sagte sie, als hätte sie meine Gedanken gelesen. «Lara war ein farbiges Wesen, das sie durch den Hang, sich dunkel zu kleiden, noch unterstrich. Sie mochte Schwarz und Weiss und alle die Nuancierungen dazwischen.»

Ich sah zum roten Tüllvorhang, auf das Bett mit den Rüschen, an das Verspielte in diesem Zimmer, das Ursinas Aussage Lügen strafte.

Ursina nahm das Buch aus meiner Hand, während sie meinem Blick folgte. «Ich weiss, was du denkst. Sie hätte das Zimmer bestimmt auch mit ihren Lieblingsfarben dekoriert, wenn sie die Mittel dazu gehabt hätte. Der rote Tüllvorhang war übrigens Mutters Idee. Manchmal hat sie eigenartige Einfälle.» Sie schlug vor mir die letzten beschriebenen Seiten auf. Ich sah, wie sich ihre Pupillen hin und her bewegten, während sie las.

«Es gibt da wirklich einen Freund.»

«Andrea Adank?»

Sie sah mich verblüfft an. «Wie kommst du denn auf den?»

Ich verschwieg ihr, dass sie heute Thema eines Gesprächs gewesen war. Und vor allem wollte ich nicht den Anschein erwecken, dass ich hinter ihrem Rücken über sie und ihre Schwester redete.

Ursina zog den Kopf ein. «A.C. können ja unmöglich Andreas Initialen sein.»

«Andrea Chéri?» Ich zog meine Achseln hoch. «Liebling auf Französisch.»

So standen wir beide mit verkrampften Schultern, nicht wissend, was A.C. bedeutete.

«Was schreibt sie denn?»

«Sie hat ihn zwei Tage vor ihrem Tod getroffen. Sie war erfüllt von Liebe und Zuwendung. Er sei der Mann, den sie sich in ihren schönsten Träumen nicht habe vorstellen können, der aber latent immer da gewesen sei … et cetera, et cetera …» Ursina starrte mich an. «Würdest du dich umbringen, wenn du den Mann deiner Träume gefunden hättest?»

«Vielleicht war es eine unerwiderte Liebe», sagte ich vorsichtig.

Ursina widmete sich den vorderen Seiten. Ich vernahm lange nichts mehr. Ich räumte die Schuhe in den Schrank. Sie las.

«Wohl kaum», sagte sie auf einmal. «Weiter vorn, also am Tag, wo sie zum ersten Mal zusammen waren, schreibt sie, wie sie ihn erlebt hat.» Ursina blätterte weiter. «Da … A.C. hat mich berührt. In meinem Herz berührt. Er ist der Mann, der mich versteht … vor allem meine grosse Sehnsucht … der mir hilft, die Wahrheit zu finden …»

«Welche Wahrheit?», unterbrach ich Ursina.

«Sie hat nicht so viel über A.C. geschrieben, eher über ihre Gemütsverfassung. Zeichnungen gibt es, ihre bekannten Strichmännchen mit den grossen runden Köpfen. Aber es gibt nichts Schwermütiges, eher ist alles voller Fragen … und nein, keine Erotik, absolut nichts.»

Ich brachte das Gefühl nicht los, dass hier etwas nicht stimmte. Es kam mir wie eine Inszenierung vor. Ursina hatte auf ihr Publikum gewartet, auf mich, um ihre Theatervorstellung zu beginnen. Vielleicht hatte sie schon früher von diesem Buch gewusst. Ich sah sie wieder vor mir mit Schlaghosen und Trompetenärmeln. Das dramatische Hippie-Mädchen, das öffentlich Joints rauchte – und das mit zwölf.

«Na ja, mit Zahlen konnte sie besser umgehen. Oder mit Latein», liess Ursina die Bemerkung fallen.

«Keine Kunst, eure Muttersprache ist ja Romanisch.»

«Mutter spricht selten mehr romanisch. Sie schämt sich dafür.

Sie glaubt, dass man sie als echte Davoserin sieht, wenn sie deutsch spricht. Eigentlich schade.»

«Du beherrschst die Sprache noch, nicht wahr?»

«Ja, ist ja meine Muttersprache. Als wir klein waren, sprach Mutter rätoromanisch mit uns. Doch irgendwann bekam sie diese Macke …»

«Und? Gebrauchst du die Sprache?»

«Ab und zu, wenn ich die Leute ärgern will, die sie nicht verstehen.»

Ursina drückte mir das Buch wieder in die Hand. Mir entging nicht, wie ihre Finger zitterten. «Finde heraus, wer dieser A.C. ist.»

«Warum tust du es nicht selbst?»

«Mich kennt man in Davos. Ich kann mich nirgends zeigen, ohne dass man gleich hinausposaunt, dass Ursina Vetsch im Anmarsch ist. Wir fielen schon früher immer negativ auf. Kann man nichts dagegen tun. Wahrscheinlich ziehen wir das Unglück an.» Sie schluckte leer. «Du kannst dich ungenierter bewegen.»

«Was ist eigentlich mit Andrea Adank?»

«Bis vor einem halben Jahr war er Laras Freund. Als sie ihm den Laufpass gab, tat er mir echt leid. Der Junge war wirklich schwer verliebt. Aus Trotz hat er sich eine Woche später mit einem andern Mädchen getröstet, mit einer Nebelkrähe aus dem Unterland. Typ Alabaster. Blass eben … Ihre Eltern haben eine Ferienwohnung in Davos Platz. Aber ich glaube, er ist nie wirklich über diese Trennung hinweggekommen. An der Beerdigung hat er geweint.»

«Erinnerst du dich daran, wer alles am Begräbnis war?»

Ursina streckte ihren Rücken durch und griff sich mit den Händen an ihren Haarknoten. Sie löste das Gummiband, straffte ihre Haare neu und knotete sie wieder zusammen. «Du würdest staunen, wie viele gekommen waren. Laras Klasse und ihre Lehrer von der SAMD, der Hockey-Club, ehemalige Schulkolleginnen. Ich kann sie nicht alle aufzählen.»

«Ist dir niemand aufgefallen, der Laras Freund hätte sein können?»

«Nein.»

«Warum war der HCD dort?»

«Wahrscheinlich meinetwegen.» Ursina kniff die Lippen zusammen.

Es lag mir auf der Zunge, sie auf Brunos Behauptung anzusprechen, ich fand es aber nicht angebracht. Vielleicht war Ursina tatsächlich ein Luder, aber das berechtigte mich nicht, über sie ein Urteil zu bilden. Trotzdem wollte ich wissen, ob sie einmal etwas mit Andrea Adank gehabt hatte.

Ursina kicherte. «Das ist schon lange her. Da spielte er noch in der untersten Liga.»

«Und wie lernte er Lara kennen?»

«Ich nahm sie einmal mit zu einem Match. Danach hingen wir im Postillon ab. Es war Liebe auf den ersten Blick.»

Ich packte das Tagebuch in meine Tasche. «Ich kann dir nichts versprechen.»

«Ich weiss. Aber ich möchte nichts unversucht lassen. Und du bist meine einzige Hoffnung, Licht in das Dunkel zu bringen.»

Ein polterndes Geräusch aus dem Erdgeschoss drang bis hierher. Es hörte sich an, als würde eine Herde Elefanten über den Boden stampfen.

«Was ist denn das? Ein Erdbeben?»

«Mutter!»

«Wie bitte?»

Auf Ursinas Gesicht erschienen die altbekannten Mimikfalten. «Wenn Mutter kommt, ist es immer laut. Sie öffnet die Tür, fällt in die Küche und stürzt zum Wasserhahn. Nachbrand, wenn du verstehst, was ich meine.» Sie kniff ihren Mund erneut zusammen.

«Dann sollte ich jetzt gehen.»

«Ja, es ist besser so.» Ursina wirkte plötzlich wie abwesend.

Wir stiegen die Treppe runter. Die Tür in die Küche stand offen. An dem Schüttstein lehnte eine kleine Frau, die nichts mehr mit der Frau in meinen Erinnerungen zu tun hatte. Sie wandte sich zu uns um und trank in gierigen Schlucken Wasser aus einem Glas. Ihre grauen Haare hingen ihr in Fäden vor dem zerfurchten Gesicht. Ein dunkles Augenpaar lag in tiefen Höhlen, doch schienen sie den früheren Glanz nicht ganz verloren zu haben. Ihre Statur war dürr und eingefallen. Den dicken Wollmantel vermochte sie nicht auszufüllen.

«Guten Tag, Frau Vetsch.»

Sie sah ihre Tochter an. «Wer ist das? Kenne ich sie?»

«Mutter. Sie ist meine Freundin. Allegra Cadisch.»

Frau Vetsch stellte das Glas auf den Tisch und reichte mir wider Erwarten die Hand. Sie war rau und rissig und von der Kälte ganz rot. «Ich bin Jelsha.» Sie funkelte mich mit ihren dunklen Augen an. «Ursina hat also eine Freundin. Das ist neu.»

Mir war nicht wohl. Ich wusste nicht, wie man mit Alkoholkranken umging. Denn dass sie mit dem Alkoholkonsum ein Problem hatte, konnte sie nicht verbergen. Mich dünkte, sie rieche aus allen Poren nach dem säuerlichen Rückstand zu viel Weins. Und sie hatte vor einem Monat ihre Tochter verloren. Sie musste also noch immer sehr traurig sein. Trank sie deshalb?

«Was wollte meine Tochter von dir?»

«Mutter, sie muss gehen», half Ursina mir aus der Patsche. Sie schien ein sehr ambivalentes Verhältnis zu ihrer Mutter zu haben, was weiter nicht erstaunte. Ich fragte mich nur, wie ihre Beziehung zu Lara gewesen war. Wenn das stimmte, was Ursina mir anvertraut hatte, dass Lara eine gute Schülerin gewesen war und sie Grosses vorgehabt hatte, blieb die Frage, wer von den drei Frauen das Alphatier war. Jelsha ganz sicher nicht. Ursina war die Ältere gewesen. Ob sie auch eine Art Beschützerrolle für ihre kleine Schwester übernommen hatte?

Kein Mann im Haus, eine alkoholsüchtige Mutter, eine hübsche intelligente Schwester: Welchem Part hatte sich Ursina bemächtigt?

Ich zog mir meine Jacke über. Ursina begleitete mich zur Tür. Sie sah mich mit grossen traurigen Augen an. «Bitte, finde heraus, warum Lara sterben musste.»

Jetzt gab es keinen Weg zurück.

Auf der unteren Treppenstufe blieb ich stehen. Ich schlug den Kragen hoch und sah zum Fenster. Jelsha hatte sich dort hingestellt. Es wirkte bedrohlich, wie sie mich musterte. Mich fror, aber nicht der Kälte wegen. Worauf hatte ich mich eingelassen?

Ich machte mich auf den Weg zur Promenade. Ich überquerte die Talstrasse und folgte der Dischmastrasse bis zur Busstation. Als ich dort ankam, sah ich gerade noch das Schlusslicht des Busses. Also ging ich zu Fuss nach Davos Platz.

Noch immer staute sich der Verkehr. Allmählich kehrten die Skifahrer und Snowboarder von den Pisten zurück. Die Geräusche von stapfenden Schuhen und geöffneten Schnallen übertünchten das Wummern der Motoren.

In den Fenstern der Geschäfte glitzerten und funkelten Sterne und Engel um die Wette. Lichterketten zierten Türen, von den mit Kugeln behängten Tannenbäumen rieselte feiner Schnee. Aus dem Café Schneider duftete es nach Zimt und Glühwein, aus dem Stand davor nach Marroni. Ich kaufte ein Säckchen und mischte mich unter die Passanten. Kindergeschrei und zurechtweisende Stimmen der Eltern erfüllten einen Eingang, der in ein Sportgeschäft führte. Vor lauter Tand und festlicher Dekorationen sah man die Auslage kaum.

Unbekannte Gesichter jeder Couleur, fremde Sprachen und Gerüche – die Touristen waren über Davos hergefallen. Drei Tage vor dem grossen Fest.

Ich erreichte den alten Postplatz und schlug den Weg zur Sankt-Johann-Kirche ein. Ich stellte mich unter das Vordach des Rätia-Centers. Im Restaurant gegenüber herrschte Hochbetrieb. Nicht ganz schlüssig, was ich an diesem vorgerückten Nachmittag noch unternehmen sollte, schälte ich die Marroni.

Die Sehnsucht nach Tomasz brannte in mir. Der Stich in meiner Brust fühlte sich süss an, wenn ich an ihn dachte. An unser letztes halbes Jahr, in dem wir uns auch körperlich nähergekommen waren. Es hatte sich gelohnt, den letzten Schritt immer wieder hinauszuzögern. Es hatte unserer Erotik einen ganz besonderen Reiz verliehen. Anders verhielt es sich mit der gemeinsamen Zeit. Die war sehr rar geworden.

In Valerios Wohnung warteten Bücher darauf, gelesen zu werden. Im Moment hatte ich jedoch kein Bedürfnis, etwas für mein Studium zu tun. Ich entnahm meiner Tasche Laras Tagebuch. Es war nur bis zur Hälfte beschrieben. Der erste Eintrag war etwa ein halbes Jahr alt, und ich fragte mich, weshalb sie nicht schon vorher über ihre Gefühle geschrieben hatte. Ich blätterte von vorn nach hinten, überflog die Zeilen, ohne dass sich etwas Brauchbares herauskristallisierte. Es blieb offen, ob die Beziehung mit A.C. wirklich glücklich gewesen war. Die Sätze wirkten konfus, stichwortartig, nicht besonders aufschlussreich. Es waren Sätze eines Mädchens, das sich zum ersten Mal im Leben richtig verliebt hatte, eher Schwärmerei als tiefschürfende Gefühle. Lara schaute auf zu dem Mann, den sie A.C. nannte. Warum schrieb sie nicht den vollen Namen aus?

Ich sah auf die Uhr. Bald halb fünf. Wenn ich mich beeilte, würde ich noch etwas vom Training des HCD mitbekommen. Was hatten Reto und Bruno gesagt? Es fiel mir nicht mehr ein. Ich zögerte nicht, kehrte zurück zur Promenade und steuerte Richtung Eishalle.

Frostig legte sich die frühe Nacht über die Landschaft. Im Kegel der Strassenlampen tanzten Eiskristalle. Unter meinen Moonboots knirschte der Schnee.

***

Zügigen Schrittes ging ich bis zum Hotel Promenade, welches tagsüber durch seine saharagelbe Fassade auffiel. An der Decke des gläsernen Eingangs glitzerten Leuchtdioden auf weissen Kunststoffzweigen. Ich erinnerte mich, dass sie schon vor dreizehn Jahren dort gehangen hatten. Auf dem Parkplatz zur Linken hatte jemand eine Eisskulptur gebaut. Das Schloss Neuschwanstein in Miniaturausgabe. Auf der rechten Seite des Hotels lag die Bar hinter einem schummrig roten Vorhang. Dahinter bewegten sich schemenhaft Gestalten. Musik drang auf die Strasse, wenn die Tür aufging.

Von dort aus gelangte ich über einen Fussweg zur Eishalle. Lichter glitzerten über die Landschaft, als hätte jemand eine Schale voll Goldplättchen darüber geleert. Ich blickte zum Bolgen. Pistenfahrzeuge krochen über den Hang. Ihre Scheinwerfer bohrten sich wie dünne, lange Finger in den dunklen Himmel.

In den achtziger Jahren hatte die Eishalle zu den modernsten Sportanlagen der Schweiz gezählt. Ihre harmonische Form und die Konstruktion aus Holz verliehen ihr auch heute noch etwas Futuristisches. Als ich in Davos gelebt hatte, stand ich ab und zu auf den Schlittschuhen. Sehr talentiert war ich allerdings nie gewesen.

Davos rühmte sich für die grösste Natureisbahn Europas. Als im August 1991 das Gebäude abgebrannt war, baute man es Jahre später mit neuem, hellem Holz wieder auf. Eine Zeit lang sah es aus wie aus einem Ikea-Katalog. Das Wetter hatte die Fassaden jedoch mit der Zeit dunkel gebeizt.

Ich ging durch den Seiteneingang auf den Vorplatz der Halle. Von hier aus gelangte man über mehrere Treppen zu den Sitzplätzen. Das Geräusch schleifender Kufen, das laute Klacken der Pucks gegen die Bande und hektische Rufe echoten in den geschwungenen Dachbalken. Ich stellte mich vor eine Bank, auf der die Mannschaftstrainer jeweils während eines Hockey-Matches sassen. In der einen Hälfte der Halle übten die Eisprinzessinnen die einfachen Sprünge wie Axel, Rittberger und Salchow. In der anderen kurvten die Jungs des Davoser Eishockey Clubs.

Klassische Musik drang an mein Ohr. Ich beobachtete die Mädchen in ihren kurzen Trainingsröckchen, die sie wie Puppen aussehen liessen. Eines übte die Pirouette unter dem gestrengen Blick der Trainerin und wollte nicht mehr aufhören damit. Allein vom Betrachten wurde mir schwindlig. Irgendwann entfernte sich die Trainerin von der Gruppe und fuhr in Overall und Stulpen auf mich zu. Ob ich störte? Neben mir löste sich eine Frau von der Bank, die ich vorher nicht beachtet hatte. Offenbar war sie die Mutter eines der Mädchen.

Die Trainerin scheute sich nicht, laut zu reden. Der Akzent verriet ihre russische Herkunft.

«Ich mussen ehrlich sein, Frau Frei. Lea schaffen es einfach nicht. Ihr fehlen es an Disziplin. Und sie haben zu viel Fleisch auf ihre Knochen. Sie eine Diät machen. Die Proportionen nicht stimmen. Vor allem bei die Sprünge sein bedenklich. Die einfachen bekommen sie hin. Beim getippten Sprung, dem Toeloop, sie haben grosses Mühe. Von Doppelsprüngen ich nicht wollen reden. Lea haben jetzt ein Alter, ich entscheiden muss, ob sie weitermachen oder die Schlittschuhe an Nagel hängen.»

Schon wieder ein Mädchentraum geplatzt, überlegte ich mir und entfernte mich von den beiden keifenden Frauen. Denn dass die Angesprochene konterte, war voraussehbar. Ich ging bis zum Goal und stellte mich dahinter auf.

Bein- und Armschutz, Halskrause, Brustpanzer, Fang- und Stockhandschuh, ein Helm mit Gitter und Visier. Ich rätselte, wer sich darunter verbarg. Doch das Trikot in den Farben Gelb und Blau war auf dem Rücken beschriftet.

Andrea Adank.

Laras Exfreund.

Breitspurig füllte er das Tor aus. Seine Mannschaft beschoss ihn mit dem Puck. Er wehrte gekonnt locker die Angriffe ab. Ich blieb eine Zeit lang hinter dem angebrachten Netz und dem Tor stehen und liess mich von den neuen Eindrücken treiben.

Um Punkt fünf pfiff der Coach zum Unterbruch. «Eine halbe Stunde Pause», hörte ich ihn sagen. Die Jungs stoben auf den Ausgang zu. Nur ein Spieler bewegte sich in meine Richtung. Er nahm den Helm ab. Ein Gewirr zerzauster und verschwitzter Haare stand vom Kopf ab.

«Bruno?» Ich war mir nicht sicher.

«Reto Bruhin.» Er reichte andeutungsweise die Hand zum Gruss. «Stehst du schon lange da?»

«Genug lange, um eure Künste zu verfolgen.»

«Und? Magst du Eishockey?» Reto sah mich erwartungsvoll an.

«Ein rasanter und ruppiger Sport», sagte ich. «Macht es dir Spass, dich vor jedem Training und vor jedem Spiel in diesen Panzer zu zwängen?» Ich deutete auf seine gepolsterte Bekleidung.

Reto lachte schallend. «Reine Routine. Du bist sicher wegen Andrea hier. Hast du ihn schon kennengelernt?»

«Wie denn?»

«Er ist einer der besten Torhüter ...»

«Wenn du mich fragst, ist es keine Kunst, den Puck zu halten. Das Tor ist so klein, dass er allein durch seinen Körper ein Durchlassen nicht ermöglicht.»

«Typisch Frau! Wir sind hier nicht beim Fussball», konterte Reto. «Das Tor hat immerhin eine Höhe von einem Meter zweiundzwanzig und ist einen Meter dreiundachtzig breit. Und den Spagat beherrscht keiner von uns.» Er lachte und eierte mit seinen Füssen rückwärts. «Wenn du willst, kannst du mit mir in die Garderobe kommen.»

Er glitt auf dem Eis zurück zum Ausgang. Ich ging an der Bande entlang dorthin.

Die Garderobe lag auf der Höhe der ersten Sitzreihe. Schon von Weitem hörte ich durcheinanderredende Männerstimmen. Reto ging voraus. In seiner Montur kam er mir wie die Werbefigur für Michelin-Reifen vor.

Unter der Tür blieb ich stehen. Die Garderobe bot genug Platz für eine Horde junger Männer. Sie sassen auf der Bank vor den Aluschränken und tranken aus PET-Flaschen. Zwei Dutzend Augenpaare sahen mich an.

«Hallo, Allegra!» Unverkennbar Bruno mit den blauen Augen. «Nett, dich hier zu sehen. Komm doch rein. Wir tun dir nichts.»

Gejohle und Gelächter.

«Ich nehme an, du willst zu Andrea.»

Ein Raunen erfüllte den Raum. Mir war nicht ganz wohl bei der Sache. Ich spürte die Spannung unter den Männern, denen der Testosteronüberschuss ins Gesicht geschrieben stand. Offensichtlich hatte auch das harte Training nichts zu dessen Verminderung beigetragen.

«Du suchst mich?» Der Torwart stand plötzlich vor mir. Herausgeschält aus dem stählernen Outfit, machte er mir einen ungewöhnlichen Eindruck. Ein Muskelpaket mit einem Stiernacken und kurz geschorenen Haaren. Die femininen Gesichtszüge passten jedoch nicht zum Gesamtbild.

«Kann ich dich kurz sprechen?»

«Was heisst bei dir kurz? In zwanzig Minuten müssen wir wieder aufs Eis.»

Ich zog ihn aus der Garderobe, was bei den andern wieder Gelächter auslöste.

«Ich will es auf den Punkt bringen», begann ich ohne viel Federlesens. «Ich bin Allegra Cadisch und bin in einer freundschaftlichen Mission unterwegs.»

«Das hört sich geheimnisvoll an.» Wenn er lachte, wirkte er geradezu sympathisch.

«Du warst doch mit Lara Vetsch zusammen.»

Ein Schatten breitete sich über sein Gesicht aus. «Ich habe die Beziehung zu ihr vor einem halben Jahr beendet. Zudem lebt sie nicht mehr.» Meinte ich es nur, oder schimmerten seine Augen verdächtig wässrig? «Warum interessiert es dich?»

Jetzt war meine Spontaneität gefordert. «Ich schreibe im Rahmen einer Prüfungsarbeit über den Suizid junger Menschen. Ich will herausfinden, worin ihre Motivation liegt.»

«Und da kommst du ausgerechnet auf Lara?»

«Ich kenne ihre Schwester gut», schummelte ich. «Meine Fragen sind berechtigt. Warum bringt sich eine junge Frau um, deren Zukunft und Möglichkeiten sich auf der oberen Skala bewegen? Warum, wenn sie vor Glück und Zufriedenheit übersprudelt?»

«Sag mal, redest du immer so gestelzt?»

«Kannst du dir vorstellen, weshalb sie es getan hat?», startete ich einen weiteren Versuch, mein Gegenüber aus der Reserve zu locken.

«Keine Ahnung. Wir waren nur vier Monate ein Paar. Sie war mir einfach zu jung. Dauernd hatte sie Ausreden, sie müsse lernen und so. Eigentlich wollte ich gar keine Streberin.»

Ich wusste anderes von Ursina. Andrea musste nach der Trennung arg gelitten haben. «Warum seid ihr auseinandergegangen?»

Andrea hob nur die Schultern.

«Kann es sein, dass sie sich in einen andern Mann verliebt hatte?»

«Hör zu! Wir haben uns getrennt, weil wir nicht zueinanderpassten. Was sie danach gemacht, mit welchen Typen sie sich eingelassen hat, das geht mir am Arsch vorbei. Ich muss jetzt wieder zurück.»

So schnell liess ich mich nicht abservieren. «Können wir uns nach dem Training noch einmal treffen? Im Kaffee Klatsch zum Beispiel? Da geht ihr doch immer hin.»

Andrea zögerte. «Mag sein. Aber ich werde mich vor den andern sicher nicht zum Affen machen lassen.» Wieder ein Zögern, als müsste er sich seine Möglichkeiten erst zurechtlegen. «Was schlägst du vor?»

«An der Bar im Hotel Promenade? Um sieben?»

«Okay, bis dann.»

Ich sah ihm nach, wie er Richtung Garderobe ging.

Laras Exfreund. Die Trennung hatte bestimmt mehr an seiner Substanz genagt, als er zugab. Da waren der erstaunte Blick, die unmerklich hochgezogene Stirn, ein verstecktes Schlucken, die meinem geübten Auge nicht entgangen waren. Andrea Adank. Ich schätzte ihn in meinem Alter. Sieben Jahre Unterschied zu Lara. Was hatte dieses Mädchen an sich gehabt, dass ein Mann wie Andrea sich für es interessierte? Ich musste ihn im Auge behalten. Hinter seiner Nonchalance versteckte sich etwas Grundlegendes. Andrea würde sich jedoch kaum in die Karten blicken lassen. Dazu war er zu stolz.

***

Von unten her gesehen, sah das Hotel wie ein riesiger Schuhkarton aus. Aus den Fenstern schimmerte es ockergelb. Dort, wo das Restaurant lag, flutete Licht über die Simse auf den Schnee, der das Dach des Hallenbads bedeckte. Ich ging über den Fussweg zurück zur Hauptstrasse. Gefrorene Schneemaden grenzten die Strasse vom Trottoir ab.

Es schien, als wäre ganz Davos auf den Beinen. Die Dunkelheit hielt die Menschen nicht davon ab, die Strasse zu bevölkern. Sie schwärmten aus, um ihrer Langeweile und der Einsamkeit zu entkommen, sich irgendwo in einer Bar oder in einem Club mit ihresgleichen zu treffen und das Leben zu feiern, dem süssen Nichtstun zu frönen. Hier oben auf tausendfünfhundert Metern über dem Meer, in der sternendurchwobenen Nacht. Den Tag ausklingen zu lassen, den sie auf den weissen Gipfeln verbracht hatten, auf dem Sessellift, den Pisten oder in den Berghütten.

Ich betrat die Bar, die den Namen des Barkeepers trug: Chez Michel. Der hufeisenförmige Tresen erstreckte sich von der Fensterfront bis zum Eingang, der ins Restaurant führte. Noch waren nicht alle Hocker besetzt. Ich setzte mich in die Nähe des Bierausschankes und verfolgte das geschäftige Tun des Barkeepers, der mir mit einem koketten Blick zu verstehen gab, dass er mich bemerkt hatte. Er holte Gläser aus der Ablage über ihm, stellte sie vor sich auf und goss sie zu einem Drittel mit einer roten Flüssigkeit voll. Er gab Eis dazu und füllte sie mit Prosecco auf. Dann schnitt er eine Orange in Schnitze und steckte diese an je einen Spiess. Die Spiesse legte er über den Rand der Gläser. Er trug die Getränke zu einem der runden Tische an der hinteren Wand.

Plötzlich stand er vor mir. «Que désirez-vous?» Seine hellen Augen bildeten einen eigentümlichen Kontrast zu seiner gebräunten Haut. Sein Haar war rabenschwarz, wies jedoch bereits die ersten lichten Stellen auf.

Ich bestellte ein Wasser. Michel spitzte seine Lippen. «Pas de champagne?»

Sprach er wirklich nur Französisch?

«Non merci, plus tard, peut-être.»

«Alors, später! Sie nicht sein von ier.» Er liess das H weg und rollte das R in der Kehle. Ein Franzose, nahm ich an, oder ein Westschweizer.

«Ich bin gebürtige Davoserin, aber ich lebe in Luzern.»

«Ah, c'est beau. Eine magnifique Stadt. Isch lieben Lucerne. Wenn isch sein fertig in Davos, isch arbeiten in Lucerne. Où travaillez-vous?»

«Ich studiere Strafrecht und Kriminologie an der Uni.»

«Ah ...» Er wandte sich einem neuen Gast zu. Einer hübschen Blondine. Er hatte das Interesse an mir verloren.

Später stellte er ein Glas Wasser vor mich hin, während er mit der Frau neben mir flirtete. Gegen die hatte ich keine Chance. Offensichtlich passte sie in Michels Beuteschema.

Ich wartete. Der kleine Zeiger auf meiner Armbanduhr bewegte sich langsam Richtung sieben. Aus einer verborgenen Musikbox sang jemand französische Lieder, es konnte Céline Dion sein. Kurz vor sieben ging die Tür auf, und eine Gruppe Männer trat an die Bar. Sie zogen einen seltsamen Geruch hinter sich her. Er erinnerte mich an ein Spital. Ich war auf der Hut, hatte kein Bedürfnis, mich mit ihnen einzulassen. Dennoch konnte ich es nicht vermeiden, dass mich einer von ihnen ansprach. Ich erfuhr, dass sie aus Berlin kamen und sich in der Hochgebirgsklinik zur Kur aufhielten. Allabendliches Ausgehen sei eine tolle Alternative gegen die Langeweile, aber auch eine teure. Der Kerl hatte ein rotes Gesicht und auffallend helles Haar, nicht mein Typ, aber nett. Er erzählte mir, dass er an einer Hautkrankheit leide. Die trockene, milbenfreie Luft in Davos und täglich eine Kalziumspritze würden den Juckreiz lindern. Ich fragte mich, weshalb er sich mir anvertraute. Warum sich mir immer alle anvertrauten.

Weshalb Ursina mich um Hilfe gebeten hatte. Meine Gedanken schweiften ab, und ich versuchte, dem Patienten zu entkommen.

Andrea war noch nicht aufgetaucht. Ob sie länger trainierten? Ich hätte seine Telefonnummer verlangen sollen.

Als er um halb acht nicht erschienen war, beschloss ich zu gehen. Ich legte das abgezählte Geld auf den Tresen und verabschiedete mich von den Kurgästen.

***

Andrea hatte mich versetzt. Weiter nicht tragisch. Ich hatte damit gerechnet. Vielleicht hätte er sich in der Mannschaft zum Aussenseiter degradiert, wenn er nach dem Training nicht mit ihnen gegangen wäre. Was wusste ich, was in den Köpfen junger Sportler vorging?

Im Café Schneider kaufte ich ein mit Schinken und Ei belegtes Baguette und machte mich auf den Weg nach Hause.

Auf der Promenade tummelten sich Nachtschwärmer, die von Wirtshaus zu Wirtshaus zogen. Beim Postillon drängten die Feriengäste zum Eingang. Ich zweigte links ab und überquerte den Parkplatz vor der Sankt-Johann-Kirche. Die Strecke bis zur Talstrasse rutschte ich und verwünschte das schlechte Profil meiner Boots. Die Strasse glich einem einzigen Eisfeld. Hier unten schien die nächtliche Ruhe eingekehrt zu sein. Vereinzelt hörte ich Stimmen aus den Gaststätten. Ab und zu fuhr ein Auto an mir vorbei. Der glatt gewalzte Schnee verschluckte die Laute.

Ich schritt an dunklen Fassaden vorbei in die Nebenstrasse, die zur Brämabüelstrasse einbog. Plötzlich löste sich vor mir ein Schemen aus einer Nische, die zum Eingang eines Sportgeschäfts gehörte. Ich ging jetzt schneller und wechselte die Strassenseite. Ich sah zurück. Jemand schritt hinter mir her. Mit klopfendem Herzen folgte ich dem Licht, das aus einem der Häuser vor mir drang. So ein Blödsinn! Jetzt sah ich schon Verbrecher. Das kam davon, wenn ich während meiner Ferien kriminalisierte.

War es möglich, dass der Eskimo zurückgekehrt war? Diesmal trug ich keine Vase bei mir. Ich beeilte mich. Immer wieder rutschte ich über den Boden. Ich blickte zurück. Der Verfolger hatte sein Tempo erhöht.

Man wollte mir offensichtlich Angst einjagen.

Ich rannte jetzt, stolperte über Schneehaufen, keuchte den Hang zur Talstation der Jakobshorn-Bahnen hinauf. Im Schatten des Eingangs blieb ich stehen und bemühte mich, den Atem zu beruhigen. Der Fremde stoppte ebenfalls, als hätte er mich aus den Augen verloren, als suchte er nach dem anvisierten Ziel. Ich wartete. Mein Herz schlug bis zum Hals. Die Ohren schmerzten ob der Kälte.

Ich wusste nicht, wie lange ich einfach dort gestanden hatte. Unfähig, mich vom Fleck zu rühren. Der Fremde hatte sich plötzlich umgedreht. War zurückgegangen. Ich bewegte mich erst, als er im diffusen Licht der Strassenlampen nicht mehr auszumachen war.

Ich schloss meine Augen. Das durfte alles nicht wahr sein. Nach dem Studium in Luzern, das viel von mir abverlangt hatte, suchte ich Erholung und Ruhe in Davos, wollte Spass haben und Freunde treffen. Ski fahren und abends ausgehen. Und jetzt das: Ich wurde von unheimlichen Gestalten verfolgt, von einem Debilen angegriffen und von Ursina in etwas hineingezogen, was mich im Grunde nichts anging.

Hing alles miteinander zusammen?

Ich vergewisserte mich noch einmal, ob der Fremde nicht zurückgekehrt war. Die schneebedeckte Strasse gähnte mir leer entgegen. Die Kirchenglocken schlugen die volle Stunde. Acht Uhr. Vom Bahnhof her hörte ich einen Zug einfahren. Dumpf klangen die Bremsen, vom vielen Schnee wie wattiert.

Es wunderte mich, dass ich ohne Zwischenfall zu Valerios Wohnung gelangte. Mittlerweile waren meine Sinne so geschärft, dass ich jedes Geräusch und jeden Schatten als bedrohlich empfand.

Auf dem Tisch lag die zerbrochene Vase. Ich kehrte die Scherben mit Schaufel und Besen zusammen und liess sie im Abfalleimer verschwinden. Dabei fiel mir die Davoser Zeitung auf, die ich schon weggeworfen hatte. Ich fischte sie aus dem Eimer, legte sie auf die Küchenkombination und schlug die Seite mit den Todesanzeigen auf. Ich suchte in den Schubladen nach einer Schere, fand sie in einem Chaos von Schreibstiften, Zetteln, Heftklammern, Visitenkarten und allerlei Gerümpel. Trotz der Ernsthaftigkeit der Lage musste ich lächeln. Valerio kam ganz nach unserer Mam. Auch sie besass eine solche Schublade, wo sie alle die Dinge aufbewahrte, die sich nirgends einordnen liessen. Ich schnitt Laras Todesanzeige aus und heftete sie im Flur an die Pinnwand, die Valerio mit ein paar Fotos und Notizen abgedeckt hatte. Die Fotos und Notizen legte ich in die Schublade.

Ich brachte ebenfalls Laras Bild an, das Ursina mir gegeben hatte.

Ich kriegte meine Gedanken nicht auf die Reihe. Weshalb bringt sich eine junge, hübsche und intelligente Frau um? Weshalb behauptet ihre Schwester, dass der Abschiedsbrief nicht von ihr stamme, obwohl die verglichenen Schriften meines Erachtens identisch sind? Warum hat Lara erst zu Beginn ihrer Liebschaft mit dem Unbekannten ein Tagebuch begonnen? Existieren noch andere Tagebücher? Wenn ja, weshalb kamen sie nicht zum Vorschein? Wie weit ist Andrea Adank involviert? Wer ist der grosse Unbekannte mit den Initialen A.C.?

Um meine Ermittlungen zu beginnen, musste ich mehr erfahren. Was für ein Mädchen war Lara tatsächlich gewesen? Ihre Schwester gab wenig Aufschluss darüber. Sie mussten grundverschieden gewesen sein.

War sie am Ende doch ermordet worden?

SECHS

Als ich erwachte, hing der Himmel grau und neblig über Davos. Ich schlüpfte aus dem Bett und stellte mich ans Fenster. Scharf und schattig stach der Schnee von der Landschaft ab. Der weisse Puder auf den Tannen war weg. Auf der Strasse pflügten die Schneeräumfahrzeuge schweren Nassschnee zur Seite.

Ich ging zurück zum Bett, blickte auf die Armbanduhr, die ich auf den Nachttisch gelegt hatte, und erschrak. Fast Mittag.

Zwei Tage vor Weihnachten, und das alljährliche weihnächtliche Tauwetter machte seinem Namen alle Ehre. Ich hoffte, dass nicht Regen einsetzte und die Strassen vollends aper wusch. Im Unterland würde man vergebens auf weisse Weihnachten warten.

Tomasz hatte mir immer noch nicht Bescheid gegeben, wann er hier sein würde. Ich wählte seine Nummer. Zigmal liess ich es klingeln. Weder nahm er ab, noch stellte sich der Anrufbeantworter ein. Sonderbar. Das war noch nie vorgekommen. Musste ich mir Sorgen machen? Hatte er sein Mobiltelefon auf stumm geschaltet, weil Sonntag war und er ausschlafen wollte?

Die Sehnsucht nach Tomasz überwältigte mich. Was war nur geschehen? Dabei hatte es im Frühling so schön begonnen. Tomasz und ich waren nicht mehr nur platonisch Verliebte; wir waren ein Paar, das Sex miteinander hatte. Ziemlich guten sogar. Er war ein zärtlicher Mann, der mich immer wieder überraschte. Er kannte meine verborgenen Winkel, meine geheimen Sehnsüchte. Er machte mich zur Frau, die ich war.

Warum nahm er meinen Anruf nicht entgegen?

Ich ging ins Badezimmer und stellte mich unter die Dusche. Später als geplant verliess ich die Wohnung. Ich wollte nochmals zur Eishalle.

Ich schlug den Weg zur Bushaltestelle ein, als Dario auf mich zukam.

«Was für eine Überraschung», rief er freudig von Weitem. Eine seltsame Überraschung. Beobachtete er mich etwa? War er der Fremde, der mich verfolgte?

Er schlang die Arme um mich und drückte mich an sich. «Ich habe heute Nachmittag frei.»

«Das trifft sich ja gut. Du hast mir etwas versprochen, oder hast du es schon vergessen?»

Kein Wort über den Vorfall von letzthin. Ich hatte mir vorgenommen, alles, was damit in Zusammenhang stand, vorerst nicht zu thematisieren. Ich hatte schon überlegt, ob der Eskimo etwas mit Laras Tod zu tun hatte. Ob er mich unter Vortäuschung falscher Tatsachen von meinen Recherchen abbringen wollte. Vielleicht sogar im Auftrag von jemandem, der diese zu verhindern suchte.

«Lass mich raten.» Dario musterte mich mit hochgezogenen Mundwinkeln. «Wollen wir ins Kino?»

«Wettermässig keine schlechte Idee», frotzelte ich. «Aber zuerst würde ich gern zum Mattawald fahren. Du weisst schon, von wegen Studienzwecken.»

«Du machst also weiter.»

«Was hindert mich daran?»

«In zwei Tagen ist Weihnachten.»

«Ich mag Weihnachten nicht besonders. Weihnachten war für uns Kinder immer sehr traurig. Ich erinnere mich an die Zeit, als ich noch in Davos lebte. Da gab es immer Streit zwischen meinem Vater und meinem ältesten Bruder Andrin. Und wenn sich Luzi einmischte, stand einer Eskalation nichts mehr im Weg.»

«Andrin … Das ist der vom andern Ufer …»

«Hmm … das hat sich hier wohl rumgesprochen.»

Dario verwarf die Hände. «Geht mich nichts an.» Er zögerte. «Hast du noch Kontakt zu ihm?»

«Nein.»

«Du möchtest nicht darüber reden.»

«Nein.»

«Aber du möchtest zum Mattawald.»

«Ich habe dir gesagt, warum.»

«Die Begehung des Tatorts. Man wird nichts mehr finden. Es liegt länger als einen Monat zurück.»

***

Wie stumme, dunkle Gestalten standen die Bäume. Der Schnee rutschte in Schüben von ihren Ästen. Vom federleichten Grund war nichts mehr geblieben. Nass und schwer fühlte er sich an.

Wir stapften den Hang hoch, und ich fragte mich, warum Lara diese Strapazen auf sich genommen hatte, wenn sie vorhatte, sich umzubringen. Weshalb in diesem Wald? Von ihrem Wohnort bis hierher betrug die Distanz etwa einen Kilometer.

In der kleinen Waldlichtung stand ein Kreuz. Darum herum vom Schnee bedeckte Teelichter und Zweige, ein Strauss roter Rosen, von der Kälte konserviert, verlor er nun die Blütenblätter. Sogar ein Plüschbär lag dort. Ihm fehlte ein Auge. Es machte den Anschein, dass in den letzten Tagen niemand vorbeigekommen war. Die Witterung hatte den Mitbringseln zugesetzt. Sie lagen zerstreut im Schnee. Laras Leichnam war auf dem Waldfriedhof auf Wildboden beigesetzt worden, was ich von Ursina wusste. Unweit vom Grab meines Vaters. Der Platz hier diente der Erinnerung, war Mahnmal für diese Tragödie.

«Ich muss dir wohl nicht sagen, wo man sie gefunden hat», sagte Dario und blieb mit verschränkten Armen stehen. «Sie hatte erbrochen und war daran erstickt.»

«Wie bitte?» Auf einmal eröffneten sich mir völlig neue Perspektiven. «Das erwähnst du heute zum ersten Mal.»

«Das hat keine Bedeutung. Sie lag auf dem Rücken, nachdem sie so geschwächt gewesen sein musste, dass sie sich nicht mehr rühren konnte. Es war kein sehr schöner Anblick. Aber die Details wollten wir der Familie Vetsch ersparen.»

«Ich verstehe das alles nicht.»

«Wer versteht schon Suizid.»

Ich überlegte. «Würdest du dich auf eine so grässliche Art umbringen, wenn es effizientere Alternativen gäbe? Sich selbst vergiften und sich im Todeskampf quälen … das geht mir nicht in den Schädel.»

«Wenn sie im Besitze einer Handfeuerwaffe gewesen wäre, hätte sie sich vielleicht erschossen», entgegnete Dario lapidar.

«Kann es sein, dass sich die Davoser Polizei mit diesem Fall nicht wirklich auseinandergesetzt hat?»

«Wie oft muss ich dir sagen, dass es eindeutig war?»

Ich sah Dario an, dass meine Fragen ihn allmählich nervten. Ich lenkte ab. «Hattest du etwas mit Ursina?»

«Themenwechsel?» Er zog seine Augenbrauen hoch. «Nein! Nie im Leben.»

«Und mit Lara?»

«Ach so, daher weht der Wind.»

«Sag schon.»

«Die war ja noch ein Kind.» Darios Mimik verriet seinen Ärger. «Haben wir das nun auch geklärt?»

Genau da machte ich ein grosses Fragezeichen. Lara war noch ein Kind gewesen. Das war es, was mich die ganze Zeit störte. Ursina hatte mir ein Bild von ihr gezeigt. Laras Körper hatte zwar schön proportionierte weibliche Züge gehabt. Aber ihre Art, sich auszudrücken, war sehr kindlich gewesen. Sie mochte überdurchschnittlich intelligent gewesen sein. Aber gewiss auch naiv. Ich überlegte mir, ob ich mit einem ihrer Lehrer sprechen sollte.

«Kennst du zufällig Laras Klassenlehrer?», fragte ich deshalb.

«Ja, Pankraz Kindschi.»

«Wen kennst du nicht?»

«Na hör mal. Ich bin hier aufgewachsen … ich arbeite im öffentlichen Dienst.»

«Und die Familie Vetsch kanntest du trotzdem nicht …»

«Man kann nicht überall sein.»

«Du weichst mir aus.»

«Kehren wir zurück», schlug Dario vor. «Hier gibt's nichts mehr zu tun.»

Ein raschelndes Geräusch hinter uns liess uns beide aufhorchen. Meine Augen suchten das Gelände ab. Ich gewahrte einen Schatten, der von Baumstamm zu Baumstamm huschte.

«Hast du das auch gesehen? Was war das?»

Dario stellte sich schutzergreifend vor mich hin. «Psst, das könnte ein Wolf sein.»

«Seit wann gibt es hier Wölfe?»

«Die kommen aus dem Unterengadin.»

«Über den Flüelapass oder durch den Vereina-Tunnel?» Ich konnte mir ein Kichern nicht verkneifen. «Das wird ein Fuchs sein … oder ein Reh.» Doch ganz so sicher war ich mir nicht mehr. «Was immer es ist … meinst du, es greift uns an?»

«Wenn es Hunger hat …»

Wenn ich vor etwas grossen Respekt hatte, dann vor Tieren. «Komm, lass uns zurückgehen.»

«Jetzt auf einmal, wo's spannend wird.»

Dario hatte seine beiden Arme ausgebreitet. Ich stand hinter ihm, duckte mich, als könnte ich dadurch das fremde Wesen verscheuchen. «Falls es ein Wolf ist und wir den Wind im Rücken haben, wird er uns wittern. Mach dich schon mal gefasst darauf, auf einen Baum zu klettern. Es könnte auch ein Bär sein. Bis zum Ofenpass ist er nämlich schon vorgedrungen.»

«Wie bitte?»

«Ja, der Bär … hast du noch nie etwas von ihm gehört?»

«Das ist nicht lustig.» Ich schärfte meine Sinne und hielt nach einer Fluchtmöglichkeit Ausschau.

Im Gehölz knackte es. Plötzlich rauschte es von oben. Unerwartet traf uns eine Schneewechte.

Wieder ein Geräusch. Es hörte sich so an, als würde jemand Äste brechen.

«Dort vorn!» Ich sah es nicht genau. «Ein Pelz … doch ein Wolf?»

«Bleib hinter mir», flüsterte Dario mir zu.

«Ein Wolf ist doch ein scheues Tier», folgerte ich, ebenso leise.

«Nicht, wenn er vor Hunger fast stirbt.» Dario machte einen Schritt rückwärts. Er drückte mich nach hinten.

«Dort, zwischen den Stämmen», warnte ich tonlos. «Hast du deine Waffe nicht dabei?»

«Nein, ich hatte keinen Grund.»

«Ist das nicht Grund genug?» Verzweifelt suchte ich nach einem Stock und hielt gleichzeitig die Umgebung vor mir im Visier.

Plötzlich fiel Dario in ein befreites Lachen. «Das ist tatsächlich ein Wolf, nur hat der zwei Beine und heisst auch so.» Er stakste tiefer in den Wald hinein. «Wolf? Ich bin's, Dario. Kennst du mich nicht mehr?»

Wir bekamen ein Knurren zur Antwort. Zwischen den Bäumen tauchte ein Ungetüm von einem Mann auf, ein Monster in Menschengestalt.

«Hey, Kumpel, komm näher.»

Er trug einen Ölanzug und darüber einen Umhang ineinandergenähter Felle. Sein Kopf war mit einer Pelzmütze bedeckt. Graue zottelige Strähnen fielen ungebändigt in ein von Wind und Wetter zerfurchtes Gesicht, das an ein Reptil erinnerte. Graue listige Augen musterten uns. Sein Bart reichte bis zu seiner Brust.

«Das ist Wolf», stellte mir Dario den Hünen vor. «Wolf, das ist Allegra, eine gute Freundin.»

«Was tut ihr in meinem Wald?» Wolfs Stimme klang tief und heiser.

«Spazieren», scherzte Dario. «Und du? Auf der Suche nach Essbarem?»

«Moment ...» Ich sah Dario an. «Er hat gesagt, das sei sein Wald?»

«Ganz Davos gehört ihm», lachte Dario. «Nicht wahr, Wolf?»

«Ich kontrolliere die Landschaft», sagte er mit einer Ernsthaftigkeit, dass ich zuerst nicht wusste, wie ich darauf reagieren sollte. Von dem Mann ging eine Bedrohung aus.

«Im Winter lebt er im Dischmatal», klärte Dario mich auf. «Im Sommer zieht es ihn höher hinauf. Man hat ihn schon einmal auf dem Weissfluhgipfel angetroffen.»

Nach dem ersten Schrecken lagen mir allerlei Fragen auf der Zunge. Ich wusste jedoch nicht, ob ich sie stellen durfte. Ein Wilder im Mattawald – das war an und für sich schon sehr sonderbar.

«Waren Sie am fünfzehnten November auch hier im Wald?» Ich konnte es nicht lassen, was Dario sofort kommentierte, dass er nicht wisse, ob Wolf ein so gutes Gedächtnis habe.

«Ich streife seit Anfang November durch die Wälder», sagte Wolf. «Ich kontrolliere alles.»

Er klang gescheiter, als er in Wirklichkeit war. Seine klare Aussprache täuschte nicht darüber hinweg, dass er psychisch sehr angeschlagen war. Die Augen verrieten seine Verwirrtheit.

«Und, schon etwas gefunden?», fragte ich.

«Am fünfzehnten November lag schon Schnee.» Wolf sah mich an, und mich fröstelte.

«Ist Ihnen an diesem Tag etwas Aussergewöhnliches aufgefallen? Eine junge Frau vielleicht?»

«Allegra, das hat doch keinen Sinn. Du legst ihm bloss die Wörter in den Mund», sagte Dario und an Wolf gewandt: «Halt die Ohren steif.»

«Werde ich tun. Ich kontrolliere alles.»

Wir sahen ihm nach, wie er mit dem pelzigen Umhang hinter den Bäumen verschwand. Ich wäre ihm gern nachgegangen. Dario hielt mich zurück. «Lass ihn gehen. Er ist ungefährlich. Ein armer Trottel, ein Unikum. Sein Vater war schon so. Dieser war im Zweiten Weltkrieg an der Front gewesen und kam als Wrack zurück. Er schwängerte seine Schwester. Wolf ist ihr Sohn.» Er wartete auf meine Erwiderung. Doch mir blieb die Sprache im Hals stecken.

«Inzucht. Er ist ein wenig ballaballa. Seine Eltern sind längst tot. Jetzt kämpft er um sein Überleben. Durch seine Adern pulsiert ungesundes Blut. Deshalb ist er auch nicht ganz zurechnungsfähig. Im letzten Winter fand eine Streife von uns ihn oberhalb des Bolgens. Er hatte dort einen Hasen gejagt und ihn mit blossen Händen getötet. Die Polizei fand ihn, als er dem Kadaver das Fell abzog und sich daranmachte, das rohe Fleisch zu verspeisen. Er muss sich wie eine Kreatur fühlen. Schwer zu erklären. Alle nennen ihn Wolf, obwohl er einen anderen Namen hat. Ich habe mich nie darum gekümmert. Vielleicht würde man im Gemeindearchiv etwas Genaueres über ihn finden.»

Mir gefiel das nicht. Ich verabscheute die Richtung, in die unsere Gespräche gingen. Ich wurde aber den Verdacht nicht los, dass Wolf an Laras Todestag etwas gesehen hatte. Ich hätte weiterbohren sollen.

Ich kauerte auf den Boden, buddelte die Teelichter aus dem Nassschnee und arrangierte die Zweige um das Kreuz neu. Hier hatte sie gestanden oder gesessen und sich umgebracht oder war umgebracht worden. In diesem Augenblick wusste ich, dass ich das Geheimnis um Laras Tod lüften würde.

***

«Wenn sich der schwere Samtvorhang ohne Verzögerung zur Seite schiebt, ist das eine kleine Sensation», erklärte mir Dario. Wir sassen im Kino Arkaden, nachdem wir vom Mattawald zurückgekehrt waren und im Kaffee Klatsch gegessen hatten. «Üblicherweise bleibt er auf halbem Weg in den Schienen hängen. Dann muss der Kinobesitzer Gian Durisch her, und wenn der es nicht schafft, der Techniker. Oder Annatina, die Dame vom Billettschalter.»

Heute schien alles reibungslos zu laufen. Die Lichter an der Decke wurden gedimmt. Aus unsichtbaren Lautsprechern dröhnte Musik. Ich hielt mir demonstrativ die Ohren zu.

«Das liegt daran, dass Durisch schwerhörig ist», klärte Dario mich auf. «Aber das verzeiht man ihm. Er hat ansonsten ein gutes Gespür für aussergewöhnliche Filme. Einen Blockbuster aus Hollywood gibt es immer, und das Publikum verdankt es ihm, indem es zahlreich erscheint.»

Heute jedoch sassen nur gerade zwanzig Leute in den roten Samtsesseln. Eine Viertelstunde vor Beginn.

Keine Waschmittelwerbung. Dafür wurde für eine Single-Plattform geworben. Ein schöner, gut gebauter Mann mit akademischem Titel war noch zu haben. Dario glotzte auf die Leinwand.

«Die Realität sieht anders aus», schmunzelte er. «Die schönen Männer arbeiten bei der Polizei.»

Club Tara, der Ausgeh-Ort in Chur, wo sich die tollen Leute trafen, lockte mit einem Gratisdrink für Frauen.

«Kein Wunder bei diesem Überschuss an Männern», witzelte ich.

Allmählich füllte sich der Kinosaal.

Der erste Vorfilm flimmerte über die Leinwand, als Dario kurz nach draussen verschwand. Wenig später kehrte er mit zwei x-large Popcorntüten zurück.

Wir schauten uns «Das Phantom der Oper» an – die Gruselversion. Es war Darios Idee gewesen. Ich hatte ihm den Wunsch nicht abschlagen können. Ich erhoffte mir, dass er mir auf dem Weg der Wahrheitsfindung helfen und mich mit Informationen bedienen würde.

«Hast du den Film schon einmal gesehen?»

«Erzähl ich dir später.» Dario setzte sich und schob sein Gesäss nach vorn. Sein Kopf lag auf der Rückenlehne auf. Kontinuierlich stopfte er sich Popcorn in den Mund.

«Warum hast du mich zu diesem Film eingeladen?» Ich sank tiefer in den Sessel, auf Augenhöhe mit Dario, vor mir die Riesentüte, in die ich mit spitzen Fingern fuhr. «Willst du mich ablenken?»

«Du magst den Kitsch von Weihnachten nicht, dafür mag ich Horrorfilme.»

«Toller Vergleich.»

Er lachte. «Will sehen, wie du darüber denkst.»

«Worüber?»

«Über den Film. Er ist schon Kult.»

Barocke Musik erfüllte den Kinosaal, der jetzt zu einem Viertel gefüllt war. Die Bilder wirkten düster. Eine blasse Schönheit mit langen wallenden Haaren schwebte über die Treppe des alten Schlosses. Allein dieser Anblick flösste mir Unbehagen ein. Das Phantom lauerte an der untersten Stufe. Schön, wild, erotisch. Ein breitschultriger Mann in Halbmaske und schwarzem Umhang. Als sie ihn entdeckte, blieb sie unterwürfig stehen.

«Regie hat sicher ein Mann geführt», witzelte ich. «Das ist eine Ohrfeige an die Emanzipation.»

«Der Film stammt aus den achtziger Jahren», flüsterte Dario mir zu. «Aus der Zeit vor unserer Geburt. Damals hatte man noch keine so grossen Möglichkeiten der Bildmanipulation. Die Techniker waren gefordert.»

Ich wusste nicht, worauf Dario hinauswollte. Bis anhin hatte mich noch nichts aus den Socken gekippt.

Der Schönling zog die junge Frau an sich. Ihre Münder trafen sich.

«Jetzt kommt's.»

«Was?»

«Ich mag diese Szene», sagte Dario zwischen zwei Popcorn und gestand damit, dass er den Film schon gesehen hatte. «Sie wird ihm gleich die Zunge in den Rachen schieben.»

«Ja und? Da ist doch nichts dabei.»

Schmatzendes Geräusch aus allen Himmelsrichtungen, was dem Dolby Surround System zu verdanken war.

Ein Schrei.

«Was ist?»

«Er hat ihr die Zunge abgebissen!»

Das ältere Paar in der Sitzreihe vor uns verliess das Kino, während auf der Leinwand Blut spritzte.

Ich verschluckte mich beinahe. «Das ist ja widerlich.»

«Das ist erst der Beginn.»

Ich stand auf. Die Tüte fiel zu Boden und das Popcorn in alle Ecken. Ich steuerte Richtung Ausgang. Dario hechtete hinter mir her. «Ist es so schlimm?»

«Was wolltest du damit bezwecken?»

«Ach, komm schon. Was ist denn schon dabei?» Er hielt mich am Ärmel fest. «Beruhige dich. Ich gebe ja zu, dass das keine gute Idee war. Ich hätte es wissen müssen.»

Ich drehte mich frontal nach ihm um. «Okay, du kannst es wiedergutmachen. Ich werde herausfinden, was es mit Laras Tod auf sich hat, und du unterstützt mich, ohne zu fragen.»

«Das ist reichlich viel verlangt.»

«Selber schuld!»

Wir trafen uns vor dem Eingang wieder. Über die Promenade wehten die Ausläufer eines Sturmtiefs.

Ich fasste mir ein Herz, wollte erfahren, ob er Schabernack mit mir trieb. Er hatte manchmal so eine Art, bei der man nicht genau wusste, ob er es ernst meinte oder nicht. «Dario, ich muss dir etwas sagen. Ich werde verfolgt.»

«Von wem?»

«Ich weiss es nicht. Gestern Abend lief jemand hinter mir her. Warst du es?»

«Nein, das ist nicht mein Stil.»

«Ich befürchte, dass der Eskimo zurückgekehrt ist.»

«Eskimo?»

«Der, den ich niedergeschlagen habe.»

Dario legte den Arm um meine Schultern. «Hör zu, wenn dich dieser Film so aufgeregt hat, tut es mir leid.»

«Was hat das mit dem Film zu tun? Ich werde wirklich verfolgt. Jemand will mir Angst einjagen, so viel steht fest. Ich frage mich nur, weshalb.»

«Soll ich dich nach Hause begleiten?»

«Wenn es dir keine Umstände bereitet.» Ich hängte mich bei Dario ein. «Ich bilde es mir nicht ein.»

«Ich weiss. Wir hatten im Herbst schon mal einen solchen Fall. Ein Typ lauerte einer Frau auf und belästigte sie. Wir wissen bis heute nicht, wer er war. Die Frau hat seither psychische Probleme. Gib auf dich acht, Allegra.»

Auch zur fortgeschrittenen Stunde tummelten sich Touristen auf der Promenade. Teure Pelzmäntel konkurrierten mit modischen Winteroutfits. Wir schlugen den Weg zum Postillon ein.

«Noch einen letzten Drink?»

«Aber nicht im Club.»

«Wir können an die Bar.»

Das Postillon hatte schon früher eine magische Anziehungskraft auf mich ausgeübt. Im Postillon hatten wir uns bei einem heissen Kakaogetränk aufgewärmt, wenn wir vom Skifahren zurück waren. Mam hatte dort oft auf uns gewartet.

Wir setzten uns in die Lounge, weil die Bar brechend voll war.

Neben dem Empfang stand ein Weihnachtsbaum, der mit seinen breiten Ästen die Hälfte des Raumes einnahm. In den roten Kugeln spiegelten sich die elektrischen Lämpchen. Goldenes Lametta glitzerte. Wir setzten uns auf eines der vielen Sofas, als ich Andrea Adank auf mich zukommen sah. Er machte nicht den Anschein, dass er mir ausweichen wollte. Im Gegenteil: Er lächelte. Ich warf schnell einen Blick zu Dario, der diese Begegnung weniger goutierte.

«Hallo, Allegra, störe ich?»

«Ja», fuhr Dario ihm giftig ins Wort.

«Nein!», konterte ich. Ich verabscheute Darios besitzergreifende Art.

Andrea entschuldigte sich für sein Versäumnis neulich und dass er es einfach nicht geschafft habe, ins Hotel Promenade zu kommen. «Kann ich dich unter vier Augen sprechen?»

Ich erhob mich. «Bin gleich wieder zurück», vertröstete ich Dario, der seinen Kopf beleidigt abwandte.

Ich schritt neben Andrea her. «Wie meinst du das, dass du es nicht geschafft hast? Habt ihr das Training verlängert?»

Andrea lehnte an eine Säule, die die Lounge vom Restaurant trennte. «Ich habe Mühe, dorthin zu gehen.»

«Und weshalb?»

«Es war mir nie egal, dass Lara mich verlassen hatte», gab er zu.
«Was hat das mit dem Hotel Promenade zu tun?»
«Ich liebte sie bis zur Selbstkasteiung.»
«Du verheimlichst mir doch etwas.»
«Ich war eifersüchtig.»
«Willst du mir erzählen, weshalb?» Ich verachtete dieses Katz-und-Maus-Spiel. Was bezweckte Andrea damit? Wollte er sich wichtigmachen? Am Ende hatte er mit seinen Kollegen gewettet, dass er mich rumkriegen könnte. Auf die mitleidheischende Tour wahrscheinlich.
«Also, was ist?»
«Weil Wisi Crameri der Grund ist, weshalb sie mich verliess.»
«Wisi Crameri!» Ich hatte diesen Namen schon einmal gehört, aber ich wusste nicht, in welchem Zusammenhang. Vater hatte ihn einmal erwähnt, daran erinnerte ich mich. Er hatte ihn aus einem mir unbekannten Grund nicht gemocht.
W.C.? Ich stutzte. Wisi war die Abkürzung von Alois. Waren das die Initialen, die Ursina und ich gesucht hatten? A.C.?
«Er ist der Hoteldirektor. Mindestens doppelt so alt wie Lara. Ich weiss nicht, was sie an dem gefunden hat. Er ist verheiratet und hat eine Tochter.»
«Wo die Liebe hinfällt …» Ich bereute meinen Kommentar. «Tut mir leid. Crameri hat dir Lara also ausgespannt.»
«Crameri gehört zu den Sponsoren des HCD. Anlässlich einer Gala im Kongresszentrum stellte ich ihm meine Freundin vor. Du musst wissen, dass ich als Goalie bei Crameri einen besonderen Status geniesse. Aber das war ein grosser Fehler …»
«Was denn? Hast du etwa hinterrücks kassiert von ihm?»
«Nein! Es war ein Fehler, dass ich ihm Lara vorgestellt hatte. Eine Woche später schenkte er ihr einen klitzekleinen Bikini und den Pareo dazu. Lara hat sich zuerst darüber amüsiert. Aber Crameri macht nicht einfach so Geschenke. Er ist ein berechnender Mensch. Im Sommer lud er sie nach Positano ein. Zwei Wochen Amalfiküste. Da wusste ich, dass ich Lara verloren hatte.»
Davon hatte Ursina nichts erwähnt.
«Ich glaube nicht an Laras Selbstmord.»
«Warum hast du es der Polizei nicht gesagt?»

«Ich hätte mich damit selbst in Teufels Küche gebracht. Leider rastete ich einmal aus, als ich Lara wieder traf. Halb Davos war Zeuge. Nein, keine Skandale. Das kann ich mir als Torhüter nicht leisten.» Andrea legte seine Hand auf meine Schulter. «Mehr kann ich dir dazu nicht sagen. Aber ich will, dass die Verantwortlichen zur Rechenschaft gezogen werden.»

SIEBEN

Am Morgen fühlte ich mich wie zerschlagen.

In erster Linie führte ich das auf meine eigenen Unzulänglichkeiten zurück. Obwohl ich mich bemühte, nicht an den gewalttätigen Fremden zu denken, tat ich es. Er war noch da. Unsichtbar. Bedrohlich. Aus irgendeinem Grund hatte er sich aus dem Staub gemacht. Für mich war es unverständlich, wie er verletzt hatte entkommen können. Unmöglich, dass er einen solch harten Schädel hatte. Auch wenn ich je länger, desto mehr der Überzeugung war, dass sich alles zu meinen Gunsten einlenken würde, schweiften meine Gedanken immer wieder zurück zu dem Abend, den ich lieber aus meinem Leben gestrichen hätte.

Auch Lara liess mich nicht mehr los.

Jetzt gab es schon zwei Personen, die nicht an ihren Suizid glaubten. Das war kein Zufall. Hatte ich mit meiner Hartnäckigkeit etwas aus dem Gebüsch gelockt? Nach dem Duschen und einer Tasse Kaffee stellte ich mich vor die Pinnwand im Flur. Es wurde immer verzwickter. Ich heftete ein Kärtchen mit dem Namen «Andrea Adank» und eines mit «Alois Crameri» unter Laras Bild.

Wenn Andreas Aussage stimmte, gab es auf einmal eine ganze Reihe von Verdächtigen. Alois Crameri soll verheiratet sein und eine Tochter haben. Wenn Crameri die Affäre mit Lara nicht hatte geheim halten können oder seine Frau oder seine Tochter ihm auf die Schliche gekommen waren, warf das ein ganz anderes Licht auf die Situation.

Ich musste mir Zugang zum Hotel verschaffen.

Als mein Mobiltelefon schnurrte, steckte ich gerade zwei neue Kärtchen an die Pinnwand. «Frau Crameri» und «Die Tochter», deren Namen ich noch nicht kannte.

Auf dem Display erschien Tomasz' Name. Ich drückte auf Annehmen.

«Endlich, Tomasz, mein Liebster. Wo hast du gesteckt? Ich habe mir schon solche Sorgen gemacht.»

Er bedauerte, dass er mich nicht eher zurückgerufen hatte. «Ich arbeite beinahe Tag und Nacht. Gestern kam ich erst um zwei Uhr nach Hause, und heute Morgen musste ich bereits um acht wieder in der Kanzlei sein. Zudem geht es meinem Vater nicht besonders gut …»

Ich wusste, was kommen würde. Ich kannte Tomasz einfach zu gut. Ich hörte es seiner Stimme an, dass etwas nicht stimmte.

«Ich wollte heute Abend bei dir sein, wie ich es dir versprochen hatte. Aber du musst verstehen, dass ich über Weihnachten zu meinen Eltern fahren muss. Willst du mich begleiten? Meine Eltern würden sich sicher freuen.»

Mir stockte der Atem.

Warum kam alles anders als geplant?

«Ich habe mich aber so auf unsere Ferien gefreut.» Sollte ich ihm von meiner Misere erzählen? Ein unbeschreibliches Gefühl hinderte mich daran, es zu tun. «Ich habe Valerios Wohnung für uns hergerichtet», sagte ich deshalb mit weinerlicher Stimme. «Ich habe eingekauft. Du weisst, wie ungern ich das tue. Geht es ihm denn so schlecht?»

Ich kannte seinen Vater nicht näher. Tomasz hatte ihn mir im Rahmen einer Ausstellung einmal vorgestellt. Er war ein eigenwilliger Intellektueller, ein Physiker, der frühzeitig pensioniert worden war und jetzt mit allerlei Skurrilitäten die überflüssige Zeit ausfüllte. Tomasz hatte mir erzählt, dass er an einer Erfindung tüftle. Was es war, wusste keiner, weil Herr Kandinsky niemanden in sein Labor liess.

Tomasz' Mutter hingegen war nicht mal ein Schatten von ihm. Stets im Hintergrund und nicht wirklich spürbar. Sie besass kaum die Kraft, ihrem Mann Paroli zu bieten. Ich hatte sie jedoch als liebenswürdige Frau in Erinnerung. Tomasz hatte ihre sanften Augen.

«Deshalb bitte ich dich, nach Luzern zu kommen», sagte Tomasz. «Es reicht auch, wenn du morgen kommst. Ich habe bis Mittag zu tun.»

In mir sträubte sich alles. Ich hatte überhaupt keine Lust, ins Unterland zu fahren. Nebel vertrug ich im Moment einfach nicht. Wenn ich Tomasz' Eltern besuchte und meine Mam erfuhr davon, wäre gleich Feuer im Dach. Mit Mam hatte ich mich abgesprochen, dass wir diese Weihnachten auslassen würden. Nur mit grosser Überwindung hatte sie meinem Vorschlag zugestimmt. Sie würde die Tage dazu nutzen, wieder einmal eine Freundin zu besuchen. Aber ich wusste, dass meine Anwesenheit ihr wichtiger gewesen wäre.

Nur war mir im Moment nicht klar, wie ich meinen Entscheid Tomasz beibringen wollte.

«Du sagst ja nichts.»

«Ich bin traurig, was soll ich dazu sagen? … Aber ich kann jetzt nicht nach Luzern fahren. Ich muss noch lernen.» Das war zwar gelogen, aber im Augenblick die plausibelste Ausrede. «Wenn dein Vater krank ist, will er dich bestimmt allein bei sich haben. Ich meine, da gibt es sicher viel zu besprechen. Wie sieht es nach Weihnachten aus? Hast du dann Zeit für mich?»

Ich hörte Tomasz seufzen. «Frühestens an Silvester … Zwei Grosskonzerne aus Übersee wollen im Januar fusionieren. Es gibt eine Menge zu tun …»

«Zwischen Weihnacht und Neujahr?»

«Ich kann es nicht ändern, Darling.»

«Gut», versuchte ich die angespannte Situation zu lockern. «*Ich* muss mich wohl damit abfinden, dass ich einen engagierten Anwalt zum Freund habe.» Ich schluckte ein paar Tränen hinunter. «Wir werden uns also an Silvester sehen.»

Nach ein paar Belanglosigkeiten verabschiedeten wir uns.

Zurück blieb ein Gefühl der Leere.

Andererseits hatte Tomasz' Abwesenheit auch eine gute Seite. Ich konnte mich dem Fall Lara Vetsch mit Haut und Haar widmen.

***

Die Dekoration schien im Hotel Promenade moderater als anderswo zu sein. Ein Arrangement mit Zweigen, goldenen Kugeln und Kerzen schmückte die Rezeption. Auf einem Podest standen zwei lebensgrosse Engel. In der Lounge knisterte ein Feuer im Cheminée. Auf grünen Stoffsesseln hatte es sich eine Gruppe von Hotelgästen gemütlich gemacht. Ein kaum wahrnehmbarer Küchengeruch streifte meine Nase.

Die Rezeptionistin begrüsste mich mit einem Allerweltslächeln. Sie war jung, in meinem Alter, schätzte ich. Vielleicht eine Praktikantin.

Ich hatte mir den ganzen Vormittag über den Kopf zerbrochen, wie ich es anstellen würde, mit Wisi Crameri in Kontakt zu treten. Sollte ich einfach ins Hotel marschieren, ihn herzitieren und mein Anliegen unterbreiten? «Hallo, sind Sie der Mann, der einer Achtzehnjährigen den Kopf verdreht hat?» Oder: «Kann es sein, dass Sie Lara Vetsch in den Tod getrieben haben?»

In der Davoser Zeitung hatte ich ein Inserat entdeckt. Man suchte im Hotel Promenade eine Aushilfe am Buffet für den Zeitraum des Spengler Cups.

Ich trat auf die junge Frau zu und nannte meinen Namen. «Ich komme wegen des Inserats in der Zeitung. Ich hoffe, die Stelle ist noch nicht vergeben.» Ich warf einen Blick auf das Namensschild am Revers, das an ihrem Blazer angebracht war. Astrid Hübner. «Frau Hübner.»

«Moment mal, ich werde gleich den Direktor rufen.» Sie wählte eine interne Nummer. Sie wartete und liess ihren Blick in der Hotelhalle umherschweifen. Mich schaute sie nicht mehr an. Ich aber sie. Nach dem Dialekt zu urteilen, stammte sie aus Basel, hatte eine knabenhafte Frisur mit roten Mèchen und grüne Augen. Sie trug Jupe, Bluse und Blazer, was ihr ein verwegenes Aussehen verlieh.

«Frau Crameri? Astrid am Apparat. Ist Ihr Mann da? … Nein? Dann bitte ich Sie, kurz an die Rezeption zu kommen. Da ist jemand, der auf ein Inserat gekommen ist.» Astrids Finger trommelten auf der Tischplatte. Ich bemerkte angeknabberte Fingernägel und einen Kitschring. «Ja … ich verstehe … an der Bar.» Astrid legte auf. Sie schenkte mir ein Lächeln. «Sie finden Herrn Crameri an der Bar. Sie können durch den Frühstücksraum und das Restaurant gehen. Die Bar liegt ganz hinten auf der rechten Seite.»

Ich bedankte mich und peilte die Tür zum Frühstücksraum an. Ein einziger Gast sass an einem gedeckten Tisch. Zwei Angestellte räumten das Buffet ab. Durch die Fensterfront sah ich an den Hang unterhalb des Jakobshorns. Die Tannen standen schwarz und starr. Das Wintermärchen hatte sich verabschiedet. Ich gelangte ins Restaurant, wo sich ein paar Gäste zum Mittagessen eingefunden hatten.

Ich stiess die Tür zur Bar auf. Der Geruch von abgestandenem Bier schlug mir entgegen. Beim Ausschank stand Michel mit mir zugewandtem Rücken und polierte die Zapfhähne. Auf einem Barhocker sass ein Mann mit schwarzen Haaren und einem fein säuberlich gestutzten Schnurrbart. Als er mich sah, wedelte er mit der rechten Hand Michel zu. Eine unmissverständliche Geste, dass er sich nicht stören lassen wollte.

Michel wandte sich sofort an mich. «Wir aben noch geschlossen.» Dann vergrösserten sich seine Augen. «Eh mon Dieu. Sie kenne isch doch. Sie waren erst noch ier …»

Ich stellte mich mit meinem Namen vor. «Ich suche eigentlich Herrn Crameri. Ich komme auf eine Anzeige in der Davoser Zeitung.»

Michel strahlte mich an. «Voilà, c'est Monsieur Crameri. Asseyez-vous … bitte setzen Sie sisch.»

Damit, dass sich der Mann mit dem Schnauzbart sofort erhob, hatte ich nicht gerechnet. Er kam um die hufeisenförmige Bar herum auf mich zu. Sein griesgrämiges Gesicht war einem Lächeln gewichen. Er reichte mir die Hand. Sie fühlte sich warm an, etwas schwammig. «Ich bin Alois Crameri und der Direktor dieses Hotels. Sie kommen wegen der Annonce.»

Das also war der Mann, der Lara den Verstand geraubt hatte. Ich konnte mir nicht vorstellen, was sie an ihm gefunden hatte. Er sah zwar gut aus, hatte ein selbstbewusstes Auftreten und einen leicht melancholischen Blick. Aber er war sicher fast dreimal so alt wie Lara. Ich schätzte ihn auf über fünfzig.

«Ich bin Studentin an der Uni Luzern», sagte ich, «und im Moment könnte ich ein Taschengeld ganz gut gebrauchen. Ich habe auch etwas Erfahrung in der Gastronomie. Vor zwei Jahren hatte ich einen Aushilfsjob im Service im Hotel National in Luzern.»

«Das ist ein Fünfsternehaus. Ich bedaure, aber wir brauchen niemanden im Service. Und hinter dem Buffet kann ich Sie mir beim besten Willen nicht vorstellen. Sie studieren, haben Sie gesagt? Das wäre ja unter Ihrer Würde.»

«Ich kenne mich dort genauso aus.» Hinter meinem Rücken drückte ich ganz fest die Daumen. «Egal, welche Arbeit Sie für mich haben, ich beherrsche sie …»

Auf Crameris Stirn entstand eine Falte. «Andererseits sind wir wirklich im Schlamassel. Zwei Krankheitsfälle innerhalb einer Woche, und am 26. beginnt der Spengler Cup … Kommen Sie, setzen wir uns doch dorthin.» Er ging mir voraus zur Nische, in der ein kleiner runder Tisch stand. «Bitte.» Crameri zeigte auf den Stuhl an der Wand.

Wir setzten uns.

«Sie haben also Erfahrung im Service. Beim Frühstück können Sie es unter Beweis stellen. Wie sieht es denn am Buffet aus?»

«Am Buffet?»

«Bestellungen entgegennehmen, die im Restaurant mittels Computer aufgegeben werden. Bei uns läuft alles über den Computer. Die Kellner tippen nur eine Nummer ein. Diese registriert die Bestellung, die wiederum im Office ausgespuckt wird. Das muss schnell gehen. Wir erwarten über die Festtage ein volles Haus.» Er lächelte. «Trauen Sie sich das zu?»

«Ich bin lernwillig und schnell», rühmte ich mich selbst.

Crameri sah auf die Tischplatte, wo in einem Ständer die Getränkekarte steckte. Es verging eine gefühlte Ewigkeit, bis er sich entschloss. «Wissen Sie was? Sie haben den Job.»

Offensichtlich fand er Wohlgefallen an mir. Die Melancholie in seinen Augen war verschwunden.

«Wann können Sie beginnen?»

«Jetzt gleich.»

«Es reicht, wenn Sie morgen früh um halb sieben hier sind. Dann kann Theresa Ihnen zeigen, wie Sie das Frühstückbuffet vorbereiten können. Von eins bis vier ist Zimmerstunde, vorerst einmal. Das kann sich aber täglich ändern, je nach Arbeitsaufwand. Wer in der Gastronomie arbeitet, sollte nicht auf die Uhr schauen.» Er bedachte mich wieder mit einem Lächeln. «Morgen Abend gibt es das traditionelle Fondue Chinoise. Im Moment haben wir das Hotel voll. Und wir rechnen noch mit auswärtigen Gästen. Wenn Sie sich nicht scheuen, ins kalte Wasser geworfen zu werden, steht Ihnen nichts mehr im Weg. Kommen Sie in zehn Minuten zur Rezeption. Ich werde alles Erforderliche in die Wege leiten.» Crameri drehte sich nach Michel um. «Ich bin dann mal im Büro.»

«Wer ätte das gedascht.» Michel schüttelte mir die Hand. «Auf eine bonne coopération. Désirez-vous quelque chose à boire? Etwas zu trinken?»

«Non merci. Aber Sie können mich Allegra nennen.»

«Mon nom est Michel.»

«Ich weiss.» Ich sah auf meine Armbanduhr. «Bis morgen.»

«A demain, au revoir, auf Wiedersehen.»

Bedächtig schritt ich durch das Restaurant zum Frühstücksraum und von da zum Empfang. Eine Woche im Hotel Promenade. Und das während des Spengler Cups. Ich hatte gelesen, dass das Team Canada hier logieren würde. Vielleicht musste ich mich in den Sport Eishockey eindenken, damit ich den Gästen Auskunft geben konnte. Andererseits würde ich hinter der Kulisse arbeiten. Der erste Schritt war getan – das allein zählte. Die Sessel vor dem Cheminée standen verlassen da. Ich sah durch das Fenster auf das Dach der Eishalle.

Alois Crameri redete auf Astrid ein, als ich mich der Rezeption näherte. In der Schnelle musste er die Vorlage eines Vertrags hervorgezaubert haben, denn er hielt die Dokumente bereit.

«Sie arbeiten im Stundenlohn. Die Sozialleistungen werden selbstverständlich abgezogen. Sie sind während Ihrer Arbeitszeit versichert.» Er nannte mir eine Zahl. Viel war es nicht, was ich verdienen würde. Aber das hatte für mich keine Relevanz. Crameri überreichte mir den Vertrag zur Unterschrift. Ich las ihn durch, hatte jedoch nichts zu beanstanden.

«Leider kann ich Sie nicht länger als bis zum zweiten Januar einstellen. Ich hoffe, das passt so.»

«Das ist perfekt.» Ich setzte meine Unterschrift. «In der zweiten Januarwoche muss ich zurück nach Luzern.»

«Na dann, bis morgen.» Crameri hob andeutungsweise die Hand. Über sein Gesicht huschte ein eigenartiges Lächeln, das ich nicht zu deuten vermochte.

Kaum hatte ich das Hotel verlassen, rief mich Ursina an.

«Hi, Allegra. Hast du schon etwas herausgefunden?»

Ich konnte meine Freude nicht bändigen und erzählte ihr von

meinem Glück, im Hotel Promenade arbeiten zu dürfen. «Ich werde ab morgen in der Höhle des Löwen sein. Von hier aus hoffe ich, etwas Licht in das Dunkel zu bringen.»

«Was redest du da? Warum im Hotel Promenade? Und wer ist der Löwe?»

«Das weisst du noch gar nicht. Andrea Adank hat mir verraten, mit wem Lara liiert war. Mit dem Direktor des Hotels.»

Auf der andern Seite der Leitung blieb es verdächtig lange ruhig.

«Bist du noch dran?»

«Bist du sicher?»

«Ich weiss es noch nicht hundertprozentig, aber ich werde es herausfinden.»

«Pass auf dich auf, Allegra.»

Mir lag noch etwas auf der Zunge. «Hast du eigentlich gewusst, dass deine Schwester im letzten Sommer mit Wisi Crameri nach Italien fuhr?»

Wieder blieb es still.

«Ursina?»

«Ja», kam es zögerlich zurück. «Ich habe es gewusst. Lara verschwand eines Tages einfach spurlos und rief uns dann an. Aber da war sie schon in Positano. Sie wollte nicht sagen, mit wem.»

«Was verheimlichst du mir?» Ich war wütend, liess es mir jedoch nicht anmerken. «Falls du noch immer willst, dass die Wahrheit ans Licht kommt, musst du mir alles sagen, was du weisst.»

«Ich verspreche es dir.»

ACHT

Ein ganzer Nachmittag stand mir zur Verfügung. Zeit, mit meinen Ermittlungen fortzufahren. Dario wollte ich von meinem Vorhaben nichts erzählen. So, wie ich ihn einschätzte, hätte er mir davon abgeraten. Er war der Ansicht, dass die Polizei ihren Job erledigt hatte.

Ich kehrte zum Bahnhof Davos Platz zurück und erkundigte mich nach einer Schlittenfahrt ins Dischmatal. Auf den Strassen lag noch halbwegs genug Schnee. Ich fand den bärtigen Hannes, der im Sommer mit Kutsche und Pferd und im Winter mit Schlitten und Pferd in der Nähe des Bahnhofs die Stellung hielt. Jetzt sass er auf dem Bock und machte ein Nickerchen. Sein Kopf lag schräg. Ich vernahm ein leises Schnarchen.

«Hannes?»

Er fuhr zusammen. Ein gerötetes Gesicht, umrahmt mit einem urchigen Gestrüpp von Bart und Haaren, wandte sich mir zu. Er sprach kein Wort. Nickte nur. Aber das war man bei ihm gewohnt. Ich kannte ihn von früher. Er war ein Urgestein, ein Davoser Original. Niemand konnte seine Beweggründe nachvollziehen, weshalb er als ehemaliger Veterinär und wohlhabend Kutscher geworden war. Er war ledig und kinderlos. Man munkelte, er sei mit seinem Pferd verheiratet, was immer das heissen mochte.

«Können Sie mich ins Dischmatal fahren?»

«Das kostet aber extra.» Endlich ein Satz, als röche er ein Geschäft.

«Wie viel denn?»

Er nannte mir einen Betrag, dass mir die Haare zu Berge standen. Ich musste dafür im Minimum zehn Stunden am Buffet arbeiten. «Also gut, geht klar. Sind Sie jetzt frei?»

«Setz dich hinten rein.» Er machte keine Anstalten, seinen Bock zu verlassen. «Und deck dich mit der Wolldecke zu.»

Ich kletterte auf den Schlitten. Ich setzte mich auf eines der verwaschenen und verblassten Lammfelle, die nach Pferdedung rochen und mich zum Niesen reizten.

«Bereit?» Hannes versuchte, seinen Kopf nach hinten zu drehen, was ihm aber ob der Steifheit seines Nackens misslang.

«Ich bin startklar.»

Hannes griff nach den Zügeln. Der Schlitten ruckelte. Der Gaul setzte sich bedächtig in Bewegung. Nur das monotone Klacken der Hufe und das Quietschen der Kufen waren zu vernehmen.

Hannes lenkte Gefährt und Pferd zuerst über die Talstrasse und zweigte gegenüber der Guggerbachstrasse in die Mattastrasse ab. Über eine längere Strecke trabte das Pferd der Langlaufloipe entlang, wo im Sommer der Golfplatz lag. Das Tauwetter hatte dem Schnee schon ziemlich zugesetzt.

Wir erreichten die Bushaltestelle Stäg. Beim Betrachten der Gegend tauchten Bilder aus Kindertagen in mir auf. Am ersten Februarwochenende findet in Davos die traditionelle Kinderschlittenfahrt statt. Corrado, ein ehemaliger Klassenkamerad, den ich jedoch aus den Augen verloren hatte, war mein Schlittbuab gewesen und ich die Schlittmaitja. Corrado und seine Mutter hatten sich um die Rennbänn, Gröll und Ross gekümmert, meine Mam und ich den Schlitten mit Tannenreisig und bunten Papierrosen geschmückt. Am Festtag waren wir durch eine tief verschneite Landschaft gezogen, ein Schlitten hinter dem andern, mit Bögen aus Tannenzweigen und leuchtend bunten Blumen. Und auf den Schlittensitzen die Mädchen in der Davoser Tracht und die Jungs in Sennenkutten.

Es machte den Anschein, als fände das Pferd den Weg von allein. Hannes sass eingesunken auf dem Bock. Ich sah weiterhin die Gegend an, als wäre ich einer der Wintertouristen, die sich diese Sensation nicht entgehen lassen wollten. Eine Schlittenfahrt wie während der Belle Époque. Wir passierten die Duchlisage, später einen Weiler.

Die Wolkendecke hatte sich gelichtet. Zaghaft überflutete Sonnenlicht das Tal.

Der Dischmabach lag unter dicken Eisschollen. Das Wasser gurgelte an den offenen Stellen. Manchmal hüpfte es hinter einer Ansammlung von Schneewechten hervor und zersprang in Regenbogenfarben über den Steinen. Der Weg führte dem Bergwasser entlang tiefer ins Tal hinein, vorbei an stillen Höfen und unbewohnten Sommerhäusern. Der Schlitten glitt über den mit Schneematsch bedeckten Pfad. Links und rechts des Weges kippten Tannen zur Seite, um ihre letzte Last in der zunehmenden Wärme loszuwerden. Es tropfte von den Zweigen. Ein wenig roch es schon nach Frühling. Doch das täuschte darüber hinweg, dass in den nächsten drei Monaten der Winter Davos in festem Griff halten würde.

Die Sonne stand tief. Langsam griff die Schattenhand nach den Föhren am Wegrand, verschlang den Bach mit seinen vielen Stimmen, die mit Schneeresten bedeckten Steine, die kleinen Hügel jenseits des Wassers, die einzelnen Baumstämme, die im letzten Herbst nach dem Fällen vergessen worden waren, in deren Spalten verfaulte Pilze froren, übergoss die Natur mit einem Krug voll Blei. Nur oben, dort, wo sich die Kuppe des Bocktenhorns über die Landschaft erhob, glitzerten die Firne noch im Goldton der untergehenden Kugel.

Das Rütteln und Quietschen des Schlittens war zu vernehmen, das leise Klingeln eines Glöckleins am Halfter, das ungleichmässige Schnauben des Pferdes, wenn es ob der Last seine Nüstern blähte und heissen Atem ausblies.

Wir erreichten Gadmen, das «Asterixdörfli», ein Überbleibsel aus meinen Kindertagen. Hier hatten wir ganze Sommerwochenenden verbracht. Die Familie einer ehemaligen Schulfreundin besass hier ein Maiensäss. Manchmal hatte ich übernachten dürfen. Ich war mir jedoch nicht mehr sicher, wo sich das Haus befand. Es war schon eine Ewigkeit her, seit ich das letzte Mal hier gewesen war. Gadmen war ein kleiner Weiler mit einer Ansammlung von Häuschen, die jetzt einen verlassenen Eindruck machten. Die Fensterläden waren geschlossen.

Der Winter ist still.

Anders der Frühling, wenn er mit seinem Getöse hereinbricht und geborstene Eisblöcke vom Berg ins Tal schiebt, den Schnee verschlingt und die Bachbetten überschwemmt. Und der Sommer ist kräftig mit den sattgrünen Wiesen, auf denen Grillen Konzerte veranstalten, mit Enzianen, Edelweissen, Paradieslilien und wilden Orchideen. Mit sprudelnden Quellen, schäumenden Bächen und glasklaren Seen. Von Sonne verwöhnte Tage versprechen eine reiche Heuernte, pralle und verlockend süsse Waldbeeren. Im Sommer riechen die Häuser nach würzigem Holz, die Ställe nach frischer Milch und geschnittenem Gras. Alles Leben spielt sich draussen ab, tagsüber wird gesungen und gelacht, und abends sitzt man am Feuer am Fluss und erzählt einander Geschichten.

Im Sommer sieht es hier ganz anders aus. Da herrscht Leben, und man vernimmt Kinderlachen. Die offenen Fenster sind mit Geranien geschmückt. In den Brunnen plätschert das Wasser, und die Alpenflora verbreitet sich üppig über die Landschaft.

Dann der August, der lustvoll den Sommer ausklingen lässt. Die früher eintretende Dämmerung am Rande des Hains. Der September mit den länger werdenden Schatten, dem ersten Tau am Morgen. Der Herbst im goldenen Gewand, glühende Wälder mit Lärchen, welche wie flammende Säulen gegen den Himmel wachsen, die ersten Herbststürme mit ihrer verzehrenden Kraft.

Jetzt wirkte alles trostlos und ausgestorben und ein wenig bedrohlich.

Hannes zügelte sein Pferd. Er verminderte das Tempo und hielt an. «So, da wären wir. Weiter geht's nicht. Die Strasse zum Dürrboden ist zu gefährlich. Was willst du überhaupt hier?» Hannes stieg vom Bock und schaute sich um. Er trat vor das Pferd und zog es über einen Pfad, der nur andeutungsweise zu erkennen war. Über einem einzigen Giebeldach rauchte es. Hannes band den Gaul an einen abgesägten Baumstamm neben einem Brunnen, dessen Konturen vage unter dem Schnee auszumachen waren.

«Wohnt hier jemand?», wagte ich zu fragen.

Hannes knurrte etwas vor sich hin. «Wann willst du zurückkehren?»

Ich verschwieg, dass ich in geheimer Mission unterwegs war und die Rückkehr von meinem Erfolg abhing.

«Ich fahre in einer Stunde wieder. Ich warte nicht», sagte er.

Das war unmissverständlich.

Hannes ging auf das offenbar bewohnte Haus zu. Ich rätselte über meine weiteren Schritte. Was hatte ich erwartet? Dass ich hier auf Wolf treffen würde? Vielleicht hauste er weiter hinten im Tal. Sollte ich Hannes nach Wolf fragen? Gut möglich, dass er ihn kannte. Ich wurde einfach nicht warm mit dem Alten.

Er war wortkarg und abweisend. Mit dem Alter hatte das noch zugenommen.

Ich liess mich von ein paar verdächtigen Spuren im Schnee leiten. Ich folgte ihnen bis zum Wasserfall, der sich, in Eis erstarrt, wie eine Kaskade über einem Felsvorsprung abzeichnete. Dahinter war ein Niederwuchswäldchen mit kahlen Sträuchern und verschieden grünen Tannen, geknickten Ästen, die dem Schnee nicht hatten trotzen können, gefrorenen Beerenstauden und zersplitterten Baumstrünken.

Hinter dem Hügel tauchte plötzlich ein Mann auf und stakste über den Schnee. Aufgrund seiner etwas zu kurz geratenen Beine schien es ihn anzustrengen. Sein Oberkörper dagegen hatte das Ausmass eines Kämpfers – breitschultrig, lang und stark: die typischen Merkmale des Walsers, der vor Urzeiten ins Gebiet der Bündner Alpen vorgestossen war.

Der Mann näherte sich dem Haus, aus dessen Kamin es rauchte. Auf seinem Rücken trug er ein Reff mit Holzscheiten, über die Jacke ein Schaffell. Er erinnerte mich an Wolf – ähnliche Kleidung, eigenartiger Gang. Er sah zum Fenster, während er auf den Eingang zuschritt. Ins Profil seiner Schuhe hatten sich Eisschollen gedrückt, welche er an einem Stein herausklopfte. Nacheinander zog er seine verfilzten Wollfäustel aus und stiess die Tür mit seinem Oberkörper auf. Ich sah zu, wie Hannes sich ihm näherte und sie einander die Hand zum Gruss reichten. Viel redeten sie nicht.

Ich ging zurück. Die Tür war schon zu. Ich klopfte und wartete. Ich hob den Kopf zum Himmel. Es hatte vollständig aufgeklart. Nicht die kleinste Wolke. Kein Vogel auf dem Streifzug abendlicher Beute. Es würde eine mondbeschienene Nacht werden, in der die verschneite Landschaft wie ein von Sternen durchwobenes Tuch glitzerte. Hier oben in den Bergen wurde es nie so dunkel wie unten im Tal, und im Winter verwischte das ständig wechselnde Licht des Schnees die Konturen der Landschaft.

Die Tür ging auf. Der Mann im Lammfell stand vor mir. Wortlos winkte er mich herein. Zögernd trat ich ins Haus. Gleich umschloss mich der Geruch von geräuchertem Fleisch und brennendem Holz, eine wohlige Wärme, die den Raum durchzog. Der Mann löste die Riemen und kippte das Reff neben den Herd. Die Scheite schlugen dumpf auf dem Steinboden auf. Er schüttelte seine Lammfelljacke, bevor er sie an den Türhaken hängte. Mein Blick durchstreifte die Küche, welche durch einen Vorhang und einen tief liegenden Balken von der Stube getrennt war. Den Balken hatte man augenscheinlich im Nachhinein angebracht, weil die Decke einzustürzen drohte. Man hatte sie zusätzlich mit einem Baumstamm senkrecht verstärkt. Ein Schemel stand daneben.

«Ich bin Allegra Cadisch, und ich hätte eine Frage.» Was sprach man mit zwei Männern, die sich miteinander durch Schweigen verständigten?

«Jachen Roffler.» Er setzte eine gusseiserne Pfanne auf den Herd und strich sie mit Butter aus. «Ihr werdet doch mit mir zu Abend essen?» Er betrachtete erst Hannes, dann mich. Er schwärmte plötzlich von seiner Rösti mit Speckstücken und Zwiebelbeize. «Ich habe dazu einen schönen roten Rebensaft aus der Bündner Herrschaft.» Er schob die schon geraspelten Kartoffeln von einem Brett in die Pfanne. Der Dampf der erhitzten Butter schoss an die Decke. Es zischte und brutzelte, während ein angenehmer Duft durch die Küche zog.

«Die gehört nicht zu dir, oder?», fragte Roffler seinen Gast.

«Nein», kam es unwirsch zurück.

«Was will sie denn?»

«Frag sie selber.»

Roffler legte die Kelle, mit der er die Kartoffeln gerührt hatte, zur Seite. «Wo drückt der Schuh?»

«Ich suche einen Wilden namens Wolf. Er soll hier leben.»

Auf meine Frage folgte schallendes Gelächter. Roffler rieb sich den Bauch vor Lachen, und Hannes keckerte.

«Was jetzt?»

«Wolf schläft.»

«Er tut was?»

«Er schläft den Rausch aus. Hat heute Morgen schon zu tief ins Glas geschaut. Wenn er mich besucht, trinkt er meistens zu viel Obstbrand. Er liegt jetzt im Zimmer nebenan. Willst du ihn sehen?»

Roffler stapfte auf eine Tür zu, deren Rahmen so nieder hing, dass man beim Eintreten ins Zimmer den Kopf einziehen musste. Roffler stiess sie auf.

«Komm, überzeug dich selbst.»

Die Kammer lag im Halbdunkeln. Das Flackern einer Kerze spielte flirrende Schattenmuster an die Wand. Die Gottesmutter Maria lächelte hinter einem zersprungenen Glas. Sie hob ihre linke Hand, mit der andern umfasste sie das Kind. Der Schein über ihrem Kopf hatte die Farbe verloren, der Rahmen ein paar Holzelemente.

«Ich muss den Rahmen flicken», sagte Roffler.

Ich trat ins Zimmer und blickte auf den Engel am oberen Rand des Bildes, der seine Flügel über die Heilige Familie ausbreitete. Darunter auf einer Pritsche, die an ein altes Militärbett erinnerte, lag Wolf. Laken und Wolldecke waren von seiner massigen Brust gerutscht, die hell aus dem Düstern des Zimmers stach.

«Was willst du von ihm?» Roffler stand jetzt unter dem Türrahmen und verhinderte, dass ich den Raum verlassen konnte.

«Er ist vielleicht Zeuge in einem Mordfall», sagte ich. Am liebsten hätte ich mir die Nase zugehalten.

Ich musste damit rechnen, dass ich das Interesse der beiden alten Männer geweckt hatte. Doch diese schienen mit etwas anderem beschäftigt zu sein.

«Man will von der Schatzalp aus zur Strela-Alp eine neue Bahn erstellen», sagte Roffler an Hannes gewandt. «Meisser und Conradin interessieren sich sehr für mein Elternhaus unterhalb des Strelapasses. Sie möchten es zu einem Wirtshaus umbauen, eine Herberge soll es auch geben. Die Gemeinde hat bereits einen breiteren Weg bewilligt. Und für die Bahn wird an der nächsten Abstimmung entschieden.»

«Ja, Sakrament, warum weiss ich nichts von alldem?»

«Das ist noch geheim, ein lautes Denken», sagte Roffler voller verhaltenem Stolz, während die Rösti in der Pfanne anbrannte. «Kann ich mit deiner Verschwiegenheit rechnen?»

Hannes nickte heftig. Mich schien man zu ignorieren.

«Ich habe die Pläne gesehen und werde mich auch finanziell daran beteiligen.» Roffler nahm die Pfanne vom Herd und fingerte nach ein paar schwarzen Krusten. «In zwei Jahren soll die Bahn eröffnet werden. Vorerst nur bis zum Haus meiner Eltern. In einem zweiten Schritt wird es auch eine Strecke bis knapp unter den Gipfel geben. Auch diese Pläne sind schon vorhanden.»

«Mutiger Knabe», sagte Hannes. «Mit der Vehemenz des Vaters und dem Willen der Mutter. Wenn du nur nicht übertreibst. Du hast jetzt zwei Freunde, denen du die Mäuler stopfen musst. Wir leben nicht gerade in rosigen Zeiten. Alles, was sich in den Städten abspielt, wird früher oder später auch unser Dorf erreichen.»

«Da gebe ich dir recht», sagte Rofler, «aber man sollte in den kritischen Zeiten den Mut aufbringen, etwas Neues zu beginnen. Conradin und Meisser sehen das schon richtig. Manchmal muss man eben das Gras wachsen hören …» Er wendete die Rösti zum wiederholten Mal. «Ich habe mir was abgespart.»

«Ein waghalsiges Unternehmen, was ihr da auf die Beine stellen wollt …» Hannes beugte sich über den Teller, den ihm Roffler vor die Nase geschoben hatte. Vier Schöpflöffel dampfender Rösti klatschten in die Mitte. «… Die Bahn zur Schatzalp soll schon zu wenig abwerfen, und jetzt kommt ihr mit solch einem Projekt.»

Wohl war es mir überhaupt nicht mehr. Auch später nicht, als Roffler mich wie selbstverständlich zu Tisch bat und einen Kellen Rösti auf den Teller vor mir schmiss. Dazu gab es Milchkaffee und Rotwein.

Da sass ich nun vor einem Teller Rösti und mit zwei seltsamen Männern am gleichen Tisch. Sie schaufelten unflätig schnell die Rösti in sich hinein und hatten mich ganz vergessen. Mir war nicht klar, ob Hannes und Roffler über Wolf Bescheid wussten. Ob er ihnen vielleicht etwas verraten hatte, was sich im Mattawald zugetragen und er beobachtet hatte? Wenn ich Antworten wollte, musste ich jetzt die entsprechenden Fragen stellen.

Ich wandte mich an Roffler, der sich selig rülpsend auf dem Stuhl ausdehnte.

«Um auf den fünfzehnten November zurückzukommen», begann ich, «hat Wolf im Mattawald etwas Ungewöhnliches beobachtet?»

Roffler legte die Gabel zur Seite. «Wolf kam frühmorgens zurück. Es war der sechzehnte November, also vor gut einem Monat. Er war ganz verstört. Ich fragte ihn, was ihn bedrücke. Aber er konnte es mir vorerst nicht sagen. Als ich dann von diesem schrecklichen Selbstmord hörte, ging mir ein Licht auf. Wolf musste dabei gewesen sein. Ich suchte mit ihm den Tatort auf. Wir fanden einen toten Fuchs. Ich kenne Wolf. Er hat schon früher Tiere gerissen, so brutal das tönen mag. Er lebt in einer anderen Welt. Er ist einsam, und niemand will sich um ihn kümmern. So habe ich ihn bei mir aufgenommen. Er weiss, dass er hier ein warmes Bett und zu essen hat.»

«Eine Männer-WG?»

«Ja, so in etwa. Zwischenzeitlich ist auch Hannes dazugestossen. Wir unterstützen einander. Das verhindert, dass wir irgendwann in ein Altersheim abgeschoben werden.»

«Was hat Wolf gesehen?»

«Ich weiss es nicht. Seit diesem Novembertag redet er nur noch wirres Zeug.»

«Aber so, wie ich Sie einschätze, hat er Ihnen vorher anvertraut, was er dort gesehen hat.»

«Wir müssen zurück.» Hannes hatte sich vom Stuhl gelöst. Er wischte sich mit dem Ärmel über den Mund. «Komm!»

«Was wissen Sie?» Ich liess nicht locker, während Hannes mich mit sich zog wie ein unartiges Kind.

«Oder willst du zu Fuss ins Dorf?» Hannes schnappte sich die dicke Jacke vom Haken, zog sie über und öffnete die Tür. Er trat hinaus in die klare Nacht.

«Bitte, Herr Roffler. Was hat er gesehen?» Die Kälte war zurückgekehrt. Sie erfasste mich wie eine eisige Faust. Ich zog meine Jacke über.

«Er habe gesehen, wie zwei Frauen in den Wald gekommen waren.»

«Was? Kann ich ihn wecken?»

«Nein, davon rate ich ab.»

NEUN

Es hatte mir nie viel ausgemacht, frühmorgens, wenn es noch dunkel war, aus dem Haus zu gehen. Aber heute war es empfindlich kalt. Ich schlotterte unter meiner Jacke und dem dicken Faserpelz, den ich über den Rollkragenpullover angezogen hatte. Es lag wohl daran, dass ich zu wenig geschlafen hatte.

Spätabends hatte ich den gestrigen Tag analysiert und entsprechende Einträge auf der Pinnwand getätigt. An Ursinas Verdacht, dass ihre Schwester nicht Selbstmord begangen hatte, war etwas dran.

Fakt war, dass Lara mit einer Frau im Wald gewesen war und dass diese sie wahrscheinlich umgebracht hatte – mit einem vergifteten Getränk. Dass Frauen öfter mit Gift morden als Männer, liegt daran, dass sie nach subtileren Möglichkeiten suchen. Was ich nicht wusste, mit welcher Giftmischung man Lara getötet hatte. Ich würde nicht darum herumkommen, die Rechtsmedizin in Chur noch einmal zu besuchen. Doch diesmal würde ich mich bei Dr. Rageth anmelden.

Früher als beabsichtigt erreichte ich das Hotel Promenade. Der Eingangsbereich war unverschlossen. Ein Mann in dicker Daunenjacke – seinem Aussehen nach zu urteilen, konnte es ein Portugiese sein – schaufelte letzte Schneereste vor dem Tor zum Autolift weg. Die Eisskulptur in Form des Schlosses Neuschwanstein hatte eine bedenkliche Schieflage bekommen. Obwohl es noch dunkel war, sah ich, dass ein Türmchen bereits Richtung Boden gerutscht war.

Die Rezeption gähnte mir leer entgegen. Astrid oder wer auch immer Dienst hatte, startete später. Ich ging zum Frühstücksraum und von da aus in die Küche, die ich durch eine Schiebetür erreichte. Es wunderte mich, dass man mich gestern nicht darüber informiert hatte, wo ich was finden würde.

Im Office stampfte und dampfte die Waschstrasse. Eine südländisch anmutende Frau stand davor und sortierte Geschirr und

Besteck. Als sie mich sah, liess sie alles stehen und liegen und kam händeringend auf mich zu.

«Sie sicher Allegra Cadisch. Chef schon sagen, dass Sie kommen. Ich bin Maria-Theresa. Alle sagen nur Theresa. Ich arbeiten in Office und in Etage.»

Ihr Alter war schwer zu schätzen. Die straff nach hinten gekämmten Haare, die sie zu einem Knoten zusammengebunden hatte, liessen sie älter erscheinen, als sie in Wirklichkeit war. Sie wirkte schlank, fast mager, und ihr Rücken war leicht gebeugt, eine Schulter ein wenig eingefallen. Ich vermutete, dass diese Haltung von der Arbeit herrührte, die sie täglich verrichtete. Das Bücken und einseitige Belasten hatten ihre Spuren hinterlassen.

«Komm! Ich dir zeigen, wie machen Frühstückbuffet.»

Sie geleitete mich zu einem Kühlschrank, in dem Platten mit Aufschnitt und Käse bereitstanden. In einer Schachtel befanden sich Joghurt und Quark, daneben Milchtüten und Kaffeerahmportionen.

«Das alles muss in Frühstücksraum bringen. Auf linke Seite ist eine lange Tisch. Dort kommen nebst frische Brote und Croissants verschiedene Arten von Flocken und Nüsse. Die ganze Früchte finden du in Economat. Treppe hinter der Küche runter, linke Seite. Gläser und Teller stehen schon vorn. Claro?»

«Alles klar.»

So fühlte es sich also an, wenn man ins kalte Wasser geworfen wurde.

Bis um sieben hatte ich Zeit, das Frühstücksbuffet vorzubereiten. Theresa half mir dabei. Sie entpuppte sich als unterhaltsame Frau, die gern redete. Als wir um sieben die letzte Krume vor dem Brotkorb weggewischt hatten, kannte ich Theresas halbe Lebensgeschichte. Sie stammte aus Portugal. Seit zehn Jahren arbeitete sie in diesem Hotel, zusammen mit ihrem Mann Carlos, der zur einen Hälfte in der Küche als Casserolier, zur andern als Haustechniker eingesetzt wurde. Sie seien kinderlos, hätten aber ein Haus an der Küste von Setúbal, wo sie immer nach Saisonschluss hinfuhren und über den Sommer lebten. Sie habe eine Fehlgeburt hinter sich, zweimal eine Eileiterschwangerschaft. Danach hätten sie sich den Kinderwunsch abgeschminkt. Sie hätten jetzt aber einen Hund, der über den Winter in Portugal bleiben musste, bei ihrer Schwiegermutter. Bevor Theresa begann, von ihrer Schwiegermutter zu erzählen, flüchtete ich aus ihrer unmittelbaren Nähe.

Ich hielt mich zwischen Office und Frühstücksraum auf.

Erst um halb acht tauchten zwei Teenager in weiten Hockeyleibchen auf, ungeachtet dessen, dass heute der erste Weihnachtstag war. Offenbar war ihnen der Spengler Cup wichtiger als alles andere. Sie bedienten sich ausgiebig am Buffet, suchten sich einen Tisch am Fenster aus und sprachen von nichts anderem als von den Hockeymannschaften, die sie nun hautnah kennenlernen würden.

Mit der zunehmenden Morgendämmerung und dem Beginn des Tages erschienen immer mehr Gäste. Ich nahm Bestellungen auf, ging ins Office und filterte Kaffee oder Espresso, goss Tee auf, drehte Flaschenverschlüsse, arrangierte Tassen, Teller, Gläser, Löffel auf den Tabletts und reichte Zucker, Schokolade und Ovomaltine. Ich kochte Drei-, Vier- und Fünf-Minuten-Eier oder gab Bestellungen für Rührei und Spiegeleier an die Küche weiter, wo Carlos sie zubereitete. Nebenbei war ich darum besorgt, dass das Buffet ordentlich aussah, musste nachfüllen und verkleckerte Schalen reinigen.

«Das macht man nur eine Saison lang.» Die zierliche Rothaarige am Ende des Offices lächelte mich herausfordernd an. «Hallo, ich bin Olivia und zuständig für die Getränkeausgabe. Manchmal auch für das Frühstück. Heute habe ich Mittelschicht. Das heisst, bis um sieben durchackern. Du bist die Neue?»

«Allegra, freut mich sehr.»

«Ich habe gehört, dass du als Ersatz für unsere Ausfälle da bist. Man wird dich auch auf der Etage einsetzen. Hast du schon mal Zimmer geputzt?»

Zimmer reinigen! Davon hatte Crameri nichts erwähnt. Aber, überlegte ich, auf der Etage würde ich mir ungehinderten Zutritt in seine Wohnung verschaffen können. Theresa hatte durchblicken lassen, dass die Familie Crameri die Vorzüge, in einem Hotel zu wohnen, bis aufs Letzte ausreizte. Die tägliche Reinigung durch die Putzequipe gehörte auch dazu.

«Ich bin sehr flexibel», und nicht dumm, aber das sagte ich nicht.

Olivia übernahm meine Arbeit im Office. Ich schaute im Frühstücksraum nach dem Rechten. Um halb elf betrat eine Frau mit nussbraunen Haaren und einem Mädchen den Saal. Mutter und Tochter, nahm ich an. Ich liess mir Zeit, bis sie sich in Fensternähe hingesetzt hatten, und beobachtete sie bei ihrem Tun. Sie trug eine toupierte Frisur, die die Wenigkeit ihrer Haarpracht kaschieren sollte. Den blassen Haarboden vermochte sie jedoch nicht ganz abzudecken. Ihr Gesicht wirkte durchscheinend. Ihre schmalen Lippen hatte sie mit einem Ferrarirot geschminkt, was aber das Gesamtbild nicht wirklich aufwertete. Dennoch war sie eine gepflegte Erscheinung, schwächlich wirkend auf der einen, resolut auf der andern Seite, denn als sie sich erhob und zum Buffet schritt, verriet ihr aufrechter Gang Entschlossenheit. Das Mädchen, es musste zwischen sechzehn und siebzehn Jahre alt sein, stand seiner Mutter in nichts nach. Ich tippte auf Frau Crameri und die Tochter.

Erst als sie wieder sassen, ging ich an ihren Tisch und erkundigte mich nach ihrer Getränkebestellung.

«Wie immer», schnauzte mich die Frau an, während die Tochter mich kritisch musterte.

«Mami, das ist die Neue. Die weiss doch nicht, was du zum Frühstück trinkst.» Sie wandte sich an mich. «Ein Earl Grey mit viel Zitrone. Ich bin Susi. Und Sie sind sicher Allegra. Mein Vater hat mir von Ihnen erzählt.» Ich fragte mich, was. «Und das ist meine Mutter, Silvana Crameri.»

Also doch. Ohne mir ein Urteil über die beiden zu bilden, nahm ich die Bestellung auf. Ich huschte ins Office.

Zwei Frauen!

Zwei Verdächtige!

Ich musste mir unbedingt ein Bild von den beiden besorgen. Vielleicht würde Wolf mir anhand eines Fotos sagen können, wen er an besagtem Tag im Mattawald gesehen hatte. Ich musste jedes Verdachtsmoment ausschöpfen.

***

Theresa rief mich zu sich.

«Jetzt sein Zimmer an die Reihe. Ich zeigen, wie man reinigen.» Mittlerweile hatte ich mich an ihren Akzent gewöhnt.

Die Zimmer waren keine Zimmer im herkömmlichen Sinn. Es handelte sich um Appartements, die mit zwei, vier oder sechs Betten ausgestattet waren. Das schönste und wohl auch teuerste Appartement lag im ersten Obergeschoss. Es hatte zwei Räume und ein Sprudelbad. Dort durfte ich mit der Reinigung beginnen.

«Hier wohnen Misses Gordon. Sie immer kommen mit ihre Sohn Mitte Dezember und bleiben bis Mitte Januar. Sie viel legen Werte auf tägliche frische Wäsche. Dann schauen, Minibar aufgefüllt. Hier sein Zettel.» Theresa drückte mir eine Liste in die Hand.

Ich ging durch einen Raum mit Sofa, zwei Ohrensesseln und einem quadratischen Tisch in der Mitte. Dort, wo der Schrank stand, war ein Bett heruntergeklappt. Ein zerwühltes Duvet und ein zerknittertes Kopfkissen lagen zur Hälfte auf dem Boden.

«Dort schlafen Sohn. Er sein ein ungezogenes Bengel. Aber das muss sein egal. Nicht darüber denken.»

Unter einem geschwungenen Bogentor mit beidseitig angebrachten halben Säulen gelangte ich in ein Schlafzimmer, das genauso unaufgeräumt wirkte, mit dem Unterschied, dass es hier nach einer üppigen Essenz roch.

«Sie sein komisches Leute. Aber haben viele Geld. Deshalb nicht fragen. Ende Woche bekommen immer grosses Trinkgeld.» Theresa hielt beide Hände in die Höhe und streckte ihre Finger. «Zehn Franken, immer.» Sie ereiferte sich zusehends und begann mit der Reinigung im Badezimmer. «Hier müssen Handschuhe tragen. Viele Bakterien. Misses Gordon immer viele essen. Danach sie stecken Finger in die Hals. Sie sein Strich.» Theresa demonstrierte entsprechende Geste, rümpfte die Nase und zog sich danach Gummihandschuhe über. «Immer viele komische Spritzer unter WC-Brille …»

«Sag mal, Theresa», wechselte ich das Thema, «musst du die Wohnung des Direktors auch putzen?»

«Ja, wenn wir sein fertig hier, wir putzen ganz unten in Untergeschoss. Dort sein Wohnung von Chef.»

Ich bemühte mich, mit Theresa Schritt zu halten. Mit der Zimmerreinigung konnte ich mich nicht anfreunden. Aber ich hatte ein Ziel, und darauf arbeitete ich hin. Ich zog Bettwäsche ab, frische an. Tauschte gebrauchte gegen neue Frotteewäsche aus, füllte Seifen auf, ersetzte Nagelfeilen und Wattestäbchen, stellte Getränke in die Minibar. Ich reinigte und desinfizierte Kloschüsseln und Lavabos. Ich schruppte Badezimmerböden und saugte Teppiche. Ich polierte Spiegel und Fenster. Fast in jedem Zimmer machte mich Theresa auf die Eigenart und Wünsche des Gastes aufmerksam.

Ich ertrug alles geduldig.

Nur, um eineinhalb Stunden später in Crameris Wohnung zu marschieren.

Das Appartement im Untergeschoss verfügte über drei Zimmer und lag ebenerdig zum Hallenbad. Im Wohnzimmer herrschte Ordnung wie in einem Möbelkatalog. Zwei helle Sofas und ein Granittisch dominierten den Raum. Auf einem dunkelgrauen Sideboard stand eine Skulptur von Giacometti, die ich an der schlanken Form erkannte. Tag- und Nachtvorhänge kleideten eine Fensterfront ein, die einen unspektakulären Blick auf die Eishalle freigab. Mir fiel auf, dass Pflanzen fehlten. Susis Zimmer dagegen sah seltsam aus. Ein mit Rosetten verschnörkeltes Eisenbett mit Baldachin, das einmal ein Kleinmädchentraum gewesen sein musste und heute nur noch als geduldete Schlafstätte diente, wirkte ihrem Alter nicht angemessen. An den Wänden hingen Posters von Beyoncé und Lukas Jenny. Der Schrank war überklebt mit Selbstporträts und Ganzkörperaufnahmen in zum Teil anzüglichen Posen. Ansonsten gab es ein Pult, einen Bürostuhl und einen lädierten Stoffsack, der schon mehrmals geflickt worden war. Ich öffnete das Fenster, dessen Ausblick an der Wand des Hallenbads endete. Ich bezog das Bett mit frischer Wäsche. Theresa hatte mich damit beauftragt. Sie hingegen machte sich im Elternschlafzimmer an die Arbeit.

Weder im pikfein gestalteten Schlafzimmer noch im Wohnzimmer vermutete ich eine geheime Ablage des Direktors. Offensichtlich kam Crameri nur zum Schlafen hierher. Ausser Susis Zimmer trug die Wohnung die Note von Silvana Crameri. Distinguiert, aber irgendwie lieblos.

Während Theresa mit dem Staubsauger hantierte, wagte ich

einen Blick in den Kleiderschrank. Hosen, Jacken, Kleider und Mäntel nach Länge und Farbe sortiert, bestätigten den Hang nach Perfektion. Selbst auf den Ablagen von Shirts und Pullovern in den Regalen gab es absolut nichts zu bemängeln. Ich fragte mich, was hier täglich aufgeräumt und gereinigt werden musste, wenn es dies gar nicht erforderte. Ein letzter Augenschein auf die Nachttische neben dem Doppelbett. Auf Silvana Crameris Seite lagen zwei Bücher. Ich zog die Schublade auf und fand zwei Packungen Schlaftabletten, Papiertaschentücher und ein Nasenspray. Alois Crameris Nachttisch war mit Ausnahme eines Bilderrahmens, dessen Bild nach unten lag, leer. Ich griff nach dem Rahmen und drehte ihn um. Vergebens hatte ich auf Laras Gesicht gehofft. Vom Bild lachte mir Susi entgegen. Sie hatte die helle Haut ihrer Mutter und die dunklen Augen ihres Vaters. Ein eigenartig fragiler Kontrast. Ich fragte mich, weshalb dieses Bild nicht auf der Kommode stand.

«Ab morgen du putzen Wohnung ohne meine Anwesenheit», erklärte mir Theresa. «Madame wünschen jeden Tag zudem frische Früchte in Wohnzimmer.»

Ich machte einige Notizen, damit ich nichts vergass.

Wo befand sich Crameris Büro? Oben? Hinter der Rezeption? Hatte er dort vielleicht einen Schrank nur für sich allein? Ich erinnerte mich an Vaters Büro, wie geräumig und überladen es gewesen war, bevor er starb. Er hatte alles gesammelt und archiviert.

Theresa zog den Staubsauger aus dem Appartement. Ich schloss ab, als Crameri aus dem Lift trat.

Spricht man vom Teufel …

«Hoppla», war seine Begrüssung. Offenbar hatte er nicht mit uns gerechnet und tat überrascht. Er nannte Theresa beim Namen, meinen Namen dagegen konnte er nicht gleich nennen.

Theresa verräumte den Reinigungswagen und den Staubsauger im Reduit, das neben der Lingerie lag.

«Kann ich Sie einen Moment unter vier Augen sprechen, Allegra?», fragte Crameri mit schmachtender Stimme. Oder kam sie mir nur so vor?

Ich blieb stehen, während Theresa im Lift nach oben fuhr. Gleichzeitig hörte ich jemanden die Treppe herunterkommen. Wenig später stand Silvana Crameri vor uns. Sie grüsste hochnäsig, stolzierte an uns vorbei und öffnete die Tür zu ihrem Appartement. Der Hauch eines süssen Parfüms blieb in der Luft zurück.

«Was kann ich für Sie tun?», fragte ich, nachdem Silvana Crameri in der Wohnung verschwunden war.

«Das hat sich erledigt.» Crameri wandte sich um und folgte seiner Frau.

Die Tür fiel heftig ins Schloss. Ich wartete konsterniert, ob Crameri es sich nicht anders überlegte, und ging dann über die Treppe zurück ins Erdgeschoss.

Um herauszufinden, dass es zwischen den Eheleuten Crameri nicht mehr prickelte, dafür musste man kein Psychologe sein. Zwischen den beiden herrschte Eiszeit. Wahrscheinlich sprachen sie auch kaum noch miteinander. Ich fragte mich nur, was zuerst da gewesen war, die Blasiertheit seiner Frau oder die Affäre mit Lara. Ob die unterkühlte Beziehung zu seiner Ehefrau Crameri in die Arme einer jungen Studentin getrieben hatte oder ob Silvana Crameri erst durch das Fremdgehen ihres Mannes so geworden war.

An der Rezeption verhandelte ein neues Gesicht mit einem Gast über den Preis eines einwöchigen Arrangements während der Sportferien im Februar. Ich wartete beim Cheminée auf meinen weiteren Arbeitseinsatz, als Astrid aus dem Büro kommend auf mich zuschritt. In der Hand hielt sie ein Päckchen.

«Das wurde heute für dich abgegeben.» Astrid sah mich nachdenklich an. «Du musst deine Stirn nicht in Falten legen. Das kommt ab und zu mal vor bei uns. Vielleicht hast du einem Gast einen besonderen Dienst erwiesen, oder er findet, dass du ein Geschenk verdient hast. Zudem ist Weihnachten. Da wechseln Geschenke schon mal die Hände. Aber du kannst dich trösten, ich würde auch lieber Cash annehmen.»

«Was soll das? Niemand kennt mich hier. Ich bin keine vierundzwanzig Stunden hier. Hast du gesehen, wer das Paket abgegeben hat?»

«Nein, ich nicht, aber Judith, die Direktionsassistentin.» Astrid deutete auf die Frau im dunklen Zweiteiler, die sich gerade von einem Gast verabschiedete. «Judith Haller.»

Ich griff nach dem kleinen Paket. Nicht schlüssig, ob ich es gleich öffnen wollte, setzte ich mich auf einen der Sessel vor dem Cheminée.

«Du solltest nicht hier sitzen», ermahnte Astrid mich. «Das ist nur den Hotelgästen gestattet.»

«Habe ich ganz vergessen.» Ich sprang auf.

«Du hast sowieso Zimmerstunde. Du kannst getrost nach Hause gehen. Um vier fängt die nächste Schicht an.»

Mit dem Päckchen unter dem Arm machte ich mich auf den Weg ins erste Untergeschoss, wo die Personalgarderoben lagen. Ich zog dort meinen Kittel aus und Pullover und Winterjacke an. Nach allem, was bis jetzt geschehen war, hatte ich weder Lust noch den Mut, das Päckchen zu öffnen. Sollte es eine Drohung enthalten, in Form einer getöteten Ratte oder der Attrappe eines abgehackten Fingers, konnte ich auf deren Anblick verzichten.

Lara Vetsch hatte eine Beziehung zu einem über Fünfzigjährigen gehabt.

Ich musste mehr über Alois Crameri erfahren. Über seine Vergangenheit, seinen Leumund.

Ich wählte Darios Nummer und erreichte ihn beim Mittagessen.

«Du bist mir noch etwas schuldig.»

«Das Phantom der Oper, ich weiss», seufzte er. «War doch ein ganz passabler Film im Gegenzug zum Weihnachtskitsch ringsherum.»

Ich ging nicht darauf ein. «Kannst du mal im Vorstrafenregister checken, ob Alois Crameri, der Direktor des Hotels Promenade, einen Eintrag hat?»

«Wisi?», fragte Dario überrascht. «Mit Sicherheit hat er niemanden mit einer Vase niedergeschlagen.»

Ich fand es nicht lustig. «Du kennst ihn?»

«Wer kennt den nicht?»

«Dann ist dir sicher auch bekannt, dass er mit Lara ein Verhältnis hatte.»

Dario stiess einen tiefen Seufzer aus. «Nein, das allerdings wusste ich nicht. Kann ich mir aber irgendwie nicht vorstellen.»

«Eintragungen in Laras Tagebuch und Andreas Aussage deuten jedoch darauf hin, dass es so gewesen ist.»

«Dieser geile alte Sack», empörte sich Dario. «Meint wohl, etwas Besseres zu sein.»

Dann legte er auf.

Mir blieben noch zweieinhalb Stunden, um nach Hause zu gehen, mich zu duschen, angemessen anzuziehen und um vier Uhr wieder hier zu sein. Astrid hatte mich gebeten, mich auch fürs Office dem Anlass entsprechend anzuziehen. Eine saubere Hose und eine weisse Bluse. Ein schwarzes Gilet bekäme ich vom Hotel.

Ich trat auf die Promenade. Der Touristenstrom hatte sich verdoppelt. Wer sich nicht auf den Pisten aufhielt, flanierte die Geschäfte entlang. Einige Sportshops lockten die Käuferschaft mit Aktionen an.

Zu Hause angekommen, legte ich das Päckchen auf die Küchenkombination. Im Schrank suchte ich nach einem passenden Outfit, trank stehend einen Kaffee vor dem Panoramafenster und blätterte in der Davoser Zeitung. Keine Polizeimeldung, dass man den Fall Lara Vetsch noch einmal aufnehmen würde.

Als ich eine Stunde später die Wohnung verliess, hatte ich das Päckchen vergessen.

***

Ein Chor sang Stille Nacht. Crameri hatte doch tatsächlich die Heilsarmee aufgeboten. Drei Frauen und vier Männer hatten sich schön zurechtgemacht, und dort, wo üblicherweise die Topfkollekte stand, war eine Engelskulptur aufgestellt.

Den Eingangsbereich erfüllte der Klang aneinanderschlagender Gläser und ein moderater Small Talk. Kerzenschein und Cheminéefeuer verbreiteten eine heimelige Atmosphäre.

Die Direktion hatte zum Apéro am Heiligen Abend eingeladen.

Die Hotelgäste übertrafen sich in der Phantasie ihrer gewählten Bekleidung. Vor allem die Frauen hatten sich alle Mühe gegeben, dem Fest gerecht zu werden. Nicht allen schien es gelungen zu sein. Aber das lag daran, dass ihre Körpermasse nicht mit ihrer Garderobe korrespondierte. Auch Madame Crameri hatte sich in der Kleiderwahl vergriffen. Zu ihrem eh schon faden Teint trug sie ein puderfarbenes Nichts, in dem sie weniger wie eine Elfe, sondern eher wie eine Matrone im Schlafrock aussah. Der

Gürtel, der Ober- und Unterteil unterteilte, verhinderte zwar den Eindruck, sie könnte schwanger sein, liess den Speckrollen jedoch freie Entfaltung. Crameri an ihrer Seite und im schwarzen Frack machte gute Miene zum bösen Spiel. Ich nahm an, dass sie einmal im Jahr als Paar auftraten, das war dann wohl an Weihnachten. Er lächelte sie mit gespielter Fröhlichkeit an, wohingegen sie sich in ihrer selbstsicheren Art an ahnungslose Gäste heranmachte, um ihnen irgendwelchen Stuss zu erzählen. Ich schätzte sie als nicht sehr intelligent ein. Es wurde gelächelt und gekichert.

Ich führte den Auftrag aus, den Gästen Champagnergläser zu reichen und sie mit dem Fingerfood zu bedienen. Ich lächelte in erste Sonnenbrände, Botoxgesichter und Schnauzbärte, bahnte mir, mit vollen Tabletts, einen Weg zwischen mehrheitlich dunklen Roben und opulenten Parfümdüften und stand wenig später im Office, wo ich Nachschub holte.

«Du machst das schon ganz gut», lobte mich Olivia, die hinter dem Buffet für Ordnung sorgte.

In der Küche gegenüber liefen die Vorbereitungen für das Fondue Chinoise. Irgendwann habe man die traditionelle Weihnachtspastete ersetzt mit einem Bouillonsud, in den man Rind-, Kalb- und Geflügelfleisch tunke, erklärte mir Olivia. Dazu servierte man deftige Saucen aus Mayonnaise und in Essig eingelegte Gurken, Maiskolben und Silberzwiebeln.

Der Zufall wollte es, dass ich mit einer neuen Ladung Champagner in Crameris Nähe geriet. Seine Frau war verschwunden. Ich nahm an, dass sie die Gäste nun im Restaurant empfing und sie an die Tische führte.

«Und?» Sein Mund streifte nur unwesentlich knapp mein Gesicht. «Haben Sie alles im Griff?»

Ich liess beinahe die Gläser fallen. Ich jonglierte das Tablett zum Buffet und stellte es ab. Crameri war mir gefolgt.

«Gefällt es Ihnen?» Ich verabscheute sein Lachen. Wenn ich mir vorstellte, was er mit Lara alles angestellt hatte, bekam ich Gänsehaut.

«Ich arbeite gern hier.» Ich versuchte, neutral zu bleiben, was mir nur halbwegs gelang. Seine plötzliche Nähe ertrug ich nicht.

«Ich meine nicht die Arbeit …»

Ich wusste nicht, wie ich darauf reagieren sollte. Ich griff nach dem Tablett und wand mich geschickt von Crameri ab. Keine Ahnung, was er von mir wollte. Judith hatte das Büro im hinteren Teil der Rezeption schon abgeschlossen. Jetzt hielt sie sich an der Bar auf, wo sie Michel im Service half. Ich brachte die gebrauchten Champagnergläser zurück ins Office und stellte sie vor der Waschstrasse ab, wo Olivia sie einräumen würde.

«Kann ich hier noch etwas tun?»

«Im Moment nicht.»

«Dann werde ich mich mal ein wenig umsehen.» Ich drückte mich neben dem Chef de Service, einem schwarzhaarigen Italiener aus Bari, ins Restaurant. Sein Name war Pino Pagani. Er war ein schlaksiger Typ, der nicht so recht in den dunklen Anzug passen wollte. Federnd war sein Gang, die Hose schlabberte um seine Beine. Der Sakko verbarg den dünnen Körper.

Seine Kellner trugen ovale Salatteller an die Tische, während er mit geübtem Auge den Überblick behielt.

In der Bar hatten sich ausser einem älteren Herrn, der einen trübseligen Eindruck machte, noch keine Gäste eingefunden. Aber offenbar erwartete man eine Horde Leute von der Hochgebirgsklinik, die bei Michel Weihnachten für sich feiern wollten. Die runden Tische waren mit Zweigen und Kerzen weihnächtlich gedeckt. Überall lagen Reservationskärtchen.

«Kommen Sie, setzen Sie sich zu uns», lud mich Judith ein. «Wir haben uns noch gar nicht richtig bekannt gemacht. Ich bin Judith.» Und an Michel gewandt: «Bring uns noch mehr Champagner.»

So also sah die Mithilfe an der Bar aus: Sie betrank sich mit Champagner.

Wenn ich Judith ansah, dachte ich an eine farblose Frau, die sich nicht darum bemühte, etwas aus sich zu machen. Sie hätte alle Voraussetzungen dafür mitgebracht. Sie war mindestens eins fünfundsiebzig gross und von schlanker Statur. Ihre hellbraunen Haare trug sie kinnlang, vorn länger als hinten. Ihr Zahnlückenlachen wirkte herzlich.

Sie erzählte, dass sie bereits seit vier Jahren im Hotel Promenade arbeitete und während dieser Zeit nicht nur über die Alltagssorgen der Stammgäste, sondern auch einiges über die Direktionsfamilie mitbekommen hatte. Es verwunderte mich, dass sie offen darüber sprach, denn Loyalität sah für mich anders aus. Den Grund, weshalb sie sich über ihren Arbeitgeber ausliess, erfuhr ich bald.

«Nach dieser Wintersaison werde ich dem Hotel den Rücken zudrehen», gestand mir Judith. «Die Kündigung habe ich bereits geschrieben. Ich habe Crameri um mehr Lohn angefragt. Er will ihn mir nicht geben. Aber es kann nicht sein, dass ich seinen Job mache, während er sich Schäferstündchen mit jungen Frauen leistet.»

Ich gab mich betont desinteressiert. Judith bestellte das dritte Glas Champagner, während ich noch am ersten nippte. Der Alkohol hatte bei ihr offensichtlich die Zunge gelöst.

«Er versuchte es auch bei mir. Als ich ihn abblitzen liess, suchte er sich eine Jüngere. Nimm dich bloss in Acht vor ihm. Oder hat er sich bei dir schon eingeschleimt?»

«Aber er ist doch verheiratet.»

«Bist du naiv? Sieh dir doch seine Frau an. Sie ist ein Kontrollfreak. Sie ist die Madame par excellence, n'est-ce pas, Michel?»

Er hob die Schultern. Sein Zwinkern galt mir.

«Aber Sie können doch nicht so öffentlich über die Arbeitgeberfamilie reden», entsetzte ich mich.

«In diesem Haus redet jeder über sie. Falls die Gäste den Eindruck haben, hier laufe alles reibungslos, nur aus dem Grund, weil Crameri ein verantwortungsvolles Team unter sich hat.»

Hatte sie sich soeben mit Lorbeeren geschmückt?

«Darf ich Sie etwas fragen?»

«Nur zu, wenn du die Antwort nicht scheust.»

«Kennen Sie denn eine Frau, die sich mit Crameri eingelassen hat?»

«Nicht persönlich. Aber unser Küchenchef hat ihn einmal in flagranti erwischt, als er sich mit einem jungen Mädchen in der Sauna traf. Nicht wahr, Michel? Du warst doch auch dabei, als er davon erzählte.»

Michel hob die Schultern und kniff den Mund zusammen.

«Er muss schon sehr bekloppt sein, wenn er seine Muse in die hoteleigene Sauna bringt. Ich meine, er muss ja damit rechnen, dass man ihn erwischt.» Judith tippte sich an die Stirn. «Dieses Mädchen beging im November Selbstmord.»

«Lara Vetsch.» Ich spürte, wie Adrenalin in meine Adern pulsierte.

«Du kennst sie?»

«Nein, aber ich habe davon gelesen.» War ich der Auflösung des Falls näher als gedacht? «Wie hat denn Crameri auf ihren Tod reagiert?»

«Überhaupt nicht. Seine Affäre sollte ja geheim bleiben.»

«Aber seine Frau wusste doch bestimmt etwas.»

«Sie wäre sehr dumm, wenn sie ihrem Mann nicht auf die Schliche gekommen wäre …»

Die Tür zum Restaurant ging auf. Ein Luftzug streifte mich und das Klirren von Gläsern und Geschirr, ein Stimmengewirr. Olivia stand plötzlich vor mir. «Du solltest ins Office kommen, Rechauds verteilen.»

Ich sprang vom Barhocker und sah Michel an. «Bis später, vielleicht.»

«A bientôt.»

Judith stützte sich an der Bar-Theke ab. Ich fragte mich, ob sie mich in die hotelinternen Angelegenheiten eingeweiht hätte, wenn sie nüchtern gewesen wäre.

«Wenn du dich schon jetzt vor der Arbeit drückst, wirst du es nicht lange machen hier», tadelte Olivia mich auf dem Weg zum Office.

«Entschuldige, ich habe die Zeit völlig vergessen.»

«Kein Wunder. Judith quatscht immer alle voll. Und wenn sie betrunken ist, sollte man ihr nicht alles glauben. Sie ist eine frustrierte Jungfer.»

Ich beschloss zu schweigen.

Um die Rechauds und Pfännchen zu den Tischen zu tragen, hätte man mich nicht gebraucht. Ich brachte nur gerade zwei davon in den Speisesaal. Aber es hinterliess den besseren Eindruck, wenn die Angestellten Geschäftigkeit demonstrierten. Immerhin lernte ich nette Gäste kennen und konnte mich auf Englisch unterhalten.

Dass Crameri mich an diesem Abend nicht mehr aus den Augen liess, bedurfte keines detektivischen Spürsinns.

Ich räumte das gebrauchte Geschirr ab und brachte es zur Waschstrasse. Mein Ziel war jedoch das Büro, welches Judith abgeschlossen hatte. Unter einem Vorwand musste ich dort hinein. Silvana Crameri hatte sich mit ihrer Tochter an einem Tisch niedergelassen, wo sie – zusammen mit einem älteren Ehepaar – dinierten. Ich ging davon aus, dass es ihre Eltern und Susis Grosseltern waren. Ich betete, dass sich Crameri zu ihnen setzte. Aber er dachte nicht daran. Solange Crameri mir auf die Pelle rückte, hatte ich keine reelle Chance, mein Vorhaben in die Tat umzusetzen. Ich musste ihn ablenken.

Ich kehrte mit einem Stapel gebrauchter Salatteller zurück ins Office. Das Dessert würde der Patissier zubereiten. Er kam vom Starnberger See und sprach Bayrisch. Von Ludwig stammten denn auch die leckeren Kuchen, Törtchen und Krapfen. Jeden Morgen buk er zudem frisches Brot und Croissants. Jetzt füllte er Glasschalen mit Löffelbisquits und träufelte Kaffee und Liqueur darüber. Ein kroatischer Hilfskoch stand mit der Mascarponecrème daneben und wartete auf seinen Einsatz. Ein Tiramisù nach Art des Hauses und verschiedene Küchlein würden später zur Nachspeise gereicht.

Ich beugte mich über das Buffet, wo Olivia gerade eine Rotweinflasche entkorkte.

«Kannst du mir einen Gefallen machen?»

Sie roch am Korken, legte ihn zur Seite und griff nach einer Weinkaraffe. «Ich werde dich ganz bestimmt nicht im Service ablösen. Kannst es vergessen.» Sie goss drei Deziliter des Weins in die Karaffe. Dann stoppte sie abrupt. «So ein Schmarren. Jetzt habe ich die falsche Grösse genommen. Der will ja einen halben Liter.» Sie lächelte mich an und schüttete den Wein in eine grössere Karaffe um. «Was soll ich tun?»

«Könntest du mal den Chef ablenken?»

«Den Chef? Will er dir an die Wäsche?» Olivia kicherte.

«Das habe ich nicht gesagt. Ich …» Ich zögerte. «Ich muss unbedingt ins Büro. Dort habe ich etwas vergessen. Aber ich habe keinen Schlüssel. Judith ist an der Bar. Sie möchte ich nicht stören.»

«Ja, frag ihn halt, den Chef.» Olivia musterte mich amüsiert. «Ob er dir den Schlüssel aushändigt.»

Das war ein schwieriges Unterfangen. Den direkten Kontakt mit Crameri wollte ich vermeiden. «Ist sonst noch jemand im Besitz eines Büroschlüssels?»

«Frau Crameri, nehme ich an. Ab und zu tut sie so, als würde sie im Büro arbeiten. Aber ich glaube, sie sitzt dort nur rum.» Olivia hatte in der Zwischenzeit die Karaffe mit dem Rotwein auf ein Tablett gestellt, das wenig später von einem der Kellner abgeholt wurde. Jemand brachte einen Berg Bestellscheine und heftete sie auf ein Reissbrett, weil der Computer ausgestiegen war.

«Du siehst, ich habe alle Hände voll zu tun. Oder willst du meinen Job übernehmen?»

«Ja, mache ich, wenn du mir den Büroschlüssel besorgst.»

«Weisst du, wie hartnäckig du bist?» Olivia las die nächste Bestellung. «Oje, wer trinkt denn zum Chinoise Grüntee?» Sie bedachte mich mit einem Schmunzeln. «Also gut, stell dich hierhin. Ich schätze dich so ein, dass du die Getränke bereitstellen kannst. Hier steht drauf, was du vorbereiten musst.» Sie zeigte auf die anderen Zettel. «Wasser und Süssgetränke hat's im Kühlregal, die Tagesweine befinden sich gleich nebenan. Falls jemand Wein von der Karte möchte, musst du ihn im Keller holen. Aber ich werde mich beeilen.» Olivia zog mich um den Tresen auf ihre Seite.

Weniger Freude an dem Arbeitstausch hatte Pino. Er hatte mich schon die ganze Zeit beobachtet. Kurz nachdem Olivia im Speisesaal verschwunden war, trat er zu mir ans Buffet.

«Wo ist Olivia?»

«Sie musste mal für kleine Mädchen», log ich.

«Ich brauche den Roederer.» Sein stechender grüner Blick blieb starr auf mich gerichtet. In seinen Augen lag etwas Unergründliches und gleichzeitig Zynisches.

Als ich nicht gleich reagierte, tigerte er auf und ab, ohne mich aus den Augen zu lassen. «Dai, dai! Subito! Die Gäste wollen nicht bis morgen warten.»

Wer war Roederer? Ein Gast?

Der Italiener musste mir ansehen, dass ich nach einem Ausweg suchte. Er schien sich über mich zu amüsieren. «Die Flaschen sind im Keller. Dort hat es einen Kühlschrank. Louis Roederer liegt auf dem zweituntersten Regal neben dem Veuve Cliquot.»

«Champagner!»

«Brava, ragazza!» Das hatte er absichtlich getan.

Olivia kam zurück. In ihrer rechten Hand glänze der Schlüssel.

Sie streckte ihn mir zu. Ich bedankte mich und bat sie, im Keller eine Flasche Louis Roederer zu holen. Als sie sah, dass ich weder Tee noch sonst ein Getränk bereitgestellt hatte, quittierte sie dies mit einem Kopfschütteln. «Na geh schon. Crameri ist abgelenkt. Er hält sich in der Bar auf. Den Schlüssel hat er mir ohne grosses Brimborium gegeben.»

«Was hast du ihm zu deiner Verteidigung gesagt?»

«Das verrate ich doch nicht.»

Der Weg zum Büro führte mich durch den abgedunkelten Frühstücksraum. Einzig auf den Tischen standen Windlichter, in denen kleine Kerzen flackerten. Am Empfang hielt sich niemand auf. Im Cheminée glühten die letzten Holzscheite. Ein Blick auf die Uhr: Es war bald neun. Die Menschen hatten sich überall in ihre Wohnzimmer verkrochen, wo sie mit ihrer Familie den Heiligen Abend feierten. Kurz ein Gedanke an Mam. Ich hätte sie vielleicht anrufen sollen.

Ich schloss die Tür auf. Im Büro brannte Licht. Ein Computer war noch eingeschaltet. Aber wahrscheinlich war er die ganze Nacht in Betrieb. Schnell erfasste ich den Raum. Er war nicht sehr gross – drei mal vier Meter, schätzte ich. Linksseitig befanden sich ein Schrank, die Telefonzentrale und drei mit Ordnern gefüllte Regale. In der Mitte und vorn beim Fenster standen die Pulte mit je einem Bildschirm, Schnellheftern und Bergen von Schreibpapier und transparenten Mäppchen. Ich fächerte sie auseinander. Ich fand Rechnungen, Bankauszüge und Reservationen.

Die eine Wand war voll von Postkarten und Ferienprospekten sowie zwei Sportpostern, auf denen Dario Cologna, der Langläufer, abgebildet war. Ich wandte mich auf die Seite, wo der Schrank lag. Ich öffnete die Türen und stiess auf einen Safe, der sich mittels Zahlencode und Drehverschluss öffnen liess. Im Schrank selbst fand ich nichts, was meine Aufmerksamkeit auf sich zog. Ich fragte mich, wo Crameri seine Unterlagen aufbewahrte. Seine persönlichen Akten würde er kaum in einem öffentlichen Büro ablegen. Hatte er sie in den Safe gelegt?

Das Fenster spiegelte meine Anwesenheit. Draussen war es finster. Nur die Niedervoltlämpchen am Eingangshimmel warfen einen schwachen Schein auf das lädierte Schloss Neuschwanstein. Ich nahm eine Bewegung wahr. Sie kam von draussen. Wurde ich beobachtet?

Ich schloss schnell die Schranktür hinter mir, tat so, als stellte ich eine Telefonnummer auf der Festnetzstation ein. Ein Geräusch liess mich aufschrecken. Ich verliess das Büro, ohne etwas gefunden zu haben. Ich wusste aber auch nicht, was genau ich gesucht hatte.

Ich schloss die Bürotür und wandte mich an die Person, die nun an der Rezeption stand.

Es war Alois Crameri.

Mein Herz schlug bis zum Hals.

Ich fragte mich, ob er von der Bar aussen herum über die Promenade gekommen war. Wenn er mich die ganze Zeit schon beobachtet hatte? Was musste er von mir denken? Dass ich als Hotelspionin unterwegs war? Ich legte mir Ausreden zurecht. Aber er kam mir zuvor.

«Das ist ja gut, dass ich Sie hier treffe.» Seine Stimme klang alles andere als erzürnt. Hatte er mich gar nicht gesehen? «Wollen wir uns ans Cheminée setzen?»

«Ich sollte aber zurück ins Office», wich ich aus.

Ohne etwas zu erwidern, legte Crameri Holzscheite im Cheminée nach. Er setzte sich auf einen grünen Sessel. Ich nahm ihm gegenüber Platz. Ich wusste nicht, wohin ich sehen sollte.

«Sie sprechen ein perfektes Englisch.»

Er hätte auch über das Wetter reden können. Aber nein, er sprach mich auf mein Englisch an. Dabei war es alles anderes als perfekt. Eine plumpe Anmache.

Ich schwieg. Jedes Wort wäre ein falsches gewesen. Er sah auf seine manikürten Hände. Ich hatte Zeit, sein Gesicht zu betrachten. Auf den zweiten Blick entdeckte ich jene Makel, die ein Gesicht erst interessant machten. Seine dunklen Augen lagen tief, was sie melancholisch aussehen liess. Seine Nase schien leicht schräg, der linke Mundwinkel hing tiefer als der rechte, was er mit dem Schnurrbart zu kaschieren versuchte. Und wenn er lachte, wirkte es zwar widerlich in meinen Augen, nach allem, was ich wusste, aber trotzdem nicht unsympathisch. Ich wurde nicht klug aus ihm.

Aber dass eine Achtzehnjährige an ihm Gefallen gefunden hatte, ging mir nicht aus dem Kopf.

Crameri beugte seinen Oberkörper nach vorn. Er stellte die Ellenbogen auf den Oberschenkeln ab. Seine Hände berührten fast meine Knie.

Würden wir den Rest des Abends hier so sitzen? Oder was wollte er von mir?

«Morgen reisen die Hockeymannschaften für den Spengler Cup an», sagte er. «Das Team Canada logiert in unserem Hotel. Ich möchte, dass Sie die Jungs empfangen. Ihnen zu Ehren werden wir einen Begrüssungsapéro organisieren. Am Abend des sechsundzwanzigsten findet das Spiel gegen Vitkovice statt. Ich möchte, dass die Kanadier über den Durst trinken, Sie wissen schon …»

Ich schluckte leer.

Er amüsierte sich an meiner Reaktion.

«… ah, da bist du ja!», tönte es aus der Richtung des Frühstückssaals. Vor uns baute sich Silvana Crameri auf. Ihr puderfarbenes Kleid hatte gelitten. Über den Bauch und auf der Seite warf es unschöne Falten. «Mutter und Vater würden es sehr begrüssen, wenn du dich an unseren Tisch setzt.» Sie taxierte mich abwertend. «Oder gibt es etwas Wichtigeres?»

Crameri erhob sich. Ich sah ihm an, dass ihm die Anwesenheit seiner Frau nicht passte.

«Wir sprechen noch darüber.»

Ich sollte also die Kanadier abfüllen, damit sie nicht die volle Leistung erbringen würden. Das stand nicht im Vertrag.

Silvana und Alois Crameri gingen ins Restaurant zurück. Ich machte mich auf den Weg ins Untergeschoss. Ich ging über die Treppe. Die Flure gähnten mir leer entgegen. Es roch nach Chlor. Wenig später stand ich vor Crameris Appartement. Ich steckte den Büroschlüssel ins Schloss. Er liess sich ohne Widerstand drehen. Olivia hatte mir tatsächlich einen Generalschlüssel zugesteckt, mit dem sich sämtliche Türen im Hotel öffnen liessen.

Ich landete im Wohnzimmer. Ein mit LED-Lämpchen geschmücktes Tannenbäumchen thronte auf dem Salontisch und erhellte den Raum dürftig. Darum herum kleine und grosse Geschenke in weihnächtlichem Papier, auf dem Bänder und Maschen drapiert waren. Ich ging ins Schlafzimmer. Auf Crameris Seite knipste ich eine Lampe an. Ich öffnete die Nachttischschublade und stiess wieder auf den Bilderrahmen. Ich tastete über den Boden in jede Ecke, bis ich ganz hinten eine kleine Unebenheit spürte, eine leichte Erhöhung im Holz. Ich zog daran und hatte plötzlich ein Brett in der Hand. Im letzten Moment konnte ich den Bilderrahmen auffangen, bevor er auf den Teppich gefallen wäre. Unter dem Doppelboden ergriff ich einen Briefumschlag. Ich nahm ihn an mich, legte das Brett zurück, den Bilderrahmen drauf, als ich von draussen ein Geräusch hörte. Schnell knipste ich die Lampe aus.

Ich verharrte still. Ich hatte die Eingangstür geschlossen, als ich in die Wohnung ging. Niemand würde Verdacht schöpfen, dass ich mich hier befand. Ich griff unter das Bett. Der Raum zwischen Lattenrost und Boden bot genug Platz für einen Körper wie meinen. Ich legte mich auf den Teppich und robbte unter das Bett.

ZEHN

Seit beinahe zwei Stunden wälzte ich mich auf den Kissen. Mitternacht lag weit hinter mir. Ein Taxi hatte mich vom Hotel hierhergefahren, nachdem die Feierlichkeiten zu Ende waren, wir aufgeräumt und für das Frühstück aufgedeckt hatten.

Was ich in Crameris Schlafzimmer erlebt hatte, ging mir nicht aus dem Kopf. Eine Stunde bevor seine Familie im Wohnzimmer die Geschenke auspackte, waren zwei Personen aufgetaucht. Kurz hatten sie im Flur verweilt. Ich hatte ihr Gestöhn gehört und war Zeugin eines wilden Liebesspiels geworden. Trotz meiner Aufmerksamkeit hatte ich nicht herausgefunden, um wen es sich handelte. Das Blickfeld war zu eingeschränkt gewesen, um die Personen zu erkennen. Herrenwaden, schwarze Socken und Schuhe, Boxershorts auf Halbmast. Daneben weibliche Beine, bis zu den Knien mit Strümpfen bekleidet, Ballerinas. Wo hatte ich solche Schuhe schon gesehen?

Ich ging davon aus, dass Crameri mit jemandem da gewesen war. Es war eine Stehparty unter dem Türrahmen gewesen. Später waren sie auf dem Bett gelandet. Ich hatte höllisch aufpassen müssen, um meine Präsenz nicht zu verraten.

Während die beiden gemeinsam unter die Dusche gegangen waren, packte ich die Gelegenheit am Schopf und verliess die Wohnung. Im Schatten der Lingerie hatte ich darauf gewartet, wer aus der Wohnung kommen würde. Als Silvana Crameri zusammen mit den Grosseltern eintraf, ertappte ich mich dabei, wie ich mir ein Zusammenstossen mit Alois Crameri herbeisehnte. Doch offenbar hatte er es geschafft, seine Muse durchs Fenster Richtung Hallenbad entwischen zu lassen. Ich wäre ihr gern gefolgt.

Im Office hatte man mich nicht vermisst. Olivia war zwar über mein verspätetes Erscheinen überrascht gewesen, hatte dies aber nicht weiter kommentiert.

Durch die Rollläden fiel mattes Licht. Es zeichnete Streifen auf die Bettdecke.

Mir fiel das Päckchen ein, das auf der Küchenablage darauf

wartete, von mir geöffnet zu werden. Ich schlug die Decke zurück und sprang auf.

Es hatte die Grösse einer Pralinenschachtel. Es fühlte sich weich an. Die Schrift auf dem Packpapier war mir fremd. Ich riss die Klebestreifen weg und das Papier auf.

Ich hätte es wissen müssen.

Andrea Adank kam mir in den Sinn. Seine Aussage über das Geschenk, das Alois Crameri Lara – eine Woche nach seinem ersten Treffen – übergeben hatte. Ich hielt zwar keinen Bikini in der Hand, dafür ein Négligé. Das also war die Frage gewesen, ob es mir gefalle.

Jetzt war mir alles klar. Crameri köderte so seine Gespielinnen. Lara war offenbar nicht seine einzige Affäre gewesen. Das warf ein anderes Licht auf die Situation. Existierte auf einmal eine weitere Verdächtige? War die Frau, die mit Crameri in dessen ehelichem Bett ihre erotische Akrobatik zum Besten gegeben hatte, eine Konkurrentin von Lara gewesen?

Oder aber Lara hatte über Crameris Untreue erfahren und deshalb nicht mehr leben wollen. Ich bereute es, dass ich der unbekannten Frau heute Nacht nicht gefolgt war.

Ich ging zurück ins Schlafzimmer. Das Négligé würde ich mit Sicherheit nicht anziehen. Vielleicht sollte ich es Ursina schenken. Ich nahm mir vor, sie im Verlaufe des Tages zu besuchen.

***

Die Wolken hatten sich verzogen. Ein kitschig blauer Himmel schälte sich aus den letzten Kumuli. Die kalte Glut der Sonne überzog die markanten Konturen der Landschaft mit einem Goldton. Die Temperatur befand sich im einstelligen Plusbereich.

Über dem Jakobshorn zog ein Linienjet seine Kondensspuren. Ich betrat die Strasse, als sich bereits wieder ein Touristenstrom darüber ergoss – mit Skiern, Snowboards und Schlitten pilgerten die Wintersportler zur Talstation.

Ich schlug den Weg zur Bushaltestelle ein. Dort zwängte ich mich zwischen Brettern und kreischenden Kindern in die Nähe eines Sitzes, der mit einem Hund besetzt war. Er trug ein mit

Pelzbesatz und Diamanten versehenes Mäntelchen. Offensichtlich hatte er auch Weihnachten gehabt. Sein Frauchen war eine alte Dame, die dem zeitlichen Zerfall ein Schnippchen zu schlagen schien. Ihr Gesicht hatte schon einige Operationen erfahren. Ansonsten war der Bus gefüllt mit Kindern. Sie stiegen mit mir an der Dischmastrasse aus.

Ursina hatte mich nicht erwartet. In ihren Gesichtsausdruck mischten sich Überraschung und Freude und eine gewisse Ablehnung. Ich reichte ihr das Négligé, das ich in ein neues Papier eingepackt hatte.

«Meine Mutter ist da», sagte Ursina. «Ich habe dir einmal gesagt, dass ich nicht will, dass sie hier ist, wenn ich Besuch bekomme.» Sie tastete nach dem Päckchen. «Vielen Dank.» Sehr erfreut war sie allerdings nicht.

Ich konnte es nachvollziehen. Jelsha Vetsch lag auf der Chaiselongue an der hinteren Wand und schlief ihren Rausch aus.

«Komm, wir können auch in die Stube gehen.»

Ich folgte Ursina in den kleinen Flur. Sie stiess eine Tür auf. In der Stube, die an ein altes, mit Holztäfer ausgeschmücktes Zimmer erinnerte, stand ein imposanter Schiefertisch mit vier Stabellen. Ich bewunderte die mit Rosetten verzierten Rücklehnen. An der linksseitigen Wand, nahe beim Fenster, eine Kommode, auf der eine winterliche Landschaft aufgestellt war: ein Stall, ein Weiher und Krippenfiguren. Ich blieb neugierig davor stehen.

«Das ist ein Furz meiner Mutter», entschuldigte sich Ursina. «Zu jeder Weihnachtszeit holt sie diese verstaubten Dinge aus der Versenkung. Ein Überbleibsel aus guten Zeiten, als ihre Eltern noch gelebt hatten. Die Krippe und das Drumherum hat sie geerbt.»

Ein dunkelblaues Tuch war an die Wand geheftet, auf dem Watte klebte. Zwischendrin blinkten Lichter, die Sterne.

«Das hat bestimmt seinen Wert», mutmasste ich.

«Vergiss es! Mutter würde es nie verkaufen. Sie hängt an dem Zeug.» Ursina zog zwei Stühle unter dem Tisch hervor. «Setz dich.» Sie musterte mich eingehend. «Hast du Neues herausgefunden?»

Ich war mir nicht sicher, ob ich ihr über Crameris Ausrutscher von letzter Nacht erzählen sollte.

«Was weisst du über Alois Crameri?»

«Ich?» Wenn Ursina ihre Augen weitete, sah sie wie die Unschuld vom Land aus.

«Crameri ist Davoser. Schon sein Vater arbeitete in der Hotellerie und Gastronomie», sagte ich.

«Ich hatte mit diesem Metier nie etwas am Hut.»

«Trotzdem kennst du die Menschen aus dem Landwassertal. Wenn man wie du –»

Sie unterbrach mich. «… nicht über die Gemeindegrenzen hinausgelangt … wolltest du doch sagen.»

«Warum denn so angriffig?»

«Entschuldigung. Aber es ist Weihnachten, und alles kommt hoch. Lara mochte Weihnachten.»

Ich erhob mich, trat auf Ursina zu und zog sie vom Stuhl hoch. Ich schlang meine Arme um sie. Sie fühlte sich gebrechlich und mager an. «Es tut mir so leid.»

Sie löste sich aus meinen Armen. «Ich hatte nie unmittelbar mit ihm zu tun. Manchmal kam er in den Denner und kaufte Kochwein ein, sagte er auf jeden Fall.»

«Du hast ihn doch gesprochen?»

«Wirklich nur wegen des Weins. Und ja, Champagner wollte er auch noch.»

«Louis Roederer?»

«Nein, den gibt's bei uns nicht.»

«Ich kann es nicht nachvollziehen, dass Lara nie etwas von ihrer neuen Liebe erzählt hat. Die Beziehung zu Andrea blieb ja auch nicht geheim.»

«Bei Andrea war es etwas anderes. Das war nur eine platonische Liebe. Ich kenne Andrea sehr gut.»

«Weil du mal etwas mit ihm hattest –»

«Er hat sich in Lara verliebt. Aber sexuell war da nie etwas. Das traute ich ihm nicht zu. Er ist sehr einfühlsam … und na ja, Lara … ich weiss nicht. In diesen Belangen habe ich sie nicht gekannt.»

«Du widersprichst dir.»

«Lara war eben etwas ganz Besonderes.»

Ich überlegte. «Dann erfährt Andrea, dass deine Schwester etwas mit Crameri anfängt, was alles andere als eine platonische Liebe ist. Er dreht durch, weil er auf den Moment gewartet hatte, mit Lara endlich intim zu werden. Da kommt so ein alter Sack und gewinnt ihr Herz. Crameri wird es bestimmt nicht dabei belassen haben, mit ihr nur Händchen zu halten.»

«Nein, das kann ich mir beim besten Willen nicht vorstellen.»

«Was?»

«Dass Andrea durchdrehte. Er ist ein feiner Kerl.»

«Was genau ist eigentlich am fünfzehnten November geschehen? Erinnerst du dich daran?»

Ursina setzte sich wieder. Eine Zeit lang legte sie ihr Gesicht auf die ausgestreckten Arme und schwieg.

«Vielleicht ist es nicht der passende Moment, aber …»

Sie hob ihren Kopf. Ihre Mimik drückte Entschlossenheit aus. «Es war ein Freitag. Am Freitag habe ich immer frei. Über Nacht hatte es geschneit. Am Morgen war es sehr kalt. Lara ging wie immer zur Schule. Ich hatte noch mit ihr gefrühstückt. Nichts deutete darauf hin, dass sie traurig oder depressiv wäre. Sie hatte mir sogar eine Klausur gezeigt, bevor sie sich auf den Weg machte.»

«Ging sie denn zu Fuss bis zur Guggenbachstrasse?»

«Manchmal nahm sie den Bus. Aber an diesem Tag war sie früh dran.»

«Kehrte sie am Mittag zurück?»

«Sie ass immer zu Hause – mit wenigen Ausnahmen. An diesem Mittag blieb sie jedoch in der Schule.»

«Dann hast du sie nicht mehr gesehen?»

«Doch. Sie kam um fünf nach Hause.»

«Wie war sie da?»

«Wie immer. Sie verschwand in ihr Zimmer und machte Hausaufgaben.»

«Du hast sie also nicht mehr gesprochen?»

Ursina überlegte. «Um halb sechs verliess ich das Haus, weil ich mit Reto Bruhin abgemacht hatte. Wir wollten uns im Kaffee Klatsch treffen. Lara hatte ich nicht mehr gestört.»

«Und ihr habt euch dort getroffen?»

«Warum fragst du?» Ursina sah mich mit gerunzelter Stirn an. «Reto war dort und der halbe HCD. Auch Andrea.»

«Wann hast du denn erfahren, dass Lara … dass man sie gefunden hatte?»

«Erst am Morgen danach. Ich kam spät zurück, ging in mein Zimmer und legte mich hin.»

«Und deine Mutter? Wann erfuhr sie davon?»

«Wahrscheinlich schon am Abend. Sie war die ganze Nacht bei der Polizei und musste eine Aussage machen. Aber das wusste ich nicht, weil ich sofort in mein Zimmer gegangen war.»

«Womit Lara sich das Leben genommen hat, das weisst du aber nicht.»

«Man sagte mir, dass sie sich vergiftet habe. Mit so einem Cocktail. Keine Ahnung, was da drin war. Man wollte uns nichts sagen. Nachdem Mutter mit Laras Abschiedsbrief aufgekreuzt war, war der Fall klar.»

«Wann und wo hat deine Mutter den Brief gefunden?»

«Das muss am Abend gewesen sein, als sie noch einmal in Laras Zimmer schaute. Sie schaute immer in Laras Zimmer. Lara war ihr Liebling.»

Wie sie das sagte: *Lara war ihr Liebling.*

Das klang nach verletzten Gefühlen. Nach Eifersucht?

Wolf hatte zwei Frauen im Wald gesehen. Das Opfer und die Täterin. War es möglich, dass …?

Ich verwarf den Gedanken.

Wenn es so gewesen wäre, hätte Ursina mich nicht um Hilfe gebeten. Sie würde sich kaum das eigene Grab schaufeln. Und warum hätte sie ihrer Schwester etwas antun sollen? Wenn jemand so im Elend steckte wie die Vetsch-Frauen, hielt man zusammen.

«Ich war im Mattawald», sagte ich und beobachtete Ursinas Reaktion.

Sie kniff erneut ihre Augen zusammen. «Hast du den Teddy gesehen?»

«Ihm fehlt ein Auge.»

«Er war Laras Schmusetier. Ohne den Teddy ging sie nie zu Bett. Sie hatte ihn seit dem zweiten Geburtstag.»

Schön, intelligent, verschmust – arm. Wer hatte ein Interesse daran, das Leben eines jungen Mädchens einfach so auszulöschen? Gab es etwas aus der Vergangenheit, das eine solche Tat begründete?

Ich musste vordringen. Tiefer in die Psyche hinein. Dorthin, wo Ursina selbst keine Ahnung hatte, dass etwas existierte, was uns weiterhalf. Unaufhaltsam. Rücksichtslos. Ich musste ihren Teufel wecken – heute, an diesem Weihnachtstag.

«Hast du deinen Vater eigentlich gekannt?»

Ich bemerkte, wie sie erstarrte. Sie schluckte leer. Ihre Augen suchten einen Punkt, den sie anvisieren konnte, um meinem Blick auszuweichen. Ich sah ihr an, dass ich auf ein heikles Terrain gestossen war.

«Ich muss es wissen.»

«Warum?» Endlich schaute sie mich wieder an.

«Um es zu begreifen.»

«Ist es wichtig? Ich habe dich nicht als Psychologin angefragt. Du sollst lediglich herausfinden, wer Lara das angetan hat. Wer ihre Mörder sind.»

«Wenn ich die Geschichte eurer Familie kennen würde, fiele es mir leichter.»

«Wir haben keine Geschichte!»

«Eine Vergangenheit?» Ich wollte nicht einfach aufgeben.

«Wir leben in der Gegenwart. Die Vergangenheit ist vorbei. Man kann sie nicht mehr ändern.»

Irgendwo hatte ich dieses Zitat schon einmal gehört. «Ursina! Wenn ich dir helfen soll, muss ich alles über dich und deine Familie erfahren. Noch einmal: Wer war dein Vater? Hast du ihn gekannt?»

«Er muss vielleicht ein intelligenter Mann gewesen sein», begann Ursina zögerlich. «Lara kam bestimmt nach ihm. Ich komme nach meiner Mutter. Einfach im Gemüt und debil –»

«Na, na, du bist weder einfach noch debil.»

«Man könnte mehr aus mir machen, das haben schon meine Lehrer in der Primarschule gesagt. Aber womit? Wenn man nichts hat, kann man seinen Horizont auch nicht erweitern.»

«Lara hat es doch bewiesen, dass es geht», sagte ich vorsichtig.

«Was sie mit einem hohen Preis bezahlt hat.»

So kam ich nicht weiter. «Ursina, erinnerst du dich an deinen Vater?»

«Ich will mich nicht an ihn erinnern.»

Endlich ein Anhaltspunkt. Es hatte ihn also gegeben – den Vater.

«Hat er euch verlassen?»

«Da war Lara nicht einmal ein Jahr alt …»

Diesmal schwieg ich. Ich wollte Ursina Zeit lassen.

Tatsächlich sprudelte es wenig später aus ihr heraus wie ein Wasserfall.

«Er hat uns schon einmal verlassen, als ich drei war. Nach vier Jahren kehrte er reumütig zurück. Meine Mutter glaubte ihm alles, liess sich wieder mit ihm ein und wurde wieder schwanger. Sie rechnete wohl damit, dass sie mit einem zweiten Kind ihre Ehe retten könne. Vater hat es fast zwei Jahre ausgehalten, bis er wieder ging und uns in einem Scherbenhaufen zurückliess. Als er zum zweiten Mal weg war, waren die Konten geplündert, und niemand wusste, wo er sich niedergelassen hatte. Ob er überhaupt noch lebte. Mutter musste da zwangsläufig in eine Sinnkrise gefallen sein. Und sie hat sich geschworen, nie mehr einen Mann in ihre Nähe zu lassen.»

«Was hat er denn beruflich gemacht?»

«Er ist Architekt. Von ihm stammen die modernen Häuser, diese kalten Gebäude, die wie Kartons in der Landschaft stehen. Verdichtetes Wohnen war sein Fazit: das Generationenhaus auf der einen, die Kommunen-Fabrik als sogenannte Lofts auf der andern Seite.» Ursina räusperte sich. «Er war ein Frauenheld und Aufreisser. Kein Rockzipfel war vor ihm sicher … hat mir Mutter so erzählt. Dann fing sie an zu trinken. Sie machte mehrmals einen Entzug, während die Gemeinde sie unterstützte. Man wollte uns von ihr trennen. Das brachte sie kurzfristig zur Vernunft. Leider wurde sie immer wieder rückfällig. Wenigstens durften wir bei ihr bleiben. Wir hatten damals eine gute Sozialhelferin, die sich für uns einsetzte – Frau Bergamin. Eine schlechte Mutter, hat sie gesagt, sei immer noch besser als keine Mutter. Leider wurde Frau Bergamin vom Sozialdienst suspendiert. Den Grund erfuhren wir jedoch nie.»

«Kenne ich sie?»

«Frau Bergamin?»

Ich nickte.

«Nein, kaum. Sie kümmert sich um die Randständigen von Davos. Um die sozial Verwahrlosten.» Ursina kicherte. «Übertrieben, ich weiss. Aber die Normalos denken doch so. Wir finanziell Minderbemittelten sind doch Abschaum für die …»

Ich ging nicht darauf ein. Wenn Ursina sich schlechter hinstellen wollte, als sie war, war das ihre Sache.

«Du hast seither nie mehr etwas von deinem Vater gehört?», fragte ich.

«Von Vater?»

«Ja.»

«Nein!»

«Und die Alimente? Ihr habt doch finanzielle Unterstützung bekommen.»

Ursinas Lachen klang voller Häme. «Von einem Phantom? Niemand hat herausgefunden, wohin sich Vater abgesetzt hat.»

«Hat deine Schwester nie darunter gelitten, keinen Vater zu haben?»

«Sicher hat es ihr etwas ausgemacht. Vielleicht hat sie in Wisi Crameri einen Vaterersatz gesucht.» Ursina seufzte. «Möchtest du mit uns Weihnachten feiern?»

«Danke, aber ich muss arbeiten.» Ich erinnerte mich an Crameris Bitte, mich der kanadischen Hockeymannschaft anzunehmen. Ich warf einen Blick auf meine Armbanduhr. Mir blieben noch ein paar Stunden bis zu meinem Einsatz.

***

Als ich mich von Ursina verabschiedet hatte, schlug ich den Weg Richtung Talstrasse ein. Ich ging zu Fuss bis zur Eishalle. Von dort gelangte ich über den Verbindungsweg an die Promenade direkt zum Hotel. Über mir ein blauer Himmel, den keine Wolke trübte. Es war etwas kälter geworden. Vor dem Haus parkte ein Bus. Zwei Männer luden Koffer und Sporttaschen aus. Offenbar waren die Kanadier angekommen.

Beim Eingang tummelten sich Jungen und Mädchen in einer Schlange – eine Fangemeinde, die um Autogramme bat. Ich drückte mich an den Kindern vorbei zur Rezeption. Dort standen Judith und Astrid, beide mit roten Köpfen. Sie verteilten die Zimmerschlüssel und informierten die prominenten Gäste über die

Essenszeiten. Sie erschienen klein und zart im Gegensatz zu den hünenhaften Gestalten, die herumalberten, als wären sie noch nicht müde von der langen Reise. Die Luft vibrierte ob der geballten Ladung Energie, die von den Männern ausging.

Ich lehnte an der Wand neben dem Empfang und musterte jeden Einzelnen. Interessant, so eine Sportmannschaft. Zwei Männer in schickem Anzug und Krawatte übernahmen die Hotelmappe, die Judith ihnen aushändigte. Ich ging davon aus, dass einer von ihnen der Coach war. Ein dunkelhaariger Kerl mit hellem Gesicht und fast schwarzen Augen. Er wandte sich von Judith ab und mir zu. Kurz trafen sich unsere Augen. Er lächelte mir zu.

Ich nahm mir vor, beim Ausschank von Alkohol zurückhaltend zu bleiben.

Der Zufall wollte es, dass ich auf dem Weg zum Office Alois Crameri in die Arme lief. Ich grüsste ihn knapp und ging weiter. Doch ich gelangte vom Regen in die Traufe. Hinter der Tür zum Restaurant wäre ich beinahe mit Silvana Crameri zusammengestossen.

«Oh», säuselte sie, dass nur ich es hörte, «das trifft sich ja gut. Ich würde Sie gern sprechen, Fräulein Cadisch.» Abwertender hätte es nicht klingen können. «Bitte gehen Sie schon mal vor. Ich erwarte Sie in fünf Minuten in meiner Wohnung.»

Ich wusste nicht, was ich machen sollte. Warum wollte sie mich sprechen? Hatte ich in ihren Augen etwas verbrochen? Meine Antipathie gegen diese Frau nahm noch zu. Ich sah sie fassungslos an. Sie trug einen beigefarbenen Rock und eine helle Bluse. Mit ihrer toupierten Frisur sah sie sonderbar aus. Und ihr penetranter Parfumduft missfiel mir ebenso.

Sie liess mich mehr als zehn Minuten vor der Tür zum Appartement warten. Als Silvana Crameri endlich aus dem Fahrstuhl kam, trug sie ein Tablett mit zwei Gläsern und einer Flasche Weisswein.

«Würden Sie so gut sein und mir das Tablett abnehmen?» Ihre Stimme hatte sich unwesentlich verändert. «Ich muss die Wohnungstür aufschliessen. Oder möchten Sie es tun? Sie haben ja schon Übung darin.»

Vorsicht war geboten.

Was wusste sie?

Ich nahm ihr das Tablett ab. Sie steckte den Schlüssel ins Schloss, öffnete die Tür und ging voraus.

«Sie können's auf den Salontisch stellen.»

Erwartete sie Besuch?

Sie setzte sich auf eines der hellen Sofas. Ihr Blick war eindringlich. «Wir müssen etwas klarstellen, Allegra. Die Art, wie Sie sich an meinen Mann heranmachen, bedarf keines Kommentars. Aber es ist geschmacklos, wenn Sie sich am Heiligen Abend in meinem Schlafzimmer mit ihm treffen.»

Ich starrte sie nur an.

«Tun Sie nicht so, als wären Sie ein Unschuldslamm.» Sie griff in ihre Rocktasche und zog einen Ohrstecker daraus hervor. «Dieses Schmuckstück habe ich heute Morgen unter meinem Bett gefunden. Gestern war es noch nicht dort.» Es war eine mit blauen Strasssteinchen verzierte Perle. «Zudem vermisste man Sie exakt zur selben Zeit im Office.»

Ich musste ein paarmal leer schlucken.

«Aber das ist nicht mein Ohrring.» Ich griff instinktiv an meine beiden Ohrläppchen. Die Stecker waren noch dort, wo sie hingehörten. «Sehen Sie.» Ich strich die Haare hinter die Ohren.

Jetzt war es Silvana Crameri, die die Fassung verlor. «Ich hätte schwören können …»

«Das muss ein Irrtum sein. Was denken Sie denn von mir?»

Hätte ich ihr sagen sollen, dass ich tatsächlich unter ihrem Bett gelegen hatte, während ihr Mann mit einer fremden Frau Sex hatte? Und wem gehörte der Ohrstecker?

Silvana Crameri erhob sich. Sie tigerte wie ein Raubtier im Wohnzimmer auf und ab. «Ich weiss, wer Sie sind. Die Geschichte um Ihren Vater verbreitete sich in Davos in Windeseile. Auch die Tatsache, dass Sie an der Aufklärung des Falles mitgeholfen hatten.»

«Das hat aber rein gar nichts damit zu tun, dass ich während des Spengler Cups im Hotel Promenade arbeite», wehrte ich mich.

«Genau daran zweifle ich.» Silvana Crameri setzte sich wieder. «Ich habe mich ein wenig über Sie erkundigt. Sie studieren Kriminologie und Strafrecht, nicht wahr? Und zufällig kennen Sie

Ursina Vetsch, die Schwester von diesem Mädchen, das sich im Mattawald ... ja, Sie wissen schon. Es liegt auf der Hand, dass Sie nun in unserer Familie schnüffeln, weil Sie anscheinend erfahren haben, dass mein Mann etwas mit ihr hatte. Glauben Sie nicht alles, was man sagt.»

Ich schaute auf den Tisch, um nicht in Silvana Crameris Augen sehen zu müssen.

«Mein Mann leistet viel Gutes in unseren Fraktionsgemeinden. Wenn es ihn nicht gäbe, könnten eine Menge Clubs schliessen. Es schadet seinem Ansehen, wenn solche Gerüchte in Umlauf gebracht werden.»

Damit hatte ich nicht gerechnet. Ich hatte wirklich keine Ahnung, wie ich darauf reagieren sollte. Sah ich so vertrauenswürdig aus, dass mir bald jeder seine Geheimnisse anvertraute? Oder wollte sie mich ablenken?

Ich musste in die Offensive.

«Wo waren Sie am Freitagabend des fünfzehnten Novembers?» Es war die einzige Frage, deren Antwort entscheiden würde, wie sich der Fall Lara Vetsch weiterentwickeln würde.

«Ersparen Sie sich die Mühe.» Silvana Crameri seufzte. «Als Lara starb, war ich in München. Ich weiss es so genau, weil mein Mann genau die gleiche Frage gestellt hatte. Das arme Ding hat sich selbst umgebracht – das hat die Polizei auch so gesehen.»

«Weiss Ihre Tochter davon?»

«Wovon?» Silvana Crameri spitzte den Mund und musterte mich eindringlich. «Wovon sollte sie etwas wissen?»

Langsam wurde es peinlich. Wir schienen nicht vom selben zu sprechen. Sie wollte mir weismachen, dass ihr Mann eine weisse Weste hatte. Aber das nahm ich ihr nicht ab.

Das Ganze entwickelte sich ins Groteske. Da sprach eine Frau zu mir, die keine Illusionen mehr hatte. Die einzigen Höhepunkte in ihrem Leben waren die Inszenierungen im Hotel, die stolze Madame, die ihre Gäste begrüsste, sie in einem Viersternehaus willkommen hiess, wo der Wurm drinsteckte. Die nicht nur den Gästen, sondern vor allem sich selbst etwas vormachte. Eine Frau ohne Perspektiven, vielleicht ohne Ausbildung. Wie gross musste die Angst vor dem Zusammenstürzen ihres Kartenhauses sein? Sie hatte sich damit abgefunden, dass ihr Mann sie nach Strich und Faden betrog. Eine Frau, die die Affären ihres Mannes aushielt, um ihre Tochter zu schützen.

Ich hatte Mühe damit, es nachzuvollziehen.

Alois Crameri gehörte nicht nur das Hotel Promenade. Ich hatte einiges über ihn in Erfahrung gebracht. Er war auch im Besitz einiger Geschäftshäuser. Von einem sogar in St. Moritz. Er hätte sich nicht unbedingt als Direktor an die Front stellen müssen. Es musste ihm sehr daran liegen, sich in der Öffentlichkeit zu präsentieren. Dies zeigte sich auch in der Art, wie er Vereine unterstützte. Silvana Crameri war da vielleicht nur ein Zahnrad in einem grossen Getriebe, das ohne dieses Rädchen aber nicht funktionierte.

Silvana Crameri griff nach der Flasche, öffnete den Drehverschluss und legte den Deckel auf das Tablett.

«So, dann hätten wir dies nun geklärt», sagte sie, während sie den Wein zuerst in das eine, dann in das andere Glas goss. «Wir sollten anstossen.» Erst jetzt schenkte sie mir ein Lächeln, das ein wenig verbittert schien. «Ich bin Silvana.»

Die Bilder trafen mich wie ein Flash. Die Kommode mit den Schlaftabletten. Lara, die vergiftet worden war.

Mit Schlaftabletten?

Vielleicht hatte Silvana zuvor die Tabletten zerdrückt und in die Flasche geschüttet. Der Deckel hatte sich meiner Meinung nach leicht öffnen lassen. Aber um jemanden umzubringen, hätte es einer ganzen Packung bedurft. Wenn mir jemand grundlos das Du anbot, steckte mehr dahinter. Wollte sie mich auf ihre Seite ziehen? Gegen ihren Mann? Oder machte sie jetzt auf nett, weil ich ihr zu ungemütlich geworden war? Sie musste damit rechnen, dass ich nicht so schnell aufgeben würde.

Eine gesunde Portion Misstrauen hatte mich stets davor bewahrt, ins Fettnäpfchen zu treten.

«Danke, ich bin Allegra», sagte ich nach langem Abwägen und trank nur wenig vom Wein. Er schmeckte nicht bitter.

***

Es gelang mir, mit Olivia den Arbeitsplatz zu tauschen. Nachdem ich ihr von der kanadischen Hockeymannschaft vorgeschwärmt hatte, erklärte sie sich bereit, die Sportler anlässlich des Willkommensapéros zu bedienen. Weniger Freude daran hatte Alois Crameri. Sein Protest scheiterte an meiner Ausrede, dass ich mich im Moment nicht wohlfühlte. Es war zu erwarten, dass er dies mit einer geringschätzigen Bemerkung quittierte. «Alle achtundzwanzig Tage wieder?»

Was ging es ihn an!

Er nahm mich zur Seite. «Haben Sie das Geschenk schon geöffnet?»

«Was für ein Geschenk?»

Er winkte ab, als jemand vom Service ihn rief.

Während den Hotelgästen das weihnächtliche Gala-Dinner serviert wurde, arbeitete ich wie ein Roboter hinter dem Getränkebuffet. Andauernd schickte man mich in den Weinkeller, um dort die edlen Tropfen zu holen. Dabei fiel mir auf, dass es eine ganze Menge Weinkartons auf Reserve hatte, die mit «Denner» beschriftet waren.

Zurück im Office, sah ich mir die Weinkarte einmal näher an. Die Preise bewegten sich im mittleren bis oberen Preissegment.

Sieben Gänge wurden serviert. Die Gäste schlemmten mehr als drei Stunden. Zwischen den Gängen wurde viel getrunken, zur allgemeinen Freude des Direktors.

Kurz vor Mitternacht kamen die Kanadier ins Restaurant. Die anderen Hotelgäste hatten den Saal verlassen und liessen den Weihnachtsabend an der Bar ausklingen oder trafen sich vor dem Cheminée in der Empfangshalle.

Es war halb zwei, als ich das Hotel verlassen konnte. Ich bestellte ein Taxi und liess mich nach Hause chauffieren.

Unterwegs checkte ich mein iPhone nach Nachrichten. Dario hatte mir eine SMS geschickt. Darin informierte er mich, dass Alois Crameri sich in den letzten Jahren absolut nichts habe zuschulden kommen lassen. *Er hat eine weisse Weste, weisser geht's nicht mehr.*

Sollte ich ihm glauben?

ELF

Auch am Stephanstag war immer noch kein Neuschnee in Sicht. Der Himmel wölbte sich blau und wolkenlos über Davos. Ich stand am Panoramafenster und beobachtete das Treiben unter mir. Trotz der halbwegs aperen Strassen waren die Skifahrer und Snowboarder unterwegs zu den Hängen am Jakobshorn, Rinerhorn, der Pischa und Parsenn. Dank der Schneekanonen, die jetzt jede Nacht zum Einsatz kamen, waren optimale Schneeverhältnisse gegeben. Über den Bergspitzen im Osten ging die Sonne auf. Ihr gleissendes Licht tauchte die Landschaft in einen grellen Goldton.

Ich setzte mich mit dem iPhone an den Küchentisch. Dr. Rageths Visitenkarte lag vor mir. Ich wählte die Nummer der Gerichtsmedizin in Chur, bevor ich es mir wieder anders überlegte. Ein erneuter Versuch, um in die Pathologie zu gelangen. Diesmal würde ich hartnäckig bleiben, bis ich einen Termin hatte. Ich wusste jedoch nicht, ob die Pathologie besetzt war. Umso erstaunter war ich, als die Stimme sagte: «Fadri Rageth, Institut für Pathologie und Rechtsmedizin, Chur.»

«Allegra Cadisch. Vielleicht erinnern Sie sich an mich.»

«Selbstverständlich.» Er klang erfreut. «Die gut aussehende Frau mit dem riesengrossen Gepäck. Mir wurde ausgerichtet, dass Sie mich gesucht haben.»

«Leider sah ich mir Ihre Karte zu spät an», gab ich zu. «Als ich mich bei Ihnen melden wollte, waren Sie bereits im Sektionssaal.»

«Ich gehe davon aus, dass Sie zu Studienzwecken zu mir wollten.»

«Ja, das ist richtig. Das wissen Sie bereits?»

«Meine Sekretärin hat mich darüber informiert. Einzelaudienzen sind zwar selten. In der Regel kommen die Studenten in Gruppen zu uns. Aber bei Ihnen mache ich eine Ausnahme.»

«Das ist sehr nett. Wann wäre denn ein Besuch möglich?»

Lange Pause. Ich hörte Rageth durchs Telefon atmen.

«Für die nächste Zeit sieht es nicht gut aus. Morgen und übermorgen arbeiten wir nicht. Nächste Woche habe ich einen vollen Terminkalender. Hmm … Wie wäre es mit heute?»

«Heute?» Ich sah auf die Uhr. Es war jetzt halb elf. Um drei begann das Eröffnungsspiel des Spengler Cups, zu dem ich zwei Tickets besass. Um halb sechs musste ich im Hotel sein. Andererseits drängte die Zeit, wenn ich im Fall Lara Vetsch weiterkommen wollte. «Okay, ich kann's richten. Wann soll ich bei Ihnen sein?»

«Um halb eins?» Ich mochte seine zielstrebige Art.

«Das heisst, dass ich mich spätestens um elf in den Zug setzen muss. Ich werde etwas verspätet vor Ort sein.»

«Ich erwarte Sie. Muss ich etwas vorbereiten, was Sie hauptsächlich interessiert?»

Darüber durfte ich nicht sprechen. «Ein Blick in die Pathologie, ein paar Informationen über Ihre Arbeit … das würde mir genügen.»

«Gut, bis dann.» Rageth hängte auf.

Ich holte zwei von den vier Tickets, die ich in der Garderobe verräumt hatte, steckte sie in ein Couvert, legte einen Zettel dazu, den ich in der Eile mit ein paar Zeilen an Dario versehen hatte, und klebte den Umschlag zu. Ich setzte Darios Namen auf den Umschlag.

Auf dem Weg zum Bahnhof warf ich ihn in den Briefkasten der Polizei und teilte Dario per SMS kurz mit, dass ich ein Geschenk für ihn hatte.

***

Weisse Kacheln dominierten den Raum. Die Szenerie wirkte gespenstisch. Die Neonröhren verströmten kaltes Licht. Zwei metallene Seziertische mit Auffangbecken für Blut und andere Flüssigkeiten standen in der Mitte des Raumes. Dr. Rageth lehnte mit verschränkten Armen an einem Aluschrank.

Ich schätzte Rageth auf gut dreissig. Er wohnte in Klosters, hatte in Zürich studiert und war während zwei Jahren an der Gerichtsmedizin in Bern tätig gewesen. Er hinterliess einen seriösen, etwas zurückhaltenden Eindruck, das pure Gegenteil von der letzten Begegnung. Mit den Gerichtsmedizinern, die ich aus dem Fernsehen kannte, hatte er nichts zu tun. Keine blöden Sprüche, keine Komik. Vor mir stand ein schlanker Mann mit braunen Haaren und sanften Augen. Er drückte sich gewählt aus und bot mir sogar das Du an, das ich jedoch freundlich ablehnte.

Eine Leiche war nicht sichtbar, was ich enttäuscht zur Kenntnis nahm. Heute wurde nicht seziert. Ein Feiertag auch für die Pathologen. Ich fragte mich, weshalb Rageth da war. Etwa meinetwegen? Wir hatten uns eine Operationshaube, einen Wegwerfkittel, Wegwerfhandschuhe und Schuhüberzieher angezogen. Das sei Pflicht, sagte Rageth. «Hier drin muss alles steril bleiben.»

«War das jetzt die erste Lektion?»

«Ich kann Ihnen nachher alle Informationen in einer Broschüre mitgeben, von wegen Lektionen. Sehen Sie sich ruhig um.»

Auf einer mobilen Ablage über den Seziertischen lagen nebst Messbecher, Schwämmen und Schüsseln Instrumente. «Die braucht man zum Eröffnen des Leichnams», erläuterte Rageth. Er fuhr mit der Hand über ein Skalpell, kleinere und grössere Scheren, Messer mit unterschiedlicher Klingenlänge und eine Säge.

An der hinteren Wand waren übereinander mehrere Kühlschränke zu sehen.

«Sind dort die Leichen drin?»

«Sie sind wohl sehr erpicht darauf, eine zu sehen.»

«Nein, nein, nicht unbedingt.»

«Dort werden in der Regel die toten Körper aufbewahrt, bis sie von der Staatsanwaltschaft für die Bestattung freigegeben werden.»

«Wo sind eigentlich die Berichte über die bearbeiteten Fälle?»

«Bearbeitete Fälle? Sie meinen die Berichte über die sezierten Leichen?»

«Ja.» Ich durfte mir nicht anmerken lassen, dass ich vor allem deswegen hier war.

«Die sind im Büro.»

«Nach Alphabet geordnet?»

«Wie es sich gehört.» Er musterte mich mit zusammengekniffenen Augen.

Ich musste vorsichtig sein. «Was geschieht eigentlich mit der Leiche, nachdem man sie zu Ihnen gebracht hat?»

«Wir begutachten den Körper zuerst äusserlich. Wir messen die Länge, wägen sein Gewicht, halten den Ernährungszustand fest und suchen den Körper nach Merkmalen ab, zum Beispiel nach Drosselmerkmalen, Stichverletzungen oder Verfärbungen der Haut. Die erste Inspektion nennt man Legalinspektion. Bei der Obduktion handelt es sich um eine sogenannt innere Leichenschau zur Feststellung der Todesursache, falls diese äusserlich oder durch die Sekrete nicht ersichtlich ist. Die Schädel-, Brust- und Bauchhöhle werden geöffnet.»

«Erfahren die Angehörigen immer davon?»

Rageth sah mich skeptisch an.

«Falls der Körper obduziert werden soll, haben die Hinterbliebenen davon Kenntnis?»

«Natürlich. Die Angehörigen müssen immer informiert werden. Letztlich entscheidet jedoch der Richter.»

«Gibt es auch Ausnahmen?»

«Ich verstehe Ihre Frage nicht.»

«Kommt es vor, dass die Hinterbliebenen es erst später oder gar nicht erfahren?»

Rageths Gesichtszüge veränderten sich. Vielleicht amüsierte er sich ein wenig über meine Fragerei. «Das ist mir nicht bekannt. Aber meistens haben wir keine Kenntnis davon, was ausserhalb dieser Räume geschieht. Es gibt ein Gesetz, und wir können davon ausgehen, dass es eingehalten wird.»

«Könnten Sie mir einen Einblick in einen Bericht über eine Legalinspektion oder eine Sektion gewähren?»

«Kommen Sie mit ins Büro.»

Das Büro sah fast genauso steril aus wie der Sektionssaal. An den Wänden standen mit Ordnern vollgestopfte Regale. Neben den Pulten waren Aktenschränke aufgestellt. Rageth zog eine Schublade auf.

«Welchen Buchstaben möchten Sie einsehen?»

Mit dieser Frage hatte ich nicht gerechnet. Obwohl mir V wie Vetsch auf der Zunge lag, sah ich davon ab, ihn zu nennen. Ich hätte mich verdächtig gemacht. «Z», sagte ich.

Ich beobachtete Rageth, in welcher Reihe er nach der Akte suchte.

«Kein Mäppchen unter ‹Z›. Aber unter ‹W› hätte ich etwas.»

Ich merkte mir die Stelle, wo er die Akte herauszog. Er legte sie auf das Pult, griff nach einem farbigen Klebstreifen und deckte den Namen ab.

«Nicht, dass ich Ihnen misstraue, aber auch das ist Vorschrift.» Er schlug die erste Seite auf. Das Bild eines nackten Oberkörpers kam zum Vorschein. Er wies verschiedene Flecken und Stichverletzungen auf. Ganz deutlich erkannte ich die Narbe eines sogenannten T-Schnitts.

«Dieser Körper wurde geöffnet, nachdem das Opfer durch Messerstiche zu Tode gekommen war», erklärte mir Rageth. «Erst die Leichenöffnung hat Aufschluss über die wirkliche Todesursache gegeben. Das Opfer starb an einer Überdosis Heroin. Die Stichverletzungen wurden erst post mortem zugefügt, das heisst nach dem Tod.» Rageth blätterte weiter. «Hier hinten ist der ausführliche Obduktionsbericht.»

Ich überflog den Bericht. Viel konnte ich nicht damit anfangen. Die medizinischen Begriffe waren mir nicht geläufig. Ich war nicht sicher, ob ich aus Laras Obduktionsbericht die Todesursache würde herauslesen können. Aber zuerst musste ich an den Bericht herankommen. Ich äugte zur offenen Schublade. Es schien mir keine gute Idee zu sein, Rageth darauf anzusprechen. Er würde mich auf den Rechtsweg verweisen. Ich tat so, als läse ich im aufgeschlagenen Obduktionsbericht, in der Hoffnung, Rageth würde durch irgendetwas abgelenkt. Aber es nützte alles Beten nichts.

Nach einer Weile schlug ich die Mappe zu. «Ich danke Ihnen. Das war wirklich sehr interessant.»

Rageth griff nach der Mappe, liess sie im Hängeregister verschwinden und stiess die Schublade zu.

Rageth drehte den Schlüssel um. Da klingelte das Telefon.

Er eilte aus dem Büro in den Flur, von wo der Klingelton zu vernehmen war. Ich hörte Rageth seinen Namen nennen. Dann war es lange still.

Das war die passende Gelegenheit!

Ich näherte mich der Schublade, ohne die Bürotür aus den Augen zu lassen. Ich drehte den Schlüssel um, zog die Schublade auf und suchte im Hängeregister nach dem Buchstaben «V». Vom Flur vernahm ich laute Worte. Rageth ereiferte sich. Ich sah die

Akten, die mit «V» begannen, durch. Viele waren es nicht. Auf dem Flur wurde es ruhig, als ich «Vetsch» entdeckte. Ich holte hastig die Akte heraus und schob sie unter meinen Pullover. Kaum hatte ich die Schublade zugestossen, abgeschlossen und mich auf den Stuhl gesetzt, kam Rageth ins Büro zurück. Er schien ziemlich aufgebracht zu sein.

«Ich muss Sie leider bitten zu gehen», sagte er, doch dann erinnerte er sich, dass er mir die Informationsbroschüre versprochen hatte. Sein Blick blieb ungewöhnlich lange auf dem Schlüssel an der Schublade hängen.

Ich zitterte innerlich wie Espenlaub.

Er zog den Schlüssel heraus und steckte ihn ein.

Auf dem Flur entledigten wir uns beide der Schutzkleidung.

«Vielleicht können wir uns einmal ausserhalb dieser Katakomben treffen.» Rageth wollte meine Hand nicht mehr loslassen.

«Ich werde mich gern bei Ihnen melden.» Ich bedankte mich für seine Bemühungen und die Broschüre, die er mir endlich in die Hand drückte. Ich musste aufpassen, dass Laras Mappe nicht unter dem Pullover hervorrutschte.

Während ich Richtung Ausgang schritt, spürte ich Rageths bohrende Blicke auf meinem Rücken. Mich fröstelte.

Dass ich soeben eine Straftat begangen hatte, verdrängte ich.

Ich fuhr zurück nach Davos. Ich fieberte geradezu nach dem Lesen der Dokumente, die ich eingesteckt hatte. Dass ich allein im Abteil sass, kam mir gelegen. So konnte ich mich ungestört dem Bericht widmen. Bereits auf der ersten Seite stiess ich auf ein Bild, das Lara auf dem Sektionstisch zeigte. Sie lag da wie ein schlafender Engel. Ihr Kopf war auf einer Nackenrolle abgestützt, die Arme lagen seitlich an ihrem zarten Körper. Sie hatte mehr Fleisch auf den Rippen als ihre Schwester. Trotzdem wirkte sie zerbrechlich. Nichts schien diesen makellosen Körper zu stören. Rein und weiss war ihre Haut, das dunkle Dreieck unterhalb ihres Nabels sah aus wie hingemalt.

Doch auf der nächsten Seite waren die Aufnahmen schärfer, näher auf jeden Fall. Laras Lippen erschienen bläulich, ein weisser Schaumkranz zeichnete sich um den Mund ab. Sie hatte erbrochen. Ob sie daran erstickt war, wie Dario behauptete? Hätte man sie vielleicht retten können? Ich wusste es nicht. Der Bericht neben den einzelnen Fotos klärte mich nur ungenau darüber auf. Das lag aber nicht an der Art des Textes, sondern einzig und allein an meinem laienhaften Verständnis. Weiter hinten stiess ich auf den toxikologischen Befund, auf die Wirkstoffe von Medikamenten, die man im Blut und im Magen nachgewiesen hatte. Ich las die Namen «Nitrazepam» und «Benzodiazepine». Ich konnte nichts damit anfangen. Ich nahm mein iPhone zur Hand, gab unter «Safari» die Google Suchmaschine ein und tippte die Begriffe ein. Nitrazepam, hiess es, sei ein Arzneistoff der Gruppe Benzodiazepine mit ausgeprägten hypnotischen Eigenschaften und werde zur Behandlung von Schlafstörungen eingesetzt. Die Medikation sei zudem rezeptpflichtig. Ich legte das iPhone nieder. Ich las weiter im Bericht. Die Menge in Milligramm war angegeben. Lara hatte in der Kombination mit Weisswein Schlafmittel geschluckt. Diese hätten jedoch niemals die tödliche Dosis enthalten, was ich dem Bericht entnehmen konnte. Mehr beunruhigte mich die Einnahme von «Rodentizid», dem sogenannten «Brodifacoum» aus der Gruppe der 4-Hydroxycumarine, was immer das heissen mochte. Aber es klang bedrohlich, und an Rodentizid erinnerte ich mich im Zusammenhang mit einem Kammerjäger, der in Mams Keller in Luzern Mäuse ausgerottet hatte. Doch um sicherzugehen, dass ich mit meiner Vermutung nicht danebenlag, nahm ich noch einmal das iPhone zu Hilfe.

Unter «Wikipedia» fand ich schnell die Erklärung.

Rodentizid sei ein chemisches Mittel zur Bekämpfung von Nagetieren. Die fatale Wirkung war beschrieben, was das Rebellieren meines Magens zur Folge hatte.

Rattengift!

Was für ein Cocktail!

Schlafmittel, Rattengift und Wein!

Wo hatte ich Schlaftabletten gesehen? In Silvana Crameris Kommode. Zwei Packungen. Den Wein konnte sie aus dem Keller geholt haben, wo es vielleicht auch Ratten gab. Ratten oder Mäuse im Hotel Promenade. Vielleicht sollte ich Theresa oder Carlos fragen. Sie wüssten es sicher.

Wie kam eine Achtzehnjährige an ein rezeptpflichtiges Schlafmittel? Wie an Rattengift?

Wer ein solches Giftgemisch zusammenbraute, tat dies vorsätzlich.

Was war am fünfzehnten November im Mattawald tatsächlich geschehen?

Warum hatte der Mörder oder die Mörderin Lara dorthin gelockt, um ihr die tödliche Dosis in Form eines Getränkes zu verabreichen? Warum hatte er es nicht in einer Wohnung oder in einem Keller getan?

Unter welchen Bedingungen hatte Lara die Giftmischung überhaupt getrunken?

Ich versuchte, mich in Lara hineinzudenken. Ein Mädchen, das kurz vor der Matura stand, welches mit guten Noten brillierte und Aussicht auf ein Medizinstudium hatte. Lara war verliebt gewesen, was die Einträge im Tagebuch bewiesen.

Mir wollte das alles nicht in den Kopf.

An diesem fünfzehnten November musste etwas Spezielles gewesen sein. Ein Geburtstag, ein Jahrestag, etwas, was diese Schritte in den Wald rechtfertigte.

***

Sahnefarbene Wolkenschlieren stiessen am Horizont aufeinander. Der Wind hatte aufgefrischt. Ein bleierner Dunst legte sich über Davos.

Als ich im Hotel Promenade eintraf, war das Match zwischen Servette und Rochester beendet. Fünf zu null für Servette. Die Stimmung im Restaurant war entsprechend aufgeladen. In der Bar herrschte ein Durcheinander an Diskussionen. Michel begrüsste mich mit einem verdriesslichen Gesicht.

«Seit une heure ist ier die Teufel los», stöhnte er und erkundigte sich nach meinen Wünschen.

Ich bestellte einen Punsch und ein Stück Bündner Nusstorte. Ich hatte seit dem Frühstück nichts gegessen.

«Wo drückt dich denn der Schuh?», wollte ich von Michel wissen.

«Isch arbeite seit eute Morgen, zehn Uhr. Monsieur Crameri at mir soeben gesagt, dass wir eute eine Gast aben, der jedes Jahr kommt. Er schläft über die ganze Tag, und während der Nacht ist er wach. Dann verbringt er die Zeit an der Bar. Für misch eisst es, dass ich bis morgen durcharbeiten muss. Isch kenne ihn von die letzte Jahr. Zwei Wochen lang musste isch jede Nacht mit ihm reden, während er sischer drei Flaschen Champagne trank. Mon Dieu», endete er. «Isch weiss nischt, ob isch das noch einmal ausalten werde.»

Zwei Herren neben mir verlangten nach Bier. Ich sah Michel zu, wie er hintereinander zwei Gläser unter den Zapfhahn hielt. Er drückte den Hebel hinunter und goss das Weizenbier ein.

«Beherbergt das Hotel Promenade immer so schräge Typen?»

«Non, non. Er ist nischt schräg. Er ist der oberste Boss einer Pharmakette. Er at viele Geld. Die zwei Wochen sind für misch ein gefundenes Fressen … Mais, je ne peux pas travailler toute la journée et toute la nuit.» Eine perfekte Schaumkrone zierte das Bier. Michel schob die Gläser über den Tresen.

«Vielleicht wird dich Herr Crameri ablösen. Ich habe gehört, dass er auch ganze Nächte an der Bar verbringt», sagte ich.

Michel griff nach der Punschflasche und goss ein Glas zu einem Viertel voll damit. Dann füllte er es mit siedend heissem Wasser auf. Er steckte eine Zitrone an den Glasrand, gab einen Löffel dazu und reichte mir das Getränk. «Voilà. Monsieur Crameri ist schon in Ordnung. Das möschte isch ier sagen une fois.»

Später brachte Olivia mir ein Stück Nusstorte.

«Sieht man dich auch wieder einmal?» Ihre roten Haare hatte sie heute hochgesteckt. Ein Haarreif mit glitzernden Steinchen bändigte ihre Fransen. An ihrem linken Ohr steckte eine mit Strass verzierte blaue Perle. Der Ohrring kam mir bekannt vor.

«Kann es sein, dass du einen Ohrstecker vermisst?»

Olivia griff sich instinktiv an ihr leeres Ohrläppchen. «Jetzt, wo du es sagst.»

«Seit wann vermisst du ihn denn?» Es machte mir Spass, sie ein wenig auf die Folter zu spannen.

«Keine Ahnung.»

«Denk nach.»

«Ich weiss es wirklich nicht. Und was soll das? Weshalb interessiert dich mein Ohrring?»

«Ich könnte dir sagen, wie du ihn wiederbekommst.»

«Witzbold!» Kam es wenig überzeugend über ihre Lippen. Ihr Mund wurde auf einmal sehr schmal. «Hast du den zweiten?»

«Nein, aber Frau Crameri.»

Ihr Blick traf mich wie ein Geschoss. «Es ist nicht mein Ohrring. Ich habe diesen hier auf dem Boden vor dem Cheminée gefunden. Ich bin ein Ohrring-Fetischist», lachte sie plötzlich. «Aber wenn du mir den zweiten geben könntest ...»

«Du warst also nicht in Crameris Appartement?»

«Wann denn?»

«Vergiss es.»

«Ja klar, du stellst manchmal Fragen.» Sie krauste ihre Stirn. «Du, heute nach Feierabend treffen wir uns im Personalhaus. Hast du Zeit?»

«Wann denn?»

«Nach dem Hockeymatch. Wenn die Mannschaft verpflegt ist, machen wir den Laden hier dicht.» Sie kicherte. «Ich meine, das Restaurant ist dann geschlossen.»

Um sechs Uhr wurde im Hallenbad der Alarm ausgelöst. Zwei Kinder hatten aus Langeweile Waschmittel ins Sprudelbad geschüttet. Als Theresa mich ins Untergeschoss bestellte, fanden wir eine riesige Schaumwolke vor, die sich vom Whirlpool Richtung Schwimmbecken bewegte. Um weiteren Schaden zu vermeiden, rief Theresa ihren Mann Carlos, der bis spätabends damit beschäftigt war, das Wasser von Schaum zu befreien.

Am Abend kehrten die Hotelgäste vom Skifahren zurück. Die Frau aus Zimmer Nummer zweiundsiebzig hatte das Bein gebrochen. Sie war mit dem Helikopter von Usserisch ins Davoser Spital geflogen worden. Ihr Mann schien von der Rolle zu sein und drohte damit, die Jakobshorn-Bahnen zu verzeigen. Die Piste sei nicht richtig präpariert gewesen, was immer er damit meinte. Er verlangte bei Judith die sofortige Annullation der restlichen Ferientage.

Misses Gordon, die sich gemäss Theresa den Finger in den Hals steckte, hatte klammheimlich einen Hund ins Hotel geschmuggelt.

Das jedenfalls behauptete Astrid. Davon, dass der Hund, ein Chihuahua, seit Misses Gordons Ankunft schon die ganze Zeit im Haus gewesen war, wollte niemand etwas wissen. Die hinzugezogene Judith machte Misses Gordon darauf aufmerksam, dass Hunde im Grunde nicht erlaubt waren. Und falls man eine Ausnahme mache, müsse dessen Aufenthalt bezahlt werden. Misses Gordon war daraufhin untröstlich und liess der Direktion ausrichten, dass sie sich im nächsten Jahr eine andere Unterkunft suchen würde. «Ich trage Flou-Flou immer in meiner Handtasche. Er ist ein sauberes Kerlchen. Wen stört er denn? Gehen Sie mal auf die Strasse, dorthin, wo die Kutschen fahren. Die Pferde lassen ihre Äpfel liegen, und niemand sagt etwas. Aber bei den Hunden macht man so ein Drama …»

***

Das Personalhaus des Hotels Promenade lag an der Hauptstrasse in der Nähe des Kongresszentrums. Es war ein altes, verwittertes Haus mit schmutzigen Fassaden und schiefen Balkonen, auf denen der Aufenthalt infolge Einsturzgefahr verboten war. Im Hausinnern herrschte wider Erwarten eine gemütliche Atmosphäre, was Theresa und Olivia zu verdanken war. Sie hatten ein Flair dafür, aus den karg eingerichteten Zimmern eine Wohlfühloase zu machen. Nebst den Schlafzimmern gab es einen Gemeinschaftsraum. Verschiedene Möbel, Stil- und Dekorationsrichtungen liessen den Schluss zu, dass auf die multikulturelle Herkunft der Bewohner Rücksicht genommen wurde. Auf einem runden roten Tisch stand ein Weihnachtsbaum. Jemand hatte Stricksocken hingelegt, aus denen Nüsse und Äpfel quollen. Der Geruch jedoch erinnerte an alles andere als an Zimt und Glühwein. Ein süsslich bitterer Duft schwebte in der Luft. Ich ging davon aus, dass die Mitarbeiter den Arbeitstag jeweils mit einem Joint ausklingen liessen.

Auf meinem iPhone war eine Nachricht von Dario. Er bedankte sich für die Tickets und freute sich, dass Servette gewonnen hatte. Ludwig, der Patissier aus Bayern, verteilte selbst gemachte Weihnachtsplätzchen. Kurz darauf hatte Olivia eine Wasserpfeife in der Hand.

Wir sassen auf dem Boden, in der Mitte der Weihnachtsbaum, die gestrickten Socken ringsherum. Theresa öffnete ihr Päckchen, das, wie sie mir erklärte, von der Direktion sei. Zu Weihnachten gebe es ein Geschenk – für alle dasselbe. Eine originelle Wollmütze kam zum Vorschein.

«In diesem Jahr, er verschenken Kappen», lachte Theresa und knüllte das Papier zusammen. Die Mütze zog sie sich gleich über. «Carlos haben gleiches … in Blau.»

«Wollen wir tauschen?», fragte Astrid, die inzwischen eine weitere Shisha hervorgezaubert hatte. «Ich mag Grün nicht besonders.» Sie warf mir einen amüsierten Blick zu. «Welche Farbe hat denn deine?»

Ich wusste darauf keine Antwort. Hätte ich zugeben sollen, dass Crameri mir ein Négligé geschenkt hatte?

«Nun sag schon», drängte nun auch Olivia. «Welche Farbe hat deine Mütze?»

«Ich habe nichts bekommen», wich ich aus. «Ich arbeite erst seit drei Tagen im Hotel.»

«Ich überreichte dir doch ein Päckchen», sagte Astrid. «Erinnerst du dich?»

«Du hast mir nicht gesagt, dass es von Crameri ist.»

Theresa und Olivia hielten sich die Bäuche vor Lachen.

Die Shishas wurden, zu meiner Verwunderung, im Kreis herumgereicht. Ich war an der Reihe. Ludwig, der sich neben mich gesetzt hatte, zeigte mir, wie man sie handhabte. Ich zog am Mundstück. Im Glas gurgelte das Wasser. Der Rauch schmeckte nach Tabak und Früchten.

«Ich bin sicher, du hast ein Négligé bekommen», sagte Olivia.

Ich spürte, wie ich errötete.

«Mach dir nichts draus …», sagte Ludwig. «Durch diese Prüfung musste ich auch einmal. Vor drei Jahren erhielt ich von Frau Crameri Boxershorts …»

«Echt?»

«Nein, eben nicht …»

«Du bist ein Spielverderber!» Olivia lachte etwas zu laut.

«Wir sollten es ihr sagen», schlug Theresa vor.

«Was wollt ihr mir sagen?»

Alle Augen waren auf mich gerichtet.

«Dass jeder Mitarbeiter einer Feuertaufe unterzogen wird, wenn er im Hotel Promenade anfängt.»

In diesem Moment schnurrte mein iPhone. Es war Ursina.

«Was hast du mir nur geschenkt? Ein Négligé? Ich vertrage kein Polyester auf meiner Haut. Zudem verkaufen wir dasselbe bei Denner.»

«Das ist ein Irrtum», klärte ich Ursina auf, nachdem ich erfahren hatte, dass mich meine Arbeitskollegen hereingelegt hatten. «Ich habe das Geschenk verwechselt.»

ZWÖLF

Alois Crameri war nicht der, für den er gehalten wurde. Mir erschien alles in einem unwirklichen Licht. Hatte ich mich blenden oder gar beeinflussen lassen? War es möglich, dass ich mich veräppeln liess? Von einem eingespielten Team, das während Jahren im selben Hotel arbeitete und zusammenhielt?

Wenn ich mehr erfahren wollte, musste ich mit dem Direktor sprechen.

Der Vormittag stand mir für weitere Recherchen zur Verfügung. Eine der kranken Mitarbeiterinnen hatte sich zurückgemeldet. Sie half morgens beim Frühstück, und anschliessend reinigte sie die Zimmer. Mein Einsatz begann erst um zwei Uhr. Dafür aber musste ich bis Mitternacht durchhalten.

Von Dario hatte ich nichts mehr gehört. Auch war der Fremde, der mich verfolgt hatte, wie vom Erdboden verschluckt. Ich beschloss, nochmals ins Dischmatal zu fahren. Hannes war jedoch bereits von einer Touristengruppe gebucht und unterwegs ins Sertigtal. Mit jemand anderem wollte ich nicht fahren.

In einem Sportgeschäft an der Mattastrasse mietete ich eine komplette Langlaufausrüstung.

Als Kind war ich oft auf den Loipen unterwegs gewesen. Ich beherrschte die klassische Variante wie auch das Skaten. Ich war etwas aus der Übung. Während des ersten Kilometers landete ich mehrmals ausserhalb der Spur. Einmal stürzte ich, weil sich die Latten überkreuzten. Bis zur Duchlisage war ich bei Weitem nicht die Einzige, die sich auf den Loipen fortbewegte.

Erst auf der Höhe der Chaiseren begegneten mir nur noch wenige Leute. Und ab dem Restaurant Teufi befand ich mich allein auf weiter Flur. Bis nach Gadmen betrug die Strecke insgesamt mehr als acht Kilometer.

Neben mir plätscherte der Dischmabach. Die Stille überwältigte mich.

Davos litt noch immer unter dem Tauwetter, aber hier hinten im Hochtal lag noch genügend Schnee. Unterwegs Spuren von

Waldtieren. Ich folgte dem Doppeltritt eines Steinbocks, weiter hinten der Hoppelspur eines Schneehasen.

Gadmen lag in der vormittäglichen Stille. Die Tretspuren vor der Haustür liessen mich rätseln, ob sie vom Haus weg- oder hinführten. Ich löste die Bindung der Langlaufskier, stapfte durch den Schnee und stellte die Bretter und Stöcke an die Hauswand.

Zaghaft klopfte ich an. Als sich nichts rührte, polterte ich mit der Faust auf die Holztür.

Nach einer gefühlten Ewigkeit ging die Tür auf, und ein bärtiges Männergesicht schob sich vor meine Augen.

Wolf!

Er lebte also tatsächlich hier. Unterstützt von Jachen Roffler, der anscheinend nicht nur viel Geld für eine neue Bahn auf der Strela-Alp hatte, sondern auch ein gutes Herz. Obwohl, die Sache mit der Strela-Alp-Bahn nahm ich nicht ganz ernst.

«Darf ich reinkommen?», fragte ich. Mir war nicht ganz geheuer.

«Was willst du? Jachen ist nicht da.»

«Ich möchte mich gern mit Ihnen unterhalten. Wir haben uns im Mattawald kennengelernt. Ich war mit Dario Ambühl dort. Erinnern Sie sich?»

Von Wolf ging ein eigentümlicher Geruch aus. Es schien, als stünde seine Körperpflege nicht an erster Stelle. Sein geflecktes Hemd war sicher einmal weiss gewesen. Seine Hose war speckig. Wolf liess mich widerwillig in die warme Stube.

Im Ofen knisterte ein Feuer. In einer Pfanne auf dem Herd kochte Milch. Wolf schüttete sie in einen Krug.

«Was willst du?»

«Erinnern Sie sich an den Abend, als Sie die zwei Frauen im Mattawald gesehen haben? Es war an einem Freitag, besser gesagt, am fünfzehnten November.»

«Zwei Frauen!»

«Eine von ihnen war danach tot. Was haben Sie gesehen?»

Wolf goss die Milch in einen Becher. Er rührte Schokoladenpulver dazu. «Keine Ahnung.» Er liess sich auf einen Stuhl fallen.

Mir brannte eine Frage auf der Zunge. Wenn ich sie stellte, würde ich mich vielleicht in Teufels Küche bringen. Ich wagte es. «Haben Sie einer der Frauen etwas angetan?»

Wolf schlürfte murrend seine heisse Schokolade. Er schlürfte so lange, bis der Becher leer war und er ihn rülpsend auf den Tisch zurückstellte.

Plötzlich erhob er sich. Seine mächtige Gestalt näherte sich mir. Der Stuhl polterte auf den Boden. Wolf streckte seine Pranken nach mir aus, und ehe ich mich versah, packte er zu. Ich stöhnte auf unter seinem harten Griff. Augenblicklich schnürte sich meine Kehle zu. Ich ärgerte mich über meine Dummheit. Ich hätte wissen müssen, dass Wolf vielleicht der Täter war. Dass die fremde Frau gar nicht existierte. Dass Lara ihm zum Opfer gefallen war. Dass er vielleicht der Mann war, der Frauen belästigte. Wie idiotisch von mir, ihn allein zu besuchen.

Aber … die Puzzleteile wollten nicht zueinanderpassen. Es fehlte ein entscheidendes Teil.

Wolf zerrte mich ins Nebenzimmer. Ich überlegte, wie ich ihn am besten beruhigte. Er stiess mich auf das Bett, auf dem er das letzte Mal geschlafen hatte. Die Laken stanken nach Ammoniak. Es grauste mich.

«Du bleibst hier!»

Ich getraute mich nicht, ihm zu widersprechen.

Vergeblich suchte ich nach einer Fluchtmöglichkeit. Das einzige Fenster war verschlossen. Ich musste an Wolf vorbei, wollte ich die rettende Tür in der Küche erreichen. Ich rappelte mich auf.

«Ich habe es nicht so gemeint.»

Ihn zu beruhigen, war meine einzige Rettung. Ihn durch vernünftiges Zureden von einer Tat abzuhalten, die mich gefährden würde. Er aber wollte nichts davon hören. Er verliess das Zimmer, zog die Tür zu und drehte einen Schlüssel um.

Ich war gefangen.

Heilige Mutter Maria!

Die Frau auf dem Bild über dem Bett konnte mir auch nicht helfen. Ich griff nach meinem iPhone. Ich stellte Darios Nummer ein und erschrak. Der Hinweis, dass ich keine abgehenden Gespräche mehr machen konnte, liessen meinen Puls in die Höhe schnellen. Ich suchte unter Einstellungen nach der Ursache. Hatte ich tatsächlich vergessen, meine Rechnung zu bezahlen? Unmöglich! Ich zweifelte an meinem Verstand.

Was jetzt?

Ich inspizierte den Raum, in dem ich wahrscheinlich eine Weile würde ausharren müssen, sollte kein Wunder geschehen.

Das Bett sah beim näheren Betrachten eher behelfsmässig aus. Ein Notbett, das in die Kammer gestellt worden war. Ich ging auf die Knie und spähte unter das Bettgestell. Ein Nachttopf stand dort, von dem der eklige Geruch ausging.

Niemand wusste etwas über meinen Ausflug ins Dischmatal. Ausser der nette Verkäufer im Sportgeschäft. Ich hatte versprochen, die Langlaufausrüstung am Nachmittag vor zwei Uhr zurückzubringen. Doch wie sollte er auf die Idee kommen, dass mir etwas zugestossen war, falls er die Skier nicht zurückbekam? Er würde einfach den Preis für die Miete erhöhen.

Ich schritt zum Fenster, schob den fadenscheinigen Vorhang zur Seite und öffnete die Fensterflügel. Die Läden waren von aussen verriegelt. Ich hatte keine Chance, sie von innen aufzustossen.

Abwarten und Tee trinken, hatte Mam immer gesagt, wenn ich mich in einer verzwickten Situation befand. Aber bis anhin hatten diese verzwickten Situationen darin bestanden, dass ich auf die Resultate eines Tests wartete oder auf einen Telefonanruf. Wenn ich es genau nahm, hatte ich mich noch nie in einer solchen Lage befunden. Noch nie in meinem Leben hatte mich jemand gegen meinen Willen eingesperrt. Ausser Vater. Aber das war jetzt nicht relevant.

Was, wenn mich niemand finden würde? Vielleicht war auch Jachen Roffler nur vorübergehend in diesem Haus gewesen. Zufällig an dem Tag, als ich mit Hannes hierhergefahren war. Vielleicht hielt er sich heute in einer Wohnung in Davos auf und hatte keine Ahnung, was in seinem Maiensäss gerade geschah.

Aus der Küche vernahm ich keinen Laut mehr. Es herrschte eine bedrückende Stille. Bloss ein leises Klopfen vor dem Haus hörte ich, verursacht durch den Schnee, der vom Dach tropfte.

Und mein Herz, das bis zum Hals schlug.

Ich polterte gegen die Tür – mit Händen und Füssen. Aber gegen die knorrige Holztür hatte ich keine Chance. Ich blickte auf meine Armbanduhr. Kurz nach eins. Noch würde mich niemand vermissen. Ich schob den einzigen Teppich im Zimmer zur Seite, suchte nach einem Verschluss, der im Boden eingelassen war, nach einer Tür in einen Keller. Es musste eine Möglichkeit geben, diesem Gefängnis zu entkommen. Im Boden musste ein Loch sein, eine Grube, auf die man das Haus einst gebaut hatte. Zentimeter für Zentimeter klopfte ich die Holzdielen ab, inspizierte jede Ritze. Doch alles klang gleichbleibend kompakt. Keine hohlen Stellen. Das Haus schien nicht unterkellert zu sein. Dasselbe tat ich mit den vier Wänden. Die Bauweise war geradezu perfekt. Ich schritt mit meinem iPhone in alle vier Zimmerecken. Hoffte darauf, dass es nur am Netz lag. Eine vorübergehende Störung. Ich erinnerte mich nicht daran, eine Rechnung nicht bezahlt zu haben.

Ruhe bewahren!

Darauf achten, dass ich nicht hyperventilierte. Vorsorglich hielt ich schon mal die Hände vor mein Gesicht.

Die Minuten verstrichen ins Endlose.

Später auch die Stunden.

Um halb fünf sass ich noch immer da. Die Kälte kroch allmählich aus allen Spalten. Ich hatte Durst und Hunger und nichts, womit ich hätte diese vermaledeite Tür aufbrechen können. Ich wusste nur, dass Freitag war. Falls Jachen nur unter der Woche hier wohnte, weil er auf Jagd ging oder sonst etwas zu tun hatte, entspannte er sich über das Wochenende andernorts. Im schlimmsten Fall würde ich bis am Montagmorgen hier ausharren müssen – ohne Wasser. Das isotonische Getränk, das ich auf die Tour mitgenommen hatte, war leer getrunken. Der Riegel schon gegessen.

Nicht länger als drei Tage würde man es ohne Flüssigkeit aushalten. Schwer zu glauben, dass dies auch auf mich zutraf. Auf mich, die literweise Wasser trank. Nur durch eine Mauer getrennt, lag der Schnee, an dem ich mich im Notfall hätte laben können. Und diese Mauer war jetzt vielleicht mein Untergang. Widerwillig riss ich eine Wolldecke von Wolfs Bett. Ich schlang sie um mich und setzte mich auf die durchgelegene Matratze. Egal, wie fürchterlich sie roch.

Ich versuchte, an etwas Erfreuliches zu denken. An Tomasz, der jetzt gerade in einem warmen Büro sass und sich an einem kniffligen Fall die Zähne ausbiss. Ich durchdrang mit meinen Gedanken seine, lenkte ihn vom Fall ab zu mir hin. Früher hatte das immer funktioniert. Tomasz nannte es Telepathie. Warum ging es diesmal nicht? Jetzt, wo ich ihn so dringend brauchte? Ich musste mich zusammenreissen, um nicht zu schreien. Nein, ich wollte nicht zulassen, dass mich das Negative hinunterzog. Ich war gesund und stark und hatte einen sturen Kopf – einen Bündner Kopf, wie Mam behauptete.

Wolf war sicher draussen in der Kälte. War vielleicht weitergezogen in höhere Lagen, wo das Tauwetter nicht hinreichte. Er hielt mich gefangen, aus welchen Gründen auch immer. Ob er zurechnungsfähig war? Ich war mir nicht sicher.

In seinem Gehirn schien es Lücken zu geben. Vielleicht hatte er auf meine Anwesenheit so reagiert, wie ein gehetztes Tier reagieren würde. Oder er hatte selbst vor etwas Angst.

Vielleicht hatte er mich bereits vergessen.

Ich musste eingenickt sein. Als ich erwachte, war es bereits acht Uhr. Um mich herum war es stockdunkel. Mein Mund fühlte sich wie ein Fliessblatt an. Im Hotel würde man mich seit sechs Stunden vermissen. Ich schätzte Olivia so ein, dass sie alle Hebel in Bewegung setzte, um mich zu erreichen. Sie wusste zwar nicht, wo ich wohnte, aber sie würde herumfragen. Vielleicht würde sie die Polizei anrufen. Oder annehmen, dass eine Grippe mich erwischt hatte. Dann hatte ich Pech gehabt.

Ich suchte nach einem Lichtschalter. Mattes Licht verbreitete einen schwachen Schein. Erneut schlug ich gegen die Tür. Zog an der Türfalle, versuchte, die Tür aus der Angel zu heben. Erfolglos.

Ohne Essen hielt man es fast dreissig Tage aus. Aber nur, wenn man genügend Flüssigkeit zu sich nahm. Ich hatte keines von beidem.

Bis Silvester würde ich vielleicht schon tot sein. Nicht einmal Tomasz würde es auffallen. Vielleicht würde Wolf zurückkehren, weil er sich wieder einmal auf sein Bett legen wollte. Dann würde er vom Gestank einer vertrockneten Leiche überrascht werden. Geschah ihm recht. Warum hatte er mich bloss einsperren müssen? Aber vielleicht kam er ja nicht zurück, und man würde mich erst im Frühling finden – halb verwest oder von der Kälte konserviert.

Was würde Mam sagen, wenn es mich nicht mehr gab? Was Valerio?

In meiner Verzweiflung schrie ich immer lauter. Doch die Wände antworteten mir nicht, und dahinter war niemand, der mich hörte.

«Hilfe!»

Der geschlossene Raum liess meine Stimme merkwürdig fremd ertönen.

«Tomasz!» Ich schluchzte heftig. War mein Leben hier zu Ende? Was würde er tun, wenn es mich nicht mehr gab? Allein diese Vorstellung brachte mich zu erneutem Schreien.

Ich hätte öfter mit ihm telefonieren sollen, egal, wie beschäftigt er war. Ich nahm mir vor, ihn zu heiraten, sollte ich hier jemals lebendig hinauskommen.

Ich legte mich wieder hin. Vielleicht würde ich irgendwann einschlafen und nicht mehr aufwachen. So wie Lara.

Spürt man, wenn man stirbt?

Noch einmal nahm ich das iPhone zur Hand. Ich hatte grosse Lust, es an die Wand zu knallen. Verärgert über die Technik, die nicht funktionierte, wenn man sie am nötigsten hatte, verärgert über mich selbst und mein Versäumnis, die Rechnung nicht bezahlt zu haben.

Ausgerechnet heute hatte das Telekommunikationsunternehmen den Stecker gezogen, über mich Macht ausgeübt. Das konnte jedem einmal passieren, dass er etwas vergass. Ich fühlte mich klein und abhängig. Ich war wütend auf die Menschen, die mich in meine Schranken wiesen. Die es in der Hand hatten. Und die später für meinen Tod verantwortlich sein würden.

Ich stiess einen Schrei aus und sprang auf.

Dass mir das nicht schon früher aufgefallen war!

Links unten auf dem Display befand sich ein kleines, unscheinbares Zeichen, und darunter stand Notruf. Ich verneigte mich vor der Gottesmutter, deren Kind auf dem Arm mir zuzulächeln schien.

«Danke!» Kurz machte sich ein Schmerz in der Kehle bemerkbar, und ich weinte ein paar Tränen der Erleichterung.

Ich drückte den grünen Touchscreen. Augenblicklich meldete

sich jemand. Es war der diensthabende Beamte des Polizeistützpunkts Chur, wahrscheinlich die nächste Notrufstelle.

Es vergingen weitere Sekunden, bis ich dem Mann meine Situation erklärt hatte und wo ich mich befand. Ich bat ihn, Dario Ambühl von der Davoser Polizei zu benachrichtigen. Er war im Moment der einzige Mensch, den ich vertrug.

***

Um halb zehn an diesem Freitagabend befreite man mich aus dem Maiensäss auf Gadmen.

Ich hörte es rumoren. Trampelnde Stiefel auf den Dielen. Die Tür fiel wie ein Butterkeks nach innen. Ich flüchtete an die hinterste Wand, um nicht getroffen zu werden.

Die Davoser Polizei war mit einer Armada von Einsatzkräften eingetroffen. Vier bis an die Zähne bewaffnete Polizisten bauten sich vor mir auf.

Und Dario, Gott sei Dank!

Er brachte mir eine Flasche Mineralwasser. Ich trank in gierigen Zügen, hatte das Gefühl, als würde sich ein ausgetrockneter Schwamm mit Flüssigkeit wieder vollsaugen. Mein Verstand war wach. Ich wappnete mich, auf heikle Fragen, die unweigerlich kommen würden, die passende Antwort zu geben.

Langlaufskier und Stöcke wurden auf einen Geländewagen gepackt.

«Was tust du im Sommerhaus der Familie Clavadetscher?», fragte Dario, als wir vor seinem Polizeiwagen standen.

«Ich dachte, hier wohne Jachen Roffler.»

«Ich kenne keinen Jachen Roffler.» Darios Miene drückte weder Ärger noch Freude aus. Er griff nach dem Polizeifunk. «Ambühl am Apparat. Rufe doch mal den Köbi Clavadetscher an und erkundige dich, ob er einem Jachen Roffler den Schlüssel für sein Maiensäss auf Gadmen ausgehändigt hat. Danke.» Er wandte sich wieder an mich. «So, und nun der Reihe nach … Was ist geschehen?»

Ich setzte mich auf den Beifahrersitz. Dario startete den Motor, wendete und fuhr hinter dem Geländewagen her.

Es war nicht klug, die Wahrheit zu sagen. «Ich war langlaufen. Der Weg führte mich bis nach Gadmen. Früher war ich oft im Sommer hier. Deshalb suchte ich nach der Adresse von der Familie einer Freundin. Ich wollte wissen, ob sie das Haus noch haben.»

«Und dann bist du ganz zufällig in Clavadetschers Haus gelandet.»

«Zufällig nicht. Es war das einzige Haus, das bewohnt schien. Aus dem Kamin rauchte es.»

Die Strasse nach Davos Dorf war unbeleuchtet. Ausserhalb des Scheinwerferkegels waren nur gerade die Schlusslichter des Geländewagens zu erkennen. Ab und zu blitzte ein CD-Rohling am Strassenrand auf, der als Markierung diente. Anders als ich es in Erinnerung hatte, fuhr Dario gemässigt. Das lag aber daran, dass der Wagen vor uns auch nicht schneller war.

«Wer hat dich reingelassen?»

Ich schlug die Hände zusammen, denn mir war noch immer kalt. «Wolf!»

«Wolf? Wohnt der jetzt auch dort?» Der Wagen machte einen Schwenker an den rechten Strassenrand. «Sorry, das war eine Eisscholle.» Er sah mich kurz an. Ich konnte seine Augen in der Dunkelheit nicht sehen. «Wolf hat dich also reingelassen.»

«Zufall, nicht?»

«Und wie kommst du auf Roffler?»

«Wolf sagte mir, dass er nicht vor Ort sei.» Ich holte Luft. «Aber Wolf kam mir gelegen. So konnte ich ihn über den fünfzehnten November noch einmal befragen.»

«Befragen! Du klingst schon wie eine echte Ermittlerin.»

Meinte er es ehrlich oder sarkastisch?

«So ungefährlich, wie du ihn mir beschrieben hast, ist Wolf jedoch nicht. Er hat mich meiner Freiheit beraubt.»

«Er ist ein harmloser Idiot. Ich gehe davon aus, dass er nicht mehr weiss, dass er dich eingesperrt hat.»

«Er war grob zu mir», intervenierte ich.

«Vielleicht hast du ihn mit deiner Fragerei einfach nur genervt.» Wieder wich Dario einer Scholle aus. «Langsam machst du dich selbst verdächtig, Allegra. Was wird Müller sagen, wenn er davon erfährt?»

«Müller! Müller!» Ich hieb mit der Faust auf das Armaturenbrett. «Hast du eigentlich Angst vor ihm? Das muss er doch nicht erfahren.»

«Du hast den Notruf angewählt. Er hat es bereits erfahren.»

«Sag ihm, dass das ein blöder Zufall ist. Es ist wirklich ein Zufall, dass ich auf Wolf gestossen bin. Ich wollte mir einen schönen Vormittag gönnen …»

«Auf den Langlaufloipen.» Dario kicherte. «Ich dachte, du seiest zum Skifahren auf dem Jakobshorn hier. Aber du gehst langlaufen. Lang-lau-fen.»

«Also gut, Dario. Ich war vor ein paar Tagen schon mal im Dischmatal. Mit Hannes, dem Kutscher.»

«Ach der … der Veterinär.»

«Lässt du mich ausreden?»

Dario brummte nur. Wir erreichten die Duchlisage. Lampen leuchteten jetzt die Strasse aus.

«Hannes brachte mich bis nach Gadmen. Er besuchte dort Jachen Roffler. Sie schienen sich sehr gut zu kennen. Roffler lud mich zu Rösti und Milchkaffee ein. Ich fragte ihn nach Wolf und staunte nicht schlecht, als er ihn mir in einer Kammer zeigte, wo Wolf seinen Rausch ausschlief. Die Männer haben dort eine WG. Roffler hinterliess den Eindruck, dass er dort lebt und Hannes und Wolf über den Winter futtert. Roffler sprach etwas von einer neuen Bahn auf der Strela-Alp. Weisst du etwas davon?»

«So ein Blödsinn. Wer hat dir denn diesen Humbug verklickert?»

Ich biss mir auf die Unterlippe. Hatte ich es mir gedacht, dass das eine erfundene Geschichte war.

«Wir werden herausfinden, weshalb die drei Männer in Cladetschers Maiensäss hausen.» Dario drückte aufs Gaspedal und preschte Richtung Davos Platz. «Das verspreche ich dir.»

***

Zu Hause rief ich sofort im Hotel Promenade an und erzählte mein Missgeschick, ohne auf die Details einzugehen. Judith war erleichtert. Sie hatten tatsächlich nach mir gesucht. Sie bat mich, am nächsten Tag zur Arbeit zu erscheinen. Ich solle mich erst einmal erholen. «Morgen um vierzehn Uhr will dich der Direktor aber im Büro sprechen», endete sie.

Ich liess mir ein heisses Bad in die futuristische Wanne einlaufen. Während einer halben Stunde planschte ich im Wasser und wärmte mich allmählich auf. Mit frisch gewaschenen Haaren setzte ich mich in die Küche. Ich verzehrte eine halbe Gurke und eine gelbe Peperoni.

Später stand ich vor der Pinnwand, verschob ein paar Bilder und Notizen und heftete Kärtchen mit neuen Erkenntnissen darauf.

Ich hatte mich verzettelt.

Wolf war vielleicht gar nicht relevant. Er war ein Spinner, ein Verrückter, aber sicher kein Krimineller. Dass er mich eingesperrt hatte, lag gewiss an seinem Charakter. Er fühlte sich von mir bedroht. Er fürchtete sich wie ein Kind vor den Menschen und reagierte entsprechend.

Ich blieb bei der These, dass Giftmorde vorwiegend von Frauen begangen werden. Und dass Wolf zwei Frauen im Mattawald gesehen hatte. Ich traute ihm nicht zu, dass er das bloss erfunden hatte.

DREIZEHN

Wolkenlos lag der Himmel über Davos. Die Temperaturen befanden sich im Nullgradbereich.

Ich traf um halb zwei im Hotel Promenade ein. Das Schloss Neuschwanstein war zu einem konturlosen Haufen geschrumpft.

In der Lobby war es erstaunlich ruhig. Ein einziger Gast diskutierte mit Astrid über die politische Lage im Mittleren Osten. Ich schnappte ein paar Wortfetzen auf. Judith hatte mich ankommen sehen. Sie trat aus dem Büro, sichtlich erfreut, dass sie mich gesund und munter antraf. «Crameri hält sich an der Bar auf. Ich an deiner Stelle würde jetzt schon dorthin gehen. Vielleicht kannst du ihn milde stimmen. Gestern war er ziemlich aufgebracht. Ich will dich aber nicht beunruhigen.»

«Danke.» Ich atmete tief ein und stiess danach die Luft heftig aus.

Ich machte aber noch schnell einen Umweg ins Office. Ich hoffte, Olivia könnte mir ein Handy besorgen. Das ging einfacher, als ich dachte. Sie überliess mir ihr altes Samsung, weil sie sich zu Weihnachten ein iPhone geschenkt hatte. Ich mochte sie wirklich.

Alois Crameri sass, in die Davoser Zeitung vertieft, an der Bar. Vor sich eine Tasse Kaffee. Ich grüsste Michel und stellte mich vor den Direktor. Er sah mich über den Rand der Zeitung an.

«Ach, da sind Sie ja wieder.» Er klang neutral. Er faltete die Zeitung zusammen und legte sie auf die Bar. «Kommen Sie, setzen wir uns nach hinten.» Er erhob sich, schritt zur Nische und setzte sich. «So, und nun erzählen Sie mir, warum Sie gestern nicht zur Arbeit erschienen sind.»

Ich setzte mich erst jetzt, legte die Arme auf den Tisch und suchte nach dem richtigen Einstieg.

Crameri kam mir zuvor. «Ist es wahr, was meine Frau mir erzählt hat, dass Sie den Job hier aus ganz anderen Gründen wollten, als bloss Ihr Taschengeld aufzubessern?»

Ich sah ihn verwundert an. Es sprach also doch miteinander, das Ehepaar Crameri.

Ich konnte nicht mehr länger schweigen. Crameri hatte meine

Absicht erkannt. Wenn ich ihn jetzt anlog, warf das ein schlechtes Licht auf mich.

Wohl war mir nicht dabei. Mir gegenüber sass ein charismatischer Mann. Ein an Erfahrung gereifter Mann, der über dreissig Mitarbeiter führte, der eine wie mich bloss belächelte.

«Ich bin eine Freundin von Ursina Vetsch», begann ich. «Sie erzählte mir vom angeblichen Suizid ihrer Schwester Lara und dass sie nicht an eine Selbsttötung glaube. In ihrem Zimmer fanden wir ein Tagebuch, in das sie einige brisante Einträge gemacht hatte. In diesem Zusammenhang stiessen wir auf die Initialen A.C.» Ich verschwieg, was mir Andrea Adank erzählt hatte. «Auf unseren weiteren Recherchen kamen wir auf Sie.»

Crameri kniff den Mund zusammen. Ich sah ihm an, dass er gegen heftige Gefühle kämpfen musste.

«Lara muss Sie sehr geliebt haben», fuhr ich fort. «Sie schrieb, dass sie in Ihnen den Mann gefunden habe, der ihre Sehnsüchte zu stillen wisse …»

Crameri schüttelte den Kopf. Ich ging davon aus, dass er sich gleich erheben und die Bar verlassen würde. Bestimmt wollte er sich nicht von einer jungen Studentin in die Enge treiben lassen. Doch er blieb.

Er räusperte sich. «Ich hatte keine Ahnung, dass Lara ihre Gedanken einem Tagebuch anvertraute. Ich weiss nicht, welche Schlüsse Sie daraus gezogen haben, aber ich hatte nie etwas mit Lara. In meiner Position kann ich mir so etwas gar nicht leisten.»

Da hatte ich aber etwas anderes gehört. Sollte ich ihm trotzdem glauben?

«Ich lernte Lara an einer Veranstaltung kennen. Sie war Andrea Adanks Freundin. Er ist Torhüter beim HCD.»

Ich erwiderte nichts.

«Später kamen wir ins Gespräch. Ich hatte ihren Vater gut gekannt. Als er die Familie verliess, konnte ich es nicht ganz nachvollziehen. Doch er musste seine Gründe gehabt haben. Ich verlor ihn aus den Augen. Soviel ich wusste, zog es ihn nach Italien.»

«Sie sprechen in der Vergangenheit.»

«Mittlerweile weiss ich, wo er sich aufhält. Er lebt heute mit seiner neuen Familie in der Nähe von Positano. Lara wollte unbedingt ihren

Vater finden. Ich erklärte ihr, dass das keine gute Idee sei. Doch sie beharrte darauf, ihre Wurzeln zu ergründen. Mit ihrer Mutter hatte sie zwar immer ein gutes Einvernehmen gepflegt. Aber da war auch die andere Seite, die unbekannte, die sie erforschen wollte. Lara war ein sehr intelligentes, wissbegieriges Mädchen. Sie schaffte es, mich zu erweichen. Ich wurde so etwas wie ein Pate für sie.»

«Deshalb haben Sie ihr den Bikini geschenkt.»

«In Davos bleibt aber auch gar nichts geheim.» Crameri lächelte. «Lara hatte diesen im Fenster eines Dessousgeschäfts an der Promenade gesehen und davon geschwärmt. Ich konnte ihr den Wunsch nicht abschlagen.»

«Und später kamen seidene Unterwäsche und teure Schuhe dazu ...»

Crameris Augen wurden schmal. «Schuhe?» Er zögerte. «Ich weiss, ich war ein Narr ... Das muss meine soziale Ader sein. Lara hatte nichts. Ich wollte ihr bloss eine Freude machen.»

«Wer's glaubt ...» Ich starrte vor mich hin.

Crameri schwieg.

«Dann fuhren Sie mit Lara nach Positano ...»

«Positano! Ja, natürlich ... meine Frau, Susi und ich. Wir luden Lara ein, uns an die Amalfiküste zu begleiten. Ich ging im Glauben dorthin, dass ich Mian Vetsch finden würde.»

«Aber ... Ihre Frau glaubte an eine Affäre ...» Ich verhaspelte mich. Hatte ich da etwas missverstanden?

Crameri schüttelte unmerklich den Kopf.

Alles schien plötzlich ein Missverständnis zu sein. Ich hatte mich durch die Äusserungen verschiedener Leute verwirren und mich durch Vorurteile in eine völlig falsche Richtung führen lassen. Das hätte nicht geschehen dürfen. Als angehende Juristin wusste ich, dass man nur das, was bewiesen war, zu den Fakten zählen durfte. Ich bat um Entschuldigung, wusste nicht, wohin schauen.

Crameri war Laras Schwarm gewesen, aber nicht sexuell motiviert, sondern als eine Art Vaterersatz oder sicher guter Freund. Durch ihn sah sie die Möglichkeit, ihren leiblichen Vater kennenzulernen.

«Haben Sie Herrn Vetsch getroffen?», fragte ich. Ich zweifelte jedoch daran. Ansonsten hätte Lara diese Begegnung sicher auch in ihrem Tagebuch erwähnt. Oder existierte vielleicht noch ein anderes?

«Ja, es gab ein kurzes Stelldichein. Eine sehr schwierige Situation war es ...»

«Moment ... Sie haben ihn ausfindig gemacht?»

«Letztendlich ja. Ich setzte alle Hebel in Bewegung, um Mian Vetsch zu suchen und ihn auch zu finden.»

«Hat er denn wieder geheiratet?»

«Er ist noch nicht einmal geschieden. Aber er hat mit einer Sizilianerin zwei Töchter.»

«Das muss ein harter Schlag für Lara gewesen sein», mutmasste ich.

«Wie gesagt, war es ein schwieriges Treffen. Für Lara war Mian ein Fremder. Aber sie hatten trotzdem viel Ähnlichkeit miteinander. Lara kam ganz nach ihrem Vater. Tief greifende Gefühle konnten trotzdem nicht aufkommen. Lara hat das akzeptiert. Für sie war es wichtig, ihren Vater kennengelernt zu haben. Ich glaube, von da an nahmen ihre schulischen Leistungen sogar noch zu.»

«Sie glauben also nicht, dass Lara in eine Sinnkrise gestürzt war?» Dies hätte auch einen Selbstmord begründet.

«Nein, im Gegenteil: Es spornte sie an.»

Noch immer hörte ich Wolfs Stimme in meinen Ohren, dass er im Mattawald zwei Frauen gesehen habe.

«Könnte es sein, dass Ihre Frau auf Lara eifersüchtig war? Oder Ihre Tochter Susi?»

«Meine Frau? Nein! Und Susi hat sich gut mit Lara verstanden.» Crameri machte Anstalten, sich zu erheben. «Sie haben mir noch immer nicht gesagt, weshalb Sie gestern geschwänzt haben.»

Auch davon erzählte ich. Ich gestand auch den Grund, weshalb ich mich als Aushilfe beworben hatte. Crameri hatte nur ein müdes Kopfschütteln für mich übrig.

Ich bedankte mich für die Mütze, die er mir angeblich geschenkt haben soll, bevor sie durch ein Négligé ersetzt worden war.

Crameri lächelte. «Ich dachte, Rot steht Ihnen gut.»

***

Während ich am Buffet Getränke herausgab, kreisten meine Gedanken um Crameris verworrene Geschichte. Sollte ich ihm glauben? Oder hatte er mir zu seiner Verteidigung etwas Erfundenes erzählt? Warum hatte Silvana so unangemessen auf mich reagiert, als sie mir neulich den Ohrring unter die Nase hielt?

Im Gegensatz zu seiner Frau hatte Crameri einiges zu verlieren, wenn er die Beziehung zu Lara zugab. Andererseits schätzte ich ihn nicht mehr so ein, dass er auf junge Mädchen stand.

Wusste Mian Vetsch, dass seine Tochter Lara nicht mehr lebte? Oder wurde ihm das verheimlicht? Warum hatte er seine Frau und seine beiden Töchter verlassen? Warum keine Alimente bezahlt, wie Ursina es mir erzählt hatte? Was waren das für Richter, die so etwas zuliessen?

Andererseits war mir bekannt, dass die Vetsch-Frauen keine rechtliche Hilfe in Anspruch genommen hatten.

Warum hatte er sich nicht von Jelsha scheiden lassen?

Die digitale Karte neben dem Buffet zeigte neue Bestellungen an: eine Flasche Veuve Cliquot, zwei Mineralwasser, ein Bier. Ich griff ins Kühlregal nach der Champagnerflasche, holte zwei Mineralwasser und ein Weizenbier heraus. Ich arrangierte alles auf einem Tablett, gab die Gläser dazu und war kaum fertig, als einer der Kellner die Getränke abholte.

Ich musste in Erfahrung bringen, wer die zweite Frau im Mattawald gewesen war. Ich griff nach schmutzigen Gläsern und füllte sie in die Waschstrasse ein. Ich hielt inne, sah die schmutzigen Gläser an.

Lara hatte aus einem Glas getrunken, wusste ich von Dario.

Wo befand sich das Glas jetzt?

Hatte man es nach Fingerabdrücken untersucht? So fahrlässig konnte die Davoser Polizei nicht gehandelt und es einfach entsorgt haben, auch nachdem ein Suizid gewiss war.

Ein Cappuccino, zwei Espresso, einmal mit, einmal ohne Rahm. Die moderne Kaffeemaschine erleichterte die Arbeit. Ich brauchte nur die Tassen unter den Kolben zu stellen und den richtigen Knopf zu drücken. Der Kaffee wurde automatisch gemahlen, wenn erforderlich, kam noch Milch dazu. Ich siebte Kakaopulver in der Form eines Herzens auf den Milchschaum.

Konnte ich Susi trauen? Mädchen in diesem Alter sind oft sehr eifersüchtig auf ihre Altersgenossinnen. Lara war ein überaus hübsches Mädchen gewesen. Susi war nicht einmal ein Schatten von ihr. Wenn Lara Crameri als eine Art Vaterersatz angesehen hatte, war es gut möglich, dass Susi dies missfiel. War ihre Eifersucht so weit gegangen, dass sie Lara in den Wald lockte, um sie umzubringen?

Aber weshalb in den Mattawald?

Und warum war Lara bereitwillig mitgegangen?

Ich versuchte mir vorzustellen, wie ich selbst darauf reagieren würde, wenn mich mitten im Winter jemand in den Wald zu einem Drink einlud. Ich würde ihm kaum folgen, ausser er hätte eine einleuchtende Erklärung. Wenn es etwas zu feiern gäbe, an einem Ort mit einer gewissen Bedeutung.

Ich griff nach Olivias Samsung. Ich suchte unter «Google» nach einschlägigen Eintragungen. Das dauerte eine kleine Ewigkeit, weil mir die Handhabung fremd war. Was war an diesem Novembertag geschehen?

Die digitale Bestellkarte blinkte wieder.

Ich richtete eine Tasse Schwarztee mit Milch, einen Latte macchiato, einen Apfel Shorley, ein Mineralwasser.

Ich fand nichts, das nur annähernd von Wichtigkeit war. Ein paar Geburtstage namhafter Zeitgenossen, Todestage, einige kirchliche Gedenktage. Helena und Albert feierten Namenstag. Das konnte es nicht sein.

***

In der Zimmerstunde, in die man mich heute ausnahmsweise schickte, rief ich Laras ehemaligen Lehrer Pankraz Kindschi an. Ich erläuterte ihm kurz mein Anliegen und bat ihn, ihn noch heute besuchen zu dürfen.

Kindschi wohnte am Föhrenweg in einem älteren Chalet. Die Holzverschalung war verwittert und dunkel verfärbt. Auf dem Dach lagen Schieferplatten. Sie fielen mir auf, als ich von der Strasse über eine Treppe zum Hauseingang hinunterstieg.

Ich drückte die Klingel. Kindschi öffnete gleich selbst. Ich erfuhr von ihm, dass er seit zwei Jahren Witwer sei und den Haushalt nun allein führe. In diesem Haus hätten schon seine Eltern gelebt.

Er geleitete mich in eine Arvenstube, in der ein wuchtiges Bündner-Büfett meinen Blick auf sich zog. Zinnkannen und Zinnbecher zierten die Ablage. An der Wand eine Vitrine mit verschiedenen Orden. In der Mitte des Raumes stand ein runder Tisch, auf dem eine Häkeldecke lag. Darauf ein verdorrter Adventskranz mit vier unregelmässig heruntergebrannten Kerzen. Ich setzte mich auf einen der sechs Stabellen.

Kindschi tischte ungefragt Rotwein auf. Dazu gab es Birnenbrot.

Kindschi war ein stattlicher Mann mit ergrauten Haaren und einer Brille, über deren Ränder er mich unentwegt ansah. «Sie erinnern mich an jemanden», sagte er und goss Wein in mein Glas. «Ein Bündner Herrschäftler. Ich hoffe, Sie mögen ihn.»

«Vielleicht erinnern Sie sich an meine Mutter», zögerte ich. «Morena Cadisch. Bis vor ungefähr dreizehn Jahren lebte sie hier.»

«Dann sind Sie Bartholomäus' Tochter?» Über Kindschis Gesicht huschte ein Schatten. «Schlimme Sache, damals.»

Ich schluckte leer. Wusste nicht, was darauf erwidern. Ich war nicht hier, um über meinen Vater zu sprechen.

Kindschi hielt jedoch nicht am Thema fest. «Sie sind wegen Lara hier», sagte er und hielt sein Glas in die Höhe. «Prost! ... Sie war eine ausgezeichnete Schülerin. Mit einem Notendurchschnitt von fünf Komma sieben. Sie hätte die Matura mit Bravour bestanden. Ihrer Zukunft stand nichts im Weg. Sie hatte sich bereits zum Eignungstest für das Medizinstudium angemeldet. Ihre Leistungen wurden immer besser. Als sie bei uns anfing, war sie in Mathe sehr stark. Später brillierte sie in allen Fächern. Niemand hat begriffen, warum sie sich das Leben genommen hat. Die Suizidrate bei Medizinern ist laut Statistik zwar extrem hoch. Aber doch nicht bei einer Schülerin wie Lara.»

«Pflegten Sie eine enge Beziehung zu ihr?»

«Eng kann man nicht sagen. Sie hat mir viel Freude bereitet. Sie war lernwillig und hartnäckig. Der einzige Makel an allem, wenn man dem so sagen kann, war ihre Mutter. Von ihr hatte sie wenig Unterstützung. Und die Schwester ... Ursina hing lieber in den Discos und Clubs herum. Also, eine tiefe Zuneigung war da nicht vorhanden. Lara war eine Einzelkämpferin. Ich wunderte mich manchmal, woher sie diese Kraft nahm … Wahrscheinlich wollte sie über das Elend ihrer Familie hinauswachsen.»

«Hat sie einmal erwähnt, wer ihr unter die Arme griff?»

«Dass es da jemanden gab, ahnte ich. Doch Lara sprach nie darüber. Sie konnte recht gut differenzieren.»

«Und Sie selbst hatten nie eine Vermutung?»

«Nein, absolut nicht. Was privat bei meinen Schülern abläuft, geht mich nichts an, solange es den Unterricht nicht tangiert.»

«Aber es dürfte Ihnen bestimmt nicht entgangen sein, dass Laras Mutter ein Alkoholproblem hat.»

«Nein, das entging mir nicht. An den Elternabenden sorgte sie regelmässig für Furore, nachdem sie schon zugedröhnt erschienen war.»

«Hat Lara mal über ihren Vater gesprochen?»

Die Standuhr neben dem Buffet schlug die volle Stunde. Der Gong riss mich fast vom Stuhl. Ich warf einen Blick auf das antike Stück, das an den Big Ben in Miniaturausgabe erinnerte.

Kindschi lächelte. «Ich nehme den Klang schon gar nicht mehr wahr.»

«Ein schönes Stück», sagte ich.

«Es gehörte meinen Eltern … Um auf Ihre Frage zurückzukommen: Für Lara war der Vater tabu, zumindest während der Schule. Aber sie sprach ja auch nie über ihre Mutter. Wir redeten zwar oft miteinander. Aber da ging es nur um den Unterrichtsstoff. Sie bat mich oft, ihr noch mehr Hausaufgaben zu geben, als sie ohnehin schon hatte. Ich vermutete, dass sie sich aufgrund persönlicher Probleme hinter der Arbeit versteckte. Sie war im wahrsten Sinne des Wortes eine Streberin. Ich denke, schon von klein an.» Kindschi senkte seinen Blick auf das vertrocknete Gesteck auf dem Tisch. «Meine Frau selig fand, dass Lara ihr wie ein ausserirdisches Wesen vorkäme. Angetrieben von einer intergalaktischen Macht.» Kindschi lächelte in sich. «Aber Madlaina hatte oft solche Einfälle. Sie war Physikerin. Sie starb an Krebs.»

«Ihre Frau hat Lara also auch gekannt?»

«Sie schwärmte geradezu von ihr. Aber das lag wohl daran, dass wir nie eigene Kinder haben konnten.» Kindschi griff nach der Flasche. «Möchten Sie noch etwas Wein?»

«Nein danke, aber von dem Birnenbrot.»

«Greifen Sie ruhig zu.»

«Wie sah es mit einem Stipendium für Lara aus?»

«Wir befanden uns in den Abklärungen. Es braucht immer sehr viel Papierkram, bis es so weit ist … Na ja, das hat sich erledigt.»

«Können Sie sich vorstellen, weshalb Lara sich selbst umgebracht hat?»

Kindschi nahm einen Schluck Wein. «Darüber habe ich mir nächtelang den Kopf zerbrochen. Nichts hatte darauf hingewiesen, dass Lara schwermütig wäre. Nichts hatte Anlass dazu gegeben, auch nur im Entferntesten an eine solche Tat zu denken. Ich meine, wenn man, wie ich, so lange Lehrer ist, hat man ein Gespür für eine Veränderung. Und ein Suizid kommt nicht einfach aus dem Nichts heraus … da bahnt sich vorher etwas an. Nein, bei Lara war das völlig unverständlich.»

«Warum haben Sie das niemandem mitgeteilt?»

Kindschi streckte seinen Rücken durch. «Aber das habe ich doch. Ich meldete mich bei der Polizei und teilte meine Bedenken diesem Leutnant Müller mit. Er versprach mir, meinen Zweifeln nachzugehen. Aber scheinbar tauchte kurz darauf Laras Abschiedsbrief auf, und die Sache war erledigt.»

«Haben Sie Kenntnis von dessen Inhalt?»

«Nein, woher auch?»

Ich erinnerte mich an die Sätze. «Sie schrieb: Ich kann nicht mehr. Das Elend in unserer Familie vertrage ich nicht mehr. Ich habe einfach keine Kraft mehr weiterzuleben. Bitte verzeiht mir … Sagt Ihnen das etwas?»

«Das kann unmöglich Lara geschrieben haben. Sie verabscheute Wiederholungen.»

Ich griff erneut nach einem Stück Birnenbrot. «Sollte der Fall neu aufgerollt werden», bluffte ich, «würden Sie diese Aussage zu Protokoll geben?»

«Wer sollte denn den Fall neu aufrollen? Lara liegt auf dem Wildboden. Für die Davoser Polizei liegen die Fakten auf dem Tisch. Haben Sie grundlegende neue Erkenntnisse?»

«Es lässt mir einfach keine Ruhe. Je mehr ich über Laras Leben erfahre, ein umso grösserer Graben tut sich auf zwischen dem, was die Allgemeinheit glaubt, und dem wirklichen Tatbestand.»

«Da sind Sie nicht die Einzige.» Kindschi schenkte sich Wein nach. «Aber man sollte die Dinge ruhen lassen. Das macht Lara nicht wieder lebendig.»

Ich ass schweigend das Birnenbrot. Kindschis Einstellung gefiel mir nicht. Sollte ich meine Bedenken äussern? Im Vorfeld meines Besuches hatte ich nicht sehr viel über ihn erfahren. Seit mehr als dreissig Jahren unterrichtete er an der SAMD als Mathematiklehrer. Er gehörte zur vierköpfigen Schulleitung und leitete das Internat. Er galt als Übervater vor allem für die auswärtigen Gymnasiasten, die nicht nur aus der Schweiz, sondern auch aus dem Ausland hierherkamen. Nach dem Tod seiner Frau habe er die Betreuung seiner Sprösslinge noch intensiviert, wusste ich von Dario.

«Ja …» Kindschi fuhr besonnen mit dem Finger über den Glasrand. «Eine traurige Angelegenheit. Als Lehrer könnte man sich manchmal Vorwürfe machen, wenn solche schrecklichen Ereignisse eintreffen. Aber wir sind ja in erster Linie da, den Schulstoff durchzubringen.»

Ich erhob mich, als er keine Anstalten mehr machte, näher auf Lara einzugehen. Ich nahm an, dass er nicht mehr wusste.

Kindschi führte mich zur Tür. «Sie erinnern mich ein wenig an Lara. Sie war genauso erpicht darauf, den Dingen auf den Grund zu gehen.»

Bevor mein Einsatz im Hotel wieder begann, fand ich kurz Zeit, in Valerios Wohnung zu gehen und ein paar neue Notizen an die Pinnwand zu hängen.

Aufgrund von Kindschis Aussagen, war Lara nicht suizidgefährdet gewesen. Sie hatte jedoch die privaten Probleme für sich behalten. Weder Mutter noch Vater waren am Gymnasium ein Thema gewesen.

Alois Crameri entpuppte sich als Laras Mentor, wie ich es verstanden hatte. Keine Interessen sexueller Natur. Ob er Lara nebst dem Bikini auch die Seidenunterwäsche und die Schuhe geschenkt hatte, war ich mir nicht mehr sicher. Crameris Zögern war mir nicht entgangen. Wer aber könnte Lara diese teuren Dinge sonst noch geschenkt haben?

Legte ich den Schwerpunkt falsch?

Hatte es vielleicht noch andere Personen in Laras Leben gegeben?

Auf dem Weg ins Hotel Promenade sinnierte ich weiter. Vielleicht musste ich mir Laras Vater, Mian Vetsch, näher ansehen. Was war in ihm vorgegangen, als seine zweitälteste Tochter plötzlich vor ihm stand? Nach siebzehn Jahren zum ersten Mal, wenn ich Crameri glauben durfte. Wie hatte seine Freundin, mit der er ebenfalls zwei Töchter hatte, auf Lara reagiert? Sollte ich dort ansetzen?

Über Mian Vetsch wusste ich so gut wie nichts. Ich war immer davon ausgegangen, dass kein Vater existierte. Jelsha Vetsch war, seit ich mich erinnern konnte, mit ihren beiden Mädchen allein gewesen.

Ich spürte, wie ich mich allmählich in diesen Fall verbiss.

Über die Promenade fuhren die Autos im Schritttempo. Ein gewohntes Bild für die Festtage. Fussgänger und Automobilisten machten sich den Platz streitig während des Spengler Cups, der viele Tagestouristen nach Davos lockte. Heute Abend trafen der Hockey Club Davos und das Team Canada aufeinander. Nachdem die Davoser gestern gegen Vitkovice fünf zu eins gewonnen hatten, erhoffte man sich eine Fortsetzung ihrer Glückssträhne.

***

Ich war zwanzig Minuten zu früh. An der Rezeption stand ein Ehepaar und reservierte einen Tisch für das Silvester-Gala-Dinner. Judith versprach einen Tisch unmittelbar beim Fenster, worauf die Frau sich beklagte, dass sie im letzten Jahr einen miserablen Platz zugeteilt bekommen hatten. Sie erwarteten als Entschuldigung für diesen Fauxpas im Minimum eine Flasche Champagner. Judith beteuerte in aller Ruhe, dass sie abklären würde, was man tun konnte. Ich bewunderte sie dafür. Wer in der Hotellerie und Gastronomie arbeitete, brauchte wirklich Nerven. Nicht jeder Gast war pflegeleicht. Ich wartete, bis die Leute im Lift verschwunden waren.

«Hallo, Judith.»

«Hallo, Allegra. Alles klar?» Judith setzte ihr nettestes Zahnlückenlachen auf.

Ich beugte mich über die Rezeption. «Könntest du mir einen Gefallen tun?»

«Wenn's nicht zu viel Zeit beansprucht.»

«Erinnerst du dich, ob in letzter Zeit eine Familie aus Italien hier logiert hat? Mann und Frau und zwei Mädchen …»

«Weisst du, wie viele solche Familien hier logieren? Allein in dieser Woche wohnen drei Ehepaare mit je zwei Töchtern bei uns. Einen Namen sollte ich schon haben und wann ungefähr sie hier waren. Warum willst du das überhaupt wissen?»

Ich ging nicht darauf ein.

«Der Name ist Vetsch», sagte ich nur. «Sie kommen aus Positano, zumindest aus der Gegend der Amalfiküste.»

Judith öffnete am Computer den Ordner mit den Reservationen. Sie gab den Namen ein.

«Tatsächlich haben wir eine Familie unter diesem Namen. Mian Vetsch. Er war mit Frau und zwei Kindern hier.»

«Wann?»

«Vom achten bis fünfzehnten November. Er war ausserhalb der Saison da. Eingetragen ist er aber trotzdem. Ich nehme an, aufgrund der Kurtaxen. Der Kurdirektor ist da sehr strikt und lässt ab und zu Stichproben vor Ort machen. Wahrscheinlich sind es Bekannte von Crameri. Sie hatten das Appartement Nummer vierundsechzig. Ich war in dieser Zeit in den Ferien. Als ich zurückkam, musste ich drei elektrische Öfen aus dem Zimmer holen. Während der Zwischensaison heizen wir nur auf dem Minimum. Dann ist es im Hotel sehr kalt. In den letzten Jahren habe ich mich regelmässig erkältet.»

«Wer hat im November im Büro gearbeitet?»

«Astrid ganz bestimmt nicht. Die begann ihren Job am ersten Dezember. Ich nehme an, Frau Crameri. Zumindest wird sie die Telefonzentrale bedient haben.»

Mir stellte sich die Frage, ob Mian Vetsch vom Tod seiner Tochter erfahren und warum Crameri mir nichts davon erzählt hatte, dass Laras Vater exakt an ihrem Todestag abgereist war.

Dafür gab es keine kausale Erklärung.

Oder doch?

Hatten sich Mian Vetsch und Lara getroffen? Aber das hätte mir Crameri sicher erzählt. Und wenn er es wusste, warum verschwieg er es?

Welche Rolle spielte Ursina in dieser Geschichte? Wusste sie etwas davon?

Sie hätte genauso ein Anrecht darauf gehabt, ihren Vater zu sehen, wenn er schon mal in Davos war.

Das Ganze wurde immer undurchsichtiger.

«Und? Ist deine Neugier befriedigt?» Judith deutete auf die Armbanduhr. «Es ist Zeit fürs Buffet. Heute erwarten wir viele Gäste. Sollte Davos gewinnen, wird hier der Teufel los sein.»

Der Hockey Club Davos schlug das Team Canada mit drei zu eins. Kurz nach dreiundzwanzig Uhr waren das Restaurant und die Bar brechend voll. Pino, der Chef de Service, bot sogar im Frühstücksraum noch Plätze an. Auch die Sitze vor dem Cheminée waren belegt. Mir taten die Kanadier leid, die enttäuscht zurückkehrten und sich nicht mehr blicken liessen. Umso heftiger feierten die Anhänger des HCDs. Blau-gelbe Flaggen wurden geschwenkt, mehr als die Hälfte der Gäste trugen blau-gelbe Mützen und Schals. Als die Davoser Mannschaft eintraf, gerieten die Fans ausser Rand und Band. Notfallmässig musste der örtliche Getränkelieferant antraben, weil das letzte Bierfass schon angezapft war. Im Restaurant erkannte ich Reto und Bruno zusammen mit einer Gruppe von Mädchen.

Olivia und ich arbeiteten wie am Fliessband. Später kam auch Theresa dazu und half uns beim Ausschank. Selbst die Küchenbrigade war auf den Ansturm nicht vorbereitet gewesen. Anstatt Direktiven zum Kochen zu erteilen, stand der Küchenchef persönlich am Herd und liess en masse Bratwurst mit Rösti hinaus.

Ich fand kaum eine Verschnaufpause, geschweige denn Zeit, um an Lara zu denken.

Olivia trällerte Lieder von Beyoncé vor sich hin, und Theresa redete um des Redens willen. Ich fragte mich, wie Carlos, ihr Mann, das aushielt.

«Hey, Allegra!» Olivia stand auf einmal neben mir. «Hast du's schon vernommen? Susi hat einen Freund!»

«Susi? Ich kenne sie kaum.»

«Sie macht mit einem unserer Gäste rum. Der noble Sohnemann aus Nummer vierundachtzig.»

Ich hatte ihn erst einmal gesehen, als er sich für die Sauna anmeldete. Er war ein geschniegeltes Bürschchen mit einer Goldkette am Hals. Seine Haare waren blondiert und geliert und sein Gebiss geweisst.

«Wie kommst du denn auf *die* Idee?»

«Am Heiligen Abend war sie anscheinend mit ihm in der Chefwohnung.»

«Susi?» Mir fiel fast eine Kaffeetasse aus der Hand. «Bist du sicher?»

«Es interessiert dich also doch.» Olivia verzog den Mund zu einem spöttischen Grinsen. «Sie hat mit ihrem Vater ganz schön Zoff bekommen, weil sie es im Ehebett getrieben haben. Übrigens waren es ihre Ohrringe. Vor dem Cheminée haben sie begonnen und im Schlafzimmer der Eltern geendet.»

«Meinst du, er hat ihr das Ohr angeknabbert?» Ich grinste. Sollte ich ihr glauben? Hatte Susi tatsächlich mit einem Gast geschlafen? Im Bett ihres Vaters? Das wollte mir nicht in den Kopf. Susi war in meinen Augen ein wohlbehütetes Landei.

«Erinnerst du dich, welche Schuhe Susi am Heiligen Abend getragen hat?»

Olivia runzelte die Stirn. «Warte mal – ja, jetzt weiss ich es … so rosarote Latschen. Ballerinas. Wir machten noch Witze darüber.»

Ich musste Olivia glauben. War das also geklärt. Auf Susi wäre ich zuletzt gekommen. Ich verstand, dass sie ihren Freund nicht in ihr Kinderzimmer hatte einladen wollen.

Auf der Promenade torkelten Betrunkene. Ein zügiger Wind blies.

Ich verzichtete auf ein Taxi und ging zu Fuss nach Hause. Die frische Luft tat mir gut. Bis zum Bahnhof begegnete mir kein Mensch mehr.

Ausgestorben auch die Talstrasse. Es war bitterkalt. Plötzlich beschlich mich das ungute Gefühl, nicht allein zu sein.

VIERZEHN

Ich war von der Arbeit so kaputt gewesen, dass ich tief und traumlos schlief.

Bereits um sieben Uhr weckte mich Dario.

Es fühlte sich wie ein Hammerschlag an.

«Gott sei Dank bist du unversehrt.»

«Was meinst du?» Ich gähnte.

«Heute Morgen, früh um drei, wurde an der Talstrasse eine Frau überfallen. Man hat sie vergewaltigt.»

«Was!» Ich schlug die Decke auf, schwang meine Beine auf den Boden und erhob mich.

«Der Kerl konnte gefasst werden. Jetzt suchen wir Zeugen. Wann bist du gestern zurückgekehrt?»

Ich ging ins Badezimmer, spürte meine Knie weich werden. «Um halb drei heute Morgen.»

Jetzt war Dario baff. «Die Frau wurde ganz in deiner Nähe überfallen.»

Sollte ich ihm erzählen, wie mir heute Nacht zumute gewesen war, als ich mich verfolgt fühlte? Er hatte auf mich gewartet. Es musste derselbe Kerl gewesen war, der mir vor Tagen schon aufgelauert hatte. Vielleicht sogar der Eskimo. «Und, wer ist es? Hat er rote Locken und abstehende Ohren?»

«Kann ich dir nicht sagen. Die Ermittlungen laufen. Es ist aber kein Einheimischer.»

«Wie beruhigend.» Ich warf einen Blick in den Spiegel. Sehr ausgeruht sah ich nicht aus. Unter meinen Augen zeichneten sich Schatten ab. «Hat er rote Haare oder nicht?» Ich blieb hartnäckig.

«Ncin!»

«Nein?»

«Was ist los mit dir?»

«Nichts. Ich hatte gestern einen strengen Tag … und …»

«Du hast doch etwas. Ich höre es aus deiner Stimme.»

«Das liegt daran, dass ich kaum vier Stunden geschlafen habe.» Ich verschwieg, dass ich Angst hatte. Der Kerl, der mich angegriffen hatte, war nicht wieder aufgetaucht. Vielleicht hatte er sich mit letzter Kraft versteckt und war dort … Nein, ich durfte nicht daran denken.

«Mir machst du nichts vor.» Dario zögerte. «Wir haben deine Langlaufausrüstung zurückgebracht.»

«Danke, das ist nett.»

«Willst du nicht wissen, ob wir einen Mehrpreis draufbezahlt haben?»

«Nein, sonst hättest du es mir gesagt.»

Ich hörte Dario durchs Telefon schniefend lachen. «Übrigens hat sich die Sache mit dem Maiensäss aufgeklärt. Die Familie Clavadetscher hat das Haus tatsächlich diesem Roffler vermietet. Er lebt dort über den Winter.»

«Er ja … wissen sie auch, dass noch zwei Männer dort hausen? Ich glaube nicht, dass sie grosse Freude daran hätten, wenn sie wüssten, in welch desolatem Zustand die eine Schlafkammer ist. Den Gestank bringt man ja kaum noch raus. Habt ihr Wolf gefunden?»

«Bislang nicht. Aber ich halte dich auf dem Laufenden. Vielleicht wird es eine Gegenüberstellung geben.»

«Mit wem?»

Dario ging nicht darauf ein. Er räusperte sich bloss. «Wann sehen wir uns wieder?»

«Im Moment habe ich alle Hände voll zu tun …»

«Ich habe davon gehört. Buffetmädchen im Hotel Promenade. Ich dachte, du musst lernen.»

Ich erzählte Dario von Tomasz und dass er vor Silvester nicht in Davos sein konnte. «Ich muss mich ablenken.»

«Aber das könntest du dich beim Skifahren ebenso. Morgen habe ich noch einmal ganztags frei. Wir könnten gemeinsam die Pisten unsicher machen.»

«Das geht nicht. Ich bin bis nach Neujahr angestellt …»

An Schlafen war nicht mehr zu denken. Nach dem Anruf liess ich in der Küche einen Kaffee raus. Dabei erinnerte ich mich an den Briefumschlag, den ich in Crameris Nachttischschublade gefunden hatte. Wo hatte ich ihn nur hingetan? Ich fand ihn in der Tasche meiner Fleece-Jacke. Die Lasche war nicht zugeklebt. Ich entnahm dem Couvert ein Foto.

Darauf waren Lara und ein fremder Mann abgebildet. Der Ähnlichkeit nach zu urteilen, musste es Mian Vetsch sein.

Warum besass Crameri dieses Foto? Warum hatte er es unter dem doppelten Schubladenboden deponiert?

Etwas war im Gange gewesen, als Lara noch lebte.

Was genau war an der Amalfiküste geschehen, als Lara mit ihrem Vater zusammentraf?

War das Motiv für ihren Tod dort zu suchen? Vielleicht musste ich nochmals mit Silvana Crameri sprechen. Sie würde das Ganze aus neutraler Sicht beurteilen können, sofern sie Kenntnis vom Treffen hatte.

***

Dieser Wintertag. Eine Landschaft wie hingezeichnet. Ein schwarzweisses Gemälde mit strengen Konturen, über die sich tiefblau der Himmel spannte. Die Touristen trafen in Scharen auf dem Bahnhof ein. Ganze Wagenladungen spuckte die Rhätische Bahn aus, die im Stundentakt von Landquart und Filisur hierhergefahren kam. Koffer, Taschen, Skier, Schlitten und Snowboards wurden auf das Perron gewuchtet. Eine Gruppe von Besuchern des Spengler Cups, eingepackt in rot-blaue Fanmontur, mit schwenkenden Fähnchen und weissen Transparenten, quetschte sich von der Unterführung zur Talstrasse. Heute Nachmittag fand das Match zwischen dem CSKA Moskau und Vitkovice, dem Team aus Tschechien, statt. Die Stimmung war schon frühmorgens aufgeladen.

Über die Promenade weiter oben dümpelte der Verkehr.

Trotz des Sonntags waren die Geschäfte geöffnet. Ich erkämpfte mir einen Weg auf dem schmalen Trottoir, wo ich auf einen Strom von Menschen, Skiern und Kinderwagen stiess. Es schien, als hätten sich die Leute alle auf der Strasse versammelt, wo sie die letzten Tage des Jahres verbrachten. In der Meinung, vielleicht noch etwas ändern zu können. Den letzten Kaufrausch auszuleben, weil sie es sich vorgenommen hatten, es im neuen Jahr zu unterlassen. Weil sowieso alles besser würde und weil sie Vorsätze hatten und weil der Jahreswechsel ein guter Zeitpunkt war, diese einzulösen.

Vor dem Hotel Promenade ein Auflauf von tschechischen Fans. Ich durfte mir nicht ausmalen, was geschah, wenn die Russen auf sie trafen.

Alois Crameri sass an der Bar. Vor sich die Sonntagszeitung und eine Tasse Kaffee. Das gewohnte Bild.

Ich begrüsste Michel, der die Abwaschmaschine mit gebrauchten Gläsern füllte. Es roch nach abgestandenem Bier. Michel hatte Augenringe.

«Darf ich mich setzen?»

Crameri blickte von der Zeitung auf.

«Guten Morgen, Allegra. Bitte sehr.» Er schenkte mir ein Lächeln. «Es beschäftigt Sie noch immer, nicht wahr?»

«Lara Vetsch. Sie haben es erraten. Ich habe Ursina versprochen, ihren Vermutungen auf den Grund zu gehen.»

Wenn ich die Wahrheit erfahren wollte, musste ich bei Crameri Punkte sammeln. Es half nichts, ihn auf Distanz zu halten.

«Was können Sie mir über Mian Vetsch sagen?»

Crameri faltete die Zeitung zusammen.

«Dass das Zusammentreffen der beiden nicht in Euphorie endete, haben Sie mir bereits erzählt. Welche Konsequenzen hatte es aber für Lara?»

Crameri trank den Kaffee, ohne mich aus den Augen zu lassen. Auf seiner Stirn zeichneten sich Furchen ab.

Als ich keine Antwort bekam, fuhr ich fort: «Hatte Lara ihren Vater darum gebeten, ihr das Medizinstudium zu finanzieren?» Einen Grund musste Mian Vetsch gehabt haben, um im November nach Davos zu reisen. «Haben sich Lara und ihr Vater nach dem Treffen in Italien noch einmal gesehen?»

Wenn Crameri mich jetzt anlog, wusste ich, dass ich ihm nicht trauen durfte.

«Die Familie war im November zu Besuch. Mian logierte in meinem Hotel. Ich fand es anfänglich keine gute Idee, dass er seine Lebensgefährtin und die beiden Mädchen mitgenommen hatte. Aber ich glaube, es ging ihm darum, sich mit den Töchtern aus der Ehe mit Jelsha zu versöhnen. Er nahm sich vor, die vier Schwestern miteinander bekannt zu machen. Leider gelang es ihm nicht. Lara bestand darauf, dass das Kennenlernen vorerst auf sie und die beiden kleinen Mädchen beschränkt blieb. Ursina sollte nichts davon erfahren.»

Ich brachte keinen Ton heraus. Wenn man tief gräbt, stösst man auf Granit. Worauf war ich gestossen?

«Kennen Sie Laras Beweggrund?»

«Lara wollte sichergehen, dass alles reibungslos vonstattengeht. Sie war ein radikales Mädchen. Entweder tat sie etwas hundertprozentig, oder sie liess es sein.»

«Warum waren Sie nicht an Laras Beisetzung?»

Crameri bestellte einen frischen Kaffee. «Möchten Sie auch einen?»

«Nein danke, aber ein Glas Wasser, bitte.»

«Vom sechzehnten November bis zum zweiten Dezember war ich im Ausland. Ich war mit Silvana und Susi auf den Malediven.»

«Ihre Frau sagte mir, dass sie an Laras Todestag in München gewesen sei.»

Crameris Zögern entging mir nicht. «Ja … das ist richtig. … Wir trafen uns in Zürich.»

«Und Ihre Tochter?»

«Sie kam mit mir.»

Durfte ich Silvana und Susi von der Liste der Verdächtigen streichen? Crameris Aussage kam mir halbseiden vor. Unter Umständen gab er mit diesem Alibi sich selbst eines.

«Wo haben Sie denn übernachtet?»

«Ich glaube nicht, dass Sie das etwas angeht.»

Als ich schwieg, sagte er: «Im Radisson Blu.»

Zwei Frauen im Mattawald!

Wer hatte Lara dorthin begleitet? Wer hatte sie in den Wald gelockt?

«Wann genau reiste Mian Vetsch wieder ab?»

«Am Freitag, den fünfzehnten November.»

«Sind Sie sicher, dass er umgehend zurückfuhr, nachdem er ausgecheckt hatte?»

«Im November war das Hotel zu. Er hätte auch bis zum Abend bleiben können. Ich habe mich vor dem Mittag von ihm verabschiedet. Er sagte, dass er gleich zurückfahre.»

«Und seine Freundin, seine beiden Töchter?»

«Luisella ging selbstverständlich mit ihren Töchtern mit ihm. Ob sie tatsächlich gleich zurückfuhren, entzieht sich meinem Wissen. Weshalb fragen Sie?»

Michel tischte uns den Kaffee und das Mineralwasser auf.

«Wie hat Luisella auf Lara reagiert?»

«Na ja, wie reagiert eine Frau, der zwölf Jahre lang die Existenz einer Parallelfamilie verschwiegen wird? Die grosse Freundschaft war das nicht. Aber als ihre Mädchen Gabriella und Cynthia sich mit Lara gut anfreundeten, schien das Eis gebrochen. Das kann natürlich darüber hinwegtäuschen, wie es tatsächlich in Luisella ausgesehen hat.»

Ich musste Ursina sehen. Ich hatte das Gefühl, dass sie mir nicht alles gesagt hatte. Ich trank das Wasser aus, sah auf die Uhr und stieg vom Hocker. «Stand das Hotel während Ihrer Abwesenheit leer?»

«Am Montag darauf nahm Frau Haller die Arbeit wieder auf.»

«Ich werde um zwei Uhr wieder da sein. Vielen Dank, dass Sie sich die Zeit für mich genommen haben.»

«Keine Ursache. Ich möchte ja auch, dass Laras Tod geklärt wird.»

Ich blieb stehen. «Warum haben Sie eigentlich den Suizid ohne Einwand akzeptiert?»

«Ich ging davon aus, dass die Polizei ihren Job richtig gemacht hatte.»

In meiner Jackeninnentasche war das Couvert mit dem Foto. Ich musste es in Crameris Appartement zurückbringen. Der Zufall wollte, dass Theresa dort mit Putzen beschäftigt war. Ich ging zu ihr, tat so, als wüsste ich eine Menge Neuigkeiten. Während sie im Badezimmer für Ordnung sorgte und pausenlos schwafelte, legte ich das Couvert in die Schublade zurück. Theresa redete noch, als ich die Wohnung verliess.

***

Es war kurz nach elf, als ich in der Bündastrasse ankam. Die schwarzen Schindeln des alten Hauses glänzten in der Vormittagssonne.

Die drei Hosen von neulich hingen noch immer auf der Veranda. Mittlerweile mussten sie trocken sein.

Ich ging über die Werktagstreppe, auf der Spuren von Sand und Kies sichtbar waren. Ich zog am Glockenzug und wartete.

Wenig später stand ich in der Küche. Ursina hatte mich nach kurzem Zögern hereingelassen. Den Grund für ihre Zurückhaltung sah ich auf der Chaiselongue. Jelsha Vetsch schlief darauf wie in Narkose. Ursina zog mich in die gute Stube, dorthin, wo die weihnächtliche Landschaft aufgestellt war. Unter dem zerknüllten Geschenkpapier lag ausgebreitet das Négligé auf dem Tisch.

Ursina folgte meinem Blick. Ich schämte mich.

Ursina lächelte. «Ich hätte dir mehr Geschmack zugetraut.»

Mir war nicht nach Lachen zumute. Und allzu viel Zeit stand mir nicht zur Verfügung.

«Ursina!» Ich packte sie am Arm und drehte sie zu mir um. «Hast du gewusst, dass dein Vater im November in Davos war? Genauer vom achten bis fünfzehnten November?»

Ursina wurde kreidebleich. Sie liess sich auf das durchgesessene Sofa fallen. «Was sagst du da?»

«Hör auf mit diesem Theater! Dein Vater war hier und hat sich mit Lara getroffen. Sie hat ihn im Sommer in Positano schon einmal gesehen. Deshalb war sie mit der Familie Crameri in Italien.»

«Aber ich wusste doch nicht, mit wem.» Ursinas Stimme klang weinerlich. «Glaube mir, ich hatte keine Ahnung, dass sie unseren Vater in Positano –»

«Aber du hast eine Ahnung davon, dass Lara ihn im November in Davos getroffen hat.»

Ursina senkte ihren Blick.

«Du hast mir versprochen, dass du mir alles, was du weisst, erzählst. Und vor allem, dass du ehrlich zu mir bist. Du verschweigst mir so ziemlich alles, was relevant ist.»

«Ich dachte, das sei nicht wichtig.»

«Wenn das nicht wichtig ist, was ist *dann* wichtig? Du wusstest es also.»

«Lara hat mir nie etwas davon erzählt. Sie machte ein grosses Geheimnis daraus.»

«Ist dir nie aufgefallen, dass sie sich für euren Vater interessiert?»

«Ja schon, aber sie hatte ab und zu solche blöden Ideen. Ich sagte ihr oft, dass es sich nicht lohne, diesen Kerl kennenzulernen. Ich kannte ihn ja. Ich war neun Jahre alt, als er uns zum zweiten Mal verliess. Früher wohnten wir in einer stinkfeinen Villa am Davosersee. Nachdem er uns verlassen hatte, steckte man uns in diese Hütte hier. Uns blieb nichts mehr, weil er sämtliche Konten leer geräumt hatte. Aber davon habe ich dir schon erzählt … Vater ging sang-, klang- und spurlos. Anstatt sich zu wehren, begann Mutter zu trinken.»

«Und trotzdem arbeitete sie?»

«Logo. Der Alkohol half ihr immer über die Runden. Nur wenn sie einen intus hatte, war sie zu Leistungen fähig. Ein Auto braucht ja auch Benzin.»

«Ein nicht sehr origineller Vergleich.» Ich sah auf die Weihnachtslandschaft. Die Figuren waren neu arrangiert.

Ursina lächelte. «Manchmal spielt Mutter Jesus und Maria. Seltsam, nicht wahr?»

Ich kommentierte es nicht.

«Noch einmal. Hattest du Kenntnis vom Besuch deines Vaters?»

«Nein!»

«Bestimmt nicht?»

«Nein!»

«Hast du's im Nachhinein erfahren?»

«Wann? Als Lara schon …» Ursina kämpfte gegen die Tränen.

Ich war mir nicht sicher, ob ich ihr glauben durfte.

«Hast du gewusst, dass dein Vater ausser dir und Lara noch zwei Töchter hat?»

«Nein!» Es kam zu schnell. «Das ist neu für mich. Aber das passt zu ihm. Er hat schon früher auf vielen Hochzeiten getanzt.»

Mich wunderte, mit welcher Emotionslosigkeit sie das sagte.

«Wusste deine Mutter, dass dein Vater in Davos war?»

«Keine Ahnung. Ich kann es mir jedoch nicht vorstellen. Mutter lebt in den Tag hinein. Was ausserhalb ihres beschränkten Daseins ist, geht ihr am Arsch vorbei. Wenn ich auch nicht die Hellste bin, liebe Allegra, eines habe ich in den letzten Jahren gecheckt: Der Alkohol hat Mutter nie laut werden lassen. Im Gegenteil. Sie spült den Kummer im wahrsten Sinne des Wortes runter. Würde man sie auf den Kopf stellen, käme allerhand zutage, was sie selbst vor uns Kindern verschwieg. Das war mitunter auch ein Grund, weshalb wir bei ihr bleiben durften. Mutter hat immer versucht, das Schreckliche von uns fernzuhalten. Mit dem Alkohol kann sie ihren Träumen nachhängen. Schon verrückt, nicht wahr? … Mutter war früher einmal eine sehr schöne Frau. Wohlproportioniert und gepflegt. Sie hielt meinem Vater den Rücken frei, hat ein ganzes Haus auf Vordermann gehalten …»

«Aber du hast mir doch erzählt, dass dein Vater schon einmal wegging.»

«Ja, aber da konnten wir wenigstens das Haus behalten. Anders nach Laras Geburt.»

Die Geschichte nahm immer groteskere Formen an.

«Was war der Grund, dass dein Vater euch verlassen hat? Ich meine, er kam ja zurück …»

«Keine Ahnung. Das interessiert mich nicht die Bohne …»

Aber mich interessierte es. Ursina machte keine Anstalten, das Gespräch fortzuführen. Sie teilte mir mit, dass sie heute Abend ins Postillon eingeladen sei. Ein Wettbewerb würde dort stattfinden. Man könne sich schon mal bewerben. Ganz aufgeregt war sie, als sie mir ihre Kleider zeigte, die sie dafür in die engere Wahl genommen hatte.

«Du könntest doch auch mitmachen», schlug sie vor. «Am zweiten Januar wird die Superwoman gekürt. Aber vielleicht bist du ja schon angemeldet. Von Dario … vielleicht.»

«Ich hoffe, nicht.»

«An Silvester sind wir alle im Postillon. DJ Antoine legt auf. Ich werde bestimmt schon um neun dort sein …»

***

Nach dem Besuch an der Bündastrasse kehrte ich ins Hotel Promenade zurück. Im Restaurant und an der Bar war es ruhig. Nur einer der Kellner war anwesend – und Michel.

Dagegen strömten die Zuschauer Richtung Eishalle, was ich mit Blick durch die Fenster beobachtete. Durch die Scheiben vernahm ich laute Musik und Rufe. Die Stimmung musste ausgelassen sein.

Kurz packte mich ein Gefühl der Wehmut. Noch hatte ich zwei Freitickets für das Match von morgen Nachmittag. Davos hatte sich nämlich für den Halbfinal qualifiziert.

Mir blieb etwas Zeit bis Arbeitsbeginn. In der Küche schnappte ich mir eines der belegten Brötchen, die Carlos für die Gäste aus Nummer dreiunddreissig zubereitet hatte. Ich setzte mich in den Frühstücksraum, wo Silvana und Susi ein verspätetes Mittagessen einnahmen.

«Setz dich doch zu uns», lud mich Silvana freundlich ein. Seit sich das mit dem Ohrring geklärt hatte, war sie ausnehmend nett zu mir.

Ich nützte die günstige Gelegenheit, um auf Lara zu sprechen zu kommen. Egal, ob Susi zuhörte. Ich nahm mir vor, höflich zu bleiben, und machte wieder auf Sie.

«Wie Sie sicher von Ihrem Mann erfahren haben, lässt mir der Tod von Lara Vetsch keine Ruhe. Sie waren zusammen an der Amalfiküste. Waren Sie auch dabei, als Lara ihren Vater getroffen hat?»

Silvana bedachte mich mit einem distanzierten Lächeln. Offensichtlich war ihr Susis Anwesenheit nicht recht. «Nein, da waren wir shoppen, nicht wahr, Liebes?» Sie strahlte ihre Tochter an.

Susi nickte einvernehmlich und mit vollem Mund.

«Mian Vetsch logierte im November mit seiner neuen Familie im Hotel. Ist Ihnen da etwas Aussergewöhnliches aufgefallen? Kann es sein, dass Lara zur gleichen Zeit auch im Hotel war?»

«Lara?» Susi prustete los. Ein grünes Salatblatt klebte an ihren Lippen. «Natürlich war sie hier. Dummerweise hat der Küchenchef Lara, ihren und meinen Vater in der Sauna angetroffen und daraus die falschen Schlüsse gezogen.»

«Das ist richtig», sagte Silvana. «So werden Gerüchte in die Welt gesetzt.»

Ich persönlich fand es alles andere als normal, dass eine Achtzehnjährige mit ihrem Vater und dem Hoteldirektor zur selben Zeit in der Sauna sass. Ich hatte das komische Gefühl, dass Silvana und Susi versuchten, ein ernstes Thema ins Lächerliche zu ziehen. Mich im Glauben zu lassen, dass sie in ihrer Art sehr aufgeschlossen und keinesfalls prüde waren. Allein diese Tatsache machte sie verdächtig. Kam dazu, dass Susi vielleicht doch negative Gedanken hatte, was Lara betraf. Auf der einen Seite hatte sie gesehen, wie ihr Vater Lara mit allerlei Luxusgütern eindeckte, während sie selbst noch immer mit einem kindischen Bett vorliebnehmen musste.

Aber: Susi war zur Tatzeit in Zürich gewesen.

«War denn der Küchenchef im November hier?»

«Der Küchenchef?» Susi warf Silvana einen Seitenblick zu. Ihre Augen verengten sich.

«Selbstverständlich», betonte Silvana. «Unser Küchenchef stammt aus Davos. Er kam ab und zu vorbei, um Vorbereitungen für die Wintersaison zu treffen. Zudem bekochte er uns während des Aufenthalts der Familie Vetsch.»

Ging ich im Kreis herum?

So würde ich nie zu einem befriedigenden Ergebnis kommen. Silvana und Susi beherrschten ihr Spiel gut. Ich zweifelte wieder, ob die Beziehung zwischen dem Ehepaar Crameri so perfekt war, wie sie es mir weismachen wollten.

Belogen mich am Ende alle?

Ich ass das belegte Brot nicht zu Ende. Die Hälfte brachte ich ins Office zurück und warf es dort in die Abfalltonne, die bereits randvoll mit Essensresten gefüllt war.

Olivia löste Theresa ab, die über den Mittag hinter dem Buffet gearbeitet hatte. Theresa orderte mich auf die Etage, wo ich die üblichen Kinkerlitzchen erledigen musste: Handtücher ersetzen, Minibar auffüllen, mit dem Lappen die Lavabos zum Glänzen bringen, unsinnige Arbeit, wenn ich es genau nahm. Doch der Gast wünsche diese Schmeichelei, wie mir Theresa zu verstehen gab. Später rief sie mich in die Lingerie.

Die Wäscherei lag neben Crameris Appartement. Zwei grosse und zwei mittlere Waschmaschinen waren in Betrieb. An der Wäscheleine hingen karierte Kochhosen und weisse Kochhemden. Im Tumbler sei die Frotteewäsche, erfuhr ich von Theresa.

«Du können Hosen und Hemden bügeln.»

«Ist aber nicht dein Ernst.»

Theresa lachte mich aus. «Für eine Frau gehören sich bügeln. Wenn du einmal heiraten, du müssen bügeln.»

«Ich hoffe doch sehr, dass ich einen Mann finde, der das auch kann.» Ich fragte mich, ob Tomasz diesen Ansprüchen genügen würde.

Wir lachten beide, und Theresa erzählte mir von Carlos, der das niemals können müsste, weil es sich in ihren Augen nicht gehörte, dass Männer die Hausarbeit erledigten.

«Andere Völker, andere Sitten», stichelte ich.

Theresa griff nach einem Kochhemd und legte es auf das Bügelbrett. «Wenn bügeln fertig, diese blauen und gelben Knöpfe in Loch stecken.» Sie machte es mir vor. «Blaue und gelbe wie die Davoser Farben. Aber gut aufpassen, dass nicht falsche Seite.»

«Sag mal, Theresa, du und dein Mann arbeiten bereits die zehnte Wintersaison hier. Wie gut kennst du die Familie Crameri?»

Theresa rollte ihre dunklen Augen. «Sie sein gute Leute. Chef immer sehr grosszügig zu uns. In letzte Saisonschluss geben eine Hundehütte für unsere kleine Cão.»

Ich hätte besser nicht fragen sollen. Ich bügelte die Hemden und brachte diese verflixten Knöpfe an. Theresa stand an eine Waschmaschine gelehnt und erzählte mir von ihrem Hund in Setúbal. Über die Familie Crameri verlor sie kein Wort mehr.

Am späten Nachmittag kehrte ich zurück ins Office. Restaurant und Bar füllten sich mit den Hockeyfans. CSKA Moskau hatte den HC Vitkovice in der Verlängerung mit drei zu zwei geschlagen. Die russischen Anhänger, die ich am Vormittag auf dem Bahnhof gesehen hatte, polterten unter lautem Gejohle und Gesang in die Bar, wo sie Wodka bestellten. Michel, dem die langen Nächte ins Gesicht geschrieben standen, kam zwischendurch mit einem Stuhl ins Office, wo er sich hinsetzte und einen doppelten Espresso trank.

Olivia und ich wechselten uns in der Herausgabe der Getränke und dem Einfüllen der Waschstrasse ab. In der Küche wurden die Vorbereitungen für das Nachtessen getroffen und gleichzeitig tellerweise Bratwürste und Rösti über den Pass gereicht. Der Küchenchef hatte schlechte Laune und liess es an seiner Brigade aus.

Zwei Tage vor Silvester.

Spätabends rief ich Dario an. «Sorry, ich weiss, es gehört sich nicht, jetzt noch anzurufen. Aber ich brauche eine Auskunft vom Hotel Radisson Blu in der Nähe des Zürich Airports.»

Dario gähnte. «Wen hast du diesmal im Visier?»

«Ich muss wissen, ob Alois und Silvana Crameri mit ihrer Tochter vom fünfzehnten auf den sechzehnten November dort übernachtet haben.»

«Und was ist die Begründung?»

«Das Überprüfen eines Alibis.»

***

Um halb zwölf betrat Alois Crameri das Office. Mit einem geübten Blick in die Runde entschied er und sagte: «Allegra, wir brauchen Sie an der Bar. Michel klappt mir demnächst zusammen. Bitte folgen Sie mir.»

Ich hatte noch nie an einer Bar gearbeitet. Allein der Biergeruch hatte mich davon abgehalten.

Unter dem schmunzelnden Blick von Olivia marschierte ich hinter Crameri Richtung Bar.

Nach einer kurzen Pause war das Restaurant jetzt wieder brechend voll.

Das Team Canada hatte gegen Rochester gewonnen. Es herrschte eine ausgelassene Stimmung, an der auch Kanadas Coach teilnahm. Er war mit einer Schar junger Frauen hier eingetroffen. Einige unter ihnen stammten aus Davos.

Michel verdrehte nur die Augen, als ich mit Crameri in den Raum trat. Vor dem Tresen standen die Leute Schlange. Alle Tische waren belegt. Ungeduldige Gäste schimpften ob der lausigen Bedienung.

Anpacken, hiess der Auftrag. Ich dachte nicht lange darüber nach, was zu tun war. Ich sammelte gebrauchte Gläser ein, füllte die Abwaschmaschine auf und setzte sie in Betrieb. Ich putzte Tische, nahm neue Bestellungen auf und gab sie an Michel weiter, der die Getränke vorerst noch selbst zubereitete. Im Service hatte ich Übung. Ich trug Getränke an die Tische, später auch Speisen von der Snackkarte. Ich füllte leere Schalen mit Chips auf und kassierte ein. Ich liess anrüchige Sprüche über mich ergehen und wehrte aufsässige Betrunkene von mir ab.

Nach Mitternacht erschien Dario mit einem Kollegen. Der kleine Mann neben ihm schwang sich auf den Barhocker. Dario blieb stehen und inspizierte den Raum. Mich hatte er noch nicht entdeckt.

«Hallo, Dario.» Ich ging auf ihn zu.

Seine Überraschung war nicht zu übersehen. «Hier habe ich dich am allerwenigsten erwartet.»

«Wie du siehst, bin ich multifunktional einsetzbar. Was möchtet ihr trinken?»

«Eine Stange ... übrigens, das ist Mike ...» Dario nickte in Richtung seiner Begleitung. «Er absolviert gerade ein Praktikum in unserem Büro. Mike, das ist Allegra.»

Der kleine Kerl, kaum grösser als eins sechzig, streckte sich. «Für mich auch eine Stange.»

Mit viel Mühe zapfte ich zwei Gläser Bier, was Michel mit einem anerkennenden Schmunzeln quittierte. Ich reichte sie über die Theke.

«Und, was gibt's Neues?», fragte Dario.

«Wir sind mit Arbeit ziemlich zugedröhnt, wie du siehst.»

«Ich meine, was Lara anbelangt ...» Dario beugte sich über den Tresen. «Ich habe Laras Akte mal näher angesehen ...»

«Ach so, es gibt sie also doch – diese Akte.»

«Das habe ich nie bestritten.» Dario kratzte sich am Bart. «Ich habe mich daraufhin mit dem Institut für Rechtsmedizin in Chur in Verbindung gesetzt.»

Ich schwieg. Neue Gäste verlangten nach mir. Ich war heilfroh, ihre Bestellungen aufnehmen zu können. Dies hielt Dario davon ab, mich mit unangenehmen Fragen zu torpedieren. Ich spürte seinen Blick auf mir, während ich vier Gläser mit Champagner füllte. Aber irgendeinmal waren die Gläser gefüllt und an den Tisch gebracht.

«Seltsam ist, dass die Akte Lara Vetsch fehlt ...»

Das war unvermeidbar.

«Welche Schlüsse ziehst du daraus?»

Wieder wurde ich gerufen. Diesmal musste ich Michel helfen.

Zwei Martini, zwei Whiskeys on the rocks, einen Aperol pur, ein Weizenbier. «Die sind für Tisch drei.»

«Wann warst du noch mal in Chur?», fragte Dario, als ich mich wieder zu ihm gesellte.

«Das war vor Weihnachten. An dem Tag, als der Fremde mir auflauerte. Gibt es neue Erkenntnisse?»

«Über Weihnachten und Neujahr sind die Gerichte geschlossen.» Dario musterte mich mit zusammengekniffenen Augen. «Allegra, falls du etwas mit der verschwundenen Akte zu tun hast, kann ich dir auch nicht mehr helfen …»

«Keine Ahnung. Wieso kommst du immer auf mich?»

«Weil ich dich mittlerweile verdammt gut kenne.»

Dario bestellte eine neue Stange. Mike verfolgte schweigend unseren Wortabtausch.

«Ein bemerkenswerter Zufall», sagte ich.

«Von Zufall kann keine Rede sein.»

«Vielleicht wurde die Akte einfach nur verlegt. Sie existiert sicher im Doppel und wurde auch auf dem Rechner abgelegt.»

«Der modernen Technik sei Dank.»

«Siehst du! Ich verstehe nicht, weshalb man so ein Theater um eine verschwundene Akte macht.» Oder war sie von so grosser Brisanz, dass sie in falschen Händen einen Sturm der Entrüstung auslöste?

«Es geht einzig und allein ums Prinzip.»

Ich zapfte frisches Bier. «Hier, dein Bier.»

«Hast du mich verstanden?»

«Ich bin nicht schwerhörig.»

«Ums Prinzip geht's.»

«Um welches denn? Um jenes der unterlassenen Ermittlungen?» Dario antwortete nicht. «Ich habe gelernt, dass man jedem Verdachtsmoment nachgehen muss. Es gibt genug Argumente, Laras Tod nicht einfach so abzuhaken. Allein der Umstand, dass sich eine junge Frau mit tollen Zukunftsaussichten das Leben nehmen soll, ist verdächtig. Hätte man in diese Richtung recherchiert, wäre der Fall seriös angegangen worden. Ich gehe davon aus, dass Laras Mörder noch immer auf freiem Fuss ist.»

«Willst du damit sagen, dass die Davoser Polizei versagt hat?»

«Ja, genau das will ich damit sagen.»
«Du bist nicht sehr nett.»
«Hast du das Alibi im Hotel schon abgeklärt?»
«Sicher.»
«Und warum sagst du mir nichts?»
«Ich wollte dich ein wenig zappeln lassen.» Dario grinste. «Das Alibi ist wasserfest. Crameris waren tatsächlich im Radisson.»

***

Erst um zwei Uhr kam ich nach Hause. Dario brachte mich bis vor die Tür. Auf dem Weg hatten wir kaum ein Wort gesprochen. Mike hatte sich schnell von uns verabschiedet, nachdem er gemerkt hatte, wie unerwünscht er letztendlich war.

Vor der Tür fasste Dario mich am Arm. «Hör zu, Allegra. Wenn das stimmt, dass die Polizei die Ermittlungen verschlampt hat, werde ich mich darum bemühen, den Fall neu aufzurollen.»

«Und wie willst du das bewerkstelligen? Es ist ja ziemlich alles schiefgelaufen, was nur schieflaufen konnte. Ihr habt euch von diesem Abschiedsbrief beeinflussen lassen. Die Familie Vetsch nicht darüber aufgeklärt, dass ihr Lara einer Obduktion unterzieht. Ihr habt in Kauf genommen, dass Jelsha Vetsch kein juristischer Beistand zur Verfügung gestellt wurde –»

«Mit welcher Begründung hätten wir das tun sollen? Es wurde nicht gegen sie ermittelt. Und der Abschiedsbrief verhinderte eine solche Massnahme. Was hast du vor?»

«Ich gehe jetzt schlafen. Morgen werde ich mir das Match ansehen und am Abend wieder arbeiten.»

«Keine illegalen Mätzchen mehr?»

«Zumindest keine illegalen …»

Ich liess einen verdatterten Polizisten zurück.

***

In der Wohnung angekommen, startete ich meinen Laptop auf und googelte Mian Vetsch.

Auf der Kommunikationsplattform «Xing» hatte er einen Eintrag: den Namen seiner Firma, mit Standort Salerno. Angegeben war auch sein Wohnort in Nocelle, das zwei Kilometer von Positano entfernt lag. Eine Kurzvita, was die Ausbildung betraf, war vermerkt. Er hatte an der ETH Zürich Architektur studiert. Schon früh hatte er sich selbstständig gemacht, hatte sich aber auch ganz stark an Städtebauten beteiligt. Ein paar Bilder nachhaltigen Wohnens im Zürcher Oberland waren abgebildet.

Meines Erachtens war er ein blitzgescheiter Kerl. Der Grund, weshalb er Jelsha und seine Töchter verlassen hatte, wollte mir partout nicht in den Kopf. Ein Mann wie er musste doch ein gewisses Verantwortungsgefühl haben.

Ich fragte mich, warum die Behörden ihn nicht längst aufgespürt hatten. Es ging, wenn ich Ursina glauben durfte, um eine grosse Summe Geld. Für nicht bezahlte Alimente konnte man gepfändet werden.

Ursinas Aussage über ihren Vater und mein Eindruck hätten widersprüchlicher nicht sein können. Ich versuchte es auf «Facebook» und fand sein Profil, was mich eher verwunderte. Der letzte Eintrag lag zwei Jahre zurück. Ein halbes Jahr nach seinem Beitritt. Offensichtlich hatte er vergessen, die Privatsphäre einzustellen. Sein Beziehungsstatus war angegeben. Hier stiess ich auf Luisella Ferro. Die Parallelfrau, mit der er zwei Töchter hatte. Überraschend jung, ungewöhnlich hübsch. Blond mit dunkelbraunen Augen und einer Haut wie Latte macchiato. Anders als Jelsha.

Ich wechselte zu Luisellas Facebook-Seite. Auch sie hielt nicht viel von Privatsphäre. In mehreren Serien präsentierte sie ihre beiden Mädchen Gabriella und Cynthia, die ich im Alter zwischen acht und zehn Jahren schätzte. Urlaubsbilder von Sizilien, Indien und Mauritius sowie Fotos aus dem Schulalltag der Mädchen waren abgebildet. Auch einige sehr anzügliche von Luisella. Was sie beruflich tat, stand nirgends. Ich ging davon aus, dass sie zu Hause arbeitete.

Auf der einen Seite eine alkoholabhängige Frau mit zwei unterschiedlichen Töchtern – eine eher einfach, die andere sehr intelligent –, auf der anderen Seite eine attraktive Mittdreissigerin mit zwei reizenden Geschöpfen: War es Mian Vetsch schwergefallen, sich zu entscheiden? Oder hatte er sich bereits entschieden? Oder gehörte er zu den polygamen Männern?

Hatte sich Lara mit der Suche nach ihrem Vater in Gefahr gebracht?

Luisella Ferro war Sizilianerin.

Wenn ich an Sizilien dachte, dachte ich an Agrigento, an das Tal der Tempel, an smaragdfarbene Buchten und weisse Sandstrände, an Lebensfreude und guten Wein. Dreimal war ich mit meinem Vater dort gewesen. Er hatte mir Palermo und den Hafen gezeigt und war mit mir durchs Landesinnere gefahren.

Wenn ich an Sizilien dachte, dachte ich auch an die Mafia, die Cosa Nostra, die Camorra, an schreckliche Bilder.

Und dazwischen tauchte jetzt Luisella Ferro auf. Und Lara war tot!

Nein! Ich wollte mich von solchen Gedanken nicht beeinflussen lassen.

Und doch … auch diese Möglichkeit musste ich in Betracht ziehen. Ein Mafiamord. Ich schüttelte den Kopf. Realistisch bleiben, ermahnte ich mich.

Ich googelte den Namen Luisella Ferro, fand aber nichts mehr. Ich zoomte Luisellas Porträtbild grösser, fotografierte es mit dem iPhone und speicherte es ab.

Ich musste Wolf finden und ihn mit dem Bild konfrontieren.

Wolf war am Ende doch die Schlüsselfigur.

FÜNFZEHN

Ich schlief bis zum Mittag. Der Blick aus dem Fenster war ein Blick in eine trübe Suppe. In etwas trostlos Düsteres, das alles zu verschlingen drohte.

Es herrschte Weltuntergangsstimmung. Ich hatte schlechte Laune. Ich vermisste Tomasz, den geduldigen Zuhörer. Ich brauchte seine Ratschläge, seine Umarmungen.

Ich brauchte den Mann. Zwei Wochen lagen zurück, seit wir miteinander geschlafen hatten. Die Sehnsucht nach Zärtlichkeit zerriss mich fast.

Ich ging in die Küche und drückte einen Espresso raus. Er weckte kaum meine Lebensgeister.

Was war nur mit mir los?

Ich hatte das Gefühl, dass sich ein unüberwindbarer Berg vor mir erhob. Schicht für Schicht vor mir aufgetürmt.

Laras Akte von der Gerichtsmedizin lag auf dem Küchentisch. Ich fragte mich, wie ich sie unbemerkt wieder zurückbringen konnte. Was hatte sie mir an Aufklärung bis jetzt gebracht? Ausser dass ich wusste, dass Lara an einer Kombination von Rattengift, Schlaftabletten und Wein gestorben war. Vielleicht war es sogar ein Erstickungstod gewesen, falls ihr Magen auf die explosive Mischung reagiert hatte.

Es war, als wäre mein gesunder Menschenverstand wie blockiert. Ich brachte es nicht fertig, ruhig und besonnen zu denken.

Unter dem gestrengen Blick einer Nachbarin verliess ich die Wohnung.

«Es wird Schnee geben», sagte die Frau, als sie sich neben mich stellte. Wir warteten beide auf den Lift. «Mein Knie schmerzt.»

Sie war nicht mehr die Jüngste, hatte jedoch einen aufrechten Gang, und den Stolz in ihren Augen konnte man fast greifen. Ihre silbergrauen Haare hatte sie zu einem Dutt gebunden und am Hinterkopf unter einem Netz befestigt. Sie erinnerte mich an die Handarbeitslehrerin in der Primarschule.

«Morgen vielleicht», sagte ich, wenig begeistert.

«Am letzten Tag des Jahres soll es schneien. Dann wird der Schnee noch einmal alles zudecken, was wir im vergangenen Jahr an Unrecht getan haben.» Sie reichte mir ein Kärtchen. «Wenn Sie einmal Hilfe brauchen, bei uns finden Sie immer einen Weg.»

Der Aufzug hielt auf unserem Stockwerk. Die Frau stieg ein. Ich wartete. Das hatte mir gerade noch gefehlt, mich von einer Glaubensextremistin bekehren zu lassen. Auf der Karte stand ein Name, den ich mit der Sekte in Verbindung brachte, deren Mitglieder schon früher, als ich noch in Davos gelebt hatte, von Tür zu Tür zogen, um ihre Endzeitprophezeiungen zu verkünden. Ein Engel ohne Unterleib schmückte den Namen der Frau, die sich Maria-Magdalena Tscharner nannte. Ich steckte die Karte widerwillig ein.

Ich gelangte über das Treppenhaus nach unten. Die Visitenkarte entsorgte ich im nächsten Abfalleimer. Ich erinnerte mich an Mam, die mal zwei Sektenmitglieder in die Wohnung gelassen hatte, aus Mitleid, wie sie später erklärte. Es hatte drei Stunden gedauert, bis sie diese wieder loswurde. Dass sie sich von ihnen nicht hatte bekehren lassen, lag daran, dass Mam eher die Philosophie der Atheisten teilte als die der weltlichen Kirchen. Von Sekten hielt sie grundsätzlich nichts.

Der Wind hatte noch zugelegt, doch er war längst nicht mehr so eisig wie gestern. Ich meinte, den Schnee zu riechen. Heute hatte ich erst um sechs Uhr Dienst. Aber ich wollte bei Michel vorbeischauen. Vielleicht brauchte er mich, nachdem er die letzte Nacht schon wieder hatte durcharbeiten müssen. Mister Champagne, wie wir den nachtaktiven Gast mittlerweile nannten, hatte rekordverdächtige Trinkorgien hinter sich und sich gewiss auch in der letzten Nacht nicht lumpen lassen.

Bis zum Hotel ging ich zu Fuss. Noch mehr Touristen bevölkerten die Strasse. Da aufgrund des angekündigten Sturms einige Bahnen den Betrieb bereits eingestellt hatten, suchte man im Dorf nach Alternativen.

Aus dem Unterland waren so viele Hockeyfans angereist wie noch nie. Brüllende Gruppen wälzten sich Richtung Eishalle. Blau-gelb war die dominierende Farbe. Die Hartgesottenen hatten sich sogar die Gesichter angemalt. Um drei würde HC Davos gegen CSKA Moskau angepfiffen werden.

Michel reinigte die Tische, ordnete Getränke- und Speisekarten und hatte für mich keinen Blick übrig. Er sah miserabel aus. Blass, mit dunklen Augenringen. In einer Geisterbahn auf dem Jahrmarkt hätte er eine gute Falle gemacht.

Dass er bereits wieder arbeitete, war mir unverständlich. Womöglich lechzte er nach Anerkennung und hoffte auf Mitleid. Ich half ihm bei der Reinigung der Kaffeemaschine. Anschliessend füllte ich die Spülmaschine mit schmutzigem Geschirr. Nach einer Stunde erstrahlte die Bar in neuem Glanz. Michel ging essen, und ich hielt solange die Stellung.

***

Kurz vor drei machte ich mich auf den Weg zur Eishalle. Das zweite Ticket verkaufte ich einem enttäuschten Fan, der zu spät angekommen war. Er bezahlte mir das Dreifache. Mit diesem Geld würde ich mir einen der besten Champagner leisten können. Ich hatte mir vorgenommen, Silvester mit Tomasz zu feiern, auch wenn ich im Hotel würde arbeiten müssen.

Ein Durcheinander an Musik, Gekreische und der sich überschlagenden Stimme des Speakers malträtierte mein Gehör. Mein Platz lag in der zweiten Sitzreihe der Sektion B1 – ein mustergültiger Platz, wie ich fand. Neben mir sass nicht der enttäuschte Fan, sondern ein stattlicher Herr in Zobel, der mir zwinkernd mitteilte, dass er in letzter Minute einem jungen Mann das Billet abgekauft hatte. Er nannte mir freudestrahlend den Betrag. Das Doppelte von dem, was ich verlangt hatte.

Es gab Dinge, die waren für mich nicht nachvollziehbar.

Während sich die Hockeyspieler auf das Eis begaben, schwenkten die Zuschauer Fahnen und sangen Melodien.

Auf der Spielerbank gegenüber glaubte ich Reto und Bruno zu sehen. Sie scherzten miteinander. Im linken Torraum hatte sich Andrea positioniert. Das Spiel wurde angepfiffen. Der Schiedsrichter warf den Puck ein. Je ein Stürmer kickte mit seinem Stock auf den Boden und versuchte, den Puck zu erhaschen. Der Puck rutschte über das Eis über die linke blaue Linie. Einer der Verteidiger preschte heran und verhinderte, dass die Davoser das erste Tor einheimsten. Schon bald stellte ich jedoch fest, dass der Puck oft in der Nähe der Tore landete und durch die Schlittschuhkufen oder die Hockeystöcke abgewehrt wurde.

Während des ersten Drittels war auf dem Eis die Hölle los. Unter dem tobenden Applaus der Zuschauer versuchte jede Mannschaft, den Puck ins gegnerische Tor zu katapultieren. Es ging alles sehr schnell. Nicht selten stiessen zwei Köpfe aneinander. Oft kollidierten die Spieler mit der Bande, was ein hässliches Geräusch verursachte. Zwischendurch die Trillerpfeife des Schiedsrichters. Die Kufen glitten nie länger in einem Schwung über das Eis. Ein Hickhack von abrupten Bremsungen und Sprüngen verliehen dem Spiel Dynamik. Anfreunden konnte ich mich deswegen noch lange nicht damit. Während je fünf Spieler im Feld einander gnadenlos angriffen, wobei es ja immer nur um diese kleine runde Scheibe ging, liess ich mich vom Publikum ablenken, das allein grosses Kino war. Ein bunter Mix aus Fähnchen, Transparenten und Kleidern bewegte sich im Stadion, begleitet von lautem Gebrüll, Musik und Kuhglockengeläute. Zwischendurch Fanfaren.

Im ersten Drittel schoss der HCD zwei Tore, die mit einer Transversalwelle auf der Tribüne einhergingen. Die Leute um mich herum rissen ihre Arme hoch. Ich kam mir deplatziert vor. Es war mir auch zu blöd. Bei CSKA Moskau blieb es vorerst bei einem Tor.

In der Pause blieb ich sitzen. Ganze Familien waren bis zu den Zähnen eingekleidet mit HCD-Leibchen und blau-gelben Schärpen. Der Platzwart reinigte mit der Eismaschine das Eisfeld. Aus dem Lautsprecher erklangen Schlagerschnulzen.

Plötzlich tauchte Ursina auf. Sie drängelte an den sitzenden Zuschauern vorbei an meinen Platz und liess sich wie selbstverständlich auf meinen Knien nieder.

«Hey, Allegra, ich habe gar nicht gewusst, dass Eishockey dich interessiert.»

«Tut es auch nicht. Und würdest du bitte wieder von meinen Knien runter?»

Wir lachten beide.

«Hast du auch einen Sitzplatz?», fragte ich, weil ich es mir nicht vorstellen konnte.

«Nein, ich steh dort drüben.» Sie winkte in die rechte Hallenhälfte.

«Wie bist du denn hier reingekommen?», wunderte ich mich, da ich wusste, dass es keine direkte Verbindung von den Steh- zu den Sitzplätzen gab.

«Durch Beziehungen.» Ursina kicherte. Ich konnte mir in etwa vorstellen, wie eine solche Beziehung aussah. «Muss eh gleich zurück. Cooles Spiel, gell?»

«Für meinen Geschmack zu viele Strafminuten», spottete ich.

«Den rechten Stürmer der Russen hätte ich schon längst aus dem Feld gezogen», sagte Ursina. «Der Schiri lässt bei dem alles durch. Hast du gesehen, wie er Andrea an die Wäsche ging? Dieser Hallodri!» Ursina schubste mich in die Seite. «Man sieht sich.»

Ich sah ihr nach, wie sie auf alle Seiten lachend über die Treppe verschwand.

Im zweiten Drittel schaffte CSKA Moskau die Wende. Er erzielte drei Tore, der HC Davos eines. Die Stimmung war jetzt etwas gedämpft. Der Davoser Trainer redete auf seine Jungs ein. Offensichtlich war er mit ihren Leistungen nicht zufrieden. Im letzten Drittel durfte Reto erstmals auf das Feld. Ich wetteiferte, ob er es schaffte, das Match auszugleichen. Doch Reto kassierte zweimal hintereinander zwei Strafminuten. Er hatte einem Moskauer mit dem Stock Schläge ausgeteilt und den Stinkfinger gezeigt, sofern man die andeutungsweise Anhebung seines rechten Handschuhs so zu deuten vermochte. Der HC Davos konnte bis vor Schluss zum vier zu vier ausgleichen. Die Verlängerung brachte keine Änderung. Als dann beim Penaltyschiessen CSKA Moskau das Spiel für sich entschied, umarmte mich mein Sitznachbar und drückte mir einen schmatzenden Kuss auf die Wange. Ein gebürtiger Russe.

Für den HC Davos bedeutete es eine herbe Schlappe, hatte doch jedermann damit gerechnet, dass sie den Spengler Cup wieder einmal gewinnen würden.

***

Fast zeitgleich mit dem Mob traf ich im Hotel Promenade ein. Vor der Personalgarderobe begegnete ich Alois Crameri, der zum Weinkeller unterwegs war.

«Schon zum dritten Mal in Folge schafft es unser Club nicht ins Finale. So ein Pech.» Crameri klang verzweifelt. «Jetzt können wir nur hoffen, dass morgen entweder die Kanadier oder Servette den Russen den Titel vermiesen.» Dass er eine Antipathie gegen den CSKA Moskau hatte, brauchte er nicht zu betonen.

«Leider kann nur einer gewinnen», folgerte ich.

«Ja, ja ... Bruhin hätte ich nie spielen lassen. Das war ein Fehlentscheid. Man kennt seine cholerischen Anfälle zur Genüge. Sie hätten auch Caviezel nehmen können, wenn denn unbedingt nötig. Und der Schiri, diese Pfeife, ist korrupt ...»

Crameri enervierte sich dermassen, dass ich ihm vorsichtig mitteilte, dass ich nun ins Office gehen müsse. Ich konnte seine Enttäuschung nachvollziehen, zumal er den HC Davos finanziell unterstützte.

Crameri schüttelte den Kopf, als könnte er mit dieser Bewegung seine negativen Gedanken wegwerfen. «Bis morgen Abend dann», sagte er. «Ich werde mich morgen ganztags aufs Ohr hauen, damit ich am Abend fit bin.» Er blieb stehen. «Es würde mich freuen, wenn Sie sich morgen Abend ein wenig um unsere Gala-Gäste kümmern würden. Um Mitternacht wird es vor der Eishalle ein Feuerwerk geben.»

Im Office erwarteten mich Olivia, Theresa und ein Mädchen, das ich hier noch nie zuvor gesehen hatte.

«Das ist Nadja», klärte mich Olivia auf. «Sie war eine Woche lang krank.»

«Ich war vorgestern schon hier», korrigierte Nadja und taxierte mich von oben bis unten. «Ich war auf der Etage. Ich will damit sagen, dass man mich im Gegensatz zu dir definitiv gebrauchen kann.»

Da schoss wer gewaltig gegen mich.

Aus dem Restaurant kamen die ersten Bestellungen.

«Dir ist bestimmt auch aufgefallen, dass Misses Gordon aus Nummer vierundsechzig ihren Hund in der Dusche sein Geschäft verrichten lässt.» Das war zwar gelogen, verfehlte die Wirkung jedoch nicht.

«Sie hat einen Hund? Das wusste ich nicht.»

Theresa holte Wein aus dem Keller. Ich sah ihr nach, wie sie gestikulierend Richtung Treppe ging.

«Siehst du? Bevor man den Mund aufmacht, sollte man sich überlegen, was man sagt.»

Nadja wandte sich von mir ab. Sie sprach kein Wort mehr mit mir.

«Das war massiv», schmunzelte Olivia und entnahm den Kühlregalen diverse Getränke. «Aber recht hast du. Die braucht wirklich mal einen vor den Bug. Sie ist Crameris Nichte. Keine Ahnung, weshalb er ihr den Job hier angeboten hat.»

Ich liess zwei Kaffees aus der Maschine und schäumte Milch auf.

«Stammt sie aus Davos?»

«Klar doch. Sie ist die Tochter von Crameris Bruder. Achtzehn Jahre alt. Sie besucht die SAMD. Obwohl sie im Frühling die Matura macht, wollte ihr Vater, dass sie am Buffet und auf der Etage arbeitet. Sie möchte einmal Schauspielerin werden.»

«Ob sie die Voraussetzungen mitbringt?»

«Das freche Maul hat sie ja …» Olivia zwinkerte mir zu.

Einer der Kellner holte die Bestellung ab.

Bis um Mitternacht schufteten wir bis zum Anschlag.

Um halb zwölf stand die zweite Mannschaft für den Final fest: Genf Servette hatte das Team Canada mit sechs zu fünf geschlagen. Der Sieg wurde im Hotel Promenade gebührend gefeiert.

Vor Arbeitsschluss verräumte ich das letzte saubere Geschirr, als Nadja zu mir kam. Sie lehnte sich mit verschränkten Armen an die Theke. Sie sagte noch immer kein Wort. Ich sah ihr jedoch an, dass sie etwas umtrieb.

Nadja sah jünger aus als achtzehn. Ihre hellbraunen Haare hatte sie zu einem losen Zopf geflochten. Ihr Teint hatte den Ton von Bronze, ihre schräg gestellten Augen glühten schwarz. Ich tippte auf eine Mischung zwischen Europäerin und Asiatin. Eigentlich ein reizendes Geschöpf, wenn sie nicht so vorlaut gewesen wäre.

«Ist etwas?» Ich beseitigte mit einem Lappen die letzten Wassertropfen.

«Tut mir leid wegen vorhin. Ich hatte nicht die Absicht, dich zu brüskieren. Ich finde es definitiv nett, dass du an meiner Stelle die Drecksarbeit übernommen hast. Ich lag während einer Woche flach. So ein dämlicher Virus hat mich erwischt. Ich bin noch nicht ganz auf dem Damm. Aber meine Eltern meinten, dass ich mich nicht wie ein Weichei benehmen solle. Eigentlich rechnete ich damit, dass ich über die Weihnachtstage mal auf der faulen Haut liegen kann. Im Frühling stehen Prüfungen an. Ich ...» Sie winkte ab. «Ach, das interessiert dich ja doch nicht.»

«Doch, doch, das interessiert mich sogar sehr. Wer ist denn dein Klassenlehrer?»

«Pankraz Kindschi. Er ist definitiv der netteste unter den Gymi-Lehrern.»

War das möglich?

«Ging Lara Vetsch in dieselbe Klasse wie du?»

«Lara Vetsch? Ach, die ... Nein, aber in die Parallelklasse.»

«Wie kommt es, dass du denselben Lehrer hast?»

«Kindschi ist Klassenlehrer der 6a, aber er gibt auch Mathematik in der 6b. Sportanlässe, Ausflüge und Elternabende führen die beiden Klassen gemeinsam durch. Ich glaube, dass Kindschi so etwas wie Laras Vertrauenslehrer war. Ganz am Anfang war Lara in meiner Klasse. Aber bereits in der zweiten wurde sie versetzt.»

«Weshalb?»

«Sie war definitiv sehr stark in Mathe. Eigentlich war sie in jedem Fach immer die Klassenbeste. Ein Ausnahmetalent ... definitiv eine Streberin. Ich weiss aber nicht, weshalb sie die Klasse gewechselt hat.»

«Hast du sie näher gekannt?»

Nadja hob ihre Schultern. «Wie man sich halt kennt, wenn man sich täglich auf dem Pausenplatz begegnet. Sie war etwas Besonderes, ein wenig auch eine Aussenseiterin. Sie hatte wenige Freunde, wenn überhaupt. Als sie sich das Leben nahm, stand die Welt trotzdem kopf.»

«Hat man es ihr nicht zugetraut?»

«Selbstmord?» Nadja runzelte ihre Stirn. «Dazu braucht es auch einen gewissen Mut. Aber nein … bei Lara konnte man es sich zuallerletzt vorstellen. Sie war der Liebling aller Lehrer. Sie wollte Medizin studieren …»

«Gab es Mädchen in eurer Klasse, die sie nicht mochten?»

«Wer kann Konkurrenz schon ausstehen!» Nadja warf mir ein verschwörerisches Lächeln zu. «Lara war definitiv die Klügste und Schönste unter uns. Da kam schon mal Eifersucht auf. Lara jedoch hatte ganz anderes im Kopf. Wenn sich die Mädchen in der Pause mit den Jungs trafen, las Lara Bücher. Ja, so war sie. Lara las Bücher.»

Ich erinnerte mich nicht, in Laras Zimmer Bücher gesehen zu haben, ausser denjenigen für den Unterricht.

SECHZEHN

In der Nacht hörte ich den Sturm an den Lamellen rütteln. Der müde Schein der Strassenlampen flackerte über meine Bettdecke. Irgendwo im Haus fiel eine Tür ins Schloss. Schlaftrunken sass ich auf und tastete nach dem Lichtschalter. Es war erst vier. Ich erhob mich, ging ins Wohnzimmer, wo ich durch die grosse Fensterfront auf die Strasse hinuntersah.

Ein Wintersturm tobte und trieb Schnee vor sich her. Im Lichtkegel der Laterne unterhalb des Fensters schleuderten Flocken durcheinander wie Milliarden von Sternen in einer fernen Galaxie. Ein wilder Tanz der Urelemente. Fröstelnd kehrte ich ins Bett zurück.

Vergebens versuchte ich, wieder einzuschlafen. Der Wind heulte, im Zimmer knisterte etwas nicht Lokalisierbares. Meine Gedanken fuhren Achterbahn im Rhythmus der Naturgewalten. Ich dachte an Lara und sah ihr Gesicht vor mir. Dieses zarte, wunderschöne Gesicht mit der hohen Stirn und den Augen, die seltsam erotisch auf den Betrachter wirkten. Ich stellte mir Ursina vor, wie sie neben ihrer Schwester stand. Ebenso schön und fragil, jedoch mit einem einfachen Gemüt. Eine Frau, die nicht wirklich Frau war, deren Lebensinhalt ihr Job bei Denner und an den Wochenenden das Ausgehen war.

Zwei Schwestern, die sich geliebt, vielleicht auch gehasst hatten. Die letztlich kaum etwas voneinander gewusst hatten.

Ich fiel in einen unruhigen Schlaf.

Am Morgen lag Davos unter einer dicken Schneedecke. Noch war die Luft erfüllt von Wind und Niederschlag. Innerhalb einer Stunde klarte es auf. Langsam schälte sich ein frisches Blau in diesen neuen Tag – in den letzten des Jahres.

Dieser Kontrast zwischen Blau und Weiss. Die Sonne warf die ersten Strahlen ins Tal und überschüttete es mit Diamanten. Dieses Glitzern. Es war, als hielte die Welt den Atem an.

Ich trat vor die Tür. Weiss – nichts als Weiss. Ich versank wadentief im Schnee. Unberührt schien alles. Kaum ein Auto auf der Strasse.

Ich stapfte mit meinen Yetischuhen Richtung Bahnhof. Hier war der Schnee schon weggeräumt.

Ich war mit Dario auf dem Polizeistützpunkt verabredet. Er hatte mich gebeten vorbeizukommen, weil sie Wolf aufgespürt hatten. Es würde eine Gegenüberstellung geben. Sehr erpicht darauf war ich allerdings nicht.

Unter dem Vordach rauchten zwei in dicke Daunenjacken eingemummte Frauen. Eine hielt mir lächelnd die Tür auf. Ich bedankte mich und gelangte in den Flur, von dem aus ich einen Stock höher ging.

Ich klopfte.

Die Tür ging auf. Dario stand vor mir. Sein Bart war in den letzten Tagen gewachsen. Wenn er, wie jetzt, ernst blickte, sah er damit fast grimmig aus.

«Der Winter ist zurück. Und ausgerechnet heute und morgen hat man mich zum Dienst verknurrt. Familienväter haben bei uns immer den Vorrang, als ob sie mit ihren Kindern eine grosse Party machen wollten. Heute Abend habe ich frei, muss aber am Neujahrstag schon früh wieder in den Stollen.»

«Bestimmt hast du am zweiten oder dritten Januar frei.»

«Ich habe darauf beharrt. Dann geht im Postillon die Post ab … wie's der Name schon sagt.»

«Weil man die Superwoman sucht», spottete ich.

«Ich habe dich schon angemeldet.» Dario zog mich ins Büro.

«Was hast du?» Hatte Ursina mit ihrer Bemerkung doch recht gehabt? «Ich werde ganz bestimmt nicht hinkommen. Ich lasse mich doch nicht …»

«… auf dieses Niveau runter, wolltest du sagen?»

«Ach, vergiss es. Können wir zur Sache kommen?» Ich setzte mich in die Nähe des Fensters und warf einen Blick durch die Scheiben. Gerade fuhr die Rhätische Bahn ein und verdrängte mit einem Pflug den Schnee von den Schienen.

«Wolf ist im Büro nebenan. Müller protokolliert seine Aussage.»

«Was für eine Aussage? Ich dachte, es gäbe eine Gegenüberstellung?» Mir war nicht geheuer.

«Müller möchte einfach zuerst seine Version hören.»

«Das darf aber nicht wahr sein. Was hat Müller gegen mich?»

«Er ist in letzter Zeit etwas mühsam.»

«Wegen seiner Frau? Dann sollte er die Wut nicht an mir auslassen.»

«Er ist kein Ungerader», verteidigte Dario seinen Chef. «Er will einfach alles richtig machen. Und jetzt zu dir. Ich werde dich zum Fall Gadmen befragen.»

«Jetzt ist es schon ein Fall.»

«Man hat dich deiner Freiheit beraubt. Wer jemandem unrechtmässig festnimmt oder gefangen hält oder jemanden in anderer Weise unrechtmässig die Freiheit entzieht, wird mit Freiheitsstrafe bis zu fünf Jahren oder Geldstrafe bestraft ... steht im Schweizerischen Strafgesetzbuch.»

«Artikel 183/1.» Ich musste meinem Ärger Luft machen und stiess heftig den Atem aus. «Müller wird es zu drehen wissen, dass Wolf nicht zurechnungsfähig ist.»

«Ist er auch nicht, wenn man es genau nimmt.» Dario kratzte sich am Kinn.

In der nächsten halben Stunde befragte er mich ausführlich zum Tathergang auf Gadmen. Es lag nicht in meinem Interesse, Wolf anzuklagen. Ich wollte lediglich wissen, was er im Mattawald gesehen hatte. Als Dario mich nach Beenden des Protokolls darauf ansprach, bat ich ihn, von einer Anzeige gegen Wolf abzusehen.

Dario grinste mich an. «Du bist auf einen Deal aus, nicht wahr?»

Er schob mir das Protokoll zu. «Aber das ist nicht so einfach.» Er liess mich nicht aus den Augen. «Bitte lies es durch und unterschreibe es.»

«Ich kenne das Gesetz», stichelte ich und sah auf die ausgedruckten Papierbögen.

Nach dem Lesen setzte ich meine Unterschrift.

Müller erwartete uns. Als wir ins Büro traten, verschwand ein Schokoladenherz in seinem Mund. Müller nickte uns nur zu.

Wolf sass Müller gegenüber und machte keine Anstalten, uns zu begrüssen. Sein wildes bärtiges Gesicht war gerötet, die Nase stach durch die Verästelung violetter Striemen hervor. Seine Ausdünstung kannte ich bereits.

Dario reichte Müller das Protokoll. Er überflog es, während er sich ein weiteres Schokoladenherz einverleibte.

Die Gegenüberstellung lief genauso ab, wie ich sie mir vorgestellt hatte. Wolf stritt alles ab. Seine Geschichte hätte nicht erfundener sein können. Doch letztlich gab auch Müller zu, ihm nicht alles zu glauben. In einem Nebenzimmer warte bereits ein Psychologe, der sich Wolf annehmen würde, war sein Schlusssatz.

Ich packte die Gelegenheit beim Schopf, griff nach meinem iPhone, öffnete die Bilder-App und hielt das Gerät in Wolfs Augenhöhe. «Kennen Sie diese Frau? War sie am fünfzehnten November zusammen mit Lara Vetsch im Mattawald?»

Wolf starrte grunzend darauf, wog ab, kniff die Augen zusammen. Er überlegte sich tatsächlich etwas. Doch seine Antwort fiel nüchtern aus. «Nein!»

Müller sprang vom Stuhl. «Frau Cadisch, ich bitte Sie. Was soll das?» Er suchte den Blickkontakt mit Dario. «Kannst du's mir sagen?»

«Allegra glaubt, dass Wolf damals etwas gesehen hat, bevor man Lara fand.»

«Habe ich es mir doch gedacht.» Müller verschränkte die Arme. «Kaum sind Sie in Davos, ist Feuer im Dach. Wollen Sie damit sagen, dass die Polizei ihren Job nicht richtig macht?»

Ich sah Dario an, doch dieser starrte auf den Boden, wie immer, wenn's brenzlig wurde. Sein Respekt gegenüber Müller schien masslos übertrieben.

«Ich zweifle nicht an Ihrer Arbeit», beschwichtigte ich, als ich Müllers rot angelaufenen Kopf sah. «Aber vielleicht sind einige Dinge unterlassen worden.»

Hätte ich zugeben sollen, dass ich in die Akte der Rechtsmedizin Einsicht gehabt hatte? Vielleicht sollte ich damit warten, bis restlos geklärt war, wie Lara umgebracht worden war.

Der Gedanke, dass Laras Mörder noch immer auf freiem Fuss war, liess mich schaudern. Falls der Täter wusste, dass ich auf seiner Fährte war, würde ich mich selbst in grosse Gefahr begeben. Wenn Wolf Zeuge der Tat gewesen war, war auch sein Leben nicht sicher. Vorläufig würde man ihn auf dem Polizeiposten behalten.

Vielleicht stellten sie ihm eine Dusche zur Verfügung, wo er sich waschen konnte.

Das also war die Gegenüberstellung gewesen.

Enttäuscht verliess ich den Stützpunkt. Dario begleitete mich bis auf die Strasse.

«Tut mir leid, Allegra. Mir sind die Hände gebunden. Und was Müller betrifft, war er geradezu freundlich zu dir. Heute Morgen hat er noch ganz anders geklungen.» Dario legte die Hand auf meine Schultern. «Du kannst froh sein, dass er dich nicht auch noch auf den fremden Angreifer angesprochen hat. Ich warne dich, das ist noch nicht ausgestanden.»

«Ich weiss. Heute wird mein persönlicher Rechtsvertreter in Davos eintreffen.»

Dario kniff die Augen zusammen, sagte aber nichts.

«Tomasz kommt endlich.»

«Dein Freund? Ich dachte …»

«Was denn? Wenn ich mich richtig erinnere, habe ich dir davon erzählt.»

«Ja, natürlich. Aber du wirst doch den Silvester im Postillon feiern … mit mir …» Er räusperte sich. «Ich meine, mit der ganzen Clique, so wie früher … Du kannst Tomasz selbstverständlich auch mitbringen …»

«Falls ich rechtzeitig aus dem Hotel komme, verspreche ich es.»

***

Bereits vor dem Mittag wurden die ersten Feuerwerkskörper gezündet. Sie verglühten unspektakulär im hellen Tageslicht.

Um halb elf war ich im Hotel. An der Rezeption stand der kanadische Coach. Astrid legte ihm mit hochrotem Kopf gerade die Rechnung vor. Eine komische Eigenart ihres Kopfes. Offensichtlich hatte es ihr der attraktive Kanadier angetan. Sie fuhr mit dem Schreibstift über verschiedene Stellen, weil der Mann genau wissen wollte, was er bezahlen musste. Eine rege Diskussion entflammte, und Astrids Englisch war schnell ausgeschöpft. Ich wäre ihr gern zu Hilfe geeilt, aber Judith tauchte wenig später aus dem Büro auf und mischte sich ins Gespräch.

Ich ging in den Frühstücksraum. Die Mannschaft war noch beim Essen. Trotz der Niederlage des vergangenen Abends waren die Jungs ziemlich aufgekratzt. Sie zeigten einander Souvenirs, die sie in Davos gekauft hatten.

Theresa und Nadja hatten alle Hände voll zu tun. Ich packte gleich mit an und trug schmutziges Geschirr ins Office. Hinter der Theke stöhnte Olivia und beschwerte sich über die Arbeitseinteilung von Pino, der sie zum Frühdienst verknurrt hatte. Ich hoffte, dass sie ihr Versprechen, mich heute Abend abzulösen, nicht brechen würde. Ich hatte mit ihr vereinbart, dass ich früher gehen konnte, weil Tomasz nach Davos kam.

«Soll ich dich ablösen?»

«Das wäre nett. So kann ich mich wenigstens noch etwas erholen, bevor die Party beginnt.»

«Von welcher Party redest du denn?»

«Die Silvesterparty im Hotel Promenade. Die ist legendär. Um acht kommen die Gäste zum Gala-Dinner. Um elf wird ein Zauberkünstler für Unterhaltung sorgen. Um Mitternacht gibt es das Feuerwerk und danach Tanz bis in die Morgenstunden. Schade, dass du nicht da bist …»

«Wer weiss, vielleicht komme ich mit meinem Freund noch bei euch vorbei. Aber eigentlich habe ich im Postillon abgemacht.»

«DJ Antoine, dieses Urgestein, legt auf. Ich habe davon gehört.»

«Ich brauche dringend eine Ovomaltine», hörte ich Nadja sagen. «Am Tisch vier hat ein Zehnjähriger den Becher umgekippt. Ein ungezogener Bengel. Der Vater hat nur gelacht … Na ja, um die Sauerei aufzuräumen, sind wir ja da. Es lebe die Gastronomie und alle diese Pseudogäste, die meinen, uns zur Schnecke machen zu dürfen …»

«Beruhige dich!» Ich fand, dass Nadja masslos übertrieb.

«Sei froh, kannst du den Kasten hier bald verlassen.»

«Es steht dir frei, es auch zu tun», sagte Olivia, die ihre Schürze ausgezogen hatte.

«Ich bin froh, kann ich im neuen Jahr wieder zur Schule gehen.» Nadja trommelte mit den Fingern auf die Aluplatte. «Es war eine Schnapsidee von meinem Vater, mich bei Onkel Wisi unterzubringen.»

Ich goss heisse Milch in einen Becher, gab Ovomaltine und einen Löffel dazu. «Voilà für Tisch vier.»

Ich sah Nadja nach, wie sie aus dem Office stolzierte.

«So, ich verziehe mich dann mal», sagte Olivia und gähnte demonstrativ. «Um sieben bin ich wieder hier und werde dich ablösen. Crameri weiss übrigens davon und ist einverstanden, wenn auch mit wenig Begeisterung.» Sie schenkte mir ein Lächeln.

Über Mittag blieb das Restaurant praktisch leer, dafür war die Hockeyhalle brechend voll. Heute fand das Finale zwischen CSKA Moskau und Genf Servette statt. Diejenigen Leute, die keine Tickets mehr bekommen hatten, suchten Restaurants mit Grossbildschirmen auf und verfolgten dort das Endspiel.

Um drei schlossen wir die Türen und nutzten die Zeit, die uns bis zum Abend blieb, um das Restaurant und die Bar zu dekorieren.

Silvana hatte sich im Aussuchen von Girlanden und künstlichem Schnickschnack übertroffen. Fast zwei Stunden dauerte das Anbringen dieses Kitsches. In der Küche traf man die Vorbereitungen für das Gala-Dinner. Das Thema des diesjährigen Silvesters war gegeben: Tausendundeine Nacht, was Schwierigkeiten im Aussuchen des passenden Menus zur Folge hatte. Der Küchenchef hatte schon Tage zuvor seine Ideen zum Besten gegeben. Aber allgemein zweifelte man daran, dass den Gästen Speisen aus den arabischen Ländern gefallen könnten. So hatte man sich für Bündner Spezialitäten entschieden.

Ich half noch auf der Etage. Nebst dem Team Canada hatte niemand sonst ausgecheckt.

Die Pause nutzte ich, um Tomasz anzurufen. Ich zog mich ins Hallenbad zurück, wo ich in aller Ruhe telefonieren konnte. Vom Hallenbad aus hatte man einen tollen Blick auf das verschneite Davos.

Ich wählte Tomasz' Nummer. Erst nach mehrmaligem Klingeln nahm er ab. Ich konnte meine Freude, ihn endlich zu sehen, kaum bändigen. Er dagegen klang so, als stecke er in einer tiefen Depression.

«Mein Vater liegt im Spital», sagte er mit monotoner Stimme.

«Gestern holte ihn die Ambulanz ab. Ein Herzinfarkt. Er wurde vor zwei Stunden operiert und ist jetzt im Aufwachraum.»

«Und du? Wo bist du?»

«Zusammen mit Mutter warte ich auf sein Aufwachen.»

«Das heisst, dass du heute nicht nach Davos kommst.» Ich musste mich zusammenreissen, um nicht zu weinen.

«Was ich versprochen habe, möchte ich halten. Aber ich weiss nicht, ob ich es bis zum Jahreswechsel schaffen werde. Ich muss zuerst die Situation beurteilen, bevor ich mich in den Wagen setze. Mutter kann ich unmöglich allein lassen, bis wir wissen, wie's Vater geht. Wenn er es übersteht, werde ich sie beide im Januar zur Kur schicken ...»

Tomasz. Er wollte es immer allen recht machen. An sein Naturell hatte ich mich gewöhnt. Aber ich war egoistisch und wollte, dass ich ihn allein für mich hatte. Lara war in den Hintergrund gerückt. Wenn es um Tomasz ging, war alles andere nebensächlich. Ich hatte mich gefreut, mit ihm zu feiern. Egal wie, egal wo. Hauptsache, ich tat es.

«Ich werde dich anrufen, sobald ich mehr weiss.»

Ich schluckte schwer. «Alles klar.»

Enttäuscht legte ich auf.

Mittlerweile war auch zu mir durchgedrungen, wer das Finale des Spengler Cup gewonnen hatte. Servette hatte Moskau mit fünf zu drei geschlagen.

Ich ging wieder auf die Etage, erledigte dort den Rest und kehrte ins Office zurück, um Nadja unter die Arme zu greifen.

Kurz vor Feierabend rief mich Ursina an und bat mich noch einmal eindringlich, ins Postillon zu kommen. Ich versprach es und war froh, Silvester nicht allein verbringen zu müssen.

***

Noch vier Stunden bis Mitternacht.

Davos lag längst im Dunkeln. Silbrig schien die Nacht. Am Bolgen brannten Fackeln, deren gelber Schein über die Piste zitterte. Vor dem Bahnhof fuhren Taxis vor und luden Gäste ein, die aus dem Prättigau angereist waren. Frauen in langen Abendkleidern, die Herren im Frack. Irgendwo musste es eine Schickimicki-Party geben.

Mir blieb eine Stunde, um mich für den Jahresausklang im Postillon zurechtzumachen. Tatsächlich hatte ich bei Casutt-Mode ein sexy Outfit erstanden. Ein Minikleid in Schwarz und Silber mit gewagtem Ausschnitt. In der letzten Nacht des Jahres, fand ich, war es auch mir erlaubt. Zudem liessen es meine Körpermasse zu. Ich hatte nichts zu verbergen.

Um neun liess ich mich von einem Taxi zum Postillon fahren. Über das Kleid hatte ich die unechte Pelzjacke angezogen und bereute es jetzt, mir letzthin den Nerz nicht geschnappt zu haben. Darin hätte ich die bessere Falle gemacht. Ich trug Moonboots – die High Heels hatte ich in meiner Tasche. Ich zog sie erst in der Garderobe an.

Etwas musste ich falsch verstanden haben. Hinter dem Eingang tauchte ich in einen blau-neonfarbenen Schlund ein. Weisse Lichtgestalten bewegten sich. Die einen rasant zu Technosound, die anderen bedächtig. Einige sassen an unsichtbaren Tischen. Dort, wo ich die Bühne vermutete, erschien gottgleich der DJ in weissem Anzug und weissem Umhang, was ihm etwas Mystifiziertes verlieh. Im Intervall spie eine Trockeneismaschine weissen Rauch aus.

Überrascht stellte ich fest, dass ich die Einzige war, die nicht fluoreszierte. Alle andern trugen weisse Kleider, weisse Schuhe und weisse Hüte, einige auch weisse Haarbänder. Ich hatte noch nie so etwas gesehen. Es wirkte phänomenal. Ab und zu blitzten rote und grüne Lichtstrahlen in das Violette.

Mir gefiel die Atmosphäre. Aber ich bemerkte bald, dass ich selbst unsichtbar blieb.

Das hatte man davon, wenn man nicht Tage zuvor die Vorbereitungen für die Silvesterparty traf. Ich nahm mir vor, mich in Zukunft besser damit auseinanderzusetzen. Ich suchte nach Ursina. Ich konnte sie jedoch nirgends sehen, was nicht verwunderlich war. Auf den Tischchen standen Gläser, die man an den neonfarbenen Strohhalmen und Dekorationen als solche erkannte. Die Gesichter allerdings sahen alle gleich aus. Dunkel und unkenntlich. Manchmal hüpften weisse Hüte vor meinem Gesicht herum, oder behandschuhte Hände griffen nach den Gläsern. Im hinteren Teil des Raumes waren Spiegel angebracht, die den Club optisch vergrösserten. Ich ging in deren Nähe und versuchte, meine Gestalt darauf zu erkennen.

Ich war verschwunden wie Graf Dracula.

Drei Stunden vor Mitternacht.

Dario traf ein, zusammen mit Reto und Bruno. Ich erkannte sie an ihren Bewegungen. Auch sie trugen weisse Anzüge und Hüte wie al Capone. Dario wäre nicht Dario gewesen, wenn er mich nicht erkannt hätte. Er kam direkt auf mich zu.

«Du hast Mut», zog er mich auf. «Hast du nicht Angst, dass du aus der Reihe tanzen könntest?»

«Niemand hat mir mitgeteilt, dass heute ein Great-Gatsby-Ball stattfindet. Ich hätte mir sonst ein Charlestonkleid ausgesucht und mir einen weissen Turban mit Perlen aufgesetzt.»

Dario fand es amüsant. «Ich mag Schwarz an dir. Hauptsache, du hast eine weisse Seele.»

Reto und Bruno grüssten nur schnell. Offenbar lag ihnen nicht daran, von mir gefoppt zu werden. Gern hätte ich sie auf den verpassten Einzug ins Finale angesprochen. Sie peilten die Bühne an, wo sich eine Schar junger Frauen in weissen Schmetterlingsgewändern um den DJ drängte.

Dario blieb.

«Hast du Ursina schon gesehen?», fragte ich.

«Keine Ahnung. Vielleicht hat sie wieder so einen Typen gefunden, der ihr den Abend finanziert.»

«Wenigstens weiss sie sich zu helfen.»

Wir tanzten. DJ Antoine flatterte in seinem Gewand wie ein urzeitlicher Vogel und legte kontinuierlich die angesagtesten Musikstücke auf: «Sonnenkind» von Charlie Boulala, «Paper Aeroplane» von Francesco Rossi und «Games», ein Remix von Rey&Kjavik. In den Pausen tranken wir Champagner und Härteres. Ich war so beschwipst, dass ich nichts dagegen einzuwenden hatte, mit Dario geschlossen zu tanzen.

Seine rechte Hand lag auf meinem Po, mit dem linken Arm drückte er meinen Oberkörper an seinen. Ich schloss die Augen und spürte seine Finger über meine Halsbeuge streicheln. Die Berührung elektrisierte mich bis in die Haarspitzen. Ich atmete seinen männlich herben Geruch ein, den Anflug eines Rasierwassers, das ich vom Frühling her kannte, als er mir hatte imponieren wollen. Es war wie ein Heimkommen. Ein vertrautes, weiches Gefühl. Im Spiel seiner Muskeln fühlte ich mich geborgen und seltsam leicht. Er drängte nicht, er liess es geschehen. Es war wie eine Verheissung, die Anmut unseres Tanzes, Darios Atem an meinem Gesicht. Haut auf Haut. Das Pochen unserer Herzen. Nur sein Bart kitzelte und irritierte mich ein wenig. Es fühlte sich fremd an und neu.

Und nicht richtig.

Ich spürte das Pulsieren an seinen Lenden, die er gegen mein Becken drückte. Die plötzliche Hitze, die aus meinen Poren schwappte. Ein Verlangen, gegen das ich mich nicht wehren wollte. Alles hatte seine Ordnung. Jetzt, heute, hier. In der letzten Nacht des Jahres. Losgelöst von sämtlichen Gedanken, liess ich mich treiben, bewegen, zum Rhythmus der Musik. In Darios Auf und Ab. Während ich seine Erregung immer mehr spürte, überflutete mich ein wohliger Kitzel.

Wir küssten uns nicht.

Zwei Stunden bis Mitternacht.

Ich machte mir Sorgen um Ursina. Sie war noch immer nicht aufgetaucht. Wenn ich nicht gewusst hätte, wie wichtig diese Silvesterparty für sie war, hätte ich dem keine Bedeutung zugemessen. Um Viertel nach zehn rief ich sie auf ihr Mobiltelefon an. Es meldete sich der Telefonbeantworter. Ich sprach auf Band und bat sie, mich schnellstmöglich zurückzurufen.

«Weisst du, wo Ursina ist?», fragte ich Reto, als er sich neben uns setzte. Auch Bruno kam zum Tisch. Er schien nicht nur ausgepowert, sondern mit Drogen zugedröhnt.

«Keine Ahnung», sagte Reto. «Wollte sie nicht schon um neun hier sein?»

Ich zog Dario an meine Seite. «Wir sollten nach ihr sehen, was meinst du?»

«Das geht mich nichts an. So, wie ich sie kenne, hat sie sich bestimmt einen armen Teufel ausgesucht, der ihr die Drinks bezahlt. Vielleicht hat sie gerade ein Techtelmechtel, um sich zu revanchieren.»

Ich teilte seine Ansicht nicht. «Eigentlich habe ich mich mit ihr verabredet», schwindelte ich. «Vielleicht ist ihr etwas zugestossen. Könntest du mich zur Bündastrasse fahren?»

«Nein.» Dario gab sich betont desinteressiert.

«Dann werde ich allein zu ihr hinfahren. Kannst du mir dein Auto leihen?»

«Das hingegen kommt nicht in Frage.» Dario grinste mich an. Trotz des Schwarzlichts konnte ich sein Gesicht nun sehen.

«Dann begleite mich. Wir klären ab, ob Ursina noch zu Hause ist, und fahren wieder zurück.»

Dario druckste herum. «Hör zu, ich habe zu viel getrunken.»

In diesem Moment traf Mike zu uns, den ich neulich an der Bar im Hotel Promenade kennengelernt hatte. Ich erkannte ihn an seiner Grösse und an seiner Stimme. Auch er trug ein weisses Hemd und eine weisse Hose.

«Hallo, Mike, wir kennen uns.»

«Allegra? Ja, ich erinnere mich. Du tanzt ganz schön aus der Reihe. Hätte dich kaum erkannt.»

«Hast du deinen Wagen da?»

«Ich habe noch kein eigenes Auto. Warum willst du das wissen?»

«Bist du nüchtern?», fragte ich, was Mike mit einem spöttischen Grinsen quittierte. «Könntest du mich zur Bünda fahren?»

Dario intervenierte. «Ich komme mit.» Er schlug Mike auf die Schultern, näherte sein Gesicht seinem, schnüffelte und bemerkte: «Absolut nüchtern.»

Ich holte mir die Pelzjacke und tauschte die High Heels gegen die Boots aus.

Draussen war es sternenklar und klirrend kalt.

***

In Davos Dorf war weniger los als in Davos Platz. Beim Skilift Bünda schossen Kinder kleine Feuerwerkskörper in die Nacht. Oberhalb des aufsteigenden Schweifs explodierten Sterne und regneten auf den hellen Schnee nieder.

Mike hatte vor dem Haus geparkt. Er wollte im Wagen bleiben. Ein schwacher Schein drang aus dem Küchenfenster. Dario und ich gingen die Treppe hoch. Ich zog an der Glockenschnur. Einmal. Zweimal. Nichts rührte sich. Dario klopfte mit der Faust an die Tür. Ich drückte die Türfalle. Sie gab nach.

Vorsichtig öffnete ich die Tür einen Spaltbreit, sah hinein in die Küche. Auf dem Tisch standen gebrauchtes Geschirr, eine halbe Pastete auf einem braun angelaufenen Silbertablett und eine fast leere Weissweinflasche.

«Ursina? Frau Vetsch?» Ich trat ganz ein. Es machte nicht den Eindruck, dass sich jemand im Haus befand.

Ich öffnete die Tür zum Flur, betätigte den Lichtschalter und warf einen Blick in die gute Stube. Auf dem Tisch lagen noch das Négligé, das zerknüllte Papier und einiges mehr, was zur allgemeinen Unordnung beitrug. Ein Blick zur Weihnachtslandschaft verriet, dass Jelsha Vetsch ihrem Spieltrieb nachgegeben hatte. Maria und Josef standen jetzt vor dem Stall und die Schafe um die Krippe herum.

Ich ging über die Treppe ein Geschoss höher.

Dario folgte mir. «Dir ist schon bewusst, dass das Hausfriedensbruch ist», sagte er.

Ich wandte mich nach ihm um. «Wie heisst das schon wieder? Gefahr im Verzug?» Ich lächelte ihn an.

Im Korridor war es angenehm warm. Anders in Laras Zimmer. Wieder rief ich nach Ursina.

«Da ist niemand.» Dario öffnete eine weitere Tür auf der gegenüberliegenden Seite. «Schau, das ist sicher Ursinas Heiligtum.»

Ich knipste mehrere Lichtschalter an. Von zwei altmodischen Lampenschirmen ging etwas Helligkeit aus. Im Zimmer gab es einen Kachelofen, der mit der Küche im unteren Stock verbunden zu sein schien. Er strahlte etwas Wärme ab. Ein schmales Bett, ein Schrank und ein Tisch mit Stuhl waren die einzigen Möbel. Das Zimmer war aufgeräumt. Neben dem Fenster an der Wand hing ein einziges Bild von einem Mann – einem amerikanischen Schauspieler, der im letzten Jahr verstorben war.

Eine Tür führte auf die Veranda, wo noch immer die drei Hosen hingen. Es waren nicht die Hosen, die mich stutzig machten. An der Holzwand war ein Bügel angebracht. Daran bewegte sich ein weisses Kleid mit Fransen im Wind. Ich hätte schwören können, dass Ursina dieses Kleid heute an der Party im Postillon hatte tragen wollen.

Etwas stimmte nicht.

Ich ging zurück. Dario folgte mir durch den Korridor. Ich stiess die letzte Tür auf und landete in Jelshas Zimmer.

Ein braun gebeiztes Doppelbett, ein wuchtiger Schrank, eine Kommode und darauf ein Waschbecken mit Krug vermittelten den Eindruck, sich in eine vergangene Zeit verirrt zu haben. «Warst du schon mal hier?»

«Nein.» Dario suchte jeden Winkel des Zimmers ab. «Sieht es danach aus, als hätten sie das Haus fluchtartig verlassen?»

«Kaum. Aber Ursina müsste noch hier sein.» Zum wiederholten Mal rief ich ihren Namen.

«Schauen wir doch im Keller nach», schlug Dario vor.

Wir gingen zurück in die Küche und fanden dort den Zugang zum Keller. Modriger Geruch schlug uns entgegen.

Wir stiegen über steile Stufen nach unten. Vergeblich suchte ich nach einem Lichtschalter. Der Kegel der Stableuchte tanzte über morsche Gestelle, auf denen einige wenige Einmachgläser standen. An der einen Wand lehnte ein Velo, dem die Kette fehlte, auf der gegenüberliegenden Seite schimmelte eine Truhe. Trotz des rostigen Schlosses öffnete ich sie und hob den Deckel an. Dario zündete hinein. Verschiedene Plastikflaschen unbestimmten Inhalts lagen kreuz und quer in einem Bastkorb, daneben braune Papiersäcke und eine Tüte mit dem allgemeingültigen Giftzeichen: ein Totenkopf mit zwei übereinandergekreuzten Knochen. «Rattengift».

«In dieser vergammelten Hütte gibt's im Sommer bestimmt Ratten», sagte Dario. «Vielleicht verstecken sie sich gerade hinter der Truhe.»

«Wenn du meinst, mir damit Angst einflössen zu können, hast du dich getäuscht», bluffte ich, hätte aber am liebsten den Deckel zugeschlagen und das Weite gesucht. Ich griff nach der Tüte. Sie war bis zur Hälfte leer. Ich verschwieg Dario meine Vermutungen. Ich konnte auch danebenliegen. Aber ganz geheuer war mir nicht.

Wir kehrten in die Küche zurück.
«Ich gehe noch einmal nach oben», sagte ich, als sich Dario am Schüttstein die Hände wusch.
«Wonach suchst du?»
«Das weiss ich erst, wenn ich es gefunden habe.»
In Jelshas Zimmer war mir unheimlich. Über dem Bett hing ein Gemälde, auf dem zwei Engel kämpften. Das Gute gegen das Böse, nahm ich an. Einer der Engel war schwarz und hatte zwei Hörner und unterlag dem freundlicheren weissen Engel.
Gegen wen hatte Jelsha gekämpft?

SIEBZEHN

Ich riss die Schubladen des altmodischen Nachttisches auf. In der einen fand ich handgestickte Taschentücher mit den Initialen «M.V.», Mian Vetsch. In der anderen lagen Arztromane und Medikamente. Ich besah mir die Schachteln und hielt plötzlich ein Schächtelchen in der Hand, welches mein Herz zum Rasen brachte.

Schlaftabletten!

Ich öffnete die Lasche und zog das Aluminiumbehältnis heraus. Es war leer. Zwölf Tabletten fehlten. Wenn Jelsha Vetsch vor dem Schlafengehen Tabletten in Kombination mit zu viel Alkohol schluckte, hing ihr Leben an einem seidenen Faden, ging mir durch den Kopf. Vielleicht war die Schachtel aber einfach nur leer, weil Jelsha täglich eine Tablette schluckte und der Vorrat zur Neige gegangen war. Trotzdem beschlich mich ein seltsames Gefühl. Ich steckte die leere Packung in meine Jackentasche, schob die Schubladen zu und verliess das Zimmer.

«Wir sollten weiter nach Ursina suchen.»

Dario schmollte. «In einer Stunde ist Mitternacht. Wir sollten zurückgehen. Die taucht schon wieder auf.»

«Dann wäre sie schon längst da.»

«Wo willst du noch suchen?»

«Im Mattawald.»

«Bist du bei Trost? In dieser Kälte!»

«Ich habe ein ungutes Gefühl.»

Dario lächelte. «Und wie äussert sich das?»

«Das kann ich nicht erklären. Es ist einfach da. Es spornt mich an, das Richtige zu tun, ohne lange zu überlegen.»

«Ich habe auch ein ungutes Gefühl. Ich werde aber nicht zögern, das Richtige zu tun.» Dario zog mich an sich, schlang seine Arme um meinen Oberkörper und küsste mich auf den Mund. Sein Bart kratzte. «Das wollte ich nämlich schon lange tun.»

Ich riss mich los. «Wenn du mich nicht begleitest», sagte ich, «ziehe ich allein los.»

«Mit deinem Fähnchen kommst du nicht weit. Du holst dir ja den Tod.»

«Kommst du nun mit?» Ich liess nicht locker.

«Du bist wirklich eine harte Nuss», spottete Dario, versprach aber, mich in den Wald zu begleiten.

***

Noch eine Dreiviertelstunde bis Mitternacht.

Am Übungshang des Bünda, wo tagsüber Kinder und Erwachsene ihre ersten Skiversuche machten, stiegen nun grössere Leuchtraketen in den Himmel. Silberne und goldene Sterne und Blumen in allen Farben verzauberten für ein paar Sekunden den Hang, bevor sie ins Nirgendwo verschwanden. Mütter und Väter mit ihren Kindern hielten sich vor den Häusern auf und bestaunten den glitzernden Regen.

Mike fuhr auf mein Geheiss hin in Richtung Mattawald. Dario sagte, dass er es überhaupt nicht verstehe. «Wenn du dort jemanden triffst, ist das vielleicht Wolf.»

«Ich dachte, der sitzt in Untersuchungshaft?»

«Müller hat ihn wieder laufen lassen. Der tut keinem etwas zuleide, glaube mir.»

Je höher wir gelangten, desto mehr Schnee lag auf der Strasse.

Ich stiess Luft aus. «Dario, hast du keine Schneeketten?»

Mike brummte etwas vor sich hin.

«Nein, brauche ich nicht. Ich fahre viermal vier», sagte Dario. «Und Mike fährt nicht schlecht.»

«Ich bin seit einem Monat im Besitz eines Führerscheins», grinste Mike. Er fuhr auf den Parkplatz am Ende einer Sackgasse und stellte den Wagen ab.

«Er ist ein Naturtalent», sagte Dario und stieg aus. «Den Rest müssen wir zu Fuss weiter.» Er zündete mir mit der Stableuchte ins Gesicht. «Wo sollen wir suchen?»

«Vielleicht dort, wo man Lara gefunden hat.»

«Soll mal einer die Frauen verstehen.»

«Wir sind eben intuitive Geschöpfe.»

«Eher komische ...» Dario ging voraus.

Ich war mir nicht sicher, ob das der richtige Weg war. Nachts sah alles gleich aus.

Wir stapften durch meterhohe Wechten, und wenn wir schneebehängte Zweige streiften, rieselten die Flocken auf uns herab. Meine Beine spürte ich ob der Kälte fast nicht mehr. Ich bedauerte es, keine langen Hosen angezogen zu haben. Unter der Jacke trug ich nichts als dieses schwarze Partykleid. Ich verwünschte meine Kaufneurose, zumal dieses Kleid nicht billig war.

«Ich friere», jammerte ich, worauf Dario mir seine Daunenjacke reichte. Ich kuschelte mich in sie. Es war, als würden einen Moment lang neue Lebensgeister zurückkehren.

Wir gingen weiter. Immer tiefer in einen Wald hinein, der nachts unheimlich wirkte. Weit weg, es mochten ein paar hundert Meter sein, vernahmen wir helles Kinderlachen.

«Ursina ist definitiv nicht da. Und langsam kriege auch ich kalte Hände.» Dario schlug die Arme gegeneinander.

«Wo ist der Platz, an dem Lara starb?»

«Was weiss ich. Es ist zu dunkel, um mich richtig orientieren zu können.» Dario leuchtete mit der Lampe auf das Zifferblatt seiner Uhr. «In knapp einer halben Stunde beginnt das neue Jahr. Verdammt, ich habe mir Silvester anders vorgestellt …»

«… als mit einer Verrückten durch den Wald zu streifen … komm, gib es zu. So denkst du doch über mich.»

«Ich schätze dich als intelligente Frau ein», wich Dario aus. «Aber heute …» Er zog eine Grimasse.

Ich lehnte mich an einen Baumstamm. Verschnaufpause. Dario machte es mir gleich.

Ich überlegte mir, dass Tomasz mich noch nicht angerufen hatte. Ich stellte mein iPhone auf laut. Mittlerweile trug ich zwei Telefone bei mir. Auf einmal vernahm ich Stimmen.

«Was war das?»

«Was?

«Psst …» Ich lauschte. Jemand schimpfte.

«Jetzt höre ich es auch.» Dario stiess sich vom Baumstamm ab. «Komm!» Er ging voraus.

Der Weg wurde steiler. Wir stiegen über wuchtige Wurzeln und Gesteinsbrocken. Wir hielten wieder an. Lauschten angespannt.

Die Stimmen, es waren mehrere, tönten näher. Was gesprochen wurde, konnten wir nicht verstehen.

«Dort oben gibt es Häuser», erklärte Dario. «Die Leute feiern sicher draussen. Sie trinken Champagner oder Prosecco mit ihren Liebsten. Sie lachen und küssen sich und benehmen sich so, wie es sich gehört an Silvester … Vielleicht können wir mit Wildfremden auf das neue Jahr anstossen.»

In meine Moonboots war Schnee gerutscht. Es fühlte sich nass und kalt an. Ein warmer Raum und ein heisser Grog wären nicht zu verachten gewesen. Aber was war schon dabei, wenn man den Silvester verpasste? Es gab Schlimmeres.

Die Stimmen kamen näher. Es schimmerte goldfarben durch das Gewirr verschneiter Bäume. Ein Frauenlachen und das tiefe eines Mannes.

Doch in das Lachen mischte sich ein Ton, der nicht hierherpasste.

Jemand schrie sich die Seele aus dem Leib. Schrie entsetzlich, bis nur noch ein heiseres Flehen zu vernehmen war.

Dario rannte los, den Hang hinauf. Schnee fiel von den Bäumen, traf mich im Gesicht. Meine Frisur, die mich eine halbe Stunde gekostet hatte, war im Eimer. Ich keuchte hinter Dario her.

Da standen wir nun.

Auf dem Platz mit dem Kreuz. Der Schnee hatte alles unter sich begraben. Dort, wo wir Wolf angetroffen hatten, kniete eine Gestalt, eingemummt in ein langes dunkles Wollgewand, auf dem Boden. Sie krümmte sich, dem Anschein nach, vor Schmerz. Schrie nicht mehr. Sie hustete und gurgelte.

Ursina!

Ich riss Dario die Stableuchte aus der Hand. Der Kegel ergriff ihren Körper und daneben ein umgekipptes Glas.

Ich schnellte nach vorn. «Ursina! Hörst du mich?»

Dario alarmierte wie paralysiert den Notfallarzt, die Polizei, die Feuerwehr. Ich versuchte, Ursina zum Sprechen zu bringen. Sie würgte, hustete wieder, verdrehte die Augen.

«Sie werden so schnell wie möglich hier sein.» Dario stapfte auf und ab. Er war nervös und schien verärgert.

Ich drehte Ursina auf die Seite, riss ihren Mund auf, steckte meinen Finger in ihren Hals, die ganze Hand. Aus ihrem Rachen strömte ein Verwesungsgeruch. Meinen Würgereflex versuchte ich zu unterdrücken.

«Ursina! Du musst das Zeugs ausspucken.» Ich zog sie auf, setzte sie hin und griff ihr unter die Arme. Mit der einen Hand drückte ich ihr auf den Magen, mit der andern bearbeitete ich noch immer ihren Mund. Die Kraft war aus ihrem Körper gewichen. «Wie viel hast du davon getrunken?» Ich drückte mit meinem Oberkörper ihren Kopf nach vorn. «Kotz es raus!»

Aus der Ferne vernahm ich das Donnern von Raketen. Einzelne Lichtblitze reichten bis hierher. In das Donnern mischte sich der scharfe Klang des Martinshorns, der Zweiklang der Feuerwehr. Dario hatte die Rettungskräfte von halb Davos mobilisiert.

Ursina röchelte. Sie würgte. Dann kam es wie ein Schwall aus ihr heraus.

Sie erbrach sich noch, da war der Notfallarzt bereits hier. Zwei Polizisten stellten Halogenlampen auf, über uns kreiste ein Helikopter.

Und drüben über der Bünda explodierten tausend Sterne. Sie erhellten die Nacht. Es streuten bunte Blumen auf den Schnee. Spiralen in allen Farben.

Und meine Tränen.

Die Notfall-Equipe des Davoser Spitals legte Ursina auf eine Bahre und deckte sie mit Wolldecken zu. An ihrem mageren Handgelenk war eine Infusion angebracht. Über dem Gesicht eine Sauerstoffmaske.

Dario nahm mich in die Arme. Er strich mir zärtlich über die Wangen. «Ich wünsche dir ein gutes neues Jahr!»

Ein Aufgebot an Polizisten war eingetroffen. Sie suchten den Wald ab. In schwarzer Montur, schweren Stiefeln und mit Waffen ausgerüstet, durchforsteten sie Meter um Meter. Rund um den Tatort stellten sie noch mehr Halogenleuchten auf, drangen vor bis zu den Häusern an der Mattawaldstrasse. Gingen in alle Richtungen.

Dario und ich kehrten zurück zum Auto. Der Helikopter landete gleich neben uns. Wir sahen zu, wie man Ursina in die Kabine verfrachtete. Sie war in guten Händen. Ob sie durchkam?

Dario drückte mich an sich. In dieser Berührung steckte eine Kraft, die mir guttat. Ich wollte anlehnen, seine Wärme spüren, mich von ihm trösten lassen.

«Ich finde keine Worte», sagte Dario, zurück bei seinem Wagen. Mike hatte auf uns gewartet wie unser persönlicher Chauffeur und hatte sich nicht von der Stelle gerührt. Ihm war es offenbar egal, dass das neue Jahr begonnen hatte.

«Happy New Year», sagte ich und drückte ihm einen Kuss auf die Wange.

«Du bist unheimlich», sagte Dario. «Ich nehme alles zurück, was ich zu deiner Intuition gesagt habe.»

Wir hatten uns auf den Rücksitz gesetzt.

«Meinst du, dass die eigene Mutter ...» Ich brachte es nicht fertig, den Satz zu beenden. Jelsha Vetsch war verschwunden. Das konnte kein Zufall sein. Ich musste davon ausgehen, dass sie mit Ursina hierhergegangen war. Der Wald hatte sie verschluckt.

Oder machte ich einen Denkfehler?

Mike startete den Motor.

«Ich bin froh, bin ich nicht im Dienst», sagte Dario.

«Das kannst du laut sagen.» Warum war mir das nicht früher eingefallen? Ich hätte die Gelegenheit gehabt, im Keller nachzusehen. Rattengift, Schlaftabletten, Wein – alles unter einem Dach. Eine Mutter bringt ihre eigenen Töchter um. Ich wurde den Gedanken nicht mehr los. Sie werden sie finden, dachte ich. Sie kann nicht weit gekommen sein.

Mike fuhr auf die Bündastrasse.

«Wir sollten es Jelsha Vetsch mitteilen», sagte Dario.

***

Mein iPhone schnurrte. Es erinnerte mich daran, dass ich es bis heute versäumt hatte, die offene Rechnung zu begleichen. Ich hasste es, Altlasten in ein neues Jahr mitzunehmen.

«Darling, ich bin unterwegs zu dir.»

«Tomasz!» Mein Herz schlug bis zum Hals.

«Ich hoffe, du hast auch ohne mich toll gefeiert.» Er klang angespannt.

«Ja, habe ich», flunkerte ich. Es schien mir unmöglich, Tomasz von meiner Aktion zu erzählen. Er hätte nicht begriffen, warum ich mich selbst in Gefahr begab. «Ein gutes neues Jahr, mein Schatz. Wann triffst du hier ein?»

«Ich bin gerade von der Autobahn Richtung Prättigau abgezweigt. Ich bin bald bei dir.»

«Pass auf dich auf. Die Strassen sind schneebedeckt.»

«Mache ich. Bis bald.»

Ich beendete das Gespräch. Wohl war mir nicht dabei. Tomasz und ich hatten uns geschworen, einander alles zu sagen, was uns bedrückt. Schweigen machte vieles nicht leichter. Die Wahrheit zu vertuschen, glich einem Lügen mit Berechnung. Sich später zu rechtfertigen, zog Misstrauen nach sich.

«Dein Freund?», fragte Dario.

«Ja, er kommt endlich nach Davos.»

Wir fuhren über die Promenade. Überall feierten Menschen. Es sah aus, als wären sie froh, wieder bei Stunde null beginnen zu können – mit neuen Vorsätzen, neuen guten Gefühlen, die im Verlaufe des Jahres jedoch verglühen würden wie Leuchtraketen in der Nacht.

«Was hast du vorher gemeint, dass wir es Jelsha mitteilen sollten?», fragte ich.

Mike verlangsamte das Tempo.

«Ich sprach vorher kurz mit dem Notfallarzt», sagte Dario. «Er teilte mir mit, dass man Jelsha vor knapp zwei Stunden in die Notaufnahme gebracht hatte. Aufgrund einer Alkoholvergiftung.»

«Aber … das verstehe ich jetzt nicht … war die Person im Wald nicht Ursinas Mutter?»

«Wie kommst du darauf? Wir haben niemanden gehört.»

«Aber da waren Stimmen, und Ursina hat geschrien. Sie war nicht allein … nicht allein! Ich dachte, dass sie mit ihrer Mutter in den Wald gegangen war.»

«Definitiv nicht.»

Ich war erleichtert. Ich hätte es nicht ertragen, wenn ihre eigene

Mutter eine Mörderin gewesen wäre, obwohl alles darauf hingewiesen hatte – auch ohne Motiv.

Wenn eine Mutter ihr eigenes Kind tötet, muss sie entweder sehr krank sein oder keinen anderen Ausweg mehr gehabt haben.

«Ich bin sicher, dass unsere Truppe den oder die Täter findet», sagte Dario. «Falls unsere Männer die Spur nicht aufnehmen können, gibt es ja noch eine Hundestaffel.»

«Wenn wir nicht dazwischengegangen wären, hätte es einen weiteren Mord gegeben. Am Morgen hätte man Ursina gefunden und geglaubt, dass auch sie sich umgebracht hatte.» Ich fixierte Darios rechte Gesichtshälfte, obwohl ich sie in der Dunkelheit nicht richtig sah. Nur sein Profil zeichnete sich gegen das graue Rechteck des Fensters ab. Sein energisches Kinn, seine wohlproportionierte Nase, die moderat geformte Stirn. «Warum hat man die Hundestaffel nicht gleich eingesetzt? Jetzt vergeht wieder kostbare Zeit. Ich verstehe die Davoser Polizei nicht … ist es, weil heute Silvester ist? Seid ihr unterbelegt?»

«Wie kommst du darauf?»

«Das geht alles etwas schleppend voran.»

«Was alles muss ich mir eigentlich von dir gefallen lassen?» Dass Dario aufgebracht war, verriet seine Körperhaltung. «Du schnippst mit dem Finger, und ich folge dir wie ein gut dressierter Hund … Kannst du nicht einmal einfach zufrieden sein mit dem Resultat? Ich habe mir Silvester anders vorgestellt», beschwerte er sich. «Ich wollte im Postillon feiern, wie das alle machen in unserem Alter. Feiern und nichts dabei denken. Ich habe deinetwegen darauf verzichtet.»

«Wir haben Ursinas Leben gerettet», flüsterte ich. «Es tut mir leid wegen vorhin. Allein hätte ich es nicht geschafft.»

«Hast du irgendwelche Probleme, die du nicht zur Sprache bringen willst?»

Ich wusste nicht, was antworten. Dario und ich waren uns in den letzten Tagen nähergekommen, als ich mir je hätte vorstellen können. Obwohl er als starker Naturbursche auftrat, hatte er ein konträres Inneres, das auf meine Befindlichkeiten sensibel reagierte. Er bot mir die Stirn, liess sich nicht alles von mir gefallen. Er griff aber auch an, verteidigte sich gegen meine Attacken, wenn ich zu undiplomatisch wurde.

Er machte mich neugierig.

Dario war nicht mehr der kleine, schüchterne Schuljunge, der vor mir in der Primarschule gesessen hatte. Nicht mehr der runde, eingefallene Rücken, der Unsicherheit signalisierte. Nicht mehr der Verlierer, der während der Turnstunden gehänselt wurde, weil er die Kraft nicht besass, eine Stange hochzuklettern.

Er war zum Mann gereift. Zu einem schönen, gesunden Mann, der sich in Form hielt. Nicht der Intellektuelle – er war der Bodenständige. Ein Mensch mit gesundem Verstand, der die Facetten des Lebens auskostete und dabei den Überblick behielt, vor allem auch die Selbstkontrolle.

Ich betrachtete ihn heute mit ganz anderen Augen als noch vor einem halben Jahr.

In ihm sah ich all die Dinge, die mir selbst fehlten.

«Können wir zum Polizeistützpunkt?», fragte ich.

«Das kannst du noch früh genug. Morgen wirst du bestimmt als Zeugin aufgeboten. Mike bringt uns jetzt nach Hause.» Dario schlug Mike auf die Schultern und wies ihm den Weg. «Bis Tomasz eintrifft, werde ich bei dir bleiben, wenn dir das recht ist.»

Es war mir mehr als recht.

Im Postillon besorgte ich eine Flasche Louis Roederer. Der Champagner kostete zwar ein Vermögen, aber wir hatten ihn verdient.

Mike brachte uns bis vor die Haustür. Er parkte Darios Wagen und machte sich zu Fuss auf den Weg in die Neujahrsnacht.

Noch vernahm man letzte entfernte Knaller, gedämpft das Gejohle von Betrunkenen durch die geschlossenen Fenster. Es war jetzt zwei Uhr.

Wir sassen im Wohnzimmer. Dario auf dem Sofa, ich ihm gegenüber auf einem Sessel. Zwischen uns herrschte jene Spannung, die die Luft zum Vibrieren brachte. Wir hatten uns nicht mehr berührt. Das, was im Postillon geschehen war, ordnete ich dem Alkoholkonsum zu. Er hatte in mir die Gefühlskollision zwischen Nichtwollen und Nachgeben aufgelöst, mich zu einem wehrlosen, dem Urtrieb ausgelieferten Wesen gemacht, wenn ich es genau nahm.

Dario verhielt sich gesittet, trank Wasser. Den Champagner solle ich mir für Tomasz aufsparen. Irgendwann sagte er, dass er nun gehen wolle.

Feinfühlig hatte er meine Situation begriffen. Mich zusammen mit Tomasz zu sehen, wäre ihm wahrscheinlich nicht recht gewesen. Hätte ihn vielleicht aufgewühlt – uns beide.

Fünf Minuten bevor Tomasz eintraf, hatte Dario sich von mir verabschiedet. Er würde sich melden, sobald er mehr wisse, waren seine Worte gewesen.

***

Es klingelte. Tomasz stand vor der Wohnungstür.

Unsere Begrüssung war wie ein Aufbäumen. Ein Aufeinanderprallen. Ein atemloses Staunen. Wortlos torkelten wir ins Schlafzimmer. Noch auf dem Weg schälten wir einander aus den Kleidern, als würden wir es zum letzten Mal tun. Unsere Augen sprachen die Sprache, die über die Lippen nicht kam. Dieses grenzenlose Verlangen und Küssen wie Feuer, während unsere Körper pulsierten – im Rhythmus einer Melodie, die es nur in unseren Herzen gab. Ein Wiegen und Schaukeln, ein Nehmen und Geben. Wir fielen. Wir fielen tief. Verschlungen ineinander und miteinander explodierten wir. Ein stimmloses Aufschreien – wir brachen zusammen, starben den Tod im Grab des andern.

Später tranken wir vom Champagner und sahen uns bloss an.

Und ich wusste genau, dass die Ursache meiner Heftigkeit nicht in Tomasz lag, sondern in Dario.

Ich schämte mich dafür und hätte darüber sprechen wollen. Aber es hätte den Reiz des Augenblicks gestört und Tomasz verletzt. So liess ich ihn im Glauben, dass alles gut wäre.

Er war mir so fremd geworden.

Er war so weit weg.

«Wie geht es deinem Vater?»

«Den Umständen entsprechend. Er liegt noch auf der Intensivstation. Noch mehr Sorgen bereitet mir Mutter. Eine Nachbarin schaut jetzt ab und zu bei ihr vorbei.» Tomasz hob mein Kinn an. «Nun zu dir. Warst du schon auf den Skiern?»

Ich wand mich aus seinen Armen, setzte mich vor ihn hin. Tomasz' Körper beeindruckte mich jedes Mal. Seine dunklen Haare kontrastierten mit seiner weissen Haut. «Du wirst es nicht glauben, ich arbeite im Hotel Promenade. Es war mir so langweilig ohne dich ...»

«Wie ich mich erinnere, wolltest du die Weihnachtsferien zum Lernen nutzen. Muss ich mir Sorgen machen?»

«Ich weiss. Aber im Moment bin ich nicht sonderlich motiviert.»

«Du glaubst wohl an Wunder ...» Tomasz lächelte, aber es war ein enttäuschtes Lächeln.

Vielleicht hatte sich nicht Tomasz, sondern ich mich verändert. Spürte er es?

«Morgen, das heisst heute muss ich wieder ins Hotel gehen.»

«Das hättest du mir sagen können ...»

«... dann wärst du nicht zu mir gekommen», beendete ich seinen Satz.

«Dann hätte ich mich nicht so unter Druck setzen lassen.» Tomasz beugte sich nach vorn und zog mich zu sich. «Es ist im Moment alles etwas schwierig für mich. Die Arbeit in der Kanzlei ... ich habe es mir, ehrlich gesagt, einfacher vorgestellt.»

«Ich verstehe es auch nicht. Du arbeitest bis zum Umfallen. Du machst Überstunden, ohne sie kompensieren zu können. Ich meine, du als Anwalt müsstest wissen, dass das nicht rechtens ist. Es gibt ein Arbeitsgesetz, das die wöchentlichen Stunden festlegt. Ausnahmen bestätigen die Regel. Aber bei dir ist die Ausnahme an der Tagesordnung.»

«Es steht mir frei, den Job zu wechseln.»

«Aber das möchtest du nicht, weil du lieber überdurchschnittlich verdienst.»

«Nein, das ist es nicht. Ich will dazulernen. Zudem ...»

«Was?» Ich spürte, dass da noch etwas war, das nichts mit seiner Arbeit zu tun hatte. «Was?»

«Ich habe die Option, im Herbst nach Boston zu gehen. Die Kanzlei bezahlt meinen Aufenthalt. Quasi ein Austauschjahr, wo ich das amerikanische Recht noch verinnerlichen könnte.»

Ich hatte mir einmal geschworen, Tomasz zu begleiten, wohin

immer er gehen mochte. Dieses Gelübde bröckelte plötzlich. Ich schwieg.

«Wenn du den Master schaffst, wirst du dich bestimmt um eine Stelle in einer Kanzlei bewerben.»

«Was soll das heissen?»

«Dass es vielleicht auch für dich eine Möglichkeit gäbe …»

«In den Staaten?»

«Warum nicht?»

Damit hatte ich nicht gerechnet. Ich musste das zuerst verdauen. «Das kommt alles so unerwartet», sagte ich, noch immer perplex. «Ich glaube nicht, dass ich einfach auf die Schnelle ein Visum bekomme.»

«Wir könnten heiraten.»

Eine Vernunftheirat!

Ich war gerade fünfundzwanzig. Was, wenn ich in den Staaten keinen Job bekam? Dann würde ich zum Daheimbleiben gezwungen. Hausfrau in Boston.

Keine sehr inspirierenden Aussichten. Andererseits würde mich Boston schon reizen.

«Können wir das später besprechen? Ich bin müde.»

Tomasz küsste meine Finger. «Verschieben wir es auf morgen.»

ACHTZEHN

Er hantierte an der Kaffeemaschine, als ich aus der Dusche kam. Ich schlang mir ein Frotteetuch um und setzte mich an den Küchentisch.

«Dein Bruder hat einen exquisiten Geschmack.» Tomasz schwärmte von den Hightechgeräten, nachdem er einen Arpeggio rausgedrückt hatte. Er musterte mich. «Ich dachte, wir gehen Ski fahren.»

«Ab übermorgen habe ich keine Verpflichtungen mehr.» Ich zog mein rechtes Knie an und stützte den Kopf darauf. «Ich muss leider gleich weg. Aber du kannst es dir hier gemütlich machen, wenn du nicht allein auf die Pisten willst.»

«Ich könnte dich ja begleiten.»

«Wohin?»

«Ins Hotel. Ich wollte schon immer mal an einer Rezeption stehen.» Tomasz' Lachen wirkte gekünstelt. Versuchte er, mich bei Laune zu halten?

Ich verschwieg ihm, dass ich Ursina im Spital besuchen wollte. Zudem interessierte mich, ob die Polizei im Mattawald jemanden verhaftet hatte.

Im Gegensatz zur Silvesternacht war ich jetzt nüchtern. Die Vernunft stand wieder über meinen emotionalen Ausbrüchen. Mam hatte mich gelehrt, meine Leidenschaft unter Kontrolle zu halten. Nur so könne man im Leben etwas erreichen. Ich erinnerte mich daran, wohin das bei ihr geführt hatte.

Den Kaffee, den Tomasz vor mich hingestellt hatte, rührte ich nicht an. Ich erhob mich. «Ich gehe mich mal anziehen.»

Ich spürte Tomasz' Blick auf meinem Rücken. Ich wusste, dass ich nicht sehr nett zu ihm war.

Meine Gefühle waren in Aufruhr. Ich hatte Dario nicht geküsst. Zwischen uns war nichts. Ich liebte Tomasz.

Mit diesen Gedanken trat ich aus dem Haus.

***

Die Strassen waren heute wie ausgestorben. Kaum Leute, obwohl das tolle Wetter geradezu dazu einlud, in die Berge zu fahren.

Ich bestieg den Bus Richtung Glaris Monstein und fuhr bis zur Haltestelle Spital. Am Empfang erkundigte ich mich nach Ursina. Der frisch gebohnerte Boden glänzte feucht und roch steril.

Nachdem sie den Rest der letzten Nacht auf der Intensivstation verbracht hatte, lag sie jetzt in einem Viererzimmer, zusammen mit drei anderen Frauen. Eine von ihnen hatte ein Gipsbein hochgestellt, zwei lagen lethargisch da, wahrscheinlich krankheitshalber.

Ursina sah erstaunlich gut aus, als ich an ihr Bett trat. Der Schlauch einer Infusion verschwand in ihrem linken Unterarm.

«Hallo, Allegra.» Über Ursinas Gesicht huschte ein Lächeln. «Schön, dass du da bist. Ich habe mir den Jahreswechsel etwas anders vorgestellt.»

Ich drückte ihre Hand.

«Wenn du nicht gewesen wärst … würde ich jetzt mit den Engeln das neue Jahr besingen.»

Ihr trockener Humor erstaunte mich. «Ich bin froh, geht es dir besser.»

«Mir geht es geradezu gut. Ich habe bis vor einer Stunde geschlafen. Der Arzt war schon da. Er wunderte sich über meinen Überlebenswillen.»

Ich wusste nicht, was ich darauf hätte erwidern sollen.

«Morgen will ich nach Hause.»

«Weisst du, wo deine Mutter ist?»

«Man hat sie nach Chur ins Kantonsspital gebracht. Sie wird von dort in eine Entzugsklinik eingewiesen. Das zumindest hat man mir gerade eben mitgeteilt.»

Meine Ungeduld, die Wahrheit über die Geschehnisse der letzten Nacht zu erfahren, wuchs ins Unermessliche. Wer war die Person, die Ursina hatte vergiften wollen und wahrscheinlich auch Laras Mörder war? Ich ging davon aus, dass der Täter in der Zwischenzeit gefasst worden war. Mit diesem Aufgebot an Suchkräften gab es keine andere Möglichkeit. Ich hatte Dario absichtlich nicht angerufen. Ich sah davon ab, ihn in ein Dilemma zu bringen. Auch wenn er es in der Zwischenzeit erfahren hatte, würde er schweigen müssen – selbst mir gegenüber.

«Erinnerst du dich an gestern?»

«Vage. Ich blicke vorwärts.»

Das passte zu Ursinas Lebenseinstellung. Für sie existierte die Vergangenheit nicht.

«Ich möchte mich auch nicht daran erinnern …» Sie wandte ihr Gesicht dem Fenster zu. Die Landschaft dahinter sah überzuckert aus. Auf den Hausdächern und Bäumen lag unberührter Schnee und glitzerte in der Sonne. Noch lag der östliche Hang im Schatten.

Ich sah davon ab, Ursina mit Fragen zu löchern. Früher oder später würde sie es mir erzählen.

«Morgen wirst du also entlassen?»

«Der Doktor will mich noch eine Nacht hierbehalten.» Ursina zeigte auf den Infusionsständer mit der Kochsalzlösung. «Zuerst wollen sie mich mit dem Zeugs auffüllen … Löcher stopfen.» Sie unterdrückte ein Lachen.

Die Patientin gegenüber war aus dem Dösen erwacht. Mit fahrigen Bewegungen griff sie nach dem Triangel und betätigte den Alarmknopf.

Ursina folgte meinem Blick. «Die werden hier gleich auftauchen.»

«Wer?»

«Das Pflegepersonal. Seit ich wach bin, hat sie schon dreimal geläutet.»

Als eine Krankenpflegerin ins Zimmer trat, verabschiedete ich mich von Ursina und versprach ihr, mich bei ihr zu melden. «Morgen Abend solltest du fit sein.»

«Ich weiss. Ich habe das weisse Kleid mit den Fransen nicht umsonst gekauft.»

***

Schloss Neuschwanstein mit den abgebrochenen Türmen und zerquetschten Mauern sah eingeschneit nicht mehr wirklich nach einer Eisskulptur aus. Humoristen hatten den Schneehaufen mit

Raketenhülsen und Abschussstäben geschmückt. Carlos war dabei, den Abfall zu entfernen.

«Feliz ano novo», rief er schon von Weitem. «Boas entradas!»

«Ein gutes neues Jahr!» Ich winkte ihm zu.

Am Empfang traf ich Judith, die ein verdriessliches Gesicht machte. Astrid sei krank. «Es musste ja so kommen, so wie sie gestern gebechert hat.» Unter ihren Augen zeichneten sich dunkle Ringe ab. «Ich kam erst um sechs nach Hause. Ich hatte gerade genügend Zeit, um mich zu duschen und frisch anzuziehen … Übrigens ist die Polizei da und hat sich nach dir erkundigt.» Sie sah mich forsch an. «Hast du etwas ausgefressen?»

Ich wollte mich auf keine Diskussion einlassen.

«Leutnant Müller, sagt dir der Name etwas?»

«Hat er gesagt, worum es geht?»

«Nein, aber er erwartet dich im Frühstücksraum.»

Wenn Müller persönlich hier auftauchte, war das kein gutes Zeichen.

Zum Katerfrühstück hatte sich erst die Hälfte der Hotelgäste eingefunden. Theresa stand gerade beim Buffet und reinigte verkleckerte Konfitürenschalen. «Feliz ano novo.» Sie lachte mich an, wie nur Theresa lachen konnte. Ich hatte sie noch nie unzufrieden erlebt. «Herr Müller sitzen dort an Tische fünf.» Offenbar waren alle bereits informiert.

Ein Gast zwängte sich zwischen Theresa und mich und lud vier Rollmöpse auf den Teller. Ein anderer Gast schenkte sich ein Glas Prosecco ein. «Man soll den Tag so beginnen, wie er ausgeklungen war.» Auf seinem blassen Gesicht erschien ein breites Lachen.

Ich ging auf Müller zu. Heute sah er wie geschniegelt aus. Seinen Strickpullover hatte er gegen einen grauen Anzug eingetauscht. Er trug sogar ein Hemd – ein neues, vielleicht ein Weihnachtsgeschenk. Aber kaum von seiner Frau. Vor ihm stand eine halb leere Tasse Kaffee, daneben auf einem Teller lag ein angeknabbertes Croissant und neben dem Teller ein Stapel Dokumente.

Müller deutete auf den freien Stuhl gegenüber. «Bitte!»

Ich setzte mich. Die Sonne schien in den Raum und blendete mich. Staub zwirbelte im Lichtstrahl.

«Es ist an der Zeit, dass wir miteinander reden.»

«Und dafür haben Sie den Frühstücksraum im Hotel Promenade ausgesucht?»

«Ein neutraler Ort. Zu Hause wollte ich Sie nicht belästigen. Was ich von Ihnen wissen will, kann ich auch hier erfahren, sofern Sie bereit sind, mit mir zu kooperieren.»

Was hatte er vor?

«Das klingt verdächtig …» Ich wusste nicht recht, was sagen.

«Wie Ihnen bekannt sein dürfte, ist der Vorfall der angeblichen Notwehr gegen den Unbekannten noch nicht vom Tisch.»

Nett, dass er mich daran erinnerte. «Haben Sie ihn gefunden?»

«Ihre Beschreibung war sehr vage … Aber ich kann den Fall nicht einfach abschliessen. Dass eine Anzeige gegen Sie vorliegt, ist den Umständen entsprechend zwar nicht alltäglich, aber …» Müller geriet ins Stocken.

«Heisst es, dass ich mit dem Schlimmsten rechnen muss?»

«Darüber kann man diskutieren, wenn Sie sich …» Ich sah Müller an, dass er nach den passenden Wörtern suchte. «… wenn Sie sich bereit erklären, uns im Fall Laraina Vetsch zu unterstützen. Das heisst, uns alles, was Sie darüber wissen, zu erzählen.»

Ich sah Müller an, dass er mir eigentlich etwas anderes mitteilen wollte und nach dem passenden Einstieg suchte. Er gab sich einen Ruck. «Der Fall Laraina Vetsch war für uns abgeschlossen.» Müller zog den Kittel aus. «Jetzt macht es den Anschein, dass wir ihn wieder aufnehmen müssen. Ich möchte, dass Sie mir alles, was Sie darüber wissen, schildern.»

«Ich weiss wahrscheinlich auch nicht mehr als Sie», gab ich zu bedenken.

«Der gestrige Vorfall im Mattawald hat uns eines Besseren belehrt.» Es fiel ihm schwer, das zuzugeben. Er schwitzte.

«Sie haben also den Täter oder die Täterin?»

«Dazu kann ich Ihnen nichts sagen.» Er lockerte seinen Hemdkragen. «Gemäss Bericht des Spitals Davos geht es Ursina Vetsch aber den Umständen entsprechend besser.»

«Ich komme gerade von ihr», sagte ich. «Sie scheint über den Berg.»

Müller kratzte sich am Kopf und starrte auf die Dokumente.

«Auch uns können manchmal Fehler unterlaufen», rechtfertigte er sich.

«Ein massiver Fehler, wenn man bedenkt, dass er fast ein zweites Todesopfer gefordert hätte.» Ich wollte meine Trümpfe gegen Müller ausspielen.

«Nun haben wir Glück gehabt, dass es nicht noch schlimmer gekommen ist», sagte Müller lakonisch.

«Jemand hat versucht, Ursina zu vergiften», empörte ich mich.

«Sie lebt. Das allein zählt.» Müller biss ein Stück vom Croissant ab.

Ich verstand nicht, weshalb man so teilnahmslos sein konnte.

«Wie also kann ich Ihnen helfen?», fragte ich.

«Wir brauchen Beweismittel», entgegnete Müller mit vollem Mund. «Unsere Männer haben das Haus der Familie Vetsch bereits durchsucht. Aber ich gehe davon aus, das haben Sie auch schon getan. Sie müssen etwas in die Hände bekommen haben, was Sie so sicher macht, dass Laraina ermordet wurde.»

«Ihren Abschiedsbrief.»

Müller lief rot an. «Eine Kopie davon ist bei uns archiviert. Larainas Schwester wollte unbedingt das Original behalten. Wir sahen keinen Grund, ihr den Wunsch abzuschlagen.»

«Wurde die Echtheit durch ein graphologisches Gutachten bezeugt?»

«Jelsha Vetsch hat beteuert, dass es Larainas Schrift ist.»

«Ursina hat aber das Gegenteil behauptet. Sie ist damit bei Ihnen abgeblitzt.»

«Wir haben Schriftproben aus ihren Schulheften entnommen. Es gab keine Unterschiede», verteidigte Müller seinen Standpunkt.

«Haben Sie sich mit Laras Klassenlehrer in Verbindung gesetzt? Er hätte Ihnen sagen können, dass Lara niemals solche Sätze schrieb, in denen dreimal hintereinander dasselbe Wort vorkommt.»

«Das ist sehr spitzfindig.» Müller steckte sich den Rest des Croissants in den Mund.

«Ein Gespräch mit Herrn Kindschi wäre meines Erachtens wichtig gewesen. Ihnen sind mehrere Fehler unterlaufen. Wir sprechen hier nicht von einem kleinen Versehen. Die Polizei hat sich wirklich einen massiven Lapsus erlaubt. Dieser hätte Ursina fast das Leben gekostet. Ich nehme an, dass der Mörder noch immer auf freiem Fuss ist.»

Müller wischte sich den Mund mit der Serviette ab und spülte Kaffee nach. Er ging nicht darauf ein. «Wir brauchen Ihre Unterlagen.»

«Was für Unterlagen?» Mir fuhr es plötzlich heiss und kalt über den Rücken. War es möglich, dass er von meinem Diebstahl in Chur wusste?

«Ich nehme an, Sie haben Ihre Ermittlungen zu Papier gebracht.»

«Nein, habe ich nicht.» Ich deutete mit dem Zeigefinger an meine Stirn. «Ist alles da drin.»

«Wen hatten Sie denn in Verdacht?»

«Wie meinen Sie das?» Ich sah aus dem Fenster und liess mich von einer Gruppe Kinder ablenken, die mit Plastiksäcken den Weg vom Hotel Promenade zur Eishalle runterrutschten. Auf der Natureisbahn übten die Kunsteisläuferinnen Sprünge.

«Sie müssen doch jemanden verdächtigt haben, sonst hätten Sie nicht nach Ursina gesucht.»

Ich kehrte mit meinen Gedanken zurück. «Ich hatte einfach ein komisches Gefühl. Reicht Ihnen das?»

«Dario sagte mir, dass er mit Ihnen das Haus der Familie Vetsch nach Ursina abgesucht hat.»

«Ja, haben wir.» Innerlich grollte ich gegen Dario. «Die Tür stand offen. Ich hielt es für angebracht, dort reinzugehen. Ich befürchtete, dass etwas geschehen war.»

Müller lachte heute zum ersten Mal. Doch das Intermezzo dauerte nur kurz. «Was haben Sie im Haus gefunden, das auch für uns relevant sein dürfte?»

Ich nahm an, das war eine Fangfrage.

«Wir fanden im Keller Rattengift. Im Wohnzimmer stand eine Flasche Wein, und in der Schublade von Jelsha Vetschs Nachttisch lag eine leere Packung Schlaftabletten. Das war mitunter ein Grund, weshalb ich unbedingt in den Mattawald wollte. Wie sich herausstellte, lag ich mit meiner Vermutung nicht daneben …» Ich warf wieder einen Blick durchs Fenster. Die Kinder befanden sich jetzt alle wieder oben, und der Spass begann von Neuem.

«Jelsha Vetsch ist von jeglichem Verdacht entlastet. Gestern Abend wurde sie von der Streife am Davosersee gefunden, als sie – nur mit einem Nachthemd bekleidet – umherirrte. Sie ist jetzt in der Psychiatrischen in Chur.»

«Grosser Gott!» Ich zögerte. Wusste nicht recht, ob ich das, was ich über die Familie erfahren hatte, Müller mitteilen wollte. «Mian Vetsch, der Vater von Lara und Ursina, war im November in Davos», sagte ich dennoch. «Exakt am Todestag seiner Tochter verliess er das Landwassertal. Ich hatte zuerst seine neue Lebenspartnerin Luisella Ferro in Verdacht. Bin aber wieder davon abgekommen. Ich weiss nicht einmal, ob Mian Vetsch vom Ableben seiner Tochter erfahren hat. Er lebt, was ich von Alois Crameri weiss, seit einiger Zeit in Süditalien.»

Müller runzelte die Stirn. Er schrieb zum ersten Mal Notizen auf ein Blatt Papier. «Wo bekomme ich seine Adresse?»

«Die kann ich Ihnen besorgen.»

Müller stopfte die Dokumente in eine Aktentasche, die er neben seinen Stuhl gestellt hatte. «Sie haben mir sehr geholfen, Frau Cadisch.»

***

Am Nachmittag arbeitete ich wieder auf der Etage. Vier Départs waren auf der Liste eingetragen, jedoch keine Arrivées. Ich konnte mir Zeit lassen. Theresa bügelte in der Lingerie Kochhemden und liess Bettwäsche durch die Mange. Sie hatte mir die vier Wohnungen überlassen. Sie meinte, dass ich das sehr gut mache, sie würde allenfalls für die Kontrolle noch vorbeisehen. Ich benötigte volle drei Stunden, bis ich alle Appartements gereinigt und für neue Gäste hergerichtet hatte. Zwischendurch telefonierte ich mit dem Samsung mit Tomasz, der sich in Valerios Zuhause entspannte, fernsah, Kaffee trank und an nichts dachte. Er sagte, dass er das richtig geniesse. Nach der Hektik der letzten Wochen sei das Balsam. Ich war einerseits erleichtert, dass er die Zeit ohne mich auf seine Art nutzte, andererseits hatte ich ein schlechtes Gewissen.

Ich hatte gedacht, dass nichts meine Gefühle für Tomasz trüben könnte, dass unsere Liebe stark und unantastbar sei. Ich war traurig gewesen, als er im Sommer nach Zürich zog. Er wollte es so: wohnen und arbeiten an einem Ort. Als er bereits zu Beginn mit Überzeit konfrontiert war, meinte er, sein Entscheid sei gerechtfertigt. Er hatte mich damit getröstet, dass sich das sicher bald ändern würde, dann käme er an den Wochenenden nach Luzern zu mir. Ich hatte mich damit abgefunden, dass wir eine Fernbeziehung pflegten. Sich vom Freitagabend bis Sonntagabend sehen hatte einen gewissen Reiz. Unter der Woche war es mir recht, zumal ich mich auf den Master vorbereiten musste. Zudem lebte ich mit Mam unter dem gleichen Dach. Anfänglich hatte es sehr gut funktioniert. Ich hatte Tomasz geliebt und seine Entscheidung akzeptiert.

Doch aus ganzen Wochenenden wurden noch Sonntage, Sonntagnachmittage, später ein paar Stunden, bis auch diese nicht mehr realisierbar waren. Tomasz arbeitete die Wochenenden durch und bis tief in die Nacht hinein. Ihn in Zürich zu besuchen, hatte mir nicht behagt. Wenn ich schon allein sein musste, konnte ich das in meinen eigenen Wänden.

Man verändert sich, wenn man verliert, was man liebt. Ich hatte das Beste aus der Situation machen wollen und mich als Folge davon in meinem Zimmer verkrochen. Die Ferien in Davos hatte ich vor allem dafür nutzen wollen, wieder die Frohnatur zu sein, die ich einmal gewesen war. Unter Leute gehen und Freunde treffen.

Tomasz war nicht mehr Tomasz!

Ich ging davon aus, dass auch er es spürte, wie sich die Chemie zwischen uns veränderte. Dass es zwischen uns nicht mehr so war wie zu Beginn unserer Freundschaft. Wenn alles perfekt gewesen wäre, hätte ich auf Dario nicht so reagiert.

Ich wischte den letzten Staub weg, liess die Rollläden runter und warf noch einmal einen Blick in jedes Zimmer. Theresa würde mit mir zufrieden sein.

***

Zwischen sechs und acht am Abend fand ich Zeit, nochmals bei Ursina vorbeizuschauen.

Ich traf sie in der Cafeteria des Spitals an. Sie sass nicht allein am Tisch, starrte jedoch stumm vor sich hin. Ihre Zerbrechlichkeit fiel mir heute mehr auf als sonst.

Der Mann neben ihr war Polizist in Zivil. Ich hatte ihn schon einmal auf dem Polizeistützpunkt gesehen, dort allerdings in Uniform. Er war ein kleiner, nervöser Mann mit extrem anliegenden Ohren, die in seinen Pausbacken fast verschwanden. Das braune Haar schien frisch geschnitten, seine Augen musterten mich neugierig. Ich hatte das Gefühl, er befinde sich in höchster Alarmbereitschaft. Sein Gesäss hatte er über die vordere Stuhlkante geschoben, seine rechte Hand ruhte auf seinem Hosenbund, wo ich eine Waffe vermutete.

Offensichtlich stand Ursina unter Polizeischutz. Müller hatte diesen wohl angeordnet, weil er sich keine weiteren Fehler mehr erlauben durfte. Ich grüsste die beiden und liess mich gegenüber Ursina nieder. Der Polizist sprang auf, als hätte ihn eine Tarantel gestochen. Er verlangte nach meinen Personalien, was ich übertrieben fand. Ich zeigte ihm meinen Studentenausweis.

«Sie müssen entschuldigen», rechtfertigte er seine Reaktion, Roman Flütsch sei sein Name. «Aber im Moment sind wir wie auf Nadeln.»

«Ich werde rund um die Uhr bewacht.» Ursina verdrehte ihre dunklen Augen. «Hallo, Allegra.» Über ihr Gesicht huschte ein Lächeln. «Mir ist langweilig. Ich könnte Bäume ausreissen ...»

«Aber nur ganz kleine», ergänzte ich.

Wenn sie lachte, sah sie schön aus. «Du müsstest öfter lachen», sagte ich und schätzte ab, ob Flütsch das auch lustig fand. Er hatte sich an einen andern Tisch gesetzt, hielt uns aber pausenlos im Auge.

Ursina hob die Schultern. «In meinem Leben gibt es wenig zu lachen.»

Sollte ich sie jetzt darauf ansprechen? Was gestern Abend wirklich vorgefallen und wer mit ihr in den Mattawald gegangen war?

Ich tastete vorsichtig heran. «Erinnerst du dich an gestern?»

«Ich hatte Streit mit meiner Mutter.» Ursina zog die Beine an und sah auf ihre Füsse. «Ich habe es leid, ihr dabei zuzusehen, wie sie vor die Hunde geht. Sie meint, mit Alkohol könne sie ihre Probleme lösen. Sie hat Vaters Wegzug noch immer nicht verkraftet. Ich kann es ihr nicht einmal verübeln. Stell dir vor, du hast von einem auf den andern Tag nichts mehr. Vater hat es clever angestellt. Er und Mutter hatten Gütertrennung. Er arbeitete, brachte das Geld nach Hause. Sie schuftete im Haushalt, bediente seine Freunde, kochte, putzte, erzog ihr Kind … mich», fügte sie an. «Dafür bekam sie ein mickriges Taschengeld. Sie gab es natürlich aus – für schöne Klamotten, Taschen, Schuhe, für alles, was das Herz einer unzufriedenen Frau begehrt. Als Vater ging, hatte sie nichts … absolut nichts mehr. Das Fiese an der ganzen Sache war, dass er auch die Alimente nicht bezahlte. Er verschwand spurlos.»

«Das war, nachdem Lara geboren war?»

«Ja, ich rede von der Zeit, nachdem er für immer weggegangen war.» Ursina seufzte. «Hätte es Frau Bergamin nicht gegeben, würde Mutter vielleicht nicht mehr leben.»

«Wer ist Frau Bergamin?»

«Shkurte Bergamin. Ich habe dir von ihr erzählt. Sie arbeitete früher auf dem Sozialamt. Sie kommt aus Albanien. Hat den Sozialvorsteher geheiratet. Sie war es, die dafür kämpfte, dass wir bei Mutter bleiben konnten, dass wir nicht in ein Heim oder zu Pflegeeltern abgeschoben wurden.»

«Und heute?»

Ursina sah mich mit gläsernem Blick an. «Sie ist schon längst pensioniert.»

«Hast du noch Kontakt zu ihr?»

Mein Gegenüber hatte die Augenlider gesenkt.

«Erzähl mir von ihr.»

«Ich erinnere mich, dass sie uns öfter besuchte. Ich glaube, dass sie meine Mutter ins Herz geschlossen hatte. Sie sah sie wie ihr eigenes Mündel an. Sie war wirklich ein Glücksfall für uns. So konnten wir Mädchen uns einigermassen normal entwickeln, nebst allem andern, das uns psychisch unter Druck setzte. Immerhin hatte es Lara geschafft … im Gegensatz zu mir. Aber wie du siehst, hat es wenig genützt. Sie ist tot.»

Sollte ich Ursina weiterhin mit Handschuhen anfassen? Wie sie vor mir sass – vernünftig, besonnen. Andererseits noch immer als die Undurchschaubare, die nichts an sich heranliess. Da war etwas an ihr, das nicht zu dem passte, was ihr widerfahren war. Die Frage, ob sie den Anschlag auf sie verdrängt hatte, konnte ich nicht beantworten. Oder ob sie die Tragweite nicht begriff.

Ich zögerte. Liess ein paar Minuten verstreichen, in denen wir beide schwiegen. Ursina nippte an ihrem Wasserglas. Ich sah mich im Raum um. Draussen war dunkle Nacht.

«Wer war gestern mit dir im Wald?»

Eine Pflegefrau im weissen Kittel näherte sich uns. Die Frage blieb vorerst unbeantwortet.

«Frau Vetsch, Sie sollten jetzt auf Ihr Zimmer. Es ist bald acht Uhr. Wir haben hier unsere Regeln.» Auf dem Gesicht der jungen Frau – ich nahm an, es war eine Schwesternschülerin – zeichnete sich ein vages Lächeln ab. Sie sah blass aus, und ihr braunes Haar hatte sie hochgesteckt.

Ursina erhob sich. «Schlafenszeit», seufzte sie. «Aber wir können uns morgen treffen.»

«Soll ich dich abholen?»

«Ich weiss nicht, wann Austritt ist.» Ursina wandte sich an die junge Frau.

«Um elf», sagte diese und nahm Ursina beim Arm.

Ich sah den beiden nach, wie sie in Richtung Lift schritten. Unmittelbar darauf folgte Flütsch.

***

Trotz der Dunkelheit ging ich zu Fuss zurück ins Hotel. Unterwegs rief ich Dario an. Vielleicht hatte man den Täter gefasst, und Dario hatte erfahren, wer der oder die unbekannte Fremde im Wald gewesen war. Ich musste es wissen, um die Zusammenhänge zu verstehen. Ob es überhaupt Zusammenhänge gab zwischen Laras Tod und dem versuchten Mord an Ursina.

Dario meldete sich nicht.

Als ich im Hotel eintraf, waren auch die letzten Langschläfer auf. Sie sassen im Restaurant und genossen die erste Brotzeit im neuen Jahr. Aus dem Kongresszentrum kehrten die Gäste zurück, die das Neujahrskonzert besucht hatten. In Frack und langen Abendkleidern bewegten sie sich im Foyer, um zu sehen und gesehen zu werden. Vom Hallenbad kamen mir zwei Kinder im Badeanzug entgegen, was bei einigen Konzertbesuchern einen Aufschrei der Entrüstung hervorrief.

«Wo ist denn die gute Kinderstube geblieben?», fragte eine Dame im langen Schwarzen mit Paillettenbesatz.

Hinter dem Empfangstresen stand noch immer Judith. Sie überprüfte die Tagesarrangements auf dem Rechner. Als sie mich erblickte, meinte sie nur, dass sie bald Schluss machen würde. Sie fühle sich, als litte sie unter einem Jetlag.

«Seit bald sechsunddreissig Stunden bin ich auf den Beinen», stöhnte sie. «Wenn das so weitergeht, werde ich mich beim Arbeitsamt beschweren.»

Ich bedachte sie mit ein paar mitfühlenden Worten und kam auf mein Anliegen zu sprechen. «Kann ich mal Ihren Computer benutzen?» Ich sah auf die Uhr. Mir blieb wenig Zeit.

Es brauchte ein paar Überredungskünste von mir, um Judith von der Wichtigkeit der Sache zu überzeugen.

Nur widerwillig liess sie mich ins Büro, wo ich mich an den Computer setzte. Er war noch in Betrieb. Unter Judiths misstrauischem Blick gab ich auf der Suchmaschine den Namen Skhurte Bergamin ein. Vielleicht fand ich im Zusammenhang mit ihrer Person einen Hinweis auf die Familie Vetsch, insbesondere auf Jelsha.

Viel erfuhr ich nicht. Skhurte Bergamin war heute eine siebenundsechzigjährige Frau, verheiratet mit dem Sozialvorsteher von Davos, der sich vor vier Jahren hatte pensionieren lassen. Sie lebten heute in einer Wohnung an der Scalettastrasse. Ich suchte unter dem regionalen Sozialdienst, der das Prättigau und Landquart mit einschloss, nach einschlägigen Berichten. Roberto und Skhurte Bergamins Namen erschienen im Zusammenhang mit ihrem selbstlosen Einsatz in der Landschaft Davos. Eine ganzseitige Reportage über ihr Wirken war in der Davoser Zeitung erschienen. Aber das lag vierzehn Jahre zurück. Ich überflog die Zeilen, fand jedoch nichts, das von Wichtigkeit gewesen wäre. Ich erinnerte mich, dass Ursina bei einem meiner Besuche auf Bünda hatte durchblicken lassen, dass Skhurte Bergamin ihre Arbeit hatte quittieren müssen. Da ich jedoch weder den wirklichen Grund noch die Jahreszahl kannte, kam ich auf keinen grünen Zweig. Ich gab ganze Sätze in die Suchmaschine ein, Fragen, Namen, Vermutungen zu Skhurte Bergamin. Danach war ich nicht viel schlauer als vorher.

Draussen drängte Judith, ich solle nun vorwärtsmachen. Sie wurde jedoch von einem Gast abgelenkt. Ich tippte eine letzte Frage ein: «Grund der Entlassung, Sozialdienste Graubünden».

Ich stiess auf eine Verwaltungsbeschwerde des Fürsorgeamts Prättigau, aus der hervorging, dass vor zehn Jahren eine Angestellte habe entlassen werden müssen, weil sie massgeblich an Unterschriftenfälschungen beteiligt gewesen sei. Ein forensisches Schriftgutachten habe das Delikt nachweisen können.

Keinen Schritt weiter.

Mein Bauchgefühl sagte etwas anderes.

Judith schwang den Büroschlüssel auf Augenhöhe. «So, jetzt aber raus. Ich schliesse hier ab. Du wirst im Office noch zu tun haben.» Sie lächelte mich an. «Deinen Job möchte ich haben. Offensichtlich geniesst du den Aufenthalt im Hotel. Langsam glaube ich, dass deine Arbeit hier nur ein Vorwand ist. Suchst du eigentlich etwas Bestimmtes?»

Ich löschte meine Sucheinträge. «Macht der Gewohnheit», sagte ich, womit Judith nichts anzufangen wusste.

Im Office erwartete mich Olivia.

Sie wirkte gelangweilt. «Heute werden nur Tee und Wasser konsumiert. Und stell dir vor, sogar ein Alka-Seltzer stand auf dem Wunschzettel, als wäre ich eine Apotheke.» Sie lachte ihr typisches Lachen. «Heute läuft nichts. Das bisschen Geschirr kann ich auch allein abwaschen. Theresa ist auch noch da. Sie ist immer da, wenn Carlos in der Küche arbeitet. Sie sind nicht nur miteinander, sondern auch mit dem Hotel Promenade verheiratet. Wenn du willst, kannst du wieder gehen.»

«Du möchtest abtauschen, nicht wahr?»

«Ehrlich gesagt, ja. Ich würde einfach gern einmal länger schlafen als nur bis sechs. Ich habe bereits mit dem Chef gesprochen. Er meinte, dass er einverstanden ist, wenn ich mit dir klarkomme.»

«Hinter meinem Rücken», beschwerte ich mich theatralisch.

Dann erinnerte ich mich, dass ich noch immer ihr Samsung hatte. «Brauchst du dein Handy, oder darf ich es noch eine Zeit lang behalten?»

Olivia schmunzelte vielsagend. «Ich bin nicht so besessen darauf. Ich kann durchwegs mit meinem neuen leben. Behalte es, solange du willst.»

***

Die Scalettastrasse mündete bei der Englischen Kirche in die Promenade. Nach allem, was ich in den letzten Tagen erlebt hatte, war es mir nicht ganz geheuer, mich allein auf den Weg zu machen. Meine Neugier liess sich jedoch nicht zügeln.

Es flockte Kristallsterne vom Himmel. Die Luft war trocken und kalt. Unter meinen Moonboots knirschte der Schnee. Ein Nebelwölkchen spielte vor meinem Gesicht im Rhythmus meines Atems. Im Schein der Strassenlampen suchte ich nach dem Haus und der Nummer, die ich mir gemerkt hatte. Die Gegend war wie ausgestorben.

Das Haus war über vier Stockwerke hoch und hatte sechzehn Mieteinheiten. Ich suchte auf den Schildern nach dem Namen. Bergamin-Krasniqi. Ich klingelte und trat ein, denn die Eingangstür war unverschlossen. Ich musste über die Treppe zwei Geschosse hochgehen, denn einen Lift gab es nicht. Im Treppenhaus roch es nach Küche.

Kaum auf dem Podest des zweiten Stocks angelangt, öffnete ein Mann die Tür. Kaltes Neonlicht zeichnete seine Statur unter dem Türrahmen ab. Aus der Wohnung drang das Geräusch von klapperndem Geschirr.

«Haben *Sie* geklingelt?» Sein Blick war müde, sein schütteres Haar ungekämmt, von seinem Mundwinkel tropfte Speichel. Ein alter Mann, durchfuhr es mich, gezeichnet von einem Leben, das kaum immer mit Lorbeeren geschmückt gewesen war. Die Arbeit eines Sozialarbeiters, hatte ich mir einmal sagen lassen, sei kein Zuckerschlecken. Oftmals würden die Mitarbeiter von frustrierten Menschen angegriffen und für die Misere der Klienten verantwortlich gemacht.

Ich stellte mich vor. Er konnte nichts damit anfangen. «Heute ist Sonntag», sagte er. Ich korrigierte, dass heute Mittwoch sei.

«Aber es ist Neujahrstag, also ein Sonntag», beharrte Herr Bergamin. Er blickte mich lange an.

Aus dem Neonweiss des Korridors tauchte eine Frau auf. Sportliche Erscheinung, braunes halblanges Haar. Sie war grösser als der Mann. Ich hatte sie mir anders vorgestellt.

«Roberto? Wer ist das?» Ihre Stimme dagegen klang nicht klar, infolge Heiserkeit oder Rauchens oder der trockenen Luft, die allgemein in Davos herrschte.

«Mein Name ist Allegra Cadisch. Ich gehe davon aus, dass Sie Frau Bergamin sind.»

Ihr Ärger über meinen Besuch hielt sich, im Gegensatz zu ihrem Mann, in Grenzen. Die Neugier obsiegte.

«Und was wollen Sie an diesem heiligen Sonntag?»

«Es tut mir leid, wenn ich Sie störe.» Ich wusste nicht, wie ich mein Anliegen vorbringen sollte. Ich war wieder einmal voreilig gewesen und der Konsequenzen nicht bewusst.

Skhurte Bergamin bat mich einzutreten. Das vereinfachte die Sache. Sie führte mich in ein Wohnzimmer, wo ein Weihnachtsbaum stand, geschmückt mit roten und weissen Kugeln und übertrieben viel Lametta. Kerzenstumpen verglühten. Es roch verbrannt. Über einem dürren Zweig rauchte es.

«Morgen räumen wir den Besen weg», entschuldigte sich Herr Bergamin, der meinem entsetzten Blick gefolgt war. «Wir lassen die Kerzen immer niederbrennen. Einen Wohnungsbrand hatten wir deswegen noch nie.»

Ich setzte mich auf ein altmodisches Sofa, auf dem Häkeldecken lagen. Shkurte Bergamin bot mir Kaffee an. Ich lehnte dankend ab.

«Ich gehe fertig abwaschen», sagte der Mann und schlurfte Richtung Küche. «Ich denke, du bist noch nicht ganz fertig.» Er zog die Tür hinter sich zu. Später vernahm ich wieder das Klappern von Geschirr und Besteck.

Shkurte Bergamin sah mich schweigend an. Offensichtlich wartete sie auf meine Ausführungen. Keine Regung auf ihrem Gesicht. Für ihr Alter sah sie wesentlich jünger aus. Unter ihrem eng anliegenden Pullover bemerkte ich wohlgeformte, trainierte Arme. Am Hals hatte sie eine ausgeprägte Muskulatur. Ausser Zweifel: Die Frau tat etwas gegen ihren altersbedingten Zerfall.

«Kennen Sie die Familie Vetsch von der Bünda?», fragte ich.

Ich bemerkte ein kaum wahrnehmbares Flackern in ihren Augen.

«Ja sicher. Ich habe sie zeit meiner Anstellung auf dem Sozialamt betreut.»

«Dann dürfte Ihnen Laras Selbstmord auch nicht entgangen sein.»

«Ich war bestürzt.» Sie schlang die Beine übereinander.

«Haben Sie eine Erklärung, weshalb Lara es getan hat?»

Skhurte Bergamin beugte den Oberkörper nach vorn. Ihr Blick vermittelte mir das Gefühl, als würden mich schwarze Löcher anstarren. Kalte schwarze Löcher.

«Lara hat sehr viel durchmachen müssen. Es verwundert mich nicht. Die Arbeit im Sozialdienst hat mich gelehrt, auch das zu beachten, was das blosse Auge nicht sieht.»

«Und trotzdem waren Sie entsetzt, als Sie davon erfuhren?»

«Natürlich war ich das.» Sie schlang die Beine andersherum. «Das ging mir ziemlich an die Nieren. Sie hatte überhaupt keinen Grund, so etwas zu tun. Vor allem konnte ich nicht zusehen, wie Jelsha litt.»

«Worunter litt?»

«An Laras Hartnäckigkeit.»

«Wie bitte?»

«Ich meine … dass sie sich das Leben genommen hat. Das war eine Ohrfeige für ihre Mutter. Nach allem, was Jelsha für ihre Töchter getan hatte.» Shkurte Bergamin lehnte sich wieder zurück. Entspannt schien sie dabei nicht. Mir fiel auf, wie zusammenhangslos sie sprach. «Nachdem Mian seine Familie verlassen hatte, stürzte Jelsha tief … sehr tief. Einzig ihre beiden Mädchen verhinderten, dass sie sich ganz aufgab.»

«Sie trank», unterbrach ich sie.

«Wenn Männer trinken, schaut man weg. Wenn es Frauen tun, findet man sie ekelerregend, nicht wahr? Ein konstanter Alkoholpegel hat Jelshas Leben erträglicher gemacht. Immerhin konnte sie dabei arbeiten. Sie wollte arbeiten. Sie hat gespart. Sie legte ihr Geld zur Seite, damit sie ihren Töchtern eine gute Ausbildung ermöglichen konnte.»

«Lara hätte für ihr Studium ein Stipendium bekommen», sagte ich.

«Lara hat alles genommen, was sie konnte. Da kam sie ganz nach ihrem Vater.»

«Haben Sie ihren Vater denn gekannt?»

«Mein Mann hatte mit ihm zu tun, aber ausserhalb seines Berufes. Ich habe den feinen Herrn auch kennengelernt.»

«Lara hat ihn im letzten Sommer in Italien getroffen. Im November besuchte Mian Vetsch Davos.»

Mit einer vorwurfsvollen Bewegung warf sie den Kopf zurück. «Dieser Aasgeier!»

«Wussten Sie davon?»

«Nein, warum hätte ich –»

«Pflegten Sie nach Ihrer Pensionierung noch Kontakt zu Frau Vetsch und ihren Töchtern?»

Sie schüttelte den Kopf. «Sporadisch … wenn man sich sah …»

«Ursina lebt», sagte ich.

«Ursina?» Shkurte Bergamin wandte ihren Blick in die linke Wohnzimmerecke, wo ein Schwedenofen stand. Er fiel mir erst jetzt auf. «Warum lebt sie? Ich meine, warum sagen Sie das?»

«Ich dachte, das interessiere Sie.»

Die Frau hatte sich wieder gefasst. «Ich weiss nicht, worauf Sie hinauswollen. Sie belästigen uns am Neujahrstag. Sie sind für mich eine Wildfremde. Ich habe Sie trotzdem in meine Wohnung gelassen. Ich könnte Sie wegen Hausfriedensbruch anzeigen.»

Warum reagierte sie auf einmal so heftig?

«Sie haben mich freiwillig hereingebeten.»

«Das könnte ich vergessen haben.» Shkurte Bergamin stützte sich auf und versuchte, dem weichen Sofa zu entkommen. «Entschuldigen Sie.» Sie setzte sich wieder. Schlug wieder ihre Beine übereinander, als wäre nichts gewesen. «Die ganze Familie bestand nur aus Problemen», sagte sie. «Angefangen mit der ersten Trennung von ihrem Mann. Der Grund, weshalb sie anfänglich im Haus bleiben konnte, war, dass Mian Vetsch sich für ein paar Jahre im Ausland verpflichtet hatte. Jelsha wollte damals nicht mit ihm nach Südafrika. Ich konnte das sehr gut nachvollziehen. Sie hatte hier alles. Ein schönes Haus am See, ein angenehmes Leben als Hausfrau und Mutter, ein gewisses Ansehen in der Gemeinde …»

Diese Variante hörte ich heute zum ersten Mal. «Hat Mian Vetsch seine Familie nicht wegen einer andern Frau verlassen?»

«Nein, damals nicht. Es ging allein um den Job. Nach vier Jahren kehrte er zurück. Jelsha und er bekamen noch ein Kind.»

«Lara.»

«Lara, natürlich. Aber da war die Ehe schon nicht mehr im Lot. Jelsha fehlte der Weitblick, die Flexibilität. Mian brachte alles mit. Die vier Jahre in Südafrika hatten ihn geprägt. Ob er dort unten auch andere Beziehungen eingegangen war, entzieht sich meinem Wissen.» Skhurte Bergamin lehnte sich zurück. «Jelsha kam kurz vor Laras Geburt zu mir. Sie erzählte mir, dass ihr Mann sie schlage. Er habe sich verändert. Ich ging davon aus, dass ihr Plan nicht geglückt war. Lara hätte ein Kind des Wiedersehens werden sollen. Mian fühlte sich eingeengt. Ob er Jelsha wirklich geschlagen hatte, fand ich nie heraus. Ihre blauen Flecke konnten auch von etwas anderem stammen. Das wurde nie restlos geklärt. Ich musste ihr einfach glauben. Dann kam der Tag, als Mian Vetsch sämtliche Konten leer räumte, das Haus verkaufte und auf Nimmerwiedersehen verschwand.»

«Der tiefe Fall der verwöhnten Frau. Wie ist das möglich?»

«Es gibt immer Lücken im System.» Skhurte Bergamin lächelte verächtlich. «Wenn sich jemand spurlos absetzen will, gelingt das offenbar. Wir haben es bei Mian Vetsch gesehen.»

Sollte ich ihr sagen, dass Alois Crameri seinen Aufenthaltsort herausgefunden hatte?

«Im Zeitalter der sozialen Netzwerke müsste das doch möglich sein», bemerkte ich.

«Was weiss ich, in welche zwielichtigen Geschäfte und Machenschaften Mian Vetsch geraten war. Mit welchen Leuten er verkehrte. Und das alles wegen des lieben Geldes.»

«Wissen Sie es denn?»

«Nein, ich nehme es an.» Skhurte Bergamin verzog ihren Mund. «Mir ist heute bekannt, dass er sich nach Italien abgesetzt hat.

Wo er lebt, weiss ich allerdings nicht. Aber ich möchte, um es gelinde auszudrücken, behaupten, dass er ein Schweinehund ist. Was immer Jelsha falsch gemacht hat, das hat sie nicht verdient. Warum sind Sie hier?»

Es war mir noch nie so schwergefallen, einen Verdacht auszusprechen. Ich war mir nicht sicher, ob es sich bei der vom Sozialdienst entlassenen Mitarbeiterin wegen Unterschriftenfälschung um Frau Bergamin handelte. Gewiss war nur, dass sie eine tiefe Aversion gegen Mian Vetsch hatte und eindeutig auf der Seite von Jelsha stand.

«Wie kamen Sie eigentlich mit den Töchtern zurecht?»

Skhurte Bergamin schloss die Augen. Mir fielen ihre schattigen Lider auf, als hätte sie sich geschminkt.

«Wie schon gesagt: Lara kam ganz nach ihrem Vater. Ursina hingegen … na ja … wie soll ich sagen? Sie ist ein träges Mädchen.»

«Mädchen?» Ich wunderte mich. «Sie ist eine bald siebenundzwanzigjährige Frau.»

«Ich konnte sie nie wirklich zuordnen. Sie will mehr scheinen, als sie wirklich ist. Ihre Männergeschichten kennt man ja. Auf jeden Fall geniesst sie in Davos keinen sehr guten Ruf, was das betrifft.»

«Haben Sie sie in den letzten Tagen gesehen?»

«Wie kommen Sie darauf?»

«Waren Sie am fünfzehnten November im Mattawald?» Jetzt war es heraus.

Skhurte Bergamin wurde rot. «Laras Todestag», sagte sie. «Wollen Sie mir etwas anhängen?» Ihre Stimme überschlug sich. Ein heiseres Krächzen folgte. «Deswegen sind Sie also hier. Ich habe es geahnt. Wie können Sie nur …»

«Shkurte? Ist alles in Ordnung?» Herr Bergamin trat ins Wohnzimmer. Über seiner linken Schulter hing ein gestreiftes Küchentuch.

Ich entfloh dem Sofa. «Entschuldigen Sie die Störung», sagte ich leise. «Es war nicht meine Absicht, Sie zu verdächtigen.»

«Mich verdächtigen?» Sie lachte schrill. «Sie glauben doch nicht etwa, ich hätte den Mädchen etwas angetan?»

Ich blieb in gebeugter Haltung stehen. Hatte ich soeben etwas falsch verstanden? Wusste sie, was mit Ursina passiert war? Ich duckte mich und beeilte mich, aus der Wohnung zu kommen. Ich riss die Tür auf, rannte ins Treppenhaus und von dort nach unten.

Erst draussen blieb ich stehen.

Shkurte Bergamin war's!

NEUNZEHN

«Wie kommst du auf die ehemalige Sozialarbeiterin?»

Ich lehnte in Darios Büro an den Fenstersims. Darios Augen ruhten auf mir. Er hatte mir mitgeteilt, dass die Suche nach einem Verdächtigen im Mattawald erfolglos verlaufen sei.

«Sie ist die Einzige, die mit der Familie näher Kontakt pflegte», sagte ich. «Sie war wie eine Mentorin von Jelsha. Sie muss herausgefunden haben, dass Lara ihren Vater getroffen hat. Da ist sie durchgedreht. Sie sympathisiert mit Jelsha, da bin ich mir ganz sicher. Sie hat Lara umgebracht. Und vorgestern versuchte sie, Ursina zu vergiften. Die Frau ist krank. Wer weiss, was sie in ihrer Vergangenheit alles erlebt hat. Vielleicht findest du heraus, dass sie in die Schweiz geflüchtet ist, nach allem, was den Kosovoalbanern angetan wurde.»

Dario trommelte mit einem Schreibstift auf sein Pult. «Allegra, das ist nicht möglich.»

«Was ist nicht möglich?» Ich schob mich vom Fenster weg. «Ich fand heraus, dass es vor Jahren aufgrund eines Delikts eine sofortige Entlassung aus dem Sozialdienst gegeben hatte. Unterschriften wurden gefälscht. Der Kreis zieht sich immer enger. Wenn dieselbe Person Laras Abschiedsbrief geschrieben hat …» Ich verhaspelte mich. Ich fand selbst, dass das nicht sehr überzeugend klang und dass ich mich auf gefährliche Abwege begab. Ich wollte endlich herausfinden, wer an Laras Tod schuld war und wer Ursina fast umgebracht hatte. Endlich den Mörder oder die Mörderin überführen. Mit Darios Hilfe. Aber auf diese plumpe Weise kam ich nicht zum Ziel.

Das wusste auch Dario.

«Das kann nicht sein», sagte er.

«Und warum nicht? Alle Indizien sprechen gegen sie.»

«Ich kenne Shkurte. Wir trainieren zusammen im Fitnesscenter. Sie ist über sechzig, hat aber einen Körper wie eine Fünfzigjährige.»

«Und warum bist du dir so sicher, dass sie es nicht war?»

«Weil sie im November eine Bänderzerrung am Fuss und einen Gipsverband hatte. Sie durfte drei Wochen lang nicht auf dem Fuss stehen.»

Ich liess mich erschöpft auf einen Stuhl fallen. «Und ich glaubte, ich sei der Auflösung des Falles nahe.»

«Das ist der Frust der Ermittler», tröstete Dario mich. «Wenn man glaubt, dem Täter auf der Spur zu sein, kommen Dinge ans Licht, die alles zunichtemachen. Aber man darf den klaren Blick nicht verlieren. Du gelangst in Sackgassen. Du siehst nur noch eindimensional. Das ist der Untergang jeden guten Ermittlers.»

«Immerhin habe ich an Laras Selbstmord gezweifelt und bin so weit gegangen, dass ihr den Fall wieder neu aufrollt.»

«Ursina hat dir diesen Floh ins Ohr gesetzt», wehrte sich Dario, der meine Anschuldigung nicht widerstandslos hinnehmen wollte. «Vielleicht hast du dadurch den Täter oder die Täterin aktiviert. Ansonsten wäre Ursina nicht dasselbe widerfahren.»

«Du gibst zu, dass der Täter noch auf freiem Fuss ist?»

«Müller und ich waren heute Morgen früh bei Ursina im Spital. Sie ist die Einzige, die den Täter gesehen hat.»

«Und?»

«Ursina sagte, dass sie sich an nichts erinnern könne. Sie habe ein Blackout.»

«Das ist doch normal, oder? Der Schock blendet die schrecklichen Bilder aus.»

«Aber», fuhr Dario fort, «wir haben Stiefel gefunden.» Er erhob sich, kam um das Pult herum und legte seine Hand auf meine Schultern. «Damenstiefel. Das sollte aber unter uns bleiben.»

«Was?»

«Meine Kollegen folgten einer Spur, die darauf schliessen lässt, dass Ursina tatsächlich nicht allein im Wald war.»

«Das ist wohl anzunehmen.» Ich fixierte Dario mit scharfem Blick. «Sie war mit ihrem Mörder dort. Und was bedeuten die Stiefel?»

«Wattierte Stiefel», sagte Dario. «Es kann auch Zufall sein. Sie werden jetzt untersucht.»

«Apropos Untersuchen ...» Ich erinnerte mich an neulich, als ich mir Gedanken über das Glas gemacht hatte, in dem der tödliche

Cocktail gewesen war. «Habt ihr das Glas mit der Giftmischung nach Fingerabdrücken gecheckt?»

«Das von Ursina?»

«Ich meinte eigentlich, das von Lara.»

«Es bestand kein Grund dafür», sagte Dario. «Das Glas befindet sich in der Asservatenkammer.»

«Wäre es nicht langsam an der Zeit, die Spuren zu vergleichen?»

Dario lachte kopfschüttelnd. «Das wird schon längst getan. Jetzt haben wir endlich einen Vergleich.»

«Wie praktisch.» Ich nagte an meiner Unterlippe.

«Was ist?»

«Ihr habt Ursina unter Polizeischutz gestellt. Kann es sein, dass auch ich in Gefahr bin?»

«Man ist immer in Gefahr, wenn man sich, wie du, zu weit aus dem Fenster lehnt.»

Ich sah auf die Uhr. Bald elf.

Von halb sieben bis zehn hatte ich im Office gearbeitet, Frühstück zubereitet und abgeräumt. Nadja hatte mich abgelöst, was Theresa nicht goutierte. Ich hatte sie zum ersten Mal mit einem verärgerten Gesicht gesehen.

«Sehen wir uns heute Abend im Postillon?» Dario streichelte über meinen Arm. «Ablenkung täte dir gut.»

«Du machst dir also keine Gedanken mehr über den Anschlag auf Ursina?»

«Doch, gewiss mache ich mir Gedanken. Das ist mein Job. Nur ist das kein Thema, worüber ich mich mit dir unterhalten möchte. Kommst du oder kommst du nicht?»

«Ich weiss es noch nicht. Ich werde vielleicht etwas mit Tomasz unternehmen.»

«Bring ihn doch einfach mit. Es wird ihm gefallen.»

Das allerdings bezweifelte ich. Tomasz hasste laute Unterhaltung.

***

Ursina wartete bereits in der Cafeteria. Sie trug den grauen Wollmantel, in dem man sie gefunden hatte. Neben ihr stand wie ein

Bleisoldat Flütsch. Er musterte mich, als sähe er mich zum ersten Mal. Dann lachte er, als würde er mich erst jetzt erkennen.

Ich bemitleidete Ursina.

Sie hatte so wenige Perspektiven in ihrem Leben, stand sich wahrscheinlich auch selbst im Weg. Ihr fehlten der Antrieb, ein Ziel vor Augen, die Freude am Schaffen. Sie lebte in den Tag hinein, machte den Tag zu ihrem wichtigsten Verbündeten. Vergass aber, dass der Ansporn zu sinnvollem Tun auch in ihm lag. An den Wochenenden dröhnte sie sich zu mit Alkohol und sicher auch mit andern Drogen. Für jedermann schien sie gefügig. Fand es wahrscheinlich auch noch toll, wenn die Jungs sie benutzten. Sie wurde herumgereicht wie ein Spielzeug, wenn ich Reto und Bruno richtig verstanden hatte. Darin fand sie eine gewisse Erfüllung, das Gefühl, sich zu spüren, auch wenn es nur auf ihrer Körperlichkeit beruhte. Und jetzt das noch: Sie war Opfer einer Gewalttat geworden.

Wer hatte ein Interesse an ihrem Tod? Hatte der oder die Unbekannte herausgefunden, dass Ursina die Selbsttötung ihrer Schwester anzweifelte?

Mir wurde gerade eben bewusst, in welcher Gefahr ich mich selbst befand. Trotzdem versuchte ich, unbeschwert und gut gelaunt auf Ursina zuzugehen.

«Hey, Ursina.» Ich drückte ihr einen Kuss auf die Wange. «Wie geht es dir?»

«Was mich nicht umbringt, macht mich stark.» Sie ging neben mir zum Ausgang. Der Polizist folgte uns in geringem Abstand. Gut zu wissen, dass wir unter Beobachtung standen. «Danke noch einmal, dass du mir das Leben gerettet hast.»

«Nicht der Rede wert. Freundinnen tun das», sagte ich, obwohl ich unter Freundschaft etwas anderes verstand. Ich fragte mich, weshalb Ursina gerade mich ausgewählt hatte, um ihr zu helfen. Und warum ich mich von ihr in etwas hatte hineinziehen lassen, was eigentlich Polizeiarbeit gewesen wäre. Obwohl ich in den letzten Tagen Zeit gehabt hatte, Ursina näher kennenzulernen, kam sie mir immer noch sehr geheimnisvoll vor. Jeder, mit dem ich in diesem Zusammenhang gesprochen hatte, wollte mir etwas anderes über sie mitteilen. Nie hatte ich nur eine gleiche Antwort bekommen, wenn es um Ursina ging. Ich musste davon ausgehen, dass niemand sie richtig kannte.

Bei Ursina hörten auch meine Menschenkenntnisse auf.

Trotz allem fand ich, dass ich etwas Gutes für sie tun musste.

Draussen standen wir eine Weile auf dem Parkplatz und liessen uns von der Sonne wärmen. Aus der Richtung Weissfluhjoch näherte sich ein Helikopter. Er kreiste einmal über das Spitaldach, ehe er auf der andern Seite – für uns unsichtbar – zur Landung ansetzte.

Ich schob meinen Arm unter Ursinas. «Wir werden uns jetzt in den Bus setzen und nach Hause fahren. Heute Abend wolltest du ja ins Postillon.»

«Ich kann endlich das hippe Silvesterkleid anziehen.»

Ich sagte nicht, dass ich es bereits gesehen hatte.

Wir fuhren die endlos lange Strecke zwischen dem Spital Davos und der Haltestelle Dischmakreuzung. Noch immer im Visier des Beschützers. Von dort brachte ich Ursina bis vor die Haustür.

«Du solltest die Tür schliessen», ermahnte ich sie, als sie vergeblich nach einem Schlüssel suchte.

«Aber ich … dachte, ich hätte abgeschlossen.» Ursina warf einen Blick zum Polizisten. «Der passt auf mich auf.»

Ich nahm sie am Arm. «Ursina! Ich muss es wissen: Erinnerst du dich an vorgestern?»

Sie lehnte an den Türpfosten. «Ich versuche es … aber da klafft ein riesengrosses schwarzes Loch.»

«Versuche dich zu erinnern, bitte», flehte ich. «Etwas dürfte doch in deinen Erinnerungen haften geblieben sein. War es eine Frau?»

Ich verriet nicht, dass die Polizei Damenstiefel gefunden hatte.

«Ich versuche es, glaube mir.» Ursina wischte sich eine unsichtbare Träne weg. «Sehen wir uns heute Abend?»

«Soll ich dich abholen?»

«Nein, das ist nicht nötig. Ich habe mit Reto abgemacht. Bruno und Andrea kommen auch. Der ganze HC Davos wird da sein.»

«Soll ich mit reinkommen?»

«Nicht nötig. Ich lege mich ein bisschen hin. Das Gift im Blut hat mich müde gemacht. Der Doktor meint, ich solle mich schonen.»

Ich winkte dem Flachohrpolizisten zu. Er nickte nur. Ich sah ihm nach, wie er hinter Ursina in die Küche ging.

***

Heute war mein letzter Arbeitstag im Hotel Promenade.

Theresa bat mich, auf der Etage zu helfen. In den meisten Appartements musste die Bettwäsche gewechselt werden. Dies wurde hier, wenn nicht anders erwünscht, alle fünf Tage vollzogen. Auch bekam ich den Auftrag, in Zimmer fünfundvierzig den Teppich zu shampoonieren. Der zweijährige Sohn, der mit seinen Eltern dort logierte, hatte auf den Boden gepinkelt und gleich auch noch Halbfestes liegen lassen. Leider war er auch noch darübergekrochen.

Die Chefwohnung stand auch auf dem Programm. Silvana hatte mich gebeten, den Tannenbaum in ihrem Appartement zu demontieren und die Dekorationen ordnungsgemäss in Papier zu wickeln. Der Baum verlor die meisten seiner Nadeln, als ich ihn nach draussen zur Grünabfuhr brachte.

Die neu angereisten Gäste von Nummer einunddreissig beklagten sich über zu wenig Sonnenlicht. Sie hätten ein Zimmer und nicht einen Keller gebucht. Um sie freundlicher zu stimmen, brachte ich ihnen eine Flasche Herrschäftler und eine Käseplatte.

Den Rest des Nachmittags verbrachte ich in der Lingerie, wo ich Kochjacken bügelte.

Als ich heute Morgen aus dem Haus gegangen war, hatte Tomasz noch geschlafen. Er war fix und fertig von der Arbeit in der Kanzlei. Als ich spätabends nach Hause gekommen war, hatte er etwas im Schlaf gemurmelt, sich zur Seite gedreht und weitergeschlafen.

Ich liebte ihn.

Aber es durfte nicht sein, dass wir uns immer mehr voneinander distanzierten. Als wäre unser erstes Mal das Ende unserer Beziehung gewesen. Damals im Frühling, als ich nach endlosen Streicheleinheiten und Schmusereien endlich richtig mit ihm geschlafen hatte.

Ich wollte nicht zulassen, dass Dario mein Denken und Fühlen übernahm. Es war falsch gewesen, dass ich mich an Silvester an ihn gelehnt hatte. Er hatte es zwar nicht ausgenutzt, aber mich auch nicht von sich gestossen. Ein kleines Zeichen von mir hätte genügt, aus ihm einen leidenschaftlichen Lover zu machen.

Es wäre ein Verrat an Tomasz gewesen.

Am Ende meines Arbeitstages wurde ich von Alois Crameri ins Büro zitiert. Trotz der Turbulenzen um meine Person und meiner nicht immer gewissenhaft ausgeführten Arbeiten – vor allem, was die Pünktlichkeit betraf – war er des Lobes voll. Er überreichte mir ein Zeugnis, was ich übertrieben fand, und den Lohn nach Abzügen. Mit dem Geld würde ich mir nichts Verrücktes leisten können. Vielleicht ein Weekend mit Tomasz. Zehn Tage Hotel Promenade waren nicht einfach spurlos an mir vorbeigegangen. Genau genommen hatte ich meinen Spass gehabt.

***

Feines Schneegeriesel fiel aus einem fast schwarzen Himmel. Der Wind trieb es vor sich her. Um die Strassenlampen tanzten Mikrosterne.

Um halb acht betrat ich den Lift zu Valerios Wohnung. Als ich die Kabine verliess, traf ich die Frau von neulich. Um etwas Nettes zu sagen, fragte ich, wie es ihrem Knie gehe.

«Sie erinnern sich daran?» Über ihr Gesicht huschte eine sanfte Röte. Sie kam näher, was ich weniger angenehm empfand. «Sie müssen sich vorsehen. Das neue Jahr bringt nicht nur Gutes.»

«Das liegt ganz in unserer Hand, nicht wahr?»

Den Mann, der über die Treppe kam, beachtete ich zuerst nicht. Als er sich an die Frau wandte und sie mit Maria-Magdalena ansprach, hielt ich inne.

Diese Stimme!

Ich spürte, wie es mir das Herz zusammenzog und ein kalter Schauer über meinen Rücken hereinbrach. Ich erschrak dermassen, dass ich ganz vergass, die Wohnungstür zu öffnen.

Ich wandte mich um.

Die roten Locken, die abstehenden Ohren und die massige Gestalt hatte ich nicht vergessen: Der Eskimo war zurückgekehrt.

Ich brachte keinen Ton heraus.

Der Fremde tat so, als würde er mich nicht kennen, hatte für mich bloss ein abschätziges Grinsen übrig. Dass er Frau Tscharner kannte, deren Nachnamen mir wieder eingefallen war, machte die Sache nicht einfacher, beseitigte jedoch ein wenig die Gefährlichkeit.

Seinetwegen war Müller mir nicht gut gesinnt. Seinetwegen machte ich mir ein Gewissen. Aber wenn ich ihn so ansah, zeugte nichts mehr von dem harten Schlag. Keine Schramme in seinem Gesicht. Ich wog ab, ob ich ihn auf die Anzeige ansprechen sollte, da ich davon ausging, dass sie von ihm kam. Andererseits hatte ich kein Verlangen danach, einen schlafenden Hund zu wecken. In Anwesenheit von Frau Tscharner würde er es bestimmt nicht wagen, sich zu erkennen zu geben.

Aufgeregt schloss ich die Tür zur Wohnung auf.

Tomasz riss mich in seine Arme. Ich bekam fast keine Luft.

«Es wurde aber auch langsam Zeit.»

Wir küssten uns wie zwei Verdurstende.

«Ich habe mich entschieden, dich heute Abend ins Postillon zu begleiten», sagte er. «Ich war in den letzten Wochen egoistisch genug, um nicht auf deine Wünsche einzugehen.»

«Weisst du, wie ich mich darauf freue? Endlich meinen Davoser Freunden meinen Mann vorstellen zu können?»

Noch bibberte ich innerlich.

Tomasz merkte es nicht. Er umarmte mich wieder. «Ich habe vernommen, dass die Superwoman gekürt wird. Meine Punkte hast du gewiss.» Er küsste mir mein Schmunzeln weg. «Hübsch und intelligent. Ich glaube nicht, dass dich jemand konkurrieren kann.»

«Du Charmeur.» Ich stiess ihn weg. «Ich gehe unter die Dusche. Leistest du mir Gesellschaft?»

Ich wollte den Vorfall von vorhin vergessen. Der Eskimo hatte zwar ein Gesicht bekommen. Ganz geheuer war mir noch immer nicht.

«Nichts lieber als das», lächelte Tomasz.

Ich zog mich aus, warf die Kleider in den Wäschekorb. Tomasz wollte seine Augen nicht mehr von mir lassen. «Du wirst doch den Master schaffen?» Es war eher eine besorgte Frage und passte nicht zum Blick, der sich in meinem Gesicht verlor.

«Ich werde ihn schaffen», versprach ich ihm.

Tomasz trug mich ins Schlafzimmer. «Duschen können wir danach.»

Er war zärtlich. Noch einfühlsamer als sonst. Als hätte er von klein an gelernt, wie man mit einer Frau umgeht. Wir durchbrachen mit unseren Zungen die Lippen des andern. Tasteten vor in das immer wieder Unbekannte und doch so Vertraute. Unsere Hände erkundeten jede Erhebung, jede Tiefe, jede Glätte. Entdeckten die sensibelsten Stellen und liessen den Schauer über unsere Körper regnen. Aus dem zaghaften Rhythmus wurde ein wilder Tanz. Ein Oben. Ein Unten. Wir versanken ineinander, spürten uns ausbrechen wie ein Vulkan, während es wie Magma aus uns strömte.

Schwer atmend lagen wir da und staunten. Und nichts trübte meine Gedanken.

Tomasz' Finger schwebte über meine Stirn, die Augen, die Nase und wieder über den Mund. Und das Spiel begann von Neuem.

***

Bereits in der Garderobe bekam ich eine Blumenkette um den Hals gelegt. Als Zeichen dafür, dass ich eine von den Auserwählten war. Was immer Dario damit angerichtet hatte, als er mich anmeldete. Ich hatte das zuerst für einen schlechten Scherz gehalten. Jetzt galt es ernst.

Ich fand es lächerlich. Sollten doch die Minderjährigen, die sich hier wie rote Hunde am Meer ausgebreitet hatten, von dem Wettbewerb profitieren. Die Mädchen hatten sich dem Alter unangemessen herausgeputzt. Meine Mam hätte das nie zugelasssen. Doch zwischen meinem Teenageralter und heute lagen beinahe zehn Jahre. Jahre, in denen sich so vieles verändert hatte. Die Clubbesucher wurden immer jünger. Die Kinder immer frühreifer. Der Übergang vom Kind zum Erwachsenen dauerte kaum mehr ein Jahr, was das Aussehen betraf. Im Wesen waren die Zwanzigjährigen aber oft noch Backfische. Die aufgemöbelte Schale konnte nicht darüber hinwegtäuschen, was sich darunter an Unsicherheit verbarg.

Dass heute Abend die Oberflächlichkeit zählte, war nichts Neues. Das Auge sah, was der Geist nicht wahrhaben wollte.

Die geschminkten, mit wenig Stoff bedeckten Mädchen im Bereich der Bühne kicherten. Um die Bar scharten sich die Männer. Unter ihnen befanden sich beileibe nicht nur junge. Auf der Bühne waren drei Tische aneinandergeschoben. Sechs Stühle und sechs Karten mit Namen für die Jury bereitgestellt. Am linken Rand hantierte ein Discjockey mit Knöpfen und mischte alte und neue Lieder bekannter Sänger und Sängerinnen.

Tomasz und ich ergatterten uns einen Platz ganz hinten an der Wand, wo die Musik weniger laut war und wir unser eigenes Wort noch verstanden.

Allmählich füllte sich der Club mit Gästen. Hauptsächlich aber mit jungem Gemüse, denn es war *ihre* Nacht.

Kurz vor Beginn tauchten Reto und Bruno auf. Sie winkten mir zu. Ursina erschien zusammen mit Andrea. Hand in Hand traten sie ein unter dem grossen Applaus ihrer beiden Kollegen, die sich an der Bar mit Champagner eingedeckt hatten.

Wie ein Schmetterling kam sie mir vor – Ursina. Wie sie hereinschwebte, mit dem Blumenkranz um ihren schlanken Hals. Ihr Arme und Beine waren so dünn wie nie zuvor. Die Fransen ihres bis zu den Knien reichenden weissen Kleides umspielten ihre zarten Waden. Sie trug High Heels, ein Paar von denen, die ich in Laras Zimmer gesehen hatte. Offenbar machte es ihr nichts mehr aus, sich mit den Schuhen ihrer Schwester zu schmücken.

Ich hatte noch nicht herausgefunden, wer Lara die Schuhe und die Unterwäsche geschenkt hatte. Ich musste davon ausgehen, dass es ihr eigener Vater gewesen war oder Luisella, die ein Flair für die schönen Dinge des Lebens hatte.

Die blondierten Haare trug Ursina offen. Sie umrahmten ihr kindliches Gesicht, das sie sich sorgfältig geschminkt hatte. Nicht zu viel und nicht zu wenig. Ein Hauch Puder, ein wenig Lipgloss. Nur ihre weit auseinanderstehenden dunklen Augen hatte sie dramatisch umrandet mit schwarzem Kajal und anthrazitfarbenem Schatten. Ich sah es erst, als sie direkt vor mir stand.

«Das ist sicher dein Schatz», sagte sie, und mir war, als hätte sich die bemitleidenswerte Frau von heute Morgen vom unscheinbaren Entlein in einen wunderschönen Schwan verwandelt. Über ihren kantigen Schultern trug sie ein filigranes Nichts von einem Seidenvoile, einen transparenten Stoff, der mehr enthüllte, als er verdecken sollte.

Ich stellte Tomasz allen mir bekannten Anwesenden vor. Tomasz hatte zu jedem ein nettes Kompliment parat. Darin war er einfach grosse Klasse, ob die Komplimente gerechtfertigt waren oder nicht. Sofort hatte man ihn ins Herz geschlossen. Auch der eher zurückhaltende Andrea fand Gefallen an ihm.

Weniger Freude hatte allerdings Dario, der als Letzter eintraf. Obwohl ich es ihm nicht ansah, spürte ich die Spannung, die sich zwischen ihn und Tomasz legte. Meines Erachtens hätte es keinen Grund gegeben, sich an meinem Freund zu messen. Sie waren nicht nur äusserlich, sondern auch in ihrem Charakter grundverschieden.

«Ich habe dich vorgeschlagen», sagte Dario, weil nur Dario in Anwesenheit eines Konkurrenten solche Dinge sagte.

«Ich weiss, das hättest du nicht tun sollen. Mir ist es zuwider, dieses unechte Blumengebinde den ganzen Abend lang um den Hals zu tragen.»

«Ich liebe Blumen», sagte Ursina völlig unsinnig.

«Nicht, wenn sie aus Plastik sind», sagte ich.

«Aus Stoff», korrigierte Andrea und fingerte über die unechten Blüten an Ursinas Hals. Zwischen den beiden war etwas im Gange. Diese Blicke, wenn sie einander ansahen. Dieses Spiel mit den Augen.

«Und?» Ich richtete mich an Ursina. «Bist du deinen Bodyguard los?»

«Er wartet in der Garderobe auf mich. Er riet mir aber, kein Getränk zu trinken, das ich unbeaufsichtigt auf dem Tresen abgestellt habe. Es könnte ja jemand K.-o.-Tropfen einfüllen.» Sie kicherte, während sie sich vergewisserte, dass man ihr aus allen Richtungen die nötige Aufmerksamkeit schenkte.

Die jungen Mädchen bei der Bühne verblassten im Angesicht von Ursinas Schönheit.

Nach zwanzig Uhr liess der DJ eine Salve von lauten Technotönen los. Die sechs Jurymitglieder betraten hintereinander wie Gockel auf der Hühnerleiter die Bühne. Alles Männer und keiner jünger als vierzig. Sie selbst hätten kaum einen Schönheitswettbewerb gewonnen. Wohlgenährt waren sie ohne Ausnahme – sie trugen ansehnliche Wampen vor sich her – Bierfrustbäuche. Zwei von ihnen kannte ich. Es waren die Schnauzbärte, die ich vor Weihnachten im Postillon gesehen hatte. Sie waren die Initianten dieser Veranstaltung. Einer von ihnen ergriff das Wort und begrüsste unter dem Gekreische der Minderjährigen das Publikum, unterbrochen durch den Touch eines Synthesizers aus dem Verstärker.

Tomasz organisierte uns zwei Martini bianco. Er liess sich von dem Geschwafel auf der Bühne nicht ablenken. Fünf Minuten dauerte die Ansage, bis alle Anwesenden wussten, wie es in den nächsten Stunden weiterging. Tatsächlich musste jedes Mädchen und jede Frau mit dem Kitschhalsschmuck eine Runde auf der Bühne drehen, ein paar Sätze zur Person sagen und damit Punkte sammeln. Weitere Punkte wurden aus dem Publikum verteilt, in Form von weiteren Girlanden. Wer am Schluss die meisten Punkte von der Jury und die meisten Blumen um den Hals hatte, gewann.

Wenn mir etwas zu blöd war, dann mich wie auf einem Kuhmarkt zu präsentieren.

«Du siehst echt scharf aus», raunte mir ein Wildfremder ins Ohr. «Das schwarze Kleid steht dir ausnehmend gut. Ich liebe deine grünen Augen, das schöne dunkle Haar.» Schon hatte ich nebst dem einen einen weiteren Blumenstrang am Hals. «Hundert Punkte für die schönste Frau im Postillon.»

«Wer war das?» Dario schoss wie eine Kanone auf mich zu.

«Keine Ahnung, so ein Typ halt. Von denen hat's heute ja genug.»

Dario wollte bei mir gleich drei Girlanden loswerden.

«Bitte tu das nicht», wehrte ich mich. «Ich habe unmissverständlich gesagt, dass ich das nicht will.» Ich hob die beiden Blumengebinde über meinen Kopf und legte sie einem unscheinbaren Mädchen um den Hals, das es mir mit einem koketten Augenaufschlag verdankte.

Tomasz reichte mir lächelnd das Glas mit dem Martini. «Hätte mich auch gewundert, wenn du hier mitgemacht hättest.»

Dario wandte sich schmollend ab.

Während auf und vor der Bühne der Anlass zum Höhepunkt trieb, sass ich mit Tomasz am Tischchen. Wir konnten nicht voneinander lassen. Die Atmosphäre war aufgeheizt, die Stimmung ausgelassen. Die Musik passte zum Marsch der Meerjungfrauen.

Später gingen die Nominierten in die Garderobe, wo sie die ergatterten Blumengirlanden abgeben mussten. Bis um halb zwölf wurden die Punkte aus der Jury gezählt.

Kurz vor Mitternacht fiel die Wahl der Superwoman des Postillons.

Es war spannend wie in der Oscarnacht. Weit aufgerissene Mädchenaugen und die weniger grossen der Frauen über zwanzig richteten sich zur Bühne. Einer der Bierbäuche hatte sich ganz nach vorn gestellt. In der Hand hielt er ein einziges Couvert. Es gab also nur eine Siegerin. Es verging eine kleine Ewigkeit, bis der Mann den Umschlag offen und das Papier mit der Lösung auseinandergefaltet hatte. Er riss Witze, wedelte mit dem Papier vor seinem Schnauzer herum und kam sich dabei wichtig vor.

Natürlich war auch ich gespannt. Tomasz hielt zärtlich meine Hände. «Für mich bist du die Schönste», sagte er, als müsste er mich trösten, weil ich die errungenen Punkte verschenkt hatte.

Dario kam immer wieder an unseren Tisch, als müsste er sich vergewissern, dass wir nichts Unanständiges trieben.

Unecht klingende Glocken läuteten die Mitternacht ein.

Als der letzte Ton verklungen war, verkündete der Schnauzbart mit heroischer Stimme das Resultat des heutigen Abends.

«The winner is: …»

Kurze Pause.

«… Miss …»

Aus dem Lautsprecher erklang eine Oktave synthetischer Klänge.

«… Ursina Vetsch!»

Der tobende Applaus blieb aus.

Ein enttäuschtes Raunen breitete sich aus. Die Minderjährigen fielen einander weinend um den Hals, enttäuscht darüber, dass keine von ihnen gewonnen hatte, und wütend, dass es eine aus Davos war, die man nicht in guter Erinnerung hatte. Das Groupie, das Luder, die Tochter einer Sozialhilfebezügerin und Schwester eines Suizidopfers hatte gewonnen. Sie durfte sich ein Jahr lang Superwoman nennen.

Dario war der Erste, der sich negativ darüber ausliess. «Typisch alte Säcke», kommentierte er an unserem Tischchen, an dem nun auch Reto und Bruno sassen. «Dieser Lolitakomplex-beladene Spannerhaufen. Die schwärmen für die Ausgehungerten ohne Fleisch auf den Knochen, für die Dummchen, für die Einfältigen … Eine beschissene Generation, die ihr Machogehabe einfach nicht los wird. Es ist zum Heulen … Dürr wie eine Spinne. Stell dir mal vor, du müsstest mit der ins Bett. Dann kannst du gleich mit dem Skelett aus dem Biologieunterricht rummachen …»

Dass Dario betrunken war, fiel nicht nur mir auf.

Bruno legte ihm die Hand auf die Schultern. «Sieh es nicht so eng. Es ist ja nur ein Spiel. Lass ihnen doch die Freude.»

Tomasz amüsierte sich. Er nippte noch immer an seinem ersten Martini und liess Dario nicht aus den Augen.

«Ihre Schwester ist gerade erst gestorben, und sie lässt sich für den Wettbewerb aufstellen», fügte Dario hinzu.

«Weiss man eigentlich, ob Lara sich selbst umgebracht hat?» Es war Reto, der diese Frage in die Runde warf.

«Wir sind noch dran», versicherte Dario, der augenfällig froh war, über etwas anderes zu reden. «Allegra ist auf einer Spur.» Er lachte schallend und schlug sich mit der Hand aufs Knie.

Reto beugte sich zu mir. «Ist das wahr?»

«Wenn wir schon dabei sind», sagte ich, «erinnerst du dich an den fünfzehnten November?»

«Das ist Laras Todestag, nicht wahr?»

«Exakt. Wo warst du an diesem Abend?»

«Ist das eine ernste Frage?» Reto musterte mich eindringlich. Er wandte sich an Bruno. «Weisst du, was wir am fünfzehnten November gemacht haben?»

Bruno griff in seine Hosentasche, legte sein iPhone auf den Tisch und drückte den Touchscreen. «Das war ein Freitag. Da war unsere Mannschaft in Arosa beim Trainieren. Höhentraining.» Er lachte. «Immerhin liegt Arosa noch etwas höher als Davos.»

«Bist du sicher?»

«Wir sind uns so sicher wie das Amen in der Kirche.» Reto hob den rechten Daumen in die Höhe. «Das ganze Wochenende waren wir dort. Intervalltraining beim Joggen im Schnee mit zunehmender Belastungsphase. Wenn man sich in der Pause kaum mehr erholen kann, wird ein starker Trainingsreiz gesetzt. Kraft- und Ausdauersport in der freien Natur. Wir waren ganz oben auf dem Weisshorngipfel. Wenn der Luftdruck mit zunehmender Höhe steigt, verringert sich die Sauerstoffaufnahme des Körpers. Um den Ausgleich zu schaffen, werden mehr rote Blutkörperchen produziert. Diese wiederum sind für den Transport des Sauerstoffs im Blut zuständig. Je mehr rote Blutkörperchen, desto schneller wird der Sauerstoff in die Muskeln transportiert. Letztendlich steigert dies die Leistung des Sportlers.»

«Genauso», bestätigte Bruno.

«Und Andrea?»

«Was?» Reto sah mich leicht konsterniert an. «Auch der. Ohne Goalie geht's nicht.»

Ich erhob mich.

«Wo willst du hin?» Tomasz hielt mich am Arm fest.

«Ich muss etwas klären.»

«Was musst du klären?» Dario richtete sich auf.

«Können wir uns unter vier Augen unterhalten?» Ich sah Dario eindringlich an, sodass er mir nicht ausweichen konnte.

Er erhob sich leicht torkelnd. Er folgte mir vor die Tür. Auf dem Weg sah ich Ursina, die sich in einem Meer von jetzt echten Blumen feiern liess. Auf ihrem Kopf thronte ein Krönchen aus Gold und Glitzersteinen. Sie schenkte mir ein Lächeln. Es war, als hätte sich ein Wunsch von ihr doch noch erfüllt. Ich mochte es ihr gönnen. Eine Woche Mallorca war der Preis.

In der Garderobe angekommen, lehnte ich mich an den Tresen. Dario baute sich mit verschränkten Armen vor mir auf.

«Verschweigst du mir etwas?»

«Oh, die Lady greift mich an.» Sein Gesicht kam jetzt so nah an meines, dass ich seine Alkoholfahne riechen konnte.

«Auch wenn du nicht über laufende Ermittlungen reden darfst, könntest du mich zumindest darüber aufklären, was Müller beim Besuch im Spital sonst noch herausgefunden hat.»

«Ich habe es dir gesagt. Ursina erinnerte sich an nichts.»

«Aber ich kann davon ausgehen, dass sich Müller mit dem zuständigen Arzt getroffen hat.»

«Hat er, logisch. Es ging ja um den Vergiftungsgrad.»

«Genau das wollte ich wissen.» Ich schubste Dario so lange, bis er theatralisch den Bauch hielt. «Muss ich dir eigentlich alle Würmer aus der Nase ziehen? Was ist dabei herausgekommen? Sag schon!»

Dario druckste herum. Wenn er mir die Wahrheit sagte, lag es sicher auch daran, dass er betrunken war. Ich musste das ausnutzen. Zumindest so weit, bis sich meine Vermutungen bestätigten.

Es war nur eine leise Ahnung.

«Was jetzt?»

«Du nervst echt mit deiner Hartnäckigkeit.»

«Sag's mir einfach. Was hat der Arzt gesagt?»

«Für Ursina habe nie Lebensgefahr bestanden. Das bleibt aber unter uns.» Dario hauchte mir seinen Alkoholatem ins Gesicht.

«Was?»

«In ihrem Blut und nachweislich im Magen wurde nichts anderes gefunden als viel Wein und eine kleine Menge Benzodiazepine. Jemand hat ihr Schlaftabletten einverleibt, aber mit der Gewissheit, dass sie nicht tödlich wirken. Ich gehe davon aus, dass Ursina nur gewarnt wurde.»

«Weisst du etwas über die Stiefel?»

«Fehlalarm. Keine Zuordnung. Die Stiefel waren komplett neu.»

«Könnte es sein, dass Ursina die Stiefel mitgenommen hat?»

«Wie meinst du das?» Dass Dario nicht auf dem Höhepunkt seiner geistigen Aufnahmefähigkeit war, wunderte mich nicht.

«Ich meine damit, dass Ursina ein Theater inszeniert hat.»

«Warum hätte sie das tun sollen? Sie konnte doch davon ausgehen, dass man ihre Abwesenheit im Postillon gar nicht bemerkt hat.»

«Sie wusste genau, wie ich reagieren würde.»

«Ich hätte dich beinahe davon abgehalten.»

«Die Chancen standen fünfzig zu fünfzig.»

«Vielleicht verstehst du jetzt, weshalb ich die Frau nicht mag. Wenn es so ist, wie du sagst, leidet sie unter einem Aufmerksamkeitsdefizit. Das Interesse an Laras Tod hat sie vielleicht sogar in eine Depression getrieben –»

«Dario! Hörst du mir überhaupt zu?»

«Sicher.» Er fiel wieder in ein Lallen.

Ich wartete, bis sich sein Verstand wieder einigermassen geklärt hatte.

«Ist dir nicht auch schon der Verdacht gekommen, dass Ursina sich selbst hat umbringen wollen, aber die Dosis verfehlt hat?»

«Eine wagemutige Feststellung.» Dario wog den Kopf hin und her. «Aber wie kommst du auf diese Vermutung?»

«Vielleicht wollte sie ihrer Schwester folgen», nahm ich an. Doch je mehr ich darüber nachdachte, umso unwahrscheinlicher wurde das Ganze. Irgendwo existierte etwas, das ich noch nicht aufgespürt hatte.

Im Postillon hatte alles angefangen. Würde es hier enden?

Würde ich den Fall hier lösen?

Ursina hatte mich gefragt, ob ich ihr helfen würde, die Wahrheit über den Tod ihrer Schwester herauszufinden.

Warum mich?

Sie hätte viele Möglichkeiten gehabt, jemanden ins Vertrauen zu ziehen.

Skhurte Bergamin zum Beispiel, die die Familie seit der Trennung der Eltern gekannt hatte, oder Andrea Adank, von dem sie wusste, wie sehr er an ihrer Schwester gehangen hatte. Oder den Vertrauenslehrer Pankraz Kindschi.

Warum hatte sie es nicht getan? Warum hatte sie gewartet, bis sie mich traf?

Was wäre geschehen, wenn ich ihr nicht über den Weg gelaufen wäre?

«Etwas stimmt einfach nicht», sagte ich entnervt.

Im Club wartete Tomasz, während ich meine abstrusen Gedanken einfach nicht loswurde.

«Wir sollten zurück zu den andern», nahm mir Dario die Entscheidung ab.

Tomasz, Reto und Bruno waren in ein angeregtes Gespräch über Eishockey vertieft.

Zwischen den Köpfen und Körpern vor der Bühne blitzte immer wieder ein Teil Ursina auf. Ihr schönes Haar, das anmutige Gesicht, ihr fragiler Körper. Sie hatte es verdient, einmal in ihrem Leben im Rampenlicht zu stehen.

Andrea stand neben ihr im Blitzgewitter einiger Fotoapparate. Auch eine Journalistin der Davoser Zeitung war anwesend. Ursina sonnte sich in der Aufmerksamkeit.

Es wurde spät oder früh.

Erst um drei Uhr verliessen Tomasz und ich das Postillon. Die Mehrheit der Gäste blieb noch.

ZWANZIG

Der dritte Januar brachte ein Geschiebe aus Wolken aus dem Westen. Das Licht wirkte ganztags diffus. Unter diesen Wetterbedingungen war es nicht klug, auf das Jakobshorn zu fahren. Wir hätten die Unebenheiten des Bodens nicht gesehen. Mir machte das nichts aus. Aber Tomasz war nicht so gut unterwegs auf den Skiern wie ich. Also nutzten wir den Vormittag für anderes. Nach einem ausgiebigen Frühstück mit Tatsch, Käse und Kompott holte ich die Davoser Zeitung aus dem Briefkasten.

Ursina war bereits auf der Titelseite gross abgebildet. Auf der Redaktion der Davoser Zeitung mussten sie Überstunden gemacht haben. Als die schönste Davoserin wurde Ursina gepriesen, die Superwoman des Postillons. Das Interview unter dem Bild sagte nicht sehr viel über sie aus. Es waren Floskeln, die die Leser gern lasen. Wen interessierte es, wie es der jungen Frau wirklich ging.

Nachdem wir uns noch einmal innig aneinandergekuschelt hatten, machten wir uns bereit für eine Schlittenfahrt ins Dischmatal. Ich packte ein paar Sandwiches, die ich auf die Schnelle zubereitet hatte, in Valerios Rucksack ein sowie selbst gemachten Tee in einem Thermoskrug. Die Davoser Zeitung stopfte ich ebenfalls hinein.

Hannes hatte heute nicht viel zu tun. Die meisten Gäste waren abgereist. Die neuen noch nicht angekommen. Er sass auf dem Bock und machte ein Nickerchen – ein gewohntes Bild.

«Hannes? Guten Tag. Darf ich Ihnen meinen Freund vorstellen?»

Er knurrte wie üblich in seinen Vollbart.

«Hätten Sie Zeit, mit uns ins Dischmatal zu fahren?»

«Das kostet aber extra.»

«Das weiss ich doch.» Wir kletterten auf den Schlitten, setzten uns auf die Schaffelle und deckten uns mit den Wolldecken zu.

In das Gefährt kam Bewegung. Ruhig glitten die Kufen über den Schnee, während man das Geräusch der Hufe nur gedämpft vernahm. Das Pferd schnaubte, blähte seine Nüstern.

Von der Talstrasse zweigte Hannes in die Mattastrasse ab. Über längere Zeit folgten wir dem Platz, wo im Sommer die Golfer ihre

Bälle verschossen. Ein paar Langläufer zogen dort ihre Runden. Unter schneebedeckten Dächern lagen die Chalets still am Waldrand. Der Dischmabach weiter hinten schimmerte grau.

Kaum ein Laut, der durch den Winterhimmel drang. Nicht einmal ein Vogel auf der Suche nach Nahrung, die verborgen lag.

Tomasz hatte den Arm um mich geschlungen. Ich meinen Kopf in seine Armbeuge gelegt.

«Was beschäftigt dich?», fragte er, als wir schon eine Weile unterwegs waren.

Ich sah in den Himmel, auf dem sich Schlieren verschiedener Grautöne ineinanderwoben. Frische, unverbrauchte Luft streifte mein Gesicht. Ich fühlte meine Wangen sich spannen.

«Du sagst nichts», beschwerte sich Tomasz. «Aber ich sehe es dir an, dass dich etwas umtreibt. Ist es meinetwegen?»

Ich blickte ihn von unten her an. «Es ist alles anders gekommen, als ich mir vorgenommen hatte. Die Sache mit Lara und Ursina belastet mich sehr. Ich weiss nicht, weshalb ich mich in solche Dinge immer wieder hineinziehen lasse.»

«Ist es so schlimm?»

«Du kennst nicht die ganze Geschichte.» Ich versuchte, unseren Dialog voranzutreiben, dorthin, wo ich nicht mehr fähig war, allein zu entscheiden, was gut oder schlecht war. Die Stille um uns nahm die Natur allumfassend ein. Ich erzählte von Anfang an, wie es dazu gekommen war, dass ich mich von Ursina hatte überreden lassen.

«Manchmal kann ich nicht anders, als die Probleme anderer auszuleuchten. Vielleicht blindwütig, ich weiss es nicht. Da steht diese Frau vor mir, bezirzt mich mit ihrem traurigen Blick, und schon stecke ich mitten in einer Geschichte, die mich kaum mehr schlafen lässt.» Ich erzählte über die Begegnung mit Ursina, über ihren Verdacht und das Tagebuch, das eigentlich wenig aussagte. Von Laras Freund und Mentor und dessen Frau und Tochter, vom HC Davos und dem Torhüter, der die Trennung von Lara nicht verkraftet hatte. Ich redete von Pankraz Kindschi, der in Lara die Musterschülerin gesehen hatte und ihr Bestreben, Ärztin zu werden. Ich beichtete auch die heftige Abwehr gegen den Eskimo. Auch den Fremden liess ich nicht aus, der mich nachts verfolgt hatte und der mutmasslich eine Frau vergewaltigt hatte, während ich mich auf dem Nachhauseweg befand. Und dass ich den Eskimo wieder getroffen hatte. Dass ich im Grunde genommen Angst vor ihm hatte und nicht wusste, welche Rolle er in meinem Leben spielte.

«Das ist ja unglaublich», bemerkte Tomasz brüskiert, als ich geendet hatte. Ich sah ihm an, dass er sich Sorgen um mich machte. «Aber ich verstehe auch nicht, weshalb du dich immer wieder auf solche Geschichten einlässt. Ich gehe davon aus, dass die Davoser Polizei seriös arbeitet. Ich nehme nicht an, dass sie Laras Tod einfach so akzeptiert hatten. Auch mit Verdacht auf Suizid wird ein ganzer Apparat aktiviert. Das mit dem Abschiedsbrief erscheint mir allerdings etwas fadenscheinig. Aber herauszufinden, ob er, wie Ursina behauptet, nicht von Lara stammt, wäre Sache der forensischen Kriminaltechnik.»

«Das eben wurde verschlampt», sagte ich.

Tomasz hob meinen Kopf an und wandte sein Gesicht mir zu. «Hast du dir auch schon einmal überlegt, dass hinter diesem Fall etwas grundlegend anderes stecken könnte als das, was Ursina dir weismachen will?»

«Darüber denke ich ja die ganze Zeit nach. Nur will sich das Puzzle nicht zusammenfügen. Ein entscheidendes Teil fehlt.»

«Es ist aber nicht deine Aufgabe, dies herauszufinden.»

«Ich muss es aber herausfinden. Ich stecke schon zu tief mit drin.»

Eine Zeit lang schwiegen wir wieder.

Je tiefer wir ins Hochtal gelangten, umso mehr Schnee lag. Am Strassenrand und dahinter ächzten die Tannen unter der Last der weissen Pracht. Wie eingemummte Gestalten im Spalier standen sie und vermittelten dem Betrachter etwas Gespenstisches im trüben Licht des bedeckten Tages.

Gadmen schlummerte im Vormittag. Über den Sommerhäusern lag meterhoch der Schnee und liess sie als solche nicht wirklich mehr erkennen. Eine Rauchfahne stieg an einem der Kamine senkrecht nach oben. Es sah aus, als vermählte sie sich mit den tief liegenden Wolken. Ein kaum auszumachender Pfad reichte von der Strasse bis zur Tür, hinter der ich Wolf vermutete. Selbst ein abgebrühter Naturmensch wie er würde es vorziehen, in einem trockenen Zimmer zu sitzen. Fussspuren von schweren Männerstiefeln erhärteten meine Vermutung: Das Maiensäss war bewohnt.

Hannes hatte während der Fahrt hierher den Eindruck hinterlassen, geschlafen zu haben. Sein Pferd fand den Weg auch ohne sein Hü und Galopp. Doch jetzt streckte er sich aus der vornübergebeugten Stellung und zügelte den Gaul.

«So», brummte er, «weiter geht's nicht.»

Aber das fiel uns auch ohne seinen Kommentar auf. Zweimeterstangen markierten die Strasse, die nach Dürrboden führte, jedoch nicht passierbar war.

Tomasz und ich schälten uns aus den Wolldecken, stiegen über die Einsteighilfe und landeten knietief im Schnee. Wir blieben eine Weile stehen und liessen die Schönheit der winterlichen Natur auf uns einwirken. Ringsum diese überwältigende Ruhe.

Damit, dass die Tür an Clavadetschers Haus aufging und Wolf auf den Vorplatz trat, hatten wir nicht gerechnet. Er schien sich über Hannes' Ankunft zu freuen. Ob er uns gegenüber dasselbe empfand, liess sich nicht abschätzen.

Er winkte Hannes herein. Wir folgten ihm wenig später.

Auf dem Herd stand eine gusseiserne Pfanne. Darin köchelte eine Bündner Gerstensuppe. Ich roch das Gemüse und das Aroma des Salsiz.

So heiter und redselig wie heute hatte ich Wolf noch nie erlebt. Seine Stereotypie war verschwunden und hatte einem Erzähldrang Platz gemacht. Keine Einsilbigkeit mehr. Er sprach auch nicht mehr über seinen Kontrolldrang. Er lud uns ein, uns an den Tisch zu setzen, auf den er zusätzliche drei Gedecke hinlegte: Suppenteller, Löffel und Weinglas.

Tomasz schien jede Ecke zu erforschen. Als er zum Durchgang zur Schlafkammer gelangte, warf er mir einen fragenden Blick zu. «War es dort drin?»

Die Tür fehlte. Und dort, wo die Angeln lagen, splitterte das Holz am Rahmen.

Ich sah Wolf an, der meinem Blick gefolgt war. Ich nickte nur.

«Tut mir leid», sagte er kaum verständlich. «Ich mag den Rummel um mich nicht.»

«Er verabscheut grundsätzlich Menschen», sagte daraufhin Hannes, der auch aufzutauen schien. Er zog einen Schemel hervor und liess sich stöhnend darauf nieder.

«Darum wohnen Sie hier», stellte Tomasz lapidar fest. «Eine nette Hütte. Würde mir auch gefallen.»

«Clavadetscher vermietet sie auch über den Sommer», sagte Wolf.

«Aber über den Winter ist sie ganz in unseren Händen», sagte Hannes ergänzend. «Jachen und wir zwei, nicht wahr, Wolf?» Er wartete eine Erwiderung erst gar nicht ab. «Die zwei jungen Leute hier könnte ich mir hier im Sommer gut vorstellen. Der Bub kann sicher prima anpacken.» Hannes schenkte Tomasz ein breites Grinsen, welches seine unvollständige braun verfärbte Zahnreihe präsentierte.

Ich setzte mich, stellte den Rucksack zwischen meine Knie und öffnete den Verschluss. Ich griff hinein und nahm die Sandwiches heraus. Ich legte sie auf den Tisch, wo Wolf sie mit seinen listigen Augen betrachtete.

«Das ist ja wie Weihnachten», knurrte Hannes und griff danach.

Den Tee mochte die Allgemeinheit nicht. Selbst Tomasz zog den Rotwein aus der Bündner Herrschaft dem heissen Getränk vor. Wolf schöpfte Suppe und reichte Brot dazu. Hannes schenkte Wein ein.

Die alten Männer löffelten gierig Suppe. Tomasz wartete, bis ich die Davoser Zeitung auf den Tisch legte. Er warf mir einen einvernehmlichen Blick zu, als ich die Zeitung mit der Vorderseite nach oben in die Tischmitte schob.

Zuerst bemerkte es niemand. Wolf und Hannes waren so sehr mit dem Essen beschäftigt, dass sie nicht einmal Zeit fanden, die Mundwinkel abzuwischen, über die die Suppe sabberte.

Dass Wolf den Löffel in den Teller fallen liess und als Resultat des Überschwappens Hannes' Ärmel mit Gerstensuppe bekleckerte, war noch das kleinste Problem. Wolf riss seine Reptilaugen auf, die stecknadelgrossen Pupillen wurden ganz schwarz. Dies registrierte ich, als Wolfs Hände Richtung Tischmitte schossen. Seine Wurstfinger landeten auf der Krone, die die Jury der Superwoman aufgesetzt hatte. Ursinas Gesicht warf Falten unter Wolfs Schweisshänden. Ihre mit rosa Lipgloss geschminkten Lippen bekamen Risse.

Wolf erhob sich so schnell, dass der Schemel hinter ihm auf den Boden krachte, als er den Mund öffnete. Ein kleiner Rest Suppe versickerte in seinem Bart.

«Das ist sie! Das ist die zweite Frau, die ich im Mattawald gesehen habe!»

EINUNDZWANZIG

Ich hatte es geahnt.

Ich hatte es schon die ganze Zeit geahnt. Doch in Ermangelung meiner Fähigkeit, dem Instinkt zu folgen, hatte ich das beklemmende Gefühl immer mehr vor mir hergeschoben. Das Gefühl, dass mit Ursina etwas nicht stimmte.

Vom ersten Augenblick unseres Wiedersehens im Postillon an hatte ich gespürt, dass sie etwas mit Laras Tod zu tun haben könnte.

Dieser Blick damals, als sie sich von einem Fremden begrabschen liess, hatte das Diabolische in ihr widergespiegelt. Als hätte sie mich dafür ausgesucht, ihren Teufel zu fangen, der in ihrem Geist feststeckte.

Während der ganzen Fahrt zurück sprachen wir kein Wort – Tomasz und ich.

Es hatte einiges an Überredungskünsten gebraucht, um Wolf davon zu überzeugen, dass seine Aussage bei der Polizei nicht zu vermeiden war. Ich hatte ihm versprechen müssen, dass Dario sich seiner annehmen würde. Dario kannte er ja.

Dass er sich nicht wieder in den Weiten der Davoser Wälder versteckte, dafür musste Hannes bürgen. Er erhielt die Aufsicht über Wolf. Im Gegensatz zu mir hatte Tomasz ihm das Versprechen abgenommen.

Kaum zu Hause, rief ich Dario an. An seiner Stimme erkannte ich, dass es ihm nicht besonders gut ging. Die gestrige lange Nacht und der übermässige Alkoholkonsum waren der Grund für seine selten schlechte Laune.

«Wie ist das mit den Damenstiefeln, die ihr im Mattawald gefunden habt? Gibt es da neue Erkenntnisse?»

«Muss das sein? Mein Schädel brummt.»

«Sind weitere Spuren gefunden worden? Und wie steht es mit der DNS auf dem Trinkglas?»

«Wow, wow, wow … so viele Fragen auf einmal?»

Ich hörte ihn durchs Telefon hecheln.

«Zwei Spuren, die an den vermeintlichen Tatort führen», rückte Dario endlich heraus. «Und zwei Spuren, die zu den Stiefeln führen, aber nur eine zurück … wobei die eine Spur den Stiefeln zugeordnet werden kann.» Dario liess ein langes Gähnen vernehmen. «Mit der DNS sind wir leider noch nicht so weit. Das kann dauern. «Weshalb rufst du mich an? Sehnsucht nach mir?» Er lachte etwas zu laut.

«Wir müssen uns sehen, das ist richtig. Ich weiss, wer Lara umgebracht hat.»

«Sag mal, ist dir der gestrige Abend nicht gut bekommen?» Wieder lachte er.

Als ich darauf nichts erwiderte, wurde selbst er ruhig.

«Entschuldige. Wann soll ich wo sein?»

«Am besten, ich komme in dein Büro. Und bitte, keinen Müller, verstanden?»

***

Zwei Züge der Rhätischen Bahn standen auf den Gleisen. Nur wenige Passagiere stiegen aus. Und die letzten Weihnachts- und Neujahrsgäste ein. Sie würden abtauchen in den Nebel, der sich um die Zeit im Unterland breitmachte. Zurück in die graue Eintönigkeit, die einem das Leben zum Verdruss machte.

Dario erwartete mich bereits unter der Tür. Breitspurig und mit verschränkten Armen füllte er den Rahmen aus. Sein Gesicht wirkte trotz der Bräune fahl.

«Ich werde nie mehr Alkohol trinken», versprach er und kratzte sich verlegen am Bart. «Die Krone wäre dir übrigens besser gestanden als dieser Mieze …»

«Die Mieze ist zufällig eine gefährdete Frau», empörte ich mich über seine despektierliche Redensart.

«Dann läuft der Täter noch immer frei rum?» Dario ging endlich von der Tür weg und liess mich eintreten.

Ich setzte mich auf die Bank beim Fenster und schaute den beiden Zügen nach, wie sie in entgegengesetzter Richtung von den Perrons wegfuhren. Zurück blieb ein einsamer Beamter mit Pfeife.

«Du weisst, wer es ist?»

«Ja. Aber bevor ich dir den Namen verrate, würde ich gern etwas klären.»

«Wir spielen hier aber nicht Katz und Maus», lachte Dario und setzte sich hinter sein Pult. Er schob den Stuhl nach hinten, die Beine nach vorn und musterte mich neugierig. «Und während wir hier spielen, flüchtet der Täter über alle Berge.»

«Das wird er nicht tun. Die Person weiss nicht, dass ich es weiss.»

«Du machst es spannend. Was also möchtest du geklärt haben?» Dario stellte seine Füsse lässig auf das Pult. Ich bemerkte das grobe Profil seiner Schuhe.

«Ich möchte den Deal, den Müller mir vorgeschlagen hat.»

Dario juckte auf. «Das hat er nicht!»

«Er war am Neujahrstag bei mir im Hotel Promenade. Er bat mich um Hilfe.»

«Und hat er einen Deal mit dir ausgehandelt?»

«So habe ich es verstanden.»

«Ach, du heilige Scheisse!» Dario fuhr sich mit der rechten Hand durchs Haar. «Du willst den dunklen Fleck beseitigt haben.»

«Genau darum geht es. Eine Hand wäscht die andere.» Ich lächelte ihn an.

«Warum sagst du's ihm nicht selbst?»

«Weil ich ihn nicht ausstehen kann. Und auf dich hört er.» Das war zwar ein taktischer Schachzug von mir, doch Dario merkte es nicht. Er fühlte sich offensichtlich von mir geehrt, denn sein Körper streckte sich um eine halbe Kopflänge.

«Gut, ich werde es ihm sagen.»

«Jetzt gleich!»

«Ich weiss nicht, ob er in seinem Büro ist.»

«Schau nach. Ich werde hier solange warten.»

«Wir werden den Täter oder die Täterin auch ohne dich finden.»

«Mach dir nicht in die Hose, Dario. Geh schon!»

Mit aufgeplusterter Brust schritt er aus dem Büro. Als die Tür hinter ihm ins Schloss fiel, stellte ich mich ans Fenster und sah auf die Bahnschienen.

Wie oft hatte ich dort gestanden, als das Wochenende bei Vater vorüber war. Wie oft hatte ich geweint, weil ich Davos den Rücken zudrehen musste.

Doch mit jedem Mal, an dem ich das Landwassertal verlassen hatte, wurden die Tränen weniger, und die Vorfreude auf Luzern wuchs.

Ich wartete eine halbe Stunde.

Kurz vor Mittag stürmte Dario ins Büro und wedelte mit einem Papierbogen vor meinem Gesicht herum. «War eine harte Nuss», liess er mich wissen. «Müller hat jetzt aber sein Autogramm gesetzt. Er will den Fall zu Ende bringen.»

Ich vergewisserte mich, ob tatsächlich alles in dem Schreiben stand, was mich entlastete. Nach dem Lesen steckte ich den Wisch erleichtert ein. «Dein Chef ist bestechlich.»

«Das ist jetzt aber nicht dein Ernst. Da reiss ich mir den Arsch auf, und du machst Witze … oder ist das gar kein Witz? Willst du die Davoser Polizei in die Pfanne hauen?»

«Dazu ist die Lage viel zu ernst.»

«Also los! Sag, wen du verdächtigst.»

Ich holte die erste Seite der Davoser Zeitung aus meiner Jackentasche, faltete sie auseinander und strich sie glatt, bevor ich sie auf Darios Pult legte. «Voilà. Da hast du Laras Mörderin!»

«Krass!»

«Finde ich auch.»

«Du machst schon wieder Witze.»

«Nein, Dario, es ist alles viel zu traurig, um zu scherzen. Wolf hat sie wiedererkannt. Ohne Beeinflussung und ohne Zwang. Ursina ist die Frau, die er mit Lara im Mattawald gesehen hat. Er wird bezeugen, dass er ihr dabei zugesehen hatte, wie sie Wein tranken. Lara hat die Spinnereien ihrer Schwester in Kauf genommen. Ursina war schon während der Schulzeit eine Ausgeflippte, das Enfant terrible, das überall aus der Reihe tanzte. Bei ihr musste alles immer irre sein. Rauchen mit zehn, der erste Joint mit zwölf, mit vierzehn den ersten Fick … Ihr Weg war gepflastert mit allem, was Gott verboten hat.»

Dario liess sich wieder auf seinen Stuhl fallen. Ich sah ihm an, wie erschüttert er war. «Sie wird alles abstreiten. Sie wird behaupten, dass es ein Unfall war, dass sie sich selbst habe umbringen wollen und das Glas zufällig verwechselt habe.»

«Darauf kannst du Gift nehmen. Ich habe selten eine solche theatralische Frau erlebt wie sie. Sie hat uns allen etwas vorgemacht.»

«Ich verstehe nicht, warum sie nicht einfach den Mund gehalten hat.»

«Sie sah, wie ihre Mutter zugrunde ging. Das verkraftete sie nicht. Deshalb wollte sie uns ein Zeichen geben. Vielleicht war das ein letzter Ausweg in ihrer Einfalt. Anders begründen kann ich es nicht. Vielleicht ging sie zuerst davon aus, dass ich nichts unternehmen würde. Meine Aufmerksamkeit wäre ihr aber so oder so gewiss gewesen.»

«Wie tief muss man denn fallen, um so etwas zu tun?»

Ich gab Dario recht. «Den fingierten Mordanschlag hat sie geplant, als sie merkte, dass es mir mit den Ermittlungen ernst war. Sie wollte dadurch von sich ablenken. Es wurde ihr zu riskant.»

«Nur hat sie nicht damit gerechnet, dass wir die Stiefel finden. Sie hat damit Spuren gelegt, damit wir annehmen, dass sie nicht allein im Wald war. Ich habe mich erkundigt, die gibt's bei Denner zum Spottpreis … Beinahe das perfekte Verbrechen.»

«Eher ein Hilferuf einer psychisch kranken Frau.»

«Sie muss auf ihre Schwester sehr eifersüchtig gewesen sein. Lara verkörperte all das, was sie selbst nie hatte – das schöne, intelligente Mädchen, der Liebling aller Lehrer, die Vorzeigefrau, die weder rauchte noch trank noch kiffte. Die einen Weg sah, dem Elend zu entkommen.»

Dario erhob sich. Er kam auf mich zu. «Sie war mal eine von uns. Sie ging in die Parallelklasse in der Primarschule … erinnerst du dich?»

Entdeckte ich nicht Tränen in seinen Augen? Ich verstand seinen Gefühlsausbruch nicht.

Er zog mich an sich, vergrub sein Gesicht in meinem Haar. Er schluchzte auf. «Auch wenn ich sie nicht mochte, die beiden Vetsch-Mädchen. Das haben sie nicht verdient.»

«Was jetzt? Wollen wir gemeinsam zu Ursina?»

Dario liess mich los und fuhr sich mit der Hand über die Augen. «Stimmt, wir haben ihr noch gar nicht persönlich für ihre

Wahl gratuliert.» Sofort kehrte wieder das Zynische, Bissige in ihn zurück, wenn es um Ursina ging. «Schnappen wir sie uns!»

***

Auf dem Bündaareal erteilten die Skilehrer der Schweizer Schneesportschule Davos Skikurse. Am Übungshang kurvten bereits Dreijährige, die von strapazierten Eltern in den Skikindergarten gebracht worden waren.

Dario und ich blieben eine Weile dort stehen und amüsierten uns an den Kleinen.

«Erinnerst du dich, als wir Skifahren lernten?», fragte ich.

«Das hast du mich schon einmal gefragt.» Er lachte. «Ich war erst zwei, als mein Vater mich auf die Bretter stellte. Ich beherrschte den Stemmbogen, bevor ich einen geraden Satz sprechen konnte.»

«Ja, in Davos wachsen die Kinder sehr gesund auf.»

«Das bedeutet weniger Drogen und eine höhere Lebenserwartung.»

Ich boxte Dario in die Seite. «Und trotzdem gibt es auch in Davos eine Szene …»

«Ja leider. Aber wo gibt es diese nicht?»

«Woher kommen denn die Drogen?»

«Die Davoser Drogenszene wird meistens von Kleindealern mit Betäubungsmitteln beliefert. Die fahren nach Zürich und besorgen sich dort den Stoff. Doch in den letzten Jahren ist es ruhiger geworden, nachdem ein Drogenring aufgespürt werden konnte. In diesem Zusammenhang wurden auch einige Davoser Prominente verhaftet … Wo sind wir stehen geblieben?»

«Wir sollten zu Ursina.»

Auf dem Hausdach lag der Schnee einen halben Meter hoch. An den Dachrinnen hatten sich wie Stalaktiten Eiszapfen gebildet. Über die Werktagstreppe waren Kieselsteine ausgestreut. Ich zog an der Schnur, die die Glocke in Schwung brachte.

Ursina öffnete gestikulierend die Tür. In der Hand hielt sie ein Smartphone, redete und lachte, ohne uns aus den Augen zu lassen. Sie erzählte von ihrem Sieg im Postillon, davon, wie glücklich sie sei, endlich auch in der oberen Liga mitspielen zu können – wir verargten es ihr nicht. Nach ein paar weiteren Sätzen verabschiedete sie sich von einem unsichtbaren Gesprächspartner und wandte sich an uns.

«Hallo!» Über ihr Gesicht huschte eine zarte Röte. «Seit mein Bild in der Davoser Zeitung erschienen ist, klingelt andauernd das Telefon. Sogar die Schweizer Boulevardzeitung will jetzt ein Interview von mir. So cool!»

Die Freude stand ihr ins Gesicht geschrieben.

Dario und ich sahen uns nur an.

«Was ist? Freut ihr euch nicht mit mir? Vielleicht werde ich jetzt endlich von Denner wegkommen. Ein Modelvertrag wäre toll ...» Sie drehte sich einmal um die eigene Achse und streckte die Arme von sich. Sie sah so zufrieden aus. Sie genoss ihr kleines Glück und wollte, dass wir daran teilnahmen.

Ein Glück von kurzer Dauer.

Sie tat mir leid.

Ich fragte mich, warum man eine solche Unbeschwertheit an den Tag legen konnte, wenn man seine eigene Schwester auf dem Gewissen hatte. Zudem waren noch nicht einmal drei Tage vergangen, als Ursina in sehr kritischem Zustand ins Spital gebracht worden war. War auch das nur Theater gewesen?

Ihre Schreie? Das Würgen und Erbrechen?

«Ursina!»

Es war Dario, der ihrem Höhenrausch ein abruptes Ende setzte. Nun ganz Polizist, trat er auf sie zu und bedachte sie mit einem strengen Blick.

«Ich verhafte dich wegen des dringenden Tatverdachts, am fünfzehnten November deine Schwester Lara umgebracht zu haben. Alles, was du jetzt sagst, kann gegen dich verwendet werden.»

Ursina lachte zuerst schrill auf. Dann lachte sie eine Zeit lang weniger laut, schüttelte aber immer wieder ungläubig den Kopf. Ihr blond gefärbtes Haar schleuderte an meinem Gesicht vorbei. Ich roch den Duft ihres Haarlacks. Als Dario und ich schwiegen, ging ihr Lachen in ein kaum hörbares Glucksen über.

«Das ist jetzt nicht wahr, oder?», sagte sie nur noch tonlos. Sie wandte sich an mich. «Allegra, fällst du mir jetzt in den Rücken?

Habe ich dich deswegen um Hilfe gebeten, damit du mich als Mörderin überführst?»

«Es gibt einen Zeugen, der dich im Mattawald gesehen hat», sagte Dario.

«Ja und? Ich weiss sogar, wer er ist.» Ursina schniefte verächtlich. «Diese Missgeburt, der Wolf. Ist ja kein Unbekannter …»

«Es ist besser, du schweigst jetzt», sagte Dario, der offenbar dasselbe dachte wie ich, dass sich Ursina mit dieser Aussage gerade selbst ein Bein gestellt hatte.

«Nein, werde ich nicht. Ich habe meine Schwester nicht umgebracht. Ich gebe zu, wir waren zusammen im Wald. Das habt ihr in der Zwischenzeit sicher auch herausgefunden. Am fünfzehnten November habe ich Geburtstag. Ich wollte ihn zusammen mit Lara feiern, im Mattawald, dort, wo wir uns immer trafen, wenn wir unter Schwestern etwas zu bereden oder zu feiern hatten. Seit wir Kinder waren, trafen wir uns dort. Früher hatten wir sogar eine Baumhütte, die allerdings von ein paar bescheuerten Pfadfindern aus dem Unterland komplett zerstört wurde.»

«Ursina!» Wieder Dario. Doch er hielt sich noch zurück, seine mitgebrachten Handschellen hervorzunehmen und sie Ursina ums Handgelenk zu legen. Schlimmstenfalls würde er sie auch ohne Hilfe überwältigen können.

Ich gebot ihm, innezuhalten. «Ihr habt also deinen Geburtstag gefeiert», folgerte ich. «Mitten im Wald, an diesem kalten Novembertag. Warum hast du mich im Glauben gelassen, dass du dich am fünfzehnten November mit den Jungs vom HCD verabredet hattest?»

«Weil alles so schrecklich war. Ich hatte im entscheidenden Moment meine Schwester im Stich gelassen, versteht ihr? Ich war nicht da, als sie starb.»

Ich hustete den Kloss in meinem Hals weg. «Ihr habt also Wein getrunken.»

«Richtig. Ich hatte so einen billigen Fusel von Denner mitgebracht. Wenn ich mir Champagner hätte leisten können, hätte ich Champagner gekauft. Aber der Fusel tat es auch.» Ursina sah mich mit ihren weit auseinanderstehenden dunklen Augen mitleidheischend an. «Als ich ging, war Lara noch quicklebendig.

Ich schwöre es.» Sie hielt drei Finger ihrer rechten Hand in die Höhe. «Aber dieser Wolf tauchte plötzlich auf. Ich hatte ihn auf dem Kieker. Er behauptete immer, der Wald gehöre ihm und dass er ihn kontrollieren müsse. Aber diese Masche kennt man ja. Der schlich schon durch den Wald, als Lara und ich noch Kinder waren. Getan hat er uns nie etwas. Einfach nur blöd geschaut.»

«Du bist also allein zurückgekehrt?», fragte ich.

«Ja, Lara wollte es so. Und ich hatte mich im Postillon verabredet. Lara meinte, sie gehe direkt nach Hause, weil sie noch Matheaufgaben hatte.» Ursina hielt die Hand vors Gesicht. «Wenn ich gewusst hätte, dass ihr Mörder vielleicht schon hinter dem nächstgelegenen Baumstamm gewartet hatte, wäre ich …» Sie schluchzte heftig.

«War da Wolf noch bei ihr?»

«Nein, der hatte sich wieder verzogen. Er ging weiter kontrollieren.» Ursina lachte auf.

Darios Mund näherte sich meinem linken Ohr. «Du hattest recht, die spielt doch wieder nur Theater.»

Ich war mir allerdings überhaupt nicht mehr sicher. Ich bekam meine Gedanken nicht mehr auf die Reihe. Ich führte Ursina zur Chaiselongue. «Hast du eine Ahnung, wen Lara getroffen haben könnte?»

Ursina versank im durchgelegenen Polster. Ein modriger Geruch entstieg den Kissen am Kopfende. Ich ging davon aus, dass sie schon eine Ewigkeit nicht mehr gewaschen worden waren. «Nein, habe ich nicht.»

«Und warum habt ihr deinen Geburtstag nicht mit der Mutter gefeiert?»

«Sie war nicht gut drauf, nachdem sie erfahren hatte, dass ihr Ex in Davos ist.»

«Sie hat es gewusst?»

«Ja, aber sie war schon vorher immer im Delirium. Der Alkohol, verstehst du?»

«Du hast mich angelogen», sagte ich zerknirscht.

«Verdammt! Lara und ich … wir hatten ein Kreuz mit ihr … aber es ist unsere Mutter.» Ursina griff nach den Kissen. «Entschuldigt diese Unordnung. Aber Mutter … ihr wisst schon. Mit ihr ist alles nicht sehr einfach. Und ja, ich habe dich angelogen.» Sie nagte an ihrer Unterlippe. «Am Tag bevor Vater nach Italien zurückreiste, hatte ich es erst erfahren. Durch Zufall. Mutter hatte ihn im Dorf angetroffen. Von ihr wusste ich es, dass er überhaupt in Davos gewesen war.»

«Aber weshalb hast du das Theater mit dem Übergriff auf dich im Mattawald inszeniert? Dass du es getan hast, kannst du nicht abstreiten. Wir haben Stiefel gefunden. Stiefel, die es bei Denner gibt. Warum hast du uns immer wieder angelogen?»

«Ich wollte fühlen, was Lara fühlte, als sie die Giftmischung trank … Aber ich hatte nicht den Mut, eine tödliche Dosis zu schlucken.»

«Du warst fast bewusstlos … du hast erbrochen …»

«Alles grosses Theater», wiederholte Dario, diesmal laut.

«Ich habe Lara *nicht* umgebracht!» Ursina weinte jetzt. Der schwarze Kajal, den sie sich vom Vorabend noch nicht abgewischt hatte, verteilte sich über die Wangen. «Ich wollte mich zuerst auch umbringen. Ohne Lara ist alles so trostlos. Während man über Bünda die Feuerwerkskörper losliess, träumte ich von Dornröschen und vom Prinzen. Lara und ich hatten oft Märchen gespielt, früher, als sie noch in die Primarschule ging. Ich war mit ihr im Wald, und wir spielten unsere eigenen Geschichten. Lara liebte es, wenn ich sie in ihre Zauberwelt begleitete … Ich wollte noch einmal so fühlen wie früher. Die Leute feierten Silvester, und das Feuerwerk konnte ich bis zum Wald hinauf sehen. Ich wollte es tun … ein bisschen sterben. Aber dann verliess mich der Mut. Ich hatte auch zu wenige Schlaftabletten dabei. Mutter hatte sie schon geschluckt.»

Ich war erschüttert.

Ursina nahm zwei Kissen auf und presste sie an ihren Körper. Dabei kam ein Couvert zum Vorschein, das unter einem der Kissen gelegen hatte, halb zugedeckt in der Falte des Lakens.

«Was ist das?» Dario, dem es auch nicht entgangen war, beugte sich nach vorn. «Ein Briefumschlag.» Er griff danach, bohrte seinen Finger in die Öffnung und klappte die Lasche auf. Er entnahm dem Couvert ein Briefpapier. Er faltete es auseinander.

Ich blickte ihm über die Schultern. Das Erste, was ich sah, war ein Name, den ich von irgendwoher kannte, und daneben ein Engel ohne Unterleib – den gleichen Engel, den ich schon auf der Todesanzeige gesehen hatte. Und auf der Karte dieser sonderbaren Frau im Lift.

Dario las den einseitigen Text und wurde, je länger er las, umso blasser.

«Was ist?», fragten Ursina und ich wie aus einem Mund.

Dario hielt mir den Brief hin. «Da, lies selbst. Du wirst es nicht glauben.»

Mit zitternden Händen griff ich nach dem Papier. Ursina drängte sich an meine Seite. Ich spürte ihren Atem an meinem Gesicht. Er roch nach Zimt und Orange.

Mit jedem Satz, den ich las, mit jedem Buchstaben, den ich verschlang, spürte ich mein Herz heftiger gegen meine Rippen schlagen. Nach dem letzten Satz fielen meine Arme schlaff an meinem Körper runter. Die Kraft wich aus meinen Händen. Der Brief segelte auf den Boden.

«Allegra!» Dario riss mich aus meinen Gedanken. «Ist alles okay?»

Ich nickte mit geschlossenen Augen. Was hatte ich nur getan?

«Was bedeutet das?» Ursina hatte den Brief an sich genommen und las ihn noch einmal, als hätte sie nach dem ersten Lesen den Sinn nicht begriffen, was dort stand. Was allem, was bis jetzt geschehen war, die Glaubwürdigkeit entzog.

Und dass ich mich geirrt hatte.

Ursina war unschuldig.

Ich schämte mich für mein unangemessenes Verhalten ihr gegenüber. Wie war es möglich, dass ich mich dermassen in die Irre hatte leiten lassen?

Und dieser Name, mit dem der Brief unterzeichnet worden war.

Dieser Name!

Plötzlich fiel mir wieder ein, weshalb Lara das Internet nie benutzt hatte. Ihrer Ansicht nach war es des Teufels.

Das konnte kein Zufall sein.

«Weisst du, wer die Todesanzeige aufgegeben hat?», fragte ich, als ich mich wieder gefasst hatte.

«Mutter sicher nicht», erwiderte Ursina. «Ich dachte, das hätten die Leute vom Sozialamt erledigt ... aber was bedeutet das?» Sie streckte mir den Brief hin. «Verdammt noch mal, ich will endlich wissen, was los ist.» Ihr Gesicht hatte sich verfinstert. Sie trampelte mit den Füssen auf den Holzboden wie ein kleines, ungezogenes Mädchen.

Dario kam mir zuvor. «Das hier ist das Schreiben einer Sekte. Lara war dort Mitglied.»

«In was für einer Sekte?» Ursina wechselte den Blick von Dario zu mir.

«Sie nennt sich Engel-Gemeinschaft», sagte Dario.

«Hast du die Todesanzeige in der Davoser Zeitung noch?», fragte ich.

Ursina blinzelte nervös. «Die muss noch irgendwo sein.»

«Bist du sicher, dass deine Mutter die Anzeige nicht selbst aufgegeben hatte?»

«Wie denn? Sie war ja völlig durch den Wind damals. Zudem ist eine solche Anzeige schweineteuer. Als die Anzeige in der Zeitung erschien, dachte ich noch, dass der Engel zu Lara passt.» Ursina atmete heftig. «Was bedeutet das alles?»

«Dass sich Lara letztendlich doch selbst umgebracht hat», klärte Dario sie auf. «Und dass der Abschiedsbrief tatsächlich von ihr stammt. Und dass sie absichtlich diese Worte mit den Wiederholungen gewählt hat, um vom eigentlichen Grund abzulenken. Lara ist einem Weg gefolgt. Dem Weg, den ihr die Glaubensgemeinschaft vorgegeben hatte.»

«Aber ...» Ursinas Augen fingen an zu flattern. Der Rückstand schwarzen Kajals auf ihren Wangen liess sie wie einen traurigen Clown aussehen. «Was steht in dem Brief, dass sie sich nach Erhalt selbst getötet hat?»

Dario warf mir einen fragenden Blick zu. Ich nickte.

«Stufe drei – die Aufforderung, den letzten Schritt zu tun, um allem Schrecklichen, das uns bevorsteht, rechtzeitig zu entkommen.»

EPILOG

Am fünfzehnten November in besagtem Jahr waren weltweit mehrere junge Menschen gleichzeitig durch Suizid gestorben.

Dass das nicht Zufall war, wurde nirgends in den Medien erwähnt. Und solange es sich um kein Kollektivsterben am selben Ort handelte, war es auch nicht interessant. Die Menschen hatten sich in verschiedenen Landesteilen erhängt, erschossen oder mit Gift umgebracht. Kaum jemand hatte dem grosse Bedeutung zugemessen oder Beachtung geschenkt.

Mit Tomasz' Hilfe und der Recherche in den weltweit geführten Polizeirapporten fanden wir zumindest heraus, dass die Engel-Glaubensgemeinschaft, wie sie sich nannte, über Jahre schon nach Mitgliedern suchte. Vorzugsweise nach Mädchen und Jungen, die aus sozial instabilen Verhältnissen stammten. Leider existierten keine Beweise, dass es sich hier um eine Gruppe von Leuten handelte, die ihre Anhänger gezielt in den Tod schickten.

Über das Internet wurden sogenannte Stichtage aufgerufen, denen man Folge leisten durfte, sollten die Kriterien jedes Einzelnen erfüllt sein. Dass es dabei um die Aufforderung zur Selbsttötung ging, bedurfte der Fähigkeit, zwischen den Zeilen lesen zu können.

Es gab drei Stufen der Läuterung.

Auf der ersten Stufe befanden sich die Orientierungslosen, die frisch Aufgenommenen in den Kreis der Engel-Gemeinschaft. Junge Menschen, die noch nicht genau wussten, was ihre Zukunft bringen würde. All jene, die es nicht allein schafften, den richtigen Weg einzuschlagen. Die zwar intelligent, aber mit wenig Selbstvertrauen ausgestattet waren. Solche Leute gab es offensichtlich viele.

Auf der zweiten Stufe waren die sogenannt Gemässigten, die sich den allgemeinen Glaubensvorgaben der Sekte unterstellten. Solche, die in ihrem Leben bereits Erfolge verzeichnen konnten. Zum Beispiel das Erreichen guter Noten im Schulunterricht, während sie kontinuierlich Punkte sammeln konnten, auch mal mit einem

Joker. Die Mitglieder wetteiferten untereinander und spornten sich dadurch gegenseitig zu aussergewöhnlicher Leistung an.

Die dritte Stufe war der Vorhof vom diesseitigen Leben ins Jenseits, welche die Mitglieder als Dank vollzogen – hiess, dass sie sich selbst umbrachten, um ins Allumfassende aufgenommen zu werden.

Die Sekte hatte keinerlei finanzielle Interessen. Das machte sie umso gefährlicher.

Mit der Gehirnwäsche kannte sie sich aus. Der selbst gewählte Tod begründete sich in der Apokalypse, die unmittelbar bevorstand. Der vorzeitige Tod verhinderte das Schreckensszenario des Weltuntergangs. So stand es im Leitgedanken.

Ich hatte mich zusammen mit Tomasz auf dem Polizeistützpunkt in Darios Büro eingefunden.

Während der Stunden unserer Recherche stellte ich mir immer wieder die bange Frage, weshalb sich bis anhin niemand gegen diese wahnsinnige Glaubensgemeinschaft gestellt hatte. Ein einziger Journalist hatte sich einmal mit ihr auseinandergesetzt. Von ihm stammten denn auch die Informationen, die jedoch nur dürftig waren.

«Maria-Magdalena Tscharner», erinnerte ich mich wieder an die Frau, der ich vor dem Lift begegnet war. An die Karte mit dem halben Engel.

Gab es da eine mögliche Verbindung?

Und der Eskimo?

«Wer ist Maria-Magdalena?» Tomasz blickte von seinem Laptop auf.

«Leider habe ich ihre Karte weggeworfen. Aber da war eine Frau, die mich auf das Jahresende ansprach. Ich weiss nicht mehr genau, was sie sagte. Ich kenne diese Typen noch von früher. Ob sie im gleichen Haus wohnt wie Valerio, kann ich mir nicht vorstellen. Sie war sicher auf Schäfchenfang.»

«Auch wenn wir sie finden würden, können wir ihr nichts nachweisen», sagte Dario. «Sollte sie Lara mit ihrer irrsinnigen Philosophie in den Tod getrieben haben, fehlen noch immer die Beweise.»

«Das heisst ja nicht, dass diese Frau dahintersteckt oder dass sie es war», sagte Tomasz.

Insgeheim war ich erleichtert, dass Tomasz und Dario den Draht zueinandergefunden hatten, was einzig und allein Tomasz zu verdanken war. Es gehörte zu seinen Stärken, die Menschen für sich zu gewinnen, indem er ihnen unvoreingenommen Aufmerksamkeit schenkte.

«Nein, aber über sie erführen wir es vielleicht», sagte ich.

«Mach dir keine Hoffnungen.» Dario sah auf die Uhr. «Wir hocken schon den halben Tag am Computer. Es ist Zeit, dass wir etwas für unser Seelenwohl tun.»

Tomasz hingegen war nicht zufrieden. «Wir stellen hier blosse Vermutungen auf. Für einen kleinen Polizeiposten wie Davos ist der Fall ein zu grosses Kaliber.» Er wandte sich direkt an Dario. «Laras Tod ist ein klitzekleines Teilchen in einem riesigen Pot von Menschenmanipulation. Vielleicht hilft es, wenn ihr damit zur Staatsanwaltschaft geht. Aber dass eine solche Glaubensgemeinschaft deswegen ausgerottet wird, ist zu bezweifeln. Heute ist die grosse Masse der Menschen orientierungslos. Allzu leicht lässt sie sich von solchen irrwitzigen Ideologien überzeugen. Lara ist ein Einzelschicksal, das schnell vergessen wird. Eines müssen wir uns im Klaren sein: Lara war volljährig. Sie selbst hat entschieden, aus dem Leben zu gehen.»

«Der Herr Anwalt spricht», hänselte Dario meinen Freund.

«Tatsächlich wäre das ein aufwendiges Verfahren.»

«Das heisst, dass weiterhin junge Menschen einfach in den Tod getrieben werden», stellte Dario lapidar fest.

«Vielleicht gäbe es ein Mittel, das zu unterbinden», sagte ich.

«Dann bin ich ja mal gespannt.» Dario musterte zuerst Tomasz, dann mich.

«Wir könnten im Kleinen beginnen, damit, dass wir uns vermehrt um unseren Nächsten kümmern würden. Wir haben bei den Vetsch-Frauen weggesehen. Die Augen verschlossen, es ignoriert, weil man es sich in einer reichen Gemeinde wie Davos nicht vorstellen kann, dass es auch hier arme Menschen gibt. Es ist nicht alles Glanz und Glamour wie zwischen Weihnachten und Neujahr. Die Tage zwischen Neujahr und Weihnachten sind letztendlich die, die zählen.» Ich setzte mich auf Darios Pult und sah Richtung Fenster, hinter dem sich die Nacht abzeichnete. «Wie steht es eigentlich mit den Alimenten, die Mian Vetsch über die Jahre nicht bezahlt hat?»

Dario hob nur die Schultern, wogegen Tomasz darauf verwies, dass geschuldete Alimente kein Verfalldatum hätten. «Wenn wir etwas für Ursina und ihre Mutter tun könnten», schlug er vor, «dann dies, dass ich im Einvernehmen mit Ursina eine Anklage gegen ihren Vater erheben könnte.»

«Das wäre das Minimum, das wir tun könnten, um ihnen zu helfen.» Ich zögerte. «Aber das mit der Sekte ist noch nicht ausgestanden …» Ich wandte mich an Tomasz. «Kann man jemanden wegen Mord anklagen, der zwar nicht direkt gemordet, aber zum Suizid getrieben hat?» Ich überlegte. «Wegen Auftragsmord?»

Tomasz stiess Luft aus. «Das wäre ein sehr kompliziertes Verfahren. Man müsste beweisen können, dass Lara nicht freiwillig Suizid beging. Dass sie zur Selbsttötung quasi angestiftet worden war.»

Ich streckte meinen Rücken durch. «Eines ist mir nicht klar: Weshalb hat Lara dieses Schreiben auf der Chaiselongue versteckt, wo ihre Mutter normalerweise schläft? Warum hat sie den Brief nicht einfach weggeworfen?»

«Lara wollte, dass man ihn entdeckt», erklärte Tomasz. «Sie war sich aber sicher, dass das nicht unmittelbar nach ihrem Tod geschieht. Mutters Chaiselongue war ein sicherer Ort. In ihrem Wahn hatte sie doch noch einen Funken Verstand, der ihr sagte, dass diese Glaubensgemeinschaft Falsches tat. Aber sie selbst war schon so tief mit drin, dass sie keinen anderen Ausweg hatte …»

«Aber wie hat sie es nur geschafft, die Menschen um sie herum dermassen zu täuschen?», fragte Dario.

«Wir werden doch täglich von irgendwelchen Leuten getäuscht», sagte ich und zog meine Jacke an. «Täglich werden wir mit Gegebenheiten konfrontiert, bei denen wir nicht sicher sind, ob man sie nicht einfach manipuliert hat. Ein bisschen mehr Selbstkritik würde uns guttun. Und was diese Engel-Sekte betrifft …», ich sah Tomasz an, «ich werde mich an ihre Fersen heften.»

Glossar

Kleines Kulinarium

Bündner Gerstensuppe – Gerstensuppe mit Gemüse und Salsizstückchen

Herrschäftler – Wein aus der Bündner Herrschaft

Salsiz – Bündner Wurstspezialität: luftgetrocknete oder geräucherte und fein gewürzte Rohwurst

Tatsch – Eierspeise mit Mehl, Salz und Milch zubereitet, wird meistens zusammen mit Kompott serviert

Geografie

Arosa – Höhenkurort im Kanton Graubünden

Bolgen – Hang unterhalb Ischalp am Jakobshorn, gegenüber Bahnhof

Bünda – Ortsteil und Skilift in Davos Dorf

Bündner Herrschaft – der Kreis Maienfeld bildet den nördlichsten Teil des Kantons Graubünden im Churer Rheintal und ist das grösste Weinbaugebiet Graubündens

Cavadürli – Weiler/Bahnhaltestelle zwischen Davos Dorf und Klosters

Chaisere – Weiler/Bushaltestelle im Dischmatal

Dischmatal – östliches Seitental, das man von Davos Dorf aus erreicht

Duchlisage – Sägewerk und Bushaltestelle an der Einfahrt zum Dischmatal

Flüelapass – verbindet Davos mit dem Unterengadin

Gadmen – Weiler/Maiensässdörfli im Dischmatal

Glaris – Gemeinde im Bezirk Davos

Landwasserviadukt – 65 m hohe und 136 m lange Eisenbahnbrücke im Netz der Rhätischen Bahn

Monstein – Gemeinde im Bezirk Davos
Stäg – Bushaltestelle im Dischmatal
Teufi – Ortsteil im Dischmatal
Usserisch – Skigebiet und Schlepplift unterhalb Jakobshorn
Vereinatunnel – Verbindung zwischen dem Prättigau und dem Unterengadin
Weisshorngipfel – Berg in Arosa, 2'653 m ü. M.
Welschdörfli – Ortsteil in der Stadt Chur

Weitere Begriffserklärungen

Arrivée – Ankunft im Fachjargon der Hotellerie
Bub – anderes Wort für Knabe oder Junge, auch abschätzend gemeint
Chaiselongue – Sofa/Liegebett
Départ – Abreise im Fachjargon der Hotellerie
Economat – Vorratsraum
Gröll – Halfter
Lingerie – Waschküche
Maiensäss – Haus und Stall oder Häusergruppe auf einer Alp
Office – bezeichnet in einem Hotel den Raum hinter dem Restaurant, wo Getränke und Speisen hergerichtet werden
Perron – Bahnsteig
Rennbänn – Schlitten
Ross – ein Begriff der Davoser Kinderschlittenfahrt, bedeutet: Junge, der den Schlitten zieht
SAMD – Abkürzung für Schweizerische Alpine Mittelschule Davos (Gymnasium)
Sennenrösti – geraffelte, gebratene Kartoffeln mit Käse überbacken
Taburettli – Stuhl ohne Lehne